KB195565

카이로스

KAIROS
by Jenny Erpenbeck

카이로스

예니 에르펜베크 장편소설

유영미 옮김

한길사

아렌스호프

로스토크

함부르크

브레멘

서독

동독

베를린

포츠담

프랑크푸르트
안 데어 오데르

하노버

도르트문트

라이프치히

뒤셀도르프

퀼른

본

드레스덴

프랑크푸르트 암 마인

뉘른베르크

슈투트가르트

뮌헨

베를린 장벽

팡코 제3 공원묘지

서베를린

동베를린

■ 팡코

베를린 장벽

겟세마네 교회

프란츨라우어 베르크

■ 미테

도이치 극장

알렉산더 광장

← 동물원역

바이덴담 다리

헝가리 문화센터

프리드리히슈트라세역

카를 마르크스 거리

브란덴부르크 문

운터 덴 린덴

마르크스 엥겔스 광장

베를린 국립
오페라 극장

베를린성(옛 공화국 궁전 터)

오스트역

데틀레프 로베더 하우스(옛 제국항공성 건물)

일러두기

• 이 책은 독일에서 발간된 Jenny Erpenbeck의 *Kairos*(Penguin Verlag, 2021)를 옮긴 것이다.
• 이 책의 각주는 독자의 이해를 돕기 위해 옮긴이가 넣었다.

프롤로그

9

첫 번째 상자

17

막간극

231

두 번째 상자

237

에필로그

415

감사의 말

425

시간, 희망, 그리고 물거품이 된 희망을 그리다 · 유영미

427

프롤로그

내 장례식에 올 거야?

그녀는 앞에 놓인 커피 잔을 내려다보며 아무 말도 하지 않는다.

내 장례식에 올 거야? 그가 다시 묻는다.

당신은 아직 살아 있어요.

내 장례식에 올 거야? 하지만 그는 세 번째로 묻는다.

그래요. 물론 가요. 그녀가 말한다.

내가 봐둔 자리 옆에 자작나무가 있어.

좋군요. 그녀가 말한다.

넉 달 뒤 피츠버그에서 그녀는 그가 세상을 떠났다는 소식을 듣는다.

그날은 그녀의 생일이다. 그러나 유럽에서 첫 축하 메시지가 도착하기 전에, 그의 아들 루트비히에게서 전화가 온다. 아버지가 오늘 돌아가셨어요.

그녀의 생일에.

그의 장례식 때도 여전히 그녀는 피츠버그에 있다.

새벽 5시. 베를린 현지 시간으로 10시. 그녀는 장례식 시간에 맞춰 호텔 탁자 위에 촛불을 밝힌 뒤 인터넷에서 음악을 고른다. 그를 위한 음악.

모차르트 D단조 협주곡 2악장.

바흐 골드베르크 변주곡 중 아리아.

쇼팽 마주르카 A플랫 장조.

광고 때문에 음악이 자꾸 끊긴다.

새로 나온 현대차 광고. 주택담보대출 광고. 감기약 광고.

6주 뒤 피츠버그에서 베를린으로 돌아온 그녀는 새로 만든 모래 봉분과 그 옆의 자작나무를 본다. 친구에게 부탁해 무덤에 가져다 놓은 장미꽃은 이미 치워지고 없다. 친구가 그녀에게 장례식 이야기를 들려준다. 음악이 연주되었다고.

무슨 음악? 그녀가 묻는다.

모차르트, 바흐, 쇼팽.

그녀는 고개를 끄덕인다.

6개월 후, 남편이 집에 있을 때 한 여자가 커다란 종이 상자 두 개를 두고 간다.

울더라고. 그래서 손수건을 줬다고 남편이 말한다.

가을이 오기까지 그 상자들은 카타리나의 집, 서재에 놓인다.

가사도우미가 오면 상자들을 소파에 올렸다가, 청소를 마치면 다시 바닥으로 내린다. 책 사다리를 놓아야 할 때는 상자들을 옆으로 밀친다. 책장엔 커다란 상자 두 개가 들어갈 만한 자리가 없으며, 지하실은 최근 홍수로 물이 찼다. 그냥 버릴까? 그녀는 위쪽 상자를 열어 안을 들여다보고는 다시 상자를 닫는다.

기회와 행운의 신 카이로스는 앞이마에만 곱슬머리가 나 있어, 행복을 잡으려면 재빨리 앞머리를 움켜쥐어야 한다고 했던가. 그가 사뿐한 발걸음으로 미끄러지듯 지나가버리면 뒷머리는 대머리라 붙잡을 수 없다. 열아홉 살, 한스를 만났을 때가 그런 특별한 행복의 순간이었을까? 11월 초 어느 날, 그녀는 마룻바닥에 주저앉아 상자 속 내용물을 한 장 한 장, 한 묶음 한 묶음 살펴보기 시작한다. 첫 번째 상자, 이어 두 번째 상자. 기본적으로 뒤죽박죽이다. 가장 오래된 것은 1986년의 것, 가장 최근 것은 1992년의 것. 편지와 편지 사본, 메모, 구입할 물품 목록, 달력, 사진과 네거티브 필름, 엽서, 콜라주, 간혹 신문 기사들. 카페 크란츨러의 각설탕 한 개가 그녀의 손에서 바스러지고, 오래도록 페이지 사이에 눌려 있던 종이들이 떨어져 나온다. 클립으로 묶어놓은 여권 사진들, 한 성냥갑 안에는 머리카락이 한 움큼 들어 있다.

그녀 역시 편지와 편지 사본, 기억하고 싶은 것들을 모아놓은 트렁크를 가지고 있다. 대부분의 것들은 기록 보관소 용어로 말하자면 평면 자료들이다. 일기장과 다이어리도 있다. 다음 날 그녀는 책 사다리에 올라가, 책장 맨 위 칸에서 안팎으로 먼지가 뽀얀 트렁크를 끄집어낸다. 오래전엔 그의 상자 속 종이들과 그녀의 트렁크 속 종이들이 서로 대화를 나눴다. 이제 그 종이들은 시간과 대화를 한다. 끝과 시작과 중간이 그렇게 트렁크와 상자 안 수십 년 묵은 먼지 속에 무심히 놓여 있다. 속이기 위해 쓴 것과 진실이라 생각했던 것, 말하지 않은 것과 말한 것이 원하든, 원치 않든 서로 포개어져 있다. 모순되는 것이 놓여 있고, 침묵에 붙여진 분노와 침묵에 붙여진 사랑이 서로 한 봉투에, 같은 철에 묶여 있다. 잊힌 것은 어스름하게 혹은 발그레하게 기억나는 것과 마찬가지로 누렇게 빛바래고 구겨져 있다. 오래된 서류철을 뒤적여 손에 먼지가 묻은 채로 카타리나는 그녀의 아버지가 아이들의 생일 파티에 마술사처럼 등장하던 모습을 떠올린다. 아버지가 나타나 트럼프 카드들을 공중에 던지면 그녀나 다른 한 아이가 날아다니는 카드 중에서 미리 점찍어둔 카드를 채갔다.

너와 나 외에는 아무것도 없다.
우리 둘이 아니라면,
신은 더 이상 신이 아니고
하늘은 무너져 내린다.

• 안겔루스 질레지우스

첫 번째 상자

I

그 7월의 금요일에 그녀는 생각했다. 그가 오면 난 이미 나가고 없을 거야.

그 7월의 금요일에 그는 하루 종일 두 줄에 매달렸다. 그는 생각했다. 밥벌이는 생각보다 힘들어.

그녀는 생각했다. 그러면 그도 깨닫겠지.

그는 생각했다. 오늘은 더 이상 나아지지 않네.

그녀: 그 음반이 이미 나왔을지도 몰라.

그: 헝가리인들 중에 루카치의 그 작품을 갖고 있는 사람이 있다던데.

그녀는 손가방과 재킷을 들고 거리로 나갔다.

그는 재킷과 담배를 집어 들었다.

그녀는 다리를 건넜다.

그는 프리드리히 거리를 걸어 올라갔다.

버스가 올 기미가 없어 그녀는 잠시 헌책방에 들렀다.

그는 프란최지슈 거리를 지나갔다.

그녀는 책을 샀다. 책값은 12마르크.

버스가 와서 그는 올라탔다.

그녀는 잔돈을 꼭 맞게 가지고 있었다.

막 버스 문이 닫힐 때 그녀는 헌책방에서 나왔다.

그러고는 버스가 아직 출발하지 않고 서 있는 걸 보고 뛰기 시작했다.

버스 기사가 예외적으로 뒷문을 다시 한번 열어주었다.

그녀는 버스에 탔다.

오페라 카페를 지날 무렵 먹구름이 몰려오더니 황태자궁에서 소나기가 쏟아지기 시작했다. 버스가 마르크스엥겔스 광장에 정차해 문을 열자 버스 안으로 비가 마구 들이쳤고, 승객들은 비를 피해 안쪽으로 밀려들었다. 그 통에 입구에 서 있던 그녀도 버스 중간 쪽으로 밀려났다.

문이 다시 닫히고 버스가 출발하자 그녀는 손잡이를 붙잡았다.

그때 그녀는 그를 보았다.

그는 그녀를 보았다.

밖에는 폭우가 쏟아졌고, 안에선 승객들의 젖은 옷에서 수증기가 피어났다.

버스는 이제 알렉산더 광장에 정차했다. 정류장은 S반* 선로가 지나는 고가 아래에 있었다.

버스에서 내린 뒤 그녀는 고가 아래 서서 비가 그치기를 기다렸다.

버스에서 내린 다른 사람들도 고가 아래 서서 비가 그치기를 기다렸다.

그 역시 하차해서 고가 아래 서 있었다.

그때 그녀는 그를 두 번째로 보았다.

그는 그녀를 보았다.

---

* S-Bahn. 독일의 광역전철.

비 때문에 공기가 서늘해, 그녀는 재킷을 걸쳤다.

그러고는 그가 미소 짓는 걸 보고, 자신도 미소를 지었다.

하지만 다음 순간 손가방을 멘 채로 재킷을 입었다는 걸 깨닫고, 그가 그것 때문에 웃었구나 싶어 얼굴을 붉혔다. 그러고는 다시 옷을 고쳐 입고 계속 기다렸다.

비가 그쳤다.

고가 아래에서 걸어 나가면서, 그녀는 그를 세 번째로 쳐다보았다.

그는 그 시선에 답하듯 그녀와 같은 방향으로 걸음을 옮겼다.

몇 걸음 가다가 그녀의 구두 뒷굽이 보도블록에 끼자, 그도 걸음 속도를 늦추었다. 그녀는 재빨리 구두를 보도블록에서 빼내어 걸음을 옮겼다. 그러자 그는 다시금 그녀의 걸음 속도에 맞추었다.

둘은 걸어가면서 미소를 지었다. 시선은 바닥을 향한 채.

그렇게 그들은 계단을 내려가 긴 지하보도를 통과해, 다시 계단을 올라, 반대편 거리로 올라갔다.

헝가리 문화센터는 오후 6시에 문을 닫는데, 6시 5분이었다.

그녀가 그를 향해 말했다. 벌써 문을 닫았네요.

그가 그녀에게 대답했다. 커피 한잔할까요?

그녀가 말했다. 네.

그게 전부였다. 모든 것이 마치 정해진 것처럼 그렇게 되었다.

1986년 7월 11일이었다.

이 어린 숙녀를 어떻게 다시 돌려보내지? 누가 여기서 그가 이 아가씨랑 있는 걸 보면 어쩌지? 그녀는 몇 살쯤 되었을까? 그는 생각한다. 난 블랙커피를 마셔야지. 설탕을 넣지 말아야지. 그러면 나를 진지하게 생각해주겠지. 그녀는 생각한다. 조금만 대화를 나누고 빨리 헤어지자, 그가 생각한다. 이름은 뭐죠? 카타리나. 그는? 한스.

열 마디쯤 이야기를 나눈 뒤 그는 예전에 그녀를 본 적이 있음을 깨닫는다. 아주 오래전 노동절 시위 때 그녀는 엄마의 손을 잡은 채 소리를 지르던 아이였다. 그녀의 엄마는 에리카 암바흐. 그녀는 '땋은 머리를 자른' 이야기를 하며, 블랙커피를 홀짝인다. 당시 그녀의 엄마는 그의 아내의 첫 연구실이 있던 대학 건물에 근무했다. 결혼하셨어요? 네네. 그는 정말로 그녀가 기억난다. 엄마가 어깨 위에 목마를 태우자 겨우 울음을 그쳤던 짧은 머리의 아이. 시점의 변화가 아이의 불안을 잠재우는 걸 보고, 그는 나중에 아들에게도 그 방법을 써먹었다고 말한다.

아들이 있으세요? 네, 이름이 뭐예요? 루트비히. 루트비히, 루트비히, 그는 진짜 악동이지, 라고 그녀는 리듬감 있게 말하며 그가 웃어주기를 기대한다. 그는 웃으며 말한다. 내가 좋아하는 부분은 여기예요. 그는 외쳤네. 누가 나를 이렇게 까맣게 태워버렸지? / 그는 스푼을 손에 쥐고 있었네. 그는 그 구절을 읊으며 그의 커피 스푼을 들어 보인다. 10년 전까지만 해도, 그녀의 엄마는 그녀의 침대 모서리에 걸터앉아 그녀가 잠들 때까지 『더벅머리 페터』를 읽어주었다.

그는 스푼을 다시 내려놓고 담배를 꺼낸다. 담배 피워요? 아뇨. 그녀는 머리를 짧게 잘랐던 일을 기억한다. 시위도. 머리를 깡똥하게 자른 채 군중 속으로 들어갈 때의 그 부끄러움도. 하지만 엄마가 당시 그녀를 달래기 위해 어깨 위로 목마를 태우고, 군중 속을 누비던 일은 잊었다. 그녀는 생각한다. 신기하다. 이런 낯선 사람이 머릿속에 내 삶의 작은 조각을 내내 담고 있다가, 그 기억의 조각을 다시 돌려주다니. 그녀의 눈은 파란색인가, 회색인가?

나는 곧 가봐야 해요. 그가 말한다. 그녀는 그것이 거짓말이라는 걸 알까? 오늘은 아내도 아들도 그를 기다리지 않는다는 것을? 그의 아들은 열네 살이니, 그녀는 열여덟이나 열아홉 살쯤일 듯하다. 그의 아내가 1970년에 이미 연구소를 옮겼고, 그 이듬해에 임신했으니. 그녀는 열아홉이라고 말하면서 각설탕 한 개를 블랙커피에 빠뜨린다. 하지만 지금은 다시 긴 머리가 되었다. 그래, 맙소사. 외모만으로는 열여섯 정도밖에 되어 보이지 않는다. 기껏해야 열여섯 살 반 정도.

저는 국영 출판사에서 조판을 배우고 있어요. 그런 다음 할레에서 상업미술을 공부하고 싶어요. 아, 미술을 하고 싶은 거네요. 네, 적성시험을 통과하면요. 당신은요? 난 글을 써요. 소설요? 네. 서점에 있는 진짜 책들? 그는 네, 라고 말하고는 이제 그녀가 자신의 성을 물어보겠거니 한다. 그럼 성함이 한스 그리고? 그녀는 역시나 그렇게 묻고 그는 성을 말해준다. 그녀는 고개를 끄덕인다. 하지만 자신의 이름을 들어본 적은 없는 듯하다. 내가 쓰는 글은 당신이 좋아할 만한 건 아닐 거예요. 그녀는 그걸 어떻게 아세요, 라며 이제 크림 쪽으로 손을 뻗는다.

그의 첫 책이 나온 것은 그녀가 막 이 세상에 태어났을 무렵이었다. 그는 히틀러 치하에서 걸음마를 배웠다. 그녀처럼 젊은 아가씨가 죽음을 다루는 책을 왜 읽겠는가? 그녀는 생각한다. 그는 내가 감히 그런 책을 읽을 만하다고 보지 않는구나. 그는 생각한다. 이 젊은 숙녀의 눈에 내가 늙은 남자로 보이지 않을까 걱정이 되는군.

어머니는 지금 무얼 하세요? 자연사 박물관에서 일하세요. 아버지

는? 아버지는 5년 전부터 라이프치히대학 교수로 계세요. 뭘 가르쳐
요? 문화사. 그렇군요. 그는 그녀의 부모님의 친구에 속하는 몇몇 이
름을 댄다. 그는 옛날이야기를 다 안다. 전에 누가 누구랑 어떻게 얽혀
있었고 등등. 처음에 그들은 젊었고, 그런 다음에는 종횡무진 아이를
낳고, 결혼하고, 다시 헤어지고, 사랑에 빠지고, 적대 관계가 되고, 친
해지고, 음모를 꾸미거나 발을 빼버렸다. 축하 행사, 술집, 전시회 개
막식, 극장 시사회에 늘 같은 사람들이 모였다. 빠져나가기가 여의찮
은 작은 나라에서 모든 것이 어쩔 수 없이 동종 교배로 이어졌다. 그
리하여 그는 지금 암바흐의 딸과 함께 카페에 앉아 있다. 건너편 팔라
스트 호텔 유리창에 햇살이 반짝인다. 뉴욕 같은 분위기라고 그는 말
한다.

뉴욕에 가보셨어요? 네, 일 때문에. 난 8월에 쾰른에 갈 것 같아요,
허가가 나면요. 그녀가 말한다. 서쪽에 친척이 있나요? 할머니가 곧
칠순이 되세요. 쾰른은 끔찍한 곳이라고 그가 말한다. 그래도 쾰른
대성당이 있잖아요. 그곳은 끔찍하지 않을 텐데. 그녀가 말한다. 쾰른
대성당이 뭐 별건가? 모스크바의 크렘린 대성당과 비교해봐요. 난
모스크바에 아직 안 가봤어요. 어느 순간 찻잔이 비고, 한스 앞에 놓
인 작은 보드카 잔도 빈다. 한스는 시선으로 웨이터를 찾는다. 그러
나 이제 숙녀는 얼굴을 손에 괴고 다시 그를 쳐다본다. 그리도 해맑
고 순수하게. 유행이 지난 말이지만, *의도는 고귀하고, 순수하고 순
결하다*. 「마술피리」 1막. 그녀의 팔이 매끈해 보인다. 몸 전체가 다 그
럴까?

이제 웨이터가 신속하게 계산서를 가져다준다.

카페를 나가면서 악수하기가 꺼려져 그는 나중에 봐요, 라고만 한다.

거리까지 세 걸음을 그들은 함께 내디딘다. 그런 다음 그는 그녀에게 고개를 끄덕해 보이고는 몸을 돌려 걸어간다. 그녀도 걸어간다. 다른 방향으로. 하지만 겨우 신호등까지만이다. 그녀는 거기 멈춰 선다. 그의 이름을 알고 있으니 주소는 쉽게 알 수 있을 것이다. 편지함에 편지를 넣어놓거나, 그의 집 앞에서 그를 기다릴 수도 있을 것이다. 트램이 딸랑거리고 자동차들이 물웅덩이를 통과하며, 보행자 신호가 초록이 되었다가 다시 빨강으로 바뀐다. 손끝까지 알알이 아픈 느낌, 그녀는 여전히 서 있다. 신호등이 다시 초록이 되었다가 빨강이 된다. 자동차 타이어가 젖은 아스팔트 위를 달리는 소리가 난다. 그녀는 그가 없으면 더 이상 아무 곳에도 가고 싶지 않다. 나중에 보자고 그는 말했다. 나중에 보자고. 악수도 하지 않았다. 그녀의 착각이었을까? 하지만 그때 갑자기 그가 그녀의 등 뒤에 대고 말한다. 함께 저녁을 보낼래요? 아내와 아들은 시골 친구 집에 하룻밤 놀러 갔어요.

알렉산더 광장에서 팡코까지 U반*을 탄 뒤, 그곳에서 트램을 타고 세 정거장 더 간다. 그러고는 작은 광장을 대각선으로 가로질러 가지 잘린 나무 밑을 통과한다. 나무의 헤어스타일이 이상해졌다고 그는 말하고 그녀는 웃는다. 그러나 이미 계속 웃고 있기에 차이가 두드러지지 않는다. 그런 다음 집으로 들어가 5층으로 올라간다.

집에선 향수 냄새가 난다. 전실에는 카펫이 깔려 있고, 목재로 된 궤가 놓여 있다. 벽에는 유화와 그래픽, 사진이 걸려 있다. 살롱 스타

---

* U-Bahn. 독일의 지하철.

일의 벽 장식이라고 그는 말한다. 그녀는 고개를 끄덕이며 살펴본다.

우리는 20년째 이 집에 살고 있어요. 들어와요. 집 구경 시켜줄게요. 그녀는 그를 따라 왼쪽으로 난 좁은 복도로 들어가 열린 문에 이른다. 부엌이에요. 그가 말한다. 싱크대와 개수대가 보이고, 식탁은 파란색으로 칠해져 있다. 나무로 된 코너 벤치가 있고, 벤치 뒤에는 마당으로 난 창문이 있다. 나무가 없는데도, 매일 아침 저기서 지빠귀가 노래한다고 그는 말한다. 지빠귀가 왜 저곳을 좋아하는지 모르겠다고. 개수대에는 냄비 하나와 유리컵 몇 개가 놓여 있다. 아침 식사에 사용한 식기들이 아직 식탁에 놓여 있고, 꿀병도 있다. 접시 위에 달걀 껍데기도 보인다. 그리고 하얀 에나멜 주전자와 커피잔 세 개.

저 뒤쪽은 침실이라고, 그는 계속 걸어가면서 어두운 복도를 가리켜 보인다. 그리고 이곳은 욕실이라며, 손가락 마디로 부엌 옆의 작은 문을 두드린다. 욕실 맞은편에 출입금지라고 쓰인 또 다른 문이 보인다. 루트비히 방이라고 그는 말하며 손잡이를 잡아보지만, 문을 열지는 않는다. 그런 다음 다시 돌아와, 살롱 스타일로 장식한 벽을 지나서, 집의 다른 편으로 간다. 모퉁이 집이라서. 그가 말한다.

그다음으로 들어간 방에는 둥근 나무 식탁과 모양이 각기 다른 여섯 개의 의자가 있고, 의자 하나엔 여성용 카디건이 걸쳐져 있다. 구석에 있는 비더마이어 양식의 장식장엔 마이센 컵과 접시들이 놓여 있다. 그는 두 개의 창문으로 가서 창문을 활짝 열어젖힌다. 창문을 열면 거의 하늘에 있는 느낌이라며. 그러고는 왼쪽의 커다란 복도를 거쳐 거실로 보이는 공간으로 들어간다. 바닥에는 파란 패턴의 러그가 깔려 있고 벽은 하얗다. 가죽 소파의 짧은 다리는 약간 흔들거린다. 소파 왼쪽으로 난로가 있고, 오른쪽에는 키 큰 스탠드가 서 있다.

루츠 루돌프의 디자인이로군요. 우리 집에도 있어요. 그녀가 말한다. 루츠 루돌프는 우리 친구라고, 거실 창문마저 활짝 열어젖히며 그가 말한다. 그녀는 문간에서 문틀에 몸을 기댄 채 서 있다. 그녀가 문틀에 기대고 선 모습을 그는 기억할 것이다. 그는 되돌아와 너무 몸이 붙지 않게 조심스레 그녀 곁을 지나 식탁을 빙 돌아, 오른편에 있는, 오래되어 색이 바랜 쌍여닫이 문을 열어젖힌다. 그러자 천장까지 이르는 높은 책장이 있는 작은 방이 나타난다. 삐뚜름하게 조립된 책장 선반을 보며 그는 솜씨가 별로라서, 라고 한다. 그녀는 더 가까이 가본다. 그래도 책은 계속 늘어난다면서 그는 바닥에 놓인 책더미를 가리킨다. 그는 그녀와 더불어 자신의 방을 낯선 시선으로 바라본다. 돌출창이 있는 곳에 책상이 놓여 있다.

저기서 글을 쓰나요? 사실 아주 가끔만요. 글린카 거리에 작업실이 있어요. 어디론가 나가서 일하는 걸 좋아해서. 아하, 그녀가 말한다. 방송 일을 위한 자료들도 다 글린카 거리에 있고요, 난 방송국에 고용되어 있거든요. 무슨 일을 하는데요? 그녀가 호기심을 드러내며 묻는다. 그녀가 묻는 품새는 그에게 꼭 다람쥐를 연상시킨다. 작가로요, '고정 프리랜서'라고 하죠. '고정 프리랜서?' 일 년에 프로그램 한 개는 맡아 글을 써줘야 하고, 나머지는 추가로 보수를 받죠. 어떤 프로그램인데요? 다시 다람쥐를 연상시킨다. 책을 쓰려고 취재하다가 재미있는 소재를 만나면 역사적인 내용을 소개하기도 하고, 하지만 보통은 음악을 소개해요. 작곡가와 음악가들. 난 음악학을 전공했거든요. 아마 당신은 별 관심 없는 분야겠지만. 바흐 좋아해요. 그녀가 그렇게 말하며 혹시 라디오에서 그가 참여한 방송을 듣지 않았는지 생각한다. 나도요. 그는 말한다. 레드와인 마실래요? 그가 묻는다. 그녀가 말한다. 좋아요.

그가 와인을 가지러 부엌에 간 동안 그녀는 몇 걸음 더 방 안쪽으로 들어와 둘러본다. 책들 앞에는 작은 피규어들과 양철로 된 장난감들이 있고, 엽서들이 책에 기대어 있다. 보드에는 사진들이 핀으로 고정되어 있다. 조랑말을 탄 꼬마, 아들인가 보다. 구름이 흘러가는 너른 풍경. 벤치형 그네를 탄 아름다운 여자. 아마 부인이겠지. 그녀는 사진 찍어주는 사람을 향해 환한 미소를 짓고 있다. 아마 한스, 그가 찍었겠지. 하지만 사진의 영원성으로 인해 이제 그녀는 사진을 보는 모든 이에게 웃어 보인다. 남편의 손님인 그녀에게도. 그녀 뒤에서 와인잔이 달그락거리는 소리가 난다. 그가 한 손에 와인잔 두 개, 다른 한 손엔 병을 들고 있다. 음악 들을래요? 그가 물으며 거실로 건너간다. 그래요, 그녀는 말하고 따라간다.

그가 첫 번째 음반을 뽑아, 돋보기안경을 쓰고 뒷면을 살피며 몇 번째 작품을 그녀에게 들려줄지 고른 뒤, 음반 케이스에서 검은 판을 빼서 턴테이블 위에 놓고, 솔로 홈의 먼지를 털어낸 다음 두 곡 사이의 매끈한 빈자리에 정확히 바늘을 올려놓는 동안, 그녀는 드디어 찬찬히 그를 살펴볼 여유를 갖는다. 그의 좁은 어깨와 머리털을. 긴 다리와 긴 팔에 비해 상체가 짧아, 움직일 때마다 허우적거리는 느낌이 난다. 뒤에서 보면, 그는 그녀 또래처럼 어려 보인다. 다만 돌아서서 그녀에게 다가오면 그는 다시 어른이 된다. 곧은 코, 작은 입, 회색 눈. 그녀는 소파에 앉아 다리를 흔들거린다. 그는 그 옆 일인용 소파에 앉아, 다시 돋보기안경을 벗고, 셔츠 주머니에 안경을 넣고는 담배에 불을 붙인다. 와인을 따랐지만, 건배는 미처 하지 못한다. 스비아토슬라프 리히터의 쇼팽 마주르카 A단조가 이미 시작되고 있으므로. 그는 음악을 틀어주며, 그 자신도 음악에 푹 젖어든다. 그녀가 음악을 느낄까? 그녀는 피아노를 친다. 쇼팽 왈츠 몇 곡을 배웠다. 그러나 그와 함께 음악을 들으면서야 이 음악이 얼마나 심오한지를 깨닫는다. 스케르초 B단조, 폴로네이즈 A플랫 장조. 그들은 시종일관 말이 없다. 서로 쳐다보지도 않는다. 그저 침묵 속에서 하나가 될 뿐.

음반이 공회전을 시작하고, 바늘이 딸깍하고 위로 들리자, 그는 그녀에게 고개를 까딱하고는 자신의 잔을 들어 그녀의 잔과 부딪힌다. 한 모금 마신 뒤 그는 판을 갈러 일어난다. 고요한 정적이 깃들고 그녀는 바깥 열린 창 앞에서 제비가 지저귀는 소리를 듣는다.

이제 그는 프란츠 슈베르트의 즉흥곡 A플랫 장조와 바흐의 반음계적 환상곡, 파르티타 E단조, 모차르트의 B플랫 장조 피아노 협주곡 3악장을 틀어준다. 때로는 리듬에 맞춰 고개를 끄덕이기도 하고, 때로는 대단하죠? 라고 말하기도 한다. 때로 그녀는 좋네요, 라고 말하고, 때로는 누구 연주예요? 라고 묻는다. 그러면 그는 아르투르 루빈스타인이라거나, 글렌 굴드라거나, 클라라 하스킬이라고 말해준다. 바흐와 모차르트 사이에 그녀는 화장실에 갔다가, 화장실 줄에 아들의 코듀로이 바지가 걸려 있는 것을 봤다. 거울 앞에는 향수병이 놓여 있다. 샤넬 넘버 5. 집 안에 좋은 향기가 감돌게 하는 그것. 컵에는 칫솔 세 개. 보조 의자에는 여자의 잠옷이 놓여 있다. 정신없는 가운데 아무렇게나 던져놓은 모양새.

사랑하는 5월아, 와서 나무들을 다시 푸르게 해주렴, 피아노는 마지막 부분에 그렇게 바란다. 그러나 이미 7월이고, 밝은 여름 저녁에서 여름밤으로 바뀌었으며, 레드와인 병은 비었다. 배고파요? 네. 그럼 뭐라도 먹으러 갑시다. 네.

그의 옆에서 걷는 것은 참 좋다, 그녀는 생각한다.

그녀 옆에서 걷는 것은 참 좋다, 그는 생각한다.

밤길을 20분 걸어 그가 잘 아는 음식점으로 간다. 그가 이미 몇십 번은 와봤던 곳이다. 웨이터는 으레 그렇듯 단골손님을 위해 예비해 놓았던 테이블을 내어준다.

그녀는 냅킨은 음식을 먹기 전에 무릎에 펴 놓아야 한다는 걸 안다. 음료를 마시기 전 입을 훔쳐야 한다는 것과, 수프 접시는 자신 쪽이 아니라 반대쪽으로 기울여야 한다는 걸 안다. 테이블 위에 팔꿈치를 괴어서는 안 되고, 감자는 칼로 썰어서는 안 된다는 걸 안다. 모든 두려움과 모든 희망, 예측할 수 없고 예측하고 싶지도 않은 모든 것 앞에서는 식사를 끝내면 포크와 나이프를 나란히 놓아야 함을, 손잡이가 접시의 오른쪽에 가도록 나란히 놓아야 함을 아는 것이 도움이 된다. 이 저녁 시간, 그녀에게 엄청난 행운으로, 불행으로, 그리고 의문으로 마주 앉은 이 남자의 얼굴을 보며, 그녀는 깨닫는다. 삶은 이제 시작되었음을, 다른 모든 것은 그저 준비에 불과했음을.

입에 음식을 넣고 씹고 있을 때조차 그녀는 예쁘다고 그는 생각한다.

그리고 이제는?

둘 중 한 사람이 뭐라고 말할 필요도 없이 둘은 다시 집으로 향한

다. 집으로, 라는 것은 이제 그녀에게도 이미 그의 집으로 돌아간다는
뜻이다.

그들은 밑에서 여전히 환하게 불 밝혀진 창문들을 올려다본다.

그가 그녀와 외출한 것은 다만 다시 돌아오기 위해서였을 것이다.
그에게 친숙한 것이 그녀에게도 일상적인 일이라는 환상을 일깨우
려 한 것일까. 그녀는 자연스럽게 거실로 앞장서서 들어가고, 그는
부엌에서 두 번째 와인을 꺼내 온다. 그가 거실로 들어올 때 그녀는
창가에 서 있다. 창턱이 낮아서 밖으로 떨어지는 건 일도 아니겠다고
그녀는 생각한다. 윗집에 아직 누군가가 깨어 있는 것 같다고 그녀는
말한다. 우리의 좋은 친구죠. 화가예요, 라고 그는 말한다. '우리의'
라는 표현이 귀에 쏙 들어온다. 그는 그녀가 지금 어떤 상황에 처해
있는지 알아야 한다고 생각한다. 그녀는 그를 향해 몸을 돌린다. 손
에 음반을 들고, 담배를 입술 사이에 비스듬히 문 그의 모습. *이 자식
아, 당장 파이프를 입에서 빼지 못해.** 「레퀴엠」이에요. 그가 말한다.
지금은 어울리지 않을 텐데. 그녀가 말한다. 땅속에 묻힌 고인들은
잠자지 않고 기다리니까. 그는 담배를 입에서 빼며 말한다. 좋은 음
악은 언제나 어울리죠. 그렇다면야, 라고 그녀는 말한다. 음반 케이
스에서 음반을 꺼내, 음반을 전축에 올리기 전에 그는 솔로 홈을 살
짝 털어낸다.

이제 모든 무덤이 열리고, 그와 그녀는 무덤들 바로 위에 선다, 산
자들의 섬은 그들이 밟고 선 한 조각 땅에 불과할 뿐. 그녀가 그의 안

---

*   베르톨트 브레히트가 작사한 노래 「수라바야 조니」의 구절.

경을 벗겨 옆에 놓고, 그가 처음으로 자신의 팔을 그녀에게 두르는 동안, 인류는 인류를 위해 안식과 영원한 빛을 부탁한다. 그녀는 양손으로 그의 얼굴을 잡고 키스한다. 그러나 아주 가볍게. 그때 고독한 젊은 목소리가 떠올라, 신을 찬양한다. 하느님을 인정하면 그가 보호해주실지도 모르기에. 그 목소리가 기도하는 동안, 그의 손 아래로 숙녀의 벗은 어깨가 느껴지고, 둘은 서로를 끌어안는다. 사는 날 동안 그는 그 일을 잊지 못하리라. *모든 육체가 당신께로 나아오리라.* 그래 그렇지, 라고 그는 여전히 생각한다. 하지만 그런 다음 생각을 멈춘다. 키스들, 합창들, 그녀의 머리칼, 입당송이 끝나기 직전의 순간, 죽은 자들을 위한 산 자들의 거듭된 강력한 요청, *그들에게 영원한 빛을 주소서!* 그 염원이 텅 빈 교회에 울려 퍼진다. 대답은 인간 스스로 해야 하리, 그들이 사는 곳에는 어둠이 거하고, 염원은 아무런 힘이 없으니. 그가 숨을 쉰다. 머리를 그에게 기댄 채, 그녀도 숨을 쉰다.

그러나 이제 부름받은 자들이 무덤에서 움직인다. 수의를 그러모아 뼈를 가리고, 곧장 하늘로 올라가리라. *키리에 엘레이손.* 주여, 불쌍히 여기소서, 라고 그녀는 그에게 속삭이며 그를 보고 웃고는, 이빨을 그의 살에다 박는다. 그의 살점을 떼어내기라도 하려는 것일까? 죽은 자들은 떨며 하늘로 올라가고, 두 사람의 몸은 풍경으로 변한다. 볼 수 없는, 손으로 잡을 수만 있는 풍경. 이런 풍경에는 무수한 길이 있지만, 그리로 도망칠 수가 없다.

당신도 알겠지만, 이제 곧 *진노의 날* 차례야. 그가 말한다. 아니에요. 진노의 날은 오지 않아요. 그녀는 마치 자신이 더 잘 알고 있다는 듯, 고개를 흔들며 그를 자신에게로 더 가까이 끌어당긴다. 에테르에

거하는 신은 하늘을 책처럼 돌돌 마나니. 여러 모양의 하늘은 신성한 땅으로, 바다로 추락하리라. 지칠 줄 모르는 맹렬한 불길이 땅과 바다와 하늘의 축을 삼키고, 모든 날과 모든 피조물을 한데 녹이리라. 호른, 바순, 클라리넷, 팀파니, 트롬본, 바이올린, 비올라, 첼로, 오르간까지 모두가 정말로 그녀의 지휘에 굴복할까? 밤은 모든 곳에 있을지니. 길고, 완고한 밤은, 부자나 가난한 자 모두에게 동일하리라. 인간은 벌거벗은 채 흙에서 와서 벌거벗은 채 다시 흙으로 돌아가리라.

세상의 죄는 불로 소멸된다. 그러나 죄가 없다면 어떻게 될까? 그의 손이 그녀의 허리에서 아래로 미끄러질 때, 토마스 만의 소설에 나오는 아름답게 균형잡힌 엉덩이라는 단어가 그에게 퍼뜩 날아든다. 심판자가 모든 행위를 엄밀히 판단하기 위해 / 질문을 가지고 오면 그 얼마나 공포와 전율이 있을까. 자신의 손 하나에 그녀의 엉덩이 하나가 쏙 들어오는지를 재어보며, 그는 무의식적으로 라틴어 텍스트를 따라 부른다. 이제 나팔이 심판의 개시를 알리고, 심판은 이미 너무나 가깝다. 너무나 가까워 합창이 그치고, 대신 각각의 솔로 소리가 들린다. 베이스가 외침을 발한다. 살아 있든 죽었든, 모든 이가 따라야 할 외침을. 테너는 모든 물질이 부활에 대해 경탄하는 광경을 노래한다. 알토는 모든 죄가 기록된 커다란 책을 펼친다. 그러나 소프라노는 고발된 모든 개인을 대리해 목소리를 높인다.

내가 대답할 차례가 되면 나는 얼마나 비참할까? 누가 나의 변호자가 되어줄까? 제아무리 의인이라도 떳떳하게 심판자 앞에 설 수 있을까? 여전히 둘은 거기에 서 있다. 파란 거실 카펫 위에, 그들의 섬 위에 맨발로, 팔과 다리를 서로 감은 채. 가끔씩만 그들의 눈먼 행복으로부터 벗어나 눈을 뜨고 서로를 바라본다. 이 숙녀는 어떻게 이렇게 확신 있게 행동하는 것일까? 그런 다음 그들은 다시 눈을 감는다. 손과 입으로 더 자세히 보기 위해.

모든 위력을 가진 주님의 등장에 그는 잠시 제정신이 든다. 합창단은 *두려운 위엄의 왕이시여*, 라며 그를 부른다. 그의 시선은 그가 옛 삶에서 내려놓은 담배에 향한다. 담배는 길쭉한 하얀 재로 변했고, 그 옆에 그녀의 손목시계가 놓여 있다. 그녀는 언제 시계를 풀어놓았을까? 서로를 불행하게 만들어서는 안 돼, 라고 말하며 그는 그녀의 은밀한 곳을 더듬는다. 그녀는 미소 짓는다. 하지만 이미 여기까지 왔는걸. *나를 구원하소서, 나를 구원하소서.* 당신은 나랑 자야 해요. 그녀가 말한다. 그는 그녀의 손을 잡고 거실 밖으로 이끈다. 식당을 지나, 전실을 지나, 어둑한 복도 깊은 곳으로, 그리고 거울을 지나, 그녀에게 보여주지 않은 방으로. 자비로운 예수여, 기억하소서, 당신이 인간을 위해 고난당하고 십자가에 못 박히셨음을. 기억하소서, 당신의 길의 마지막에 당신이 얼마나 지치셨는지를. 이제 당신이 나를 버리신다면, 모든 것이 헛된 일이었음을. 기억하소서.

그는 부부 침대에서 평소 아내가 잠을 자는 쪽에 눕고, 숙녀에게 자신이 눕는 쪽을 내어준다. 어떤 연인과도 부부 침대에 누워본 적은 없었다. 그는 말한다. 서지 않을 수도 있다고, 난 너무 술을 많이 마셨어. 그리고 너무 흥분해 있어. 상관없어요, 라고 말하며 그녀는 그를 안는다. 하늘의 군대와 시험받아야 할 인류만이 남게 된 거실에서는 이제 두 갈래 길이 나타난다. 왼쪽에는 타오르는 지옥불이 죄인들을 기다리고, 오른쪽에는 다시는 밤이 없고 영원히 낮이 계속되는 미래가 복된 자들을 기다린다. *복자들 가운데 저를 부르소서*, 라고 연신 돌아가는 검은 음반 위에서 유령 같은 목소리가 노래를 부른다. 이제 마지막으로 몸을 돌려 돌이킬 수 없는 먼 곳에서 지상을 바라보는 자는 무덤에서 천국 심판대까지의 거리가 얼마나 멀었는지를 알게 될 것이다. 거의 두 옥타브에 가까운 거리, 희망과 두려움으로 똘똘 뭉친 덩어리를 뚫고 반음계로만 올라가는 길.

한숨과 비탄의 자리에 고요가 깃들었을 때, 두 육체는 완전히 뻗은 채 어둠 속에 나란히 누워 있다. 결코 다시는 오늘과 같지 않을 것이라고 한스는 생각한다. 영원히 이럴 거라고 카타리나는 생각한다. 그 뒤 잠은 모든 생각을 지우고, 나란히 누워 새근새근 숨을 쉬는 동안, 그들에게 일어난 일은 뇌 피질에 새겨진다.

2

쉬프바우어담의 가니메트에서 그는 아내의 임신 소식을 들었다. 첫 원고의 퇴고가 끝나고 편집자와 축하 음식을 먹은 곳도 가니메트였다. 이제 이 식당 앞에서 그는 열아홉 살짜리 숙녀를 기다린다.

이 열아홉 살짜리 숙녀는 어제와 오늘에 걸쳐 온종일 그의 눈, 코, 어깨를 탐구했다. 그러나 그가 전체적으로 어떤 모습인지 뚜렷하게 떠오르지 않는다. 그녀는 초조하게 자신의 기억을 더듬는다.

한스는 여전히 그녀의 미소와 가슴을 기억하지만, 그녀가 전체적으로 어떤 모습인지, 뚜렷하게 떠오르지 않는다. 하지만 그녀는 이미 근처에 왔고, 쉬프바우어담으로 방향을 틀자마자 그는 금방 그녀를 알아본다. 그녀가 핸드백을 흔들며 걸어온다. 가까이 오자 머리부터 발끝까지 검은 옷을 입은 그녀의 모습이 보인다. 머리를 뒤로 묶고 검은 벨벳 리본으로 장식했다. 얼굴이 천진하다고 그는 생각한다. 그는 오늘 솔직하고자 했고, 이제 자신이 그래야 한다는 걸 안다. 이것은 그의 유일한 방이 조치다.

그들은 식당 입구에서 고개를 까닥하며 하얗고 긴 앞치마를 두른 웨이터 두 사람을 지나친다. 그들은 서베를린에서 온 프랑스 군인들 앞에서 프랑스인 흉내를 내고 있다. 동베를린의 고급 식당 가니메트에서 싼값에 먹고자 온 군인들이다.

그는 신중하게 더 큰 테이블을 골랐다. 식당 매니저에게 세 사람이라고 말해두었다. 그녀는 금세 상황을 파악하고 그들은 아직 오지 않은 세 번째 사람을 기다리는 것처럼 간혹 주변을 두리번거린다. 그는 애피타이저로는 무조건 베르너 버터 부용*을 먹어야 한다고 말한다. 안에 메추리알이 들어 있다며. 그리하여 그들은 베르너 버터 부용을 스푼으로 떠먹는다. 각자 메추리알을 숟가락에 올리고, 맛에 감탄한다. 메추리알이라며 그는 뒤 음절에 강세를 넣어 말하고는, 농담을 알아듣는지 궁금한 낯빛으로 그녀를 쳐다본다. 그녀는 그 시선에 응답한다. 그렇게 그들만의 첫 번째 공통 어휘가 생겨난다.

그는 자신의 책을 한 권 가져왔다. 어떤 책을 쓰는지 그녀가 알 수 있도록. 그녀를 위한 그의 첫 번째 선물이다. 헌사는 나중에 읽어보라고 하더니, 다시 문 쪽을 건너다보며 고개를 젓는다. 시간 약속을 안 지키는 그 녀석은 대체 어디 있는 거지? 그들은 서로 암묵적인 동의하에, 세상에 대해 첫 번째 비밀을 갖는다. 그들은 서로를 바라볼 때 그들만이 떠올릴 수 있는 것을 안다. 바로 그렇기 때문에 그는 늦기 전에 조건을 명확히 해야 한다.

우리는 가끔만 볼 수 있어. 하지만 매번 첫 만남 같을 거야. 축제처럼. 그녀는 주의 깊게 들으며 고개를 끄덕인다. 너에게 난 기껏해야 자주 누릴 수 없는 기쁨이 될 수 있을 뿐. 난 유부남이기 때문이지. 알아요. 그녀가 말한다. 네겐 흡족하지 않겠지만. 그리고 흡족해하지 않는 건 네 권리이고. 그가 말한다. 그녀는 그의 얼굴을 똑바로 쳐다본다. 그녀의 동공을 두른 노란색 링을 그는 알아차린다. 나는 결혼했을 뿐 아니라, 방송국에도 여자가 있어. 당신에게 천 명의 여자가 있다 해도, 우리가 함께하는 시간은 중요해요. 그녀가 말한다. 그녀가 아무런 요구도 하지 않는다면, 어떻게 그녀를 내칠 수 있겠는가?

---

* 고기나 채소를 끓여 만든 육수.

검은 벨벳 리본을 단 그녀는 마치 기숙학교 학생처럼 보이고, 그 모습에 마음이 한없이 아려온다. 해야 하는 말을 빨리하지 않으면 너무 늦을지도 모른다.

우리는 서로를 주변에 공개해서는 안 돼. 내가 알고, 네가 아는 것으로 우리에게 충분해야 해. 괜찮아요, 라고 그녀는 말하며 미소 짓는다. 조건을 협의한다는 것은 계속 간다는 것이다. 그녀는 어제와 오늘 온종일 그가 곧장 그녀를 그의 삶에서 내쳐버리지 않을까 겁이 났다.

아침에 그녀의 엄마는 이미 딸의 행복을 눈치채고 세 가지만 묻자고 했다. 이름은 듣지 못했지만, 세 가지 질문 뒤에 엄마는 그가 대충 어떤 사람인지 알게 되었다. 그래, 그는 잘생겼구나. 엄마가 말했다. 똑똑하고. 하지만 그에겐 늘 여자들이 있었구나. 조심해라, 애야.

우리의 별은 대기에 진입해서는 안 된다고 그는 말한다. 그러면 즉시 불타 없어질 것이기에. 그래, 별은 계속 하늘에 있어야 하는구나. 그의 책장에 붙어 있던 사진들처럼, 압정으로 창공에 고정해놓아야 하는구나. 그녀는 안도감을 느끼며 생각한다. 그녀는 고개를 끄덕이며 네, 라고 말한다. 그는 자신이 네라는 그녀의 답변을 얻어보려고 그녀를 힘들게 하고 있음을 안다. 「불멸의 희생」이라는 노래가 떠오른다. 희생을 감당할 수 있는 자는 선택받는다.

그는 그녀에게 와인을 따라준다. 송어 요리에 화이트와인. 아울러 그녀가 생선 살 바르는 법을 알고 있음을 본다. 그녀는 그의 안경집이 테이블 위에 놓인 것을 본다. 담뱃갑도. 두에트 담배다.* 그리고 이

---

* 동독의 담배 브랜드.

제 그의 안경집과 담배가 놓여 있지 않은 테이블에 결코 다시는 앉고 싶지 않다고 생각한다.

접시에 놓인 생선 뼈를 보며, 그는 이런 생선의 뼈조차도 아름답지 않냐고 말한다. 언뜻 납골당을 연상시키지만, 거대한 공룡 뼈가 전시되어 있는 자연사 박물관의 커다란 홀을 연상시키기도 한다면서.

어릴 적에 할아버지에게서 낚시를 배웠다고 그녀는 말한다.

순간 나무 부두에 다리를 늘어뜨린 채 물에 낚싯대를 드리우고 앉은 그녀의 모습이 그의 눈앞에 아른거린다. 그런 문장은 얼마나 강력한 힘을 갖고 있는가, 라고 그는 생각한다. 원하든, 원하지 않든 사람의 머릿속에 이미지를 보내는 문장.

이제 대화는 좀더 가벼워진다. 그러나 마지막으로 한 가지는 더 짚고 넘어가야 한다.

언젠가 너는 젊은 남자랑 결혼하게 될 거야. 그러면 결혼식 때 장미꽃 한 다발을 선물할게. 그는 그렇게 말하고는 예상대로 그녀가 미소를 지으며 고개를 흔드는 것을 본다. 하지만 그 말은 그녀에게보다는 자기 자신에게 한 말이다. 그는 자신이 그녀를 어느 날 내어주어야 한다는 걸 잊어서는 안 된다. 오늘 이 말에 그저 미소만 짓는 그녀보다 자신이 그걸 더 잘 알고 있음을 잊어서는 안 된다. 그가 추락에서 살아남으려면, 짧을지 길지 모르지만 그녀와 보내는 시간 내내 추락에 대한 생각이 그의 마음 한편에 들어 있어야 한다. 이런 무거운 생각이 행복, 사랑, 욕망에 대한 생각 한가운데를, 그들이 갖게 될 공동의 경험과 추억 한가운데를 관통해야 한다. 이런 생각을 견뎌야, 어느 날 추락이 닥쳐올 때 추락에 의해 실존이 흔들리지 않을 수 있다. 정말로 실존이 흔들릴 지경을 염두에 두어야 하나? 웨이터가 접시를 치운다.

오후 6시에 근무를 시작한 피아노 연주자가 연주를 시작한다. 모차르트 메들리다. 최근 아내와 같이 이곳에 왔을 때, 아내는 저 피아노 연주자가 하이너 뮐러를 닮았다고 말했다. 그 말이 맞다. 피아노 연주자는 정말로 동료 작가인 하이너 뮐러를 닮았다. 안경 때문인듯하다. 5월에만 해도 한스는 그의 아내에게 사랑을 듬뿍 담은 편지를 썼는데.

네가 원하는 만큼 계속 가자. 그가 말한다.

그녀는 고개를 끄덕인다. 그를 볼 수만 있다면. 가능하면 자주, 가능하면 오래 그럴 수만 있다면. 다른 모든 것은 아무래도 좋다.

이제부터 계속 갈 것인가의 책임은 온전히 그녀에게 있다고 그는 생각한다. 그는 자기 자신에게서 자신을 보호해야 한다. 혹시 그녀는 꽃뱀 같은 여자일까?

그녀는 생각한다. 그는 힘든 상황에 대비해 나를 준비시키려 해. 그는 나를 보호하려 해, 그는 나를 나 자신에게서 지켜주려 해. 그는 내게 우리의 관계에 대한 결정권을 준 거야.

그는 생각한다. 그녀가 원하는 한, 잘못될 일은 없어.

그녀는 생각한다. 내게 모든 것을 맡겨준다면, 그는 사랑이 무엇인지 알게 될 거야.

그는 생각한다. 그녀는 지금 무엇에 네, 라고 답했는지 나중에야 알게 될 거야.

그녀는 생각한다. 그는 내게 자신을 맡겨주는구나.

이 저녁에 이 모든 생각이 생각되고, 그것들이 합쳐져 다면적인 진실을 이룬다.

그들은 웨이터에게 유감스럽게도 친구가 우리를 바람맞혔다고 말한다. 그는 음식값을 지불하고, 안경집과 두에트 담배를 다시 집어넣는다. 그녀의 재킷이 그의 여름 코트 옆에 걸려 있다. 두 옷감이 서로 맞닿아 겹쳐 있다. 그는 두 옷이 살짝 겹쳐 나란히 걸린 걸 가리키며 거룩한 이중성이라고 말한다. 이어 옷 보관소 담당자가 그들에게 옷 두 벌을 내어주고, 그는 그녀가 재킷을 입는 걸 도와준다. 이것은 두 번째 공통 어휘다.

그들은 이제 바이덴다머 다리를 건넌다. 바이덴다머 다리 중간, 오래전에 없어진 전쟁 이전 나라를 상징하는 철로 만든 제국 독수리를 지나간다. 한스는 무의식적으로 「프로이센의 이카루스」의 멜로디를 휘파람으로 불기 시작한다. 이어 그것이 대체 어떤 노래인지를 떠올린다. 비어만은 서독에서 열린 콘서트에서 그 노래를 불렀고, 그 뒤 동독 정부는 비어만의 시민권을 박탈하고 그를 추방해버렸다. 10년 전의 일이다. 나치의 수법인 추방령, 이것은 동독 정부에 대한 강한 반감을 불러왔다. 그 이후로 많은 친구가 동독을 떠났다. 한스 자신도 추방에 반대하는 '13인의 결의안'에 서명할 뻔했다. 그런데 지금 비스킷 포셀린* 같은 얼굴로 그의 옆을 걷는 그녀는? 물론 그 모든 것을 알지 못한다. 당시에 아직 아이였으므로.

카타리나는 정확히 3년 전에 여기 다리 위에서 그녀의 첫 남자친구였던 게르노와 찍은 사진을 떠올린다. 그는 늘 모자를 쓰고 다녔다. 학교 쉬는 시간에 뜰에서 놀 때도 그랬고, 물론 그 사진에서도 모자를

---

* 유약을 바르지 않고 하얀 흙의 질감을 그대로 살려 마감한 도자기.

쓴 모습이었다. 그녀는 걷다가 한스와 팔짱을 낀다. 그러고는 그가 손을 외투 주머니에서 빼긴 했지만, 아주 어색하고 뻣뻣하게 팔을 들고 있음을 알아챈다. 손은 그냥 주머니에 넣어요. 그녀는 말한다. 그는 그녀의 제안에 따라, 다시 손을 코트 주머니에 넣는다. 팔짱을 끼는 건 오로지 그녀만의 관심사라는 듯. 그녀는 책임을 기꺼이 자신에게로 돌린다. 3일 전, 버스에서 그를 만날 거라는 걸 까맣게 모른 채 아무 생각 없이 이 길을 걷지 않았던가. 집에서 10분만 더 늦게 나왔더라면, 또는 서점에서 잔돈을 맞춤하게 가지고 있지 않았더라면 모든 것이 아주 달라졌으리라고 생각하니, 머리가 어질어질해온다.

*그는 날아가버리지도, 추락하지도 않으리.** 그의 이성은 공공장소에서 그녀의 스킨십을 거부하기에도 역부족이다. 이런 식으로 가다간, 이성이 흐물흐물 녹아버릴 것만 같다. 절제에 대한 동경은 절제를 잃어버리는 것에 대한 소망, 딱 그만큼인 것이 틀림없다. 이 무슨 악마 같은 조건이란 말인가. 각 인간은 간헐적인 행복과 더불어 이런 싸움이 벌어지는 전쟁터일 뿐. 거기에 승리는 없다. *자만하지 말고, 지치지도 말자*고 그는 생각한다. 멜로디는 좋고 숨은 뜻을 지닌다. 비어만은 정말 엄청 똑똑한 작자다. 무엇보다 콘서트에서 가사 한 줄이 떠오르지 않거나 코드를 잘못 잡았을 때 그가 어떻게 했는지가 한스의 기억에 남아 있다. 수많은 관객 앞에서 기타를 들고 앉아 그는 마치 자신의 거실에 앉은 친구들인 양 모두에게 말을 걸었다. 자신을 파는 것을 아직 배우지 못한 사람, 그러나 바로 그렇기에 그는 잘 팔렸다. 그건 변증법이었다.

* 「프로이센의 이카루스」에 나오는 문장.

3년 전, 첫 남자친구인 게르노는 그녀의 처녀성을 빼앗으려 여러 차례 시도했다. 그러나 매번 너무 아파서 그녀는 자신이 영원히 처녀로 남는 것이 아닌지 겁이 났다. 게르노는 침대에서는 모자를 쓰지 않았다. 후렴의 '슈프레강'이라는 단어의 위종지*는 발아래 땅을 디딜 수 없는 불가능성에 대한 음악적 표현이다. 이것은 정말 탁월하다. 낯선 땅에서 비어만은 텔레비전이라는 우회로를 통해 자신의 국민들을 위해 노래했고, 노래를 통해 자신의 나라에서 추방당했다. 이 또한 변증법이다. 자신을 집으로 돌아가지 못하게 만든 그 가사를 음악회에서 더 이상 잇지 못하곤 했던 것도 놀랄 일이 아니다. 몽유병자 같은 불안을 안고 비어만은 그의 고국을 떠났다. 이런 시도들 중 하나가 끝난 뒤, 그녀는 46번 트램을 타고 집으로 돌아왔다. 그러고는 저녁에 팬티에 묻은 핏방울들을 보고, 마침내 해냈다는 걸 알았다.

호텔 린덴코르소 근처에서 당황스런 표정의 관광객 몇 명이 한스에게 영어로 묻는다. 맙소사 여기가 어디죠? 베를린이죠. 한스가 말한다. 예스 예스, 베를린, 하지만 동쪽인가요 서쪽인가요? 카타리나가 웃는다. 브란덴부르크 문을 보면서 어떻게 이곳이 동베를린인지 서베를린인지 모를 수가 있을까? 동쪽이라고 한스가 말한다. 미국인들은 긴장한 표정으로 서로 논의를 하기 시작한다. 정말 국경을 넘는 것도 모르고 동베를린으로 들어온 것일까? 이제 어떻게 빠져나갈까? 어쩌면 더 이상 빠져나가지 못하는 걸까? 다음 순간 슈타지**에게

---

* 딸림화음 뒤 으뜸화음으로 끝낼 듯한 자리에 6도 화음이 나오며 곡을 끝내는 기법. 끝날 듯 끝나지 않은 듯한 느낌을 준다.
** 동독의 국가안전부. 일종의 비밀정보기관이다.

붙잡혀 공산주의의 요리 솥에 던져질까? 그들은 서둘러 다시 도로변에 주차한 두 대의 차를 타고는 그곳을 떠난다. 한스와 카타리나는 킥킥대면서 운터 덴 린덴을 가로지른다. 그는 그녀에게 글린카 거리에 있는 그의 작업실을 보여주려 한다. 금요일에 거기서 출발해서 57번 버스를 탔던 것이다.

그곳은 먼지투성이다. 책장 선반에 녹음기가 있다. 레코드판, 음반, 카세트테이프. 테이블 위엔 종이 더미. 청소가 안 된 창문.

전망은 별로야, 라고 말하며 한스는 바깥 뒤뜰을 가리킨다. 뒤뜰의 콘크리트 바닥은 갈라져 있고, 모든 것이 답답하게 막혀 있다. 그는 카타리나에게 책상 의자를 권하고는 커다란 헤드폰 두 개를 씌워주고 단추를 누른다. *그는 세상의 잠을 흔들어 깨웠네. 번개 같은 말로.* 여태껏 이런 건 들어본 적이 없어서, 그녀는 완전히 곤추앉는다. 그는 창가에 서서 그녀가 듣는 것을 바라보며 담배를 피운다. 그녀가 집중하는 모습을 보는 건 좋은 느낌이다.

에른스트 부슈야. 민중가요 가수. 스페인 내전에 의용군으로 참여했던. 그의 녹음이 담긴 원본 테이프들은 바보들이 불태워버렸어. 라디오 방송국 녀석들이. 그의 음반 중 아직 창고에 있던 것도 다 부수어 폐기했지. 그게 언제였더라? 1952년이었어. 그는 6년 전, 그러니까 1980년에 세상을 떠났고, 그 이래로 그의 이름을 다시 입에 담을 수 있게 되었어.

카타리나의 외할아버지도 스페인 내전에 참전했다. 그녀는 외할아버지가 겨울에도 내내 쓰고 다녔던 검은 베레모가 기억난다. 그밖에는 외할아버지에 대해 거의 아는 것이 없다. 외할아버지가 돌아가셨을 때 그녀는 일곱 살이었다. 한스는 선반에서 작은 레코드판 몇 개를 꺼내 카타리나에게 건넨다.

이것들은 내가 개인적으로 가지고 있는 건데, 방송에 쓰려고 가져왔어. 부슈는 음반 회사를 직접 운영하며, 45개의 음반을 직접 제작했고, 각 음반에는 가사집과 그림들이 붙어 있었지. 카타리나는 가사를 읽어본다. 여기저기 열어보고, 페이지를 넘긴다. 그는 말년을 정신병원에서 보냈어. 한스가 말한다. 자기 집 지하에 시체들이 묻혀 있다고 그는 늘 이야기했대. 정열적으로 노래하지만, 진심이 묻어나네요, 라고 카타리나가 말한다. 맞아, 라고 한스가 말한다.

작업실에서 나가기 전 카타리나는 책상 위에서 한스의 사진 한 장을 발견한다. 가져도 돼요? 그녀가 묻자 한스가 대답한다. 환상을 품지 않게 해주는 방어벽 차원이야? 그녀는 말한다. 내일 부다페스트로 가는 기차에 앉아 있을 때, 이 모든 것이 꿈이 아니란 걸 알 수 있게요. 벌써 내일이야? 네, 그녀가 사진을 집는 동시에 그는 뒤에서 그녀를 안고는 목에 키스한다. 그가 그녀를 놔주고 나서야 비로소 그녀는 눈을 뜨고 사진을 조심스레 핸드백에 끼운다. 지금 읽는 중인 책 속에.

아! 맙소사, 당신의 책. 가니메트에 아직 있어야 할 텐데. 필름을 되감는 것처럼 모든 것이 되돌려진다. 운터 덴 린덴 거리, 린덴코르소, 바이덴다머 다리, 쉬프바우어담. 그곳엔 여전히 긴 흰색 앞치마를 두른 웨이터 두 명이 입구에 서 있고, 여전히 옷 보관소 담당자가 근무 중이며, 여전히 하이너 뮐러처럼 생긴 피아니스트가 연주 중이다. 그러나 이제 식당은 만원이다. 프랑스인, 영국인, 미국인 모두가 웃으며, 와자지껄 식사를 하고 있다. 입이 다물려 있지 않고 벌어져 있는데에는 이런저런 이유가 있을 것이다. 그들이 앉았던 테이블에도 다른 손님들이 앉아 있다. 다행히 매니저는 책이 담긴 종이봉투를 따로 챙겨놓았고, 그것을 담아놓은 종이봉투에는 흐릿한 철자로 이렇게 인쇄되어 있다. *잘 샀다, 즐겁게 샀다!*

나 집에 데려다줄래요? 그녀가 핸드백을 흔들며 오던 길을 그는 다시 그녀와 더불어 되돌아간다. 슈프레강 변을 따라 모퉁이를 돌고, 또다시 모퉁이를 돌아. 제2차 세계대전 때의 벙커 맞은편에 있는 공동주택. 도이치 극장이 보이는 집. 저 위 3층이 내 방이에요. 왼쪽에서 세 번째와 네 번째 창문. 그는 그녀 옆에 서서 올려다본다. 하필 그녀가 라인하르트 거리에 사는구나, 라인하르트 거리와 알브레히트 거리가 교차하는 모퉁이는 젊은 시절 그가 밤에 그토록 자주 지나다니던 곳인데. 연극을 보러 갈 때마다 여기를 지나쳤지. 이 집에 그녀가 사는 줄 모른 채로. 창문에 뭐가 붙어 있는 거야? 에곤 실레의 엽서요. 좋군. 그는 그렇게 말하고, 그녀의 방 안 모습을 상상해본다. 그녀는 말한다. 일주일밖에 안 걸려요. 그는 말한다. 내 생각 해줘. 그러고는 동시에 그녀가 왜 그래야 하지, 라고 생각한다. 그녀를 얼른 다시 잊어버리는 게 좋을지 그는 알지 못한다. 뻥 뚫린 거리에서 키스는 없다, 시선 교환뿐.

3

영원한 빛이 저들에게 비추어지리라!

그녀에게 주는 책에 그는 헌사로 「레퀴엠」 구절을 써놓았다. 이 구절을 인용한 뒤, 이름 대신 H라고만 쓰고 점을 찍었다. 책 제목은 『귀환』이다. 그녀는 자신에게 찾아온 행운이 아직 믿기지 않는다. 그녀는 점이 찍힌 H에 키스를 한다.

아그네스 줄 선물 잊지 마, 라고 복도에서 엄마가 외친다. 그녀는 엄마에게 알았어요, 라고 외치며, 동시에 어떤 음악이 특히나 마음에 들 때 코를 찡그리는 그의 모습을 떠올린다. 선글라스도! 알았어요. 그녀는 그렇게 외치며 잠시 눈을 감는다. 방금 전 작업실에서 나오기 전 그가 어떻게 그녀를 포옹하며 목에 키스를 했던가. 어서 서둘러, 딸아. 엄마가 이제 그녀의 방을 들여다보며 말한다. 그러고는 가방을 싸는 대신, 손에 책을 들고 창가에 서서 어둠 속을 지그시 응시하는 딸을 발견한다. 그래도 좋았나 보구나? 네, 무척. 카타리나가 말한다. 엄마가 고개를 끄덕인다. 기차가 몇 시 출발이야? 6시 28분. 오스트 역에서? 네. 그래, 알겠다. 어릴 적 친구 크리스티나와의 여행은 오래전에 계획해놓은 것이다. 금요일 날 57번 버스를 타기 훨씬 전에. 그녀는 여름 일정을 계획했지만, 이제 여름은 완전히 다른 여름이 되었다. 아그네스 집에 도착하기 전, 첫날 밤 묵을 곳은 정해놨어? 아니, 하지만 어떻게든 되겠죠.

카타리나와 크리스티나는 7년 동안 교실에서 맨 뒷줄 창가 자리에 앉아 앞뒤로 의자를 흔들었다. 의자를 흔들지 마라, 떠들지 마라, 라고 들었던 숱한 잔소리. 어두운 겨울 아침 카타리나 집 맞은편의 파란색 흰색으로 된 바둑판 모양의 노이바우,* 아래에서 열두 번째 줄맨 왼쪽 창 불이 정각에 켜지지 않으면, 카타리나는 친구를 깨우기위해 전화를 걸었다. 쉬는 시간엔 크리스티나에게 어젯밤 텔레비전에서 본 영화 이야기를 해주었다. 크리스티나의 집에는 텔레비전이 없었기 때문이다. 때로는 카타리나가 크리스티나의 집에서 잤고, 때로는 크리스티나가 카타리나의 집에서 잤다. 그럴 때면 늘 자정이 넘도록 침대에서 소곤거렸고, 몰래 이불 밑에서 라디오를 들었다. 크리스티나의 엄마나 카타리나의 엄마가 보러 오면 자는 척했다. 때로는 크리스티나의 웃음보가 터졌고, 때로는 카타리나의 웃음보가 터졌다. 그들은 함께 케이크를 구웠고, 변장하고, 구덩이를 파고, 폐품을 모으고, 밤이면 손전등을 가지고 창에서 창으로 모스부호 신호를 보냈으며, 함께 네 손 피아노를 치고, 뢰드그뢰드**를 먹었다.

크리스티나가 카타리나에게 굿나잇 키스를 하려고 한 것은 이미 사랑이었을까? 키스 없는 굿나잇이 훨씬 좋았다. 굿나잇. 그러나 둘은 늘 모든, 정말 모든 이야기를 했다. 그애가 닐 좋아한다고 생각해? 그애가 널 어떤 시선으로 보는지 봤어? 그애가 내게 어제도 쪽지를 찔러줬어. 정말? 이야기하고 이야기했다. 한 번이라도 조용히 있었던 적이 있었을까? 다른 방에서 자고 싶어 했던 적이? 혹은 서로 떨어지고 싶어 했던 적이? 그러다 크리스티나는 열네 살에 다른 학교로 전

---

*   Neubau. 1949년 이전에 지어진 알트바우와 구분해 그 이후로 지어진 신축 건물을
    뜻한다.
** 덴마크와 독일 북부의 달콤한 과일 요리.

학을 갔고, 일 년 뒤 카타리나도 전학을 갔다. 그리고 얼마 지나지 않아 카타리나는 엄마와 엄마의 두 번째 남편 랄프와 함께 더 커다란 아파트로 이사했다. 크리스티나는 지난가을부터 드레스덴에서 의학을 공부하고 있다. 지난 몇 년간 둘이 만나는 횟수는 점점 드물어졌다. 그건 좀 아쉬운 일이지만, 우정은 계속될 수 있지 않을까? 금발에 얼굴에는 늘 주근깨가 가득했던 크리스티나는 여전히 변함없는 모습으로, 43번 객차, 8번 칸, 5번 자리에 앉아 있다.

이 아침 카타리나는 어린 시절이 아득한 옛날처럼 느껴진다.

한스는 10년 전 비슷한 깊이의 관계가 있었다. 그 관계는 어느 7월의 여름밤, 부다페스트에서 끝났다. 카타리나가 하필 지금 부다페스트로 여행을 가는 건 나쁜 징조일까?

프라하를 지나자, 크리스티나와 카타리나는 기차 객실에서 잠시 둘만 있게 되었고, 이 틈을 타 카타리나는 바람의 방해를 피해, 창문을 위로 밀어 올리고는 드디어 크리스티나에게 사귀는 사람이 생겼다고 말한다. 아, 너 또 사랑에 빠졌어? 크리스티나가 말한다. 이번엔 좀 달라. 카타리나가 말한다. 그리고 크리스티나가 밝게 폭소를 터뜨리는 동안, 자신이 일요일 저녁 일기장에 한스의 이름을 제목처럼 크게 쓰고, 테두리를 둘러놓은 것을 떠올린다. 그는 작가야, 여기 이게 그의 책이야. 카타리나는 그렇게 말하며, *잘 샀다, 즐겁게 샀다!*라는 글씨가 흐릿하게 인쇄된 종이봉투에서 책을 꺼낸다.

크리스티나가 책을 집어 드는 동시에 책 속에 끼워두었던 한스의 사진이 떨어진다. 크리스티나는 몸을 굽혀 사진을 보고는 말한다. 좀 늙어 보이는데? 그러더니 그래그래, 여전히 취향이 독특하시구먼, 이라고 덧붙인다. 크리스티나에겐 옛날처럼 주근깨가 있다. 아마도 일생 동안 그것을 가지고 있게 될 것이다. 크리스티나는 별 관심도 없이 책을, 그의 책을, 카타리나 자신도 여유 있게 들춰보지 못한 한스의 책을 뒤적인다. 왼손에 사진을 든 채로. 사진을 구겨버리기라도 하면 어쩐다? 하지만 드디어 크리스티나는 책을 덮고, 사진을 책 속에 다시 끼우고는, 친구에게 넘겨주며 말한다. 우리 오늘 어디에서 자? 카타리나는 책을 다시 종이봉투에 담아 조심스레 배낭에 집어넣고 나서야, 누군가에게 조언을 얻었다고 말한다. 일단 고층 건물로 가래. 그러고는 엘리베이터를 타고 맨 위층으로 올라가, 계단실을 통해 옥상 테라스로 가라는구만.

또다시 그렇고 그런 네 아이디어로구먼. 크리스티나가 말한다.

2년 전 여름방학 때 첫 남자친구 게르노와 카타리나는 브라티슬라바역 한구석에 에어 매트리스를 펴고 자려 했다. 그런데 점검반이 오는 바람에 역 바깥, 벤치로 쫓겨났고, 게르노는 벤치에서 얼굴에 모자를 올려놓고 잠을 청했다. 그 모습이 꼭 시체처럼 보였던 기억이 난다. 새벽이 되자 겨드랑이 밑에 서류 가방을 낀 신사들이 출근길에 그들 곁을 지나갔고, 카타리나는 이런 상황이 못내 우스웠다.

그런데 그런 고층 건물은 대체 이디 있는 거야?

일단 주변을 돌아보자.

아내가 친구를 만나러 외출하고 루트비히가 시내를 돌아다니는 동안 한스는 빈집에서 카타리나의 이름을 세 번 큰 소리로 부르짖지 않고는 견디지 못한다. 네 음절 모두를.

옥상 테라스로 통하는 문은 굳게 닫혀 있다. 카타리나는 남의 집문 앞에 매트리스를 깔자고 하고, 크리스티나는 절대로 그렇게는 못한다고 옥신각신하는데, 그들 옆에서 현관문이 열리더니 나이 지긋한 아주머니 한 분이 밖을 내다본다. 여자아이들이 옥신각신하는 걸 들은 모양이다. 아주머니는 헝가리어로 뭐라고 뭐라고 하더니, 두 아가씨가 몹시 피곤한 상태임을 이해하고, 고개를 절레절레 흔들며, 집 안으로 들어오라고 손짓한다. 그러고는 미망인인 자신의 침대에 침대보를 새로 깔아 두 처녀에게 내어주고, 자신은 거실 소파로 자러 간다.

그리하여 카타리나는 어릴 적 친구 크리스티나와 함께 낯모르는 부부가 쓰던 침대에 눕는다. 침대 옆 탁자에는 성상과 자명종이 놓여 있고, 맞은편에는 래커칠 한 장롱이 있다. 어둠 속에 대고, 카타리나는 다시 한스 이야기를 시작한다. 예전에 그랬듯 친구와 나누는 모든 대화는 스스로 확인하는 과정이어야하므로, 카타리나는 맨 처음부터 이야기한다. 서점, 57번 버스, 소나기. 고가 아래 서 있다가 출발하려는데 보도블록에 끼어버린 구두 굽. 터널, 문 닫은 문화센터, 투티에서의 커피 타임, 나가서 작별, 그랬다가 그가 돌아온 이야기. 그의 책 제목도 바로 『돌이킴』*이라는 게 떠오른다. 하지만 이야기를 이어나가, 이상한 헤어스타일의 나무, 복도, 커다란 집. 음악, 오펜바흐슈투벤에서의 저녁 식사, 그러고 나서 다시 음악 듣기. 다만 그것이 「레퀴엠」이었다는 사실은 누락하고. 그런 다음 사랑.

뭐라고, 처음 만난 날 밤에 잤다고? 크리스티나가 말한다.

응, 카타리나가 말한다.

나이가 몇 살 많다고?

---

* 이 단어에는 전향이라는 뜻도 있다.

서른네 살 차이.

너 정말 미쳤구나. 크리스티나가 말한다.

일주일 전에는 그녀가 아직 없었다. 적어도 그가 사는 세상에는 없었다. 일주일 전만 해도 이 도시에 그를 혼자 버려둘 수 있는 대상은 도무지 없었다. 그러나 이제 그녀는 8일 내내 그를 홀로 내버려두고 있다. 일을 해야 하는데, 오로지 그녀 생각뿐이다. 사실 그는 그녀가 대체 누구인지 아직 전혀 알지 못하는데 말이다. 그는 약속대로 화요일 저녁에 곧장 편지를 써서, 투홀스키 거리의 중앙 우체국에 유치우편으로 맡겨놓는다. 그녀의 모든 속눈썹, 모든 걸음, 모든 말, 모든 웃음을 사랑한다고 쓴다. 속눈썹은 좀 너무했나, 삭제해야 할까? 그냥 둔다. 그러나 '웃음' 뒤에 마침표를 찍었던 걸 쉼표로 바꾸고, 이렇게 덧붙인다. 단 그대의 영혼만은, 난 아직 알지 못한다오. 보통 그는 모든 철자를 소문자로 적는데, 카타리나한테만큼은 헷갈림을 피하기 위해 전통적인 방식으로 쓴다.

수요일에 방송국에서 회의를 하고, 돌아오는 길에 달리 어쩔 수가 없어서, 잠시 오스트역에 내려, 그녀가 그저께 부다페스트로 떠났던 승강장에 가본다. 목요일에 라디오 1에서 근무하는 그의 기존 연인이 전화를 해오지만, 그녀에게 이번 주에는 시간이 없다고 말한다. 금요일에는 초저녁부터 연신 시계를 본다. 정확히 일주일 전 지금 이 시간에 57번 버스를 탔지. 그리고 이제 내려서, 터널을 통과해, 지금쯤은 커피숍에 앉아 있었겠군. 그런 다음 트램을 타고 집으로 왔지.

이제 그는 당시 그녀가 들여다보았던 부엌에서 아내 잉그리트와 아들과 함께 앉아 저녁 빵을 먹는다. 아내는 실험실에 대해, 그리고 아무도 맡지 않으려는 당 사무총장 자리를 둘러싼 알력 다툼에 대해 이야기해준다. 자신도 맡고 싶지 않단다. 그들은 이미 거실에 앉아 음악을 듣기 시작했다. 루트비히는 친구들을 만나러 나갔다 온다고 한다. 그래그래, 라고 잉그리트는 말한다. 한스도 고개를 끄덕인다.

카타리나의 엄마 친구인 아그네스가 구사하는 독일어는 굉장히 부드러워서 외국어처럼 들린다. 아그네스는 지금은 장성한 딸들의 방을 치워 그들에게 내어주며, 이제 너희가 내 딸들이야, 라고 말했다. 딸들의 방에는 오른쪽 벽에 면해 침대가 하나 있고, 왼쪽 벽에 면해 침대가 하나 있다. 크리스티나에겐 잘된 일이다. 크리스티나는 자신의 예전 절친이 최근에 창녀처럼 행동한 게 자못 충격이다. 카타리나에게도 잘된 일이다. 그녀는 저녁마다 침대에 누워서 한스의 책을 읽는다.

그래서, 잘 썼어?

응, 카타리나가 친구에게 대답한다.

하지만 그밖에는 더 이상 한스에 대해 아무 말도 하지 않는다.

베를린에서 한스와 함께한 이틀에 대한 기억이 부다페스트에서 경험하는 모든 것을 모래로 지우듯 지워버린다. 카타리나는 뵈뢰슈머르치 광장에 발을 디디며 생각한다. 불과 일주일 전에 이 발로 알렉산더 광장에서 직접 행복을 향해 걸어갔지. 다뉴브강 위의 체인브리지를 건너면서는 바이덴다머 다리에서 한스와 팔짱을 꼈던 일이 떠오른다. 그는 코트 주머니에 손을 넣고 있었지만, 둘은 커플처럼 공공장소를 산책했다.

방학도 거의 다 끝났으니 돌아가면 예과 졸업 시험을 준비해야 해. 크리스티나가 말한다.

난 방학이 없어. 휴가뿐이야. 일 년에 16일. 카타리나가 말한다.

하지만 네 새 남자친구가 어차피 유부남이니 그리 나쁘지 않네, 뭘.

카타리나는 친구의 주근깨 많은 얼굴을 쳐다보지 않고 말한다. 난 쾰른 여행을 신청했어. 8월에 할머니가 칠순이 되시거든.

정말? 크리스티나가 잠시 말을 잇지 못한다. 크리스티나는 서독에 친척이 없어서, 누텔라, 세제, 팬티스타킹 같은 것이 들어 있는 소포를 받아본 적이 없었다. 옛날에 둘은 서독에서 온 카타리나의 소포에 들어 있던 누텔라를 빵에 발라 먹는 대신, 그냥 숟가락으로 퍼먹으며 재밌어하곤 했다.

여행 허가가 나올 것 같아?

모르겠어. 일단 베를린으로 돌아가봐야 알아. 카타리나가 말한다. 쾰른 대성당은 모스크바의 크렘린 대성당에 비할 바가 아니라는 한스의 목소리가 들리는 듯하다.

열아홉 살짜리에게 여행을 허락한다는 건 상상할 수 없다고 크리스티나는 말한다.

두고 봐야지. 카타리나는 말하고는, 쾰른 여행 허가가 나면, 다시 한번 한스에게서 떨어져 있게 되겠구나, 라고 생각한다.

그곳도 여기와 비슷할 것 같아. 크리스티나가 말한다.

아마도. 카타리나가 말한다.

헝가리에서는 누구나 개인적으로 가게를 열 수 있다. 그래서 집 뒤뜰 같은 곳에도 옷과 액세서리를 파는 작은 가게들이 있다. 베를린에서는 구할 수 없는 것들이다. 가령 폭이 넓은 벨트. 청록색 셔츠. 뒷부분이 넓게 파인 원피스. 끈이 미끄러져 내리면, 위는 아무것도 입

지 않은 상태가 되겠군. 크리스티나가 말한다. 카타리나는 연인과의
재회를 위해 그 원피스를 산다. 하지만 그 말을 하지는 않고 아, 설마,
끈이 붙어 있겠지, 라고만 한다. 드넓은 다뉴브강이 도시를 부다와
페스트로 분리하고 있다. 하지만 한스가 이번 주에 마음이 바뀌면 어
쩌나?

뭘 하고 다녔니? 아그네스가 저녁에 묻는다. 크리스티나가 뭘 했
는지 이야기를 하고, 카타리나는 피곤해서 단박에 눕는다. 친구랑 구
경했던 거리와 광장들 이름은 벌써 잊어버렸다.

어느 순간 부다페스트에서의 일주일도 끝이 난다.

집으로 돌아가기 전날, 카타리나는 커다란 시장에서 베를린에서는
보지 못했던 채소를 산다. 헝가리어로 퍼들리자노크. 번역하면 가지
다. 그녀는 아그네스가 가르쳐준 대로 한스를 위해 요리를 할 것이다.
가지를 얇게 썰어 빵가루를 입혀서 기름에 튀기는 요리다. 처음에 카
타리나는 한스를 다시 만날 날이 며칠 남았는지 세었고, 그다음에는
시간을 세고, 이제 기차 안에서는 그 없이 견뎌야 하는 시간을 분으로
환산한다.

한스는 처음에 날짜를 세었고, 그다음 시간을 세었고, 그녀가 이미
베를린으로 돌아오는 기차에 앉아 있을 지금은 분을 센다. 처음에는
너무 허전해서, 알렉산더 광장으로 가서 첫날 함께 커피를 마셨던 카
페의 창문을 들여다보았다. 그들이 앉았던 테이블은 비어 있었다. 그
편이 더 나았지만, 동시에 비어 있는 테이블을 보니 마음이 아팠다. 자
신과 그녀가 저 안쪽에 앉아 있는 모습을 볼 거라고 기대했던 것일까?
밀랍 인형 박물관에서처럼, 밖에 서 있는 동시에 안에 앉아 있는 자

신의 모습을 볼 수 있기를? 그녀와 보냈던 그 모든 15분간을 그는 자꾸만 자꾸만 기억 속으로 불러온다. 마치 매 순간이 마지막이었던 것처럼. 그녀가 그에게로 돌아오지 않는다면 어떻게 할까? 가능하면 빠르게 다른 여자를 침대로 불러들이고, 그녀가 없는 동안 점점 더 생각의 중심으로 밀고 들어오는 함께했던 기억들을 다시 사소한 것으로 만들어야 할까. 하지만 어떻게 하면 그렇게 될지 알지 못한다. 알고 싶지도 않다.

4

그녀가 그를 기다렸듯이 그 역시 그녀를 기다렸다는 걸, 부다페스트에서 돌아온 날 저녁 투홀스키 거리 우체국 창구에서 그녀는 깨닫는다. *너를 되찾게 되면 내 품에 꼭 안아주고 싶어.* 그는 쓴다. *너를 되찾게 될까?* 그렇다. 그는 그녀를 되찾고, 그녀는 그를 되찾을 것이다. 그는 다음 날 아침 10시에 전화해달라고 부탁한다. 10시가 그녀의 아침 휴식 시간인 걸 그는 이미 알고 있다. 그러나 전화를 하려면, 슈테르츠 씨에게 따로 부탁해야 한다는 건 알지 못한다.

   최근에 해외여행 허가를 받아 떠났던 그녀의 전 남자친구 게르노가, 그녀에게 부퍼탈에 모노레일이 있다는 이야기를 해주려고 사무실 전화로 전화를 걸어왔을 때, 슈테르츠 씨는 못마땅해했다. 슈테르츠 씨는 그녀가 점심시간에 친구 시빌레와 소련 과학 문화의 집 1층 바에서 진토닉을 마시는 바람에 제시간에 딱 맞춰 들어오지 않는 것도 못마땅해한다. 한 잔, 때로는 두 잔. 슈테르츠 씨, 오늘 10시에 중요한 전화 한 통 해도 될까요? 불가피하다면. 슈테르츠 씨가 그녀에 대해 보고한다면, 서독 할머니에게로의 여행은 틀림없이 허가가 나오지 않을 것이다. 18시에 우리 집으로 올 수 있어? 네. 그렇게 전화는 끝났다. 감사해요. 슈테르츠 씨. 예외적으로 허락해준 거야. 분명히 해두자구. 네, 알겠어요. 그녀는 그렇게 말하고는 이머전 히터로 끓인 물을 티백이 담긴 자신의 컵에 붓는다. 나머지 아침 휴식 시간은 슈테르츠 씨 옆 자신의 자리에 앉아서 페퍼민트 차를 마시며 보낸다. 슈테르츠 씨는 그동안에 포장해온 빵을 꺼낸다. 설탕 줄까? 네, 좋아요.

그녀는 그림이 그려져 있지 않은 텅 빈 베를린 장벽과 휴경지 위 하늘에서 가을 비행을 연습하는 새 떼를 보는 걸 좋아한다. 어제는 엄마 생일이었고, 엄마는 매년 그렇듯 남편 랄프와 파티를 준비했다. 여느 해와 마찬가지로 랄프는 굴라시 수프를 끓이고, 엄마는 작은 미트볼과 감자 샐러드를 만들었다. 열다섯 명쯤 되는 손님 중 절반 이상이 한스와 아는 사이거나, 심지어 친한 사람들이다. 그녀는 한스와 처음 커피를 마셨을 때부터 그걸 알고 있다. 그러나 이런 자리에서는 한스의 이름을 절대로 언급해서는 안 된다. 물론 이런 파티에 결코 그를 남자친구 자격으로 초대할 수도 없을 것이다. 말하자면 그녀는 불법적인 관계를 맺고 있는 것이다.

그러나 다른 한편 지금부터 자신은 선택받은 사람이라고 생각하며, 「서푼짜리 오페라」에 나오는 「해적 제니의 노래」를 떠올린다. 그녀는 로테 레냐가 소프라노를 맡은 「서푼짜리 오페라」 음반을 수없이 들으며, 로테 레냐의 목소리인지 자신의 목소리인지 더 이상 구분할 수 없을 정도로 로테와 비슷한 높고 가는 소프라노 목소리로 이 노래를 수없이 따라 불렀다. *신사 여러분, 보시는 것처럼 오늘 저는 술잔을 닦으며 / 손님들의 이부자리를 정돈하지요. 제게 1페니를 주시면 저는 얼른 감사의 인사를 한답니다. / 당신들은 나의 누더기와 이 허름한 호텔을 보시면서도 / 지금 당신들과 이야기를 하는 여자가 누구인지 모르실 거예요.* 생애 처음으로 그녀는 장성한 남자의 사랑을 받고 있다. 처음으로 그녀는 만날 때마다 점점 더 빠져드는 경험을 하고 있다. 어찌하여 비밀에 부쳐야 하는 사랑이 공개적으로 말해도 되는 사랑보다 훨씬 더 행복할까, 그녀는 알고 싶다. 어제는 아무것도 모르는 엄마의 친구들 틈에 끼어 온몸으로 그 사실을 느꼈다.

비밀은 현재에 다 소비되지 않고 미래를 위한 힘을 지니기 때문일까? 또는 비밀스러운 사랑이 허락하는 파괴력과 연관된 것일까? 그런 다음 머리통이 떨어지면, 나는 말하죠, 에구머니나.

하지만 카타리나가 이런 생각을 마치기도 전에, 동료인 하이케가 식당에서 아침 식사를 하고 돌아온다. 헤이, 수습사원, 멍 때리는 거야? 몇 분간의 휴식 시간이 끝나고, 인쇄와 식자 기술을 배우는 견습생인 카타리나는 '1987년 소방대 탁상 달력' 조판 작업을 계속한다.

저녁 6시, 현관문을 연 한스는 문을 제대로 닫기도 전에, 급하게 그녀를 품에 안는다. 그럼에도 운 좋게 다시 한번 함께 밤을 보낼 수 있게 되었기에, 그는 시간적 여유를 갖고자 한다. 그녀도 은색으로 반짝이는 재킷을 벗지 않는다. 그는 터키식 커피를 따라준다. 샴페인은 이미 두 시간 전에 차게 해두었다. 잠시 후 찻잔 두 개와 와인잔 두 개가 침대 위쪽, 책들이 놓인 선반 위에 놓이고, 그들은 이불이 깔린 침대에 눕는다. 그는 침대를 부부 침대라고 부르지 않고, 그냥 넓은 카우치라고만 부른다. 키스를 하지만 우선은 다른 아무것도 하지 않는다. 샴페인과 커피를 마시고 포옹하고. 그녀는 그의 손길 아래에서 몸을 이리저리 움직이지만, 그는 여전히 그녀의 은색 재킷을 벗기지 않는다.

그는 지난주 동안 기다리는 법을 배웠다. 너를 기다리다가 거의 죽을 뻔했다고 그는 말한다. 그러나 동시에 고통이 나름 좋았다고 말한다. 그녀는 그의 머리를 자신에게로 끌어당겨 키스한다. 그는 어제 오전에 이미 싱켈슈투베에 오늘 저녁 테이블을 예약해놨다고 말한다. 신들을 압박해 네가 정말로 내게 돌아오게끔 하려고.

계획경제군요, 아주 좋은 아이디어예요, 라고 그녀는 말하며, 그에게 다시 한번 키스한다.

난 두려웠어. 그가 말한다

나도요, 라고 그녀는 말하며 자못 심각한 표정이 된다.

집에서 건너편 트램 정류장까지 다시금 강한 비가 그들을 놀라게 한다. 세찬 비가 쏟아진다. 하지만 2주 전 금요일부터 비는 그들의 친한 친구다. 귀에까지 물이 들어가고, 말하고 웃을 때 입에도 물이 들어간다. 그들은 물을 뚝뚝 떨어뜨리며, 싱켈슈투베에 도착한다. 가구가 주철 소재라 다행이다. 아이슬러의 「비를 묘사하는 14가지 방법」 알아? 몰라? 다시 집으로 돌아가면 틀어줄게. 그는 너무나 자연스럽게 집으로, 라고 말하고, 자신이 그토록 자연스럽게 그 말을 했다는 것조차 알아차리지 못한다.

식당은 사람으로 만원이다. 그러나 그들은 단둘이다. 서서히 머리칼도 다시 마른다. 그녀와 함께 있으면 일 초도 지루하지 않다. 그들이 말없이 그냥 서로를 바라보기만 할 때조차. 그리고 말들이 움직이면, 그것은 말이라기보다는, 말들이 움직이는 방식이며, 그 중간의 멈춤들이다. 그녀는 자신의 이모가 일하는 회사에서 궁전에 전등을 공급했다고 말하며, 손가락으로 위쪽을 가리킨다. 싱켈슈투베는 지하층에 있고, 전등은 저 위 홀에 걸려 있기 때문이다. 그리고 식사 도구도. 식사 도구도 위에 걸려 있어? 아니, 공화국 궁전을 위해 특별히 제작한 식사 도구도 이모네 회사에서 만든다고요. 그들은 즐겁다. 스푼 위에는 정말 공화국 궁전(Palast der Republik)을 뜻하는 PdR이 새겨져 있다.

이제 그녀는 그가 책에 쓴 이야기가 자전적인 이야기인지 궁금해한다. 그는 일부는 그렇고, 일부는 아니라고 한다. 하지만 그녀가 그걸 묻는다는 사실이 좋다고 말한다, 인간에게서 가장 중요한 것은 호기심이라면서. 에른스트 블로흐는 그 덕분에 91세까지 살았어. 에른스트 블로흐가 누구였죠? 그녀는 다시 그렇게 물음으로써 자신이 아흔한 살까지 살기 위한 조건을 갖추고 있음을 증명한다. 두 사람은 그들의 태어난 연도를 더하면, 그러니까 그가 태어난 해와 그녀가 태어난 해를 합산하면 딱 100이라는 수가 나온다는 걸 확인한다. 그렇다면 우연은 결코 우연일 수가 없을 터! 게다가 같은 세기를 살며 만나는 것이 얼마나 행운이냐고 그녀는 말한다. 그는 인류 역사를 통틀어 우리가 만나지 못할 가능성이 얼마나 큰지를 상상하면 속이 안 좋아진다고 말한다. 계산서가 오자 그는 주문한 석 잔의 코른* 중 마지막 잔을 마시고, 음식값을 지불한 뒤 조심스럽게 영수증을 챙긴다. 너의 헝가리 여행 후의 재회. 영수증은 잘 보관해야지.

돌아오는 길에 그는 트램에서 몇몇 젊은이의 눈길을 느낀다. 그처럼 나이 든 남자가 이 예쁜 숙녀—그의 옆이 아니라, 무릎에 앉아야 할 것 같은 숙녀—와 어떤 관계인지 가늠해보려는 듯한 시선들. 따라서 아직 볼에 솜털이 남아 있고, 수염이 막 자라기 시작한 저 애송이들이 이제 그의 경쟁자다. 한순간 가슴이 서늘해진다. 그러고 나서 그는 오직 그만이 그녀와 출생 연도를 합쳐 100이 되고, 그녀만이 그와 그렇게 된다는 사실을 애써 떠올린다.

---

* 밀이나 보리로 만든 독일의 증류주.

5

한스 아이슬러는 인터뷰에서 자기 작품을 '품위 있게 슬퍼하는 14가지 방법'이라고 묘사했다고 한스는 말한다. 음악을 듣기 위해 파란 카펫 위에 함께 누워 있을 때 카타리나는 여전히 반짝이는 은색 재킷을 벗지 않은 상태다. 사실 이건 영화 음악이라고, 한스는 말한다. 요리스 이벤스의 비에 관한 영화에 사용되었다고.

그녀는 눈을 감고, 알렉산더 광장 고가 아래에서 보행자들이 비가 그치기를 기다리며 서 있고 자동차들이 타이어로 물을 튀기며 지나가던 장면을 그려본다. 그가 처음에는 그녀 조금 앞에 서 있다가, 한 걸음 뒤로 물러나 그녀 옆에 서는 모습. 그가 의식적으로 그렇게 한 것이었을까? 비가 고가 저편의 포석에 물방울을 튀기던 모습, 그와 그녀가 물방울들을 보며, 서로 알기 전에도 이미 같은 장면을 눈에 담던 모습, 그들 외부에 놓인 제3의 사물에 함께 시선을 맞추던 상황이 기억 속에서 친밀하게 다가온다. 버스에서 내릴 때 이미 그들 사이에 최초의 직접적인 시선 교환이 일어났던가? 그 과정이 더 이상 정확히 기억나지 않는다는 사실이 그녀를 슬프게 한다.

다시 정적이 찾아오자, 한스는 1941년 6월에 히틀러가 소련을 침공했다고 말한다. 그리고 1941년 9월에 아이슬러가 뉴욕에 망명한 상태에서 이 작품을 작업하기 시작했다고. 그리고 붉은 군대가 모스크바 앞에서 히틀러를 저지하기 바로 직전인 11월에 아이슬러가 작품을 완성했다고.

그녀는 대답하지 않는다. 그는 그녀에게 너무 많은 것을 요구하는

지도 모른다.

아이슬러는 국가를 작곡하기도 했어.

그녀는 그건 안다고 말하며 그 멜로디를 휘파람으로 불기 시작한다. *폐허에서 부활하여,* 그는 멜로디에 맞춰 가사를 생각한다. 그가 지금 그녀의 나이였을 때만 해도 아직 현실에 부합했던 가사다. *그리고 미래를 향해 / 우리가 그대에게 봉사하게 하라 / 독일이여, 하나된 조국이여.* 그러나 서독은 1952년 파리 조약*을 맺으며 독일 통일의 꿈을 접었고, 그로써 좋든 싫든, 동독도 그렇게 했다. 그리하여 그 뒤 피오네르** 단원은 파란 스카프, 나중에는 빨간 스카프를 맨 채, 점호 장소에 서서 국가를 듣거나 흥얼거릴 수는 있었지만, 더 이상 멜로디에 맞춰 가사를 노래해서는 안 되었다.

한스는 자신이 무슨 생각을 했는지 카타리나가 알고 있기라도 한 것처럼 말한다. 베허는 하이든의 멜로디에 맞춰서도 부를 수 있게끔 가사를 썼고, 아이슬러는 서독 사람들과 같은 순간에 숨을 쉬게끔 자신의 멜로디를 작곡했어. 그로써 전쟁으로 인한 분단이 해소될 때까지 공동의 호흡이 잊혀지지 않도록.

그들은 함께 서로 다른 멜로디로 불러본다.

페에허어에서 부우화할해─아이슬러의 멜로디 대신 하이든의 멜로디에 맞추어.

---

* 프랑스, 서독, 이탈리아, 네덜란드, 벨기에, 룩셈부르크 사이에 체결된 조약으로, 유럽석탄철강공동체(ECSC)를 설립했다. 유럽석탄철강공동체는 이후 유럽공동체를 거쳐 유럽연합으로 이어졌다.

** 에른스트 텔만 피오네르(Ernst Thälmann Pioneer)는 8~13세 어린이로 구성된 동독의 소년단이다.

독일, 독일, 그 모오오든 것 위에… 라고 노래 부르며, 그는 벌써 좀 안 맞는데? 라며, 고개를 끄덕여 그녀의 동의를 구한다.

지금 가사는 통일, 정의, 그리고 자아아유, 라고 그녀가 고쳐준다.

맞아, 하지만 통일에 대한 선한 의지는 이런 가사로만 남았지, 라고 한스는 말한다. 아데나워는 나토 가입을 위해 동독을 팔아넘겼어.

'팔아넘겼다'니요?

그는 말한다. 러시아인들은 심지어 독일 전체에서 자유로운 비밀 선거를 허용하고자 했어. 단지 하나만은 허용하지 않았지. 하나된 독일이 소련을 견제하기 위한 군사동맹에 가입하는 것만은 말이야.

아하, 그녀는 말한다.

독·소전쟁에서 소련의 희생자가 2,700만에 이르렀던 것을 생각하면 이해할 수도 있는 일이지. 그들은 시험 삼아 심지어 스스로 나토에 가입을 신청하기도 했어.

누가요? 소련이?

소련이. 그러나 물론 신청은 받아들여지지 않았지. 반공산주의는 히틀러에서 서방 동맹국을 거쳐, 곧바로 서독으로 이어졌어. 하이든이 무슨 잘못이겠어. 그의 음악은 모든 훌륭한 음악이 그렇듯 살아남았을 뿐인데. 그는 그렇게 말하며, 같은 멜로디로 된 오스트리아 제국의 옛 황제 찬가를 부른다. 신이시여 보전하소서, 신이시여 보호오하소서, 우리 황제, 우리 나라를.

그녀는 그러는 동안 그의 배에 머리를 대고 누워 있기에, 그는 그녀가 웃는 걸 느낀다.

사실 참 이상하지. 그는 그녀에게 말한다기보다 자기 자신에게 혼잣말을 하듯 말한다. 사회주의 국가의 국가(國歌)가 모든 단어 중 가장 기독교적인 단어로 시작한다는 게. *부활하여,* 라니.

별로 이상하지 않은데요, 라고 그녀는 대답한다. 우선 철저히 무너진 다음에라야 비로소 부활이 가능한 것이니까요.

그럴 수도. 그는 말한다.

그녀는 커다란 공사장의 진흙을 아직도 기억한다. 어머니와 라이프치히 거리에 지어진 최초의 고층 아파트에 입주했을 때 사방이 공사판이었다. 예전에 활기 넘치는 시내였던 그곳은 폭격으로 말미암아 남아 있는 것이 별로 없었고, 그녀는 어린 시절 내내 진흙탕을 뚫고 아슬아슬 균형을 잡으며 다녔다. 그러다가 똑같이 생긴 네 개의 고층 아파트와 두 개의 학교, 세 개의 쇼핑센터가 딸린 새로운 지구가 지어지고, 더불어 아파트들과 가게들이 있는 넓은 상점가가 생겨났을 때, 이 모든 것이 드디어 완공되었을 때 그들은 알트바우*로 이사했다.

그녀는 생각에 잠긴 채 손가락으로 머리카락을 비비 꼰다. 그는 그녀를 내려다보며, 그녀가 예쁠 뿐 아니라, 정말 영리하기도 하다고 생각한다. 이렇게 계속되면 그들에겐 무슨 일이 일어날까?

내가 찬가로서 가장 좋아하는 노래를 소개할게, 라고 말하며 그는 몸을 일으킨다. 그는 그녀에게 브레히트가 지은 시에 아이슬러가 곡을 붙이고 직접 부른 「어린이 찬가」 음반을 찾아주려 한다. 그녀는 머리를 옆으로 치워 한스를 가로막지 않도록 한다. 브레히트의 이 가사 역시 하이든 곡에 어울렸을 거야. 한스가 말한다. 카타리나는 음악을 듣기 위해 팔꿈치를 바닥에 괴고는 노래를 들으며 카펫을 쳐다

---

* 1949년 이전에 지어진 집.

본다.

은혜에 노력이 부족하지 않고,
열정에 이성이 부족하지 않은 것은
훌륭한 독일이 다른 훌륭한 나라처럼
번영하기를 위함이라.

민족들이 강도를 만났을 때처럼
겁에 질리지 않고
다른 민족들에게처럼 우리에게도
그들의 손을 내밀도록 하기 위함이라.

우리는 모든 민족의 위에도
아래에도 있지 않고자 하네.
바다에서 알프스,
오데르강에서 라인강에 이르기까지.

우리는 이 나라를 더 좋은 나라로 만들기에
이 나라를 사랑하고 보호하려 하네.
우리에겐 이 나라가 가장 소중한 나라,
다른 민족들에겐 그들의 나라가 그러하듯이.

한스는 이 가사는 나치의 가사를 직접적으로 패러디한 거라고 말
한다. 그 어리석은 민족주의를 말이야. 있잖아… 마스강에서 메멜강

까지, 에취강에서 벨트 해협까지. 아니, 그녀는 알지 못한다. 맞아. 넌 그 시대에는 아직 태어나지 않았으니까. 다행이야. 그가 학교에 들어간 지 보름 만에 독일군은 폴란드를 침공했다. '벨트'(Belt)라는 말이 '벨트'(Welt, 세계)와 운이 맞아떨어지는 것도 놀랄 일이 아니다.

아이슬러는 약간 쉰 목소리로 노래하지만, 가수가 부르는 것보다 훨씬 더 흥미롭다고 카타리나는 말한다. 노래가 곧 그의 생각이라는 게 느껴져요.

그래, 단순히 '좋은 소리'가 아니라, 그냥 감상이 아니라, 음악 뒤에 숨겨진 생각이 중요하기 때문이지. 생각을 관두는 것이 아니라, 생각이 재미있어야 하는 거야.

하지만 때로는 생각을 관두는 것에서 재미를 찾아도 돼요. 그녀는 그렇게 말하며 일어나더니 주제를 바꿔, 드디어 은색 재킷을 벗고 그에게 등을 돌린다. 엉덩이가 시작되는 부분까지 깊이 파인 드레스를 입은 그녀의 뒷모습이 드디어 그의 눈에 들어온다. 그를 위해 특별히 부다페스트에서 구입한 원피스다.

날 위해 특별히 준비한 거야?

네, 그녀는 말한다.

그 말을 믿겠어, 라고 말하며 그는 그녀에게 키스한다. 그러고는 이렇게 덧붙인다. 그냥 네 모든 것을 믿겠어.

그냥 믿어, 라고 하지 않고, 의지적으로 믿겠다고 말하는 것이 좀 이상하지 않나, 라는 생각이 그녀의 뇌리에 스치는 동안, 그는 이미 원피스의 끈을 내리고, 그녀가 다시 자신을 마주 보게끔 돌려세운다. 원피스는 그녀의 날씬한 허리를 거쳐 바닥으로 미끄러지고, 그녀는 이제 꼭 끼는 흰 슬립만 입고 그의 앞에 서 있다. 손에 손을 잡고 어두운 복도를 통과해 그들이 '넓은 카우치'라 부르는 침대로 향하는 시간, 커다란 거울 앞을 지나치며, 그들은 잠시 그 앞에 멈춰 선다.

거울은 자신이 비춘 모든 사람의 모습을 기억하고 있을까요?

아마도, 라고 그는 대답한다. 나는 거울 속의 네 이 모습을 영원히 기억할게.

나도요, 라고 그녀는 대답한다.

그리고 그들은 계속 간다.

6

이른 아침 헤어질 때 카타리나는 그에게 후추와 빵가루를 사다놓으라고 당부한다. 카타리나는 퍼들리자노크, 라고만 말하고 그것을 독일어로 번역해주지 않는다. 그를 놀라게 해주기 위해서다.

그들은 내일 잉그리트와 루트비히가 우커마르크에서 열리는 여름 축제에 가고 없을 때, 처음으로 함께 요리를 하려고 한다. 잉그리트는 오래전부터 남편이 그런 축제에 별 흥미가 없다는 걸 알고 있었으므로, 그냥 집에 있으라고 말했다. 그녀가 축제에서 누군가를 만나기로 했는지 누가 알까마는, 여러 해 전부터 부부는 서로의 사생활을 너무 시시콜콜 감독하지 않기로 합의했다. 다만 이런 합의에 대해 외부에는 전혀 알리지 않기로 했다. 둘 중 어느 한쪽의 패배처럼 보여서는 안 되기 때문이다. 집에 내일 먹을 레드와인이 충분하던가? 오늘 그는 잠에서 깰 때 카타리나를 처음으로 달링이라고 불렀다. 그녀도 그를 달링이라 불렀다.

일하기 위해 늦은 오전 글린카 거리에 온 그는 작업실 문틈에 끼인 카타리나의 쪽지를 발견한다. 쪽지에는 아무런 말도 없이, 연분홍색 입술 자국만이 나 있고, 그 아래에 K.라고 적혀 있다. 한순간 훅 하고 몸이 달아오른다. 너무 기뻐서일까, 아니면 두려워서? 이 아가씨는 이미 그의 삶 한가운데에 들어와, 마치 그녀 자신의 삶인 것처럼 그 안에서 움직인다. 아침 휴식 시간에 작업실에 잠시 들렀나 보다. 바로 모퉁이만 돌면 그녀가 일하는 출판사니까.

그는 두 시간 뒤 단 한 문장도 제대로 쓸 수 없음을 깨닫고는 밖으로 나가 U반 쪽으로 걸어가 소비에트 과학 문화의 집 앞을 지나친다. 카타리나가 여기 1층 바에 앉아 친구와 진토닉을 마시고 있을지도 모른다. 하지만 아니다. 아무도 보이지 않는다.

저녁에 잉그리트가 잠자리에 든 뒤에 그는 다시 한번 서재 돌출창 앞 책상에 앉아 카타리나에게 편지를 쓰기 시작한다. 그 편지를 카타리나에게 줄지는 모르겠지만, 자신에게 일어나고 있는 일을 글로 정리해둘 수 있다면, 그의 몸뿐 아니라 이성까지 점령한 이 감정을 다시 통제할 수 있지 않을까. 그는 편지를 봉투에 넣고는 다시 한번 복도로 가서 거기에 걸어둔 외투 주머니를 뒤진다. 그렇다. 입술 자국이 찍힌 메모지가 주머니 안에 있고, 엊그제 저녁의 영수증이 아직 지갑 속에 들어 있다. 아직 뭐라고 칭해야 할지 모르는 막 시작된 일에 대한 이 두 가지 증거물도 그는 함께 봉투에 넣고, 아무것도 쓰지 않은 봉투를 책상 맨 아래 서랍의 다른 서류들 아래로 밀어 넣는다.
침대로 가는 길에 불을 끄기 위해 거실로 간다. 마지막으로 장스탠드의 스위치를 발로 눌러 끄기 전에 식당으로 통하는 통로를 힐끔 쳐다본다. 그곳 문틀에 그녀가 기대어 서 있었지, 라는 생각. 그녀가 서 있는 모습이 눈에 선하다. 그러고는 스탠드의 조명과 더불어 그녀의 모습도 꺼버린다. 다시 부부 침대가 된 '넓은 카우치'에 눕자, 잉그리트는 이미 잠든 상태다. 그가 누운 쪽에서 아직도 카타리나의 냄새가 난다.

아무도 문을 안 열어주네? 초인종을 누른 다음에야 카타리나는 현관문에 끼인 쪽지를 본다. 그 쪽지엔 이렇게 적혀 있다. *난 밑으로 내려갔어. 네가 걸어오는 걸 보려고.* 그녀는 무의식적으로 뒤를 돌아본다. 이제야 비로소 아래쪽에서 건물의 문이 열리고, 계단을 올라오는 한스의 발소리가 들린다. 그녀는 자신이 어떻게 걸어왔는지 기억을 더듬으며, 자신이 어떤 모습으로 보였을지를 상상해본다. 자신이 아내라도 되는 듯 베를린에서 한스와 함께 요리하려고 헝가리에서 사가지고 온 가지 두 개가 오른손에 든 망사 가방에 흔들거리며 매달려 있다. 예뻤어, 아주. 그는 그렇게 말하고는, 그녀가 키스하려 하자 옆집 문을 쳐다보며 슬쩍 고개를 젓는다. 일단 들어가서, 문을 닫은 다음에, 라고 그는 그녀의 귀에 속삭이며, 그녀가 걸어오는 걸 보면서 어떤 생각을 했는지를 말해준다. 그녀의 걸음걸이에서 그녀가 그를 만날 것을 기대하고 있음이 엿보였다고. 네가 어디로 가는지 알고 있는 건 나뿐이었다고. 그 말을 할 때 그의 입은 그녀에게 아주 가까이 있어서, 그 단어들이 그녀의 얼굴을 간지럽힌다.

이제 그녀는 부엌에 서서 큰 접시가 어느 칸에 있고, 작은 접시가 어디에 있는지, 더 잘 드는 칼은 무엇이며, 가스불을 붙일 때 쓰는 성냥은 어디 있는지 알아낸다. 그녀가 계란을 접시 가장자리에 쳐서 깨는 것을 보고 그는 그녀가 마치 소꿉놀이하듯 집안일을 한다고 생각한다.

그의 집 부엌에서 일하면서 그녀는 이제 자신이 그의 루틴에 들어가고 있는 것일까, 그리고 그로써 그의 아내의 루틴에도 들어가는 게 아닐까 생각한다. 이제 셋이 함께 얽히게 되는 것일까?

그는 마치 그녀와 함께 평범한 일상을 보내는 듯한 기분이다. 하지만 이런 평범함은 특별한 것이다. 다음 주에 잉그리트와 아들이 발트 해로 여행을 가면, 다시금 이런 특별함이 며칠 주어지겠지만, 그 이후에는 오랫동안 만날 수 없는 평범함이다.

서독 여행 허가 났어?

아뇨, 아직 기다리고 있어요. 그녀가 말하며, 아그네스가 선보였던 것처럼 마늘을 아주 잘게 썬다.

누가 일상의 루틴에 대해 책을 한 권 써야 할 텐데, 라고 그가 말한다.

그녀의 생각을 듣기라도 한 걸까? 그녀는 어깨너머로 그를 힐끗 보지만, 그의 생각은 이미 다른 방향으로 뻗어나간다. 그런 루틴에 들어가는 그 모든 경험과 숙고에 대해. 그리고 루틴 뒤의 태도에 대해. 수고, 평생에 걸친 반복, 신중함, 심지어 그 안에 들어가는 사랑, 무관심, 또는 권태에 대해.

그는 창턱에 기대고 서서 담배를 피운다. 그녀가 그의 도움을 일절 거부했기 때문이다. 그녀는 저민 가지를 계란 푼 물에 담갔다가 꺼내 마늘, 소금, 후추, 빵가루를 섞은 가루를 입힌다.

그녀가 말한다. 3학년 때 학교에서 '평소 어떻게 집안일을 돕나요?'라는 주제로 작문을 했거든요. 난 키친타월로 식사 도구의 물기를 닦는 일을 한다고 썼고, 같은 반 친구는 온 식구의 빨래를 도맡아 한다고 썼어요.

넌 아주 호강에 겨운 아이였군.

그 순간 나도 그걸 알게 됐어요.

프라이팬의 기름이 달구어져서, 그녀는 가루를 입혀놓은 첫 가지들을 기름에 넣는다.

선생님이 내 작문 가장자리에 이렇게 써놨더라고요. 키친타월로 칼의 물기를 닦을 때는 키친타월을 칼등 쪽으로 대야지, 날 쪽으로 대서는 안 된다고. 그렇게 해야 한다는 걸 알고는 있었지만, 작문에 그걸 쓰는 건 깜박했거든요.

그건 네게 당연했으니까.

그건 내게 당연했으니까.

당연한 걸 당연하지 않게 만드는 것, 그것이 기술이지.

아마도요.

방금 그의 말투가 너무 선생님 같았을까? 1~2년 전부터 그의 아들 루트비히는 아버지가 너무 잔소리가 많다고 느끼게 되었고, 한스가 좀 많이 나간다 싶으면 참지 못하고 짜증을 낸다. 그럴 때면 루트비히가 밖으로 나가자마자 잉그리트가 말한다. 그 앨 그냥 내버려둬. 그 나이엔 머릿속에 온통 딴생각으로 가득 차 있으니까. 하지만 이 숙녀는 그가 온전히 자신만의 생각을 말해도 열린 마음과 호기심으로 반응한다.

카타리나는 다 튀겨진 조각을 커다란 접시에 담고, 다음 조각들을 프라이팬에 넣는다. 한스는 담배를 입에 문 채, 테이블 위에 접시 두 개와 와인잔 두 개를 놓고 그 옆에 식사 도구와 냅킨을 놓은 뒤, 재를 턴다.

그녀는 그를 위해 요리한 첫 번째 음식이 담긴 접시를 식탁 한가운데에 놓는다. 그는 담배를 비벼 끄고, 이마에 흘러내린 머리카락들을 쓸어 넘긴다. 이제 그들은 식탁에 앉는다.

7

그녀는 이마에 흘러내린 머리카락을 쓸어 넘기는 그의 몸짓을 좋아한다. 그가 그렇게 하는 걸 맨 처음 본 것은 바로 버스에서 그를 지나쳐 뒷문 쪽으로 향할 때였다. 그는 허영심 있는 사람일까? 첫날의 이런 모습에 속았던 것은 아닐까. 하지만 그러는 동안 그녀는 생각한다. 속았으면 좀 어때. 지난 2주 동안 그녀는 그가 능숙하게 선보이는 많은 것보다 무의식적으로 드러내는 약한 부분에서 더욱더 그에 대한 사랑이 커지는 듯한 느낌이다. 누군가를 온전히 알고, 온전히 받아들인다는 것. 전에는 결코 그런 걸 원한 적이 없었는데… 그를 스케치하려 한다면, 자꾸만 얼굴로 흘러내리는 이 머리칼을 함께 담아야 할 것이다. 머리칼이 그늘을 드리워 얼굴에 윤곽을 부여하기 때문에.

그는 그녀에게 타이프 용지 한 장을 건넨다. 받침대로 쓸 책도 함께. 그러고는 그녀가 시키는 대로 창가의 의자에 앉는다.

스케치는 어디서 배웠어? 그녀의 연필이 종이 위에서 사각사각 소리를 내는 동안, 그가 묻는다.

젊은 인재의 집*의 그림 동호회에서요.

젊은 인재의 집? 루트비히도 한동안 그곳 합창반에 있었는데.

말하지 말아요. 지금 막 입을 그리고 있단 말이에요.

* 동베를린에 있던 청소년 문화센터.

74

종이 위에서 사각대는 연필 소리 외에는 한동안 정적이 감돈다.

이제 원한다면 일어서도 돼요. 카타리나는 그렇게 말하고는 계속해서 가는 선으로 음영 작업을 한다. 한스는 일어서서, 카타리나의 뒤로 가서 어깨너머로 그림을 본다. 한 뭉치의 머리칼이 흘러내려, 그의 얼굴에 그림자를 드리우는 부분은 온통 시커멓게 표현되어 있다.

웃기지 않아? 보이지 않는 부분을 무의식적으로 채워 넣는다는 게?

안 좋다고 생각하는군요.

아니, 정반대야. 그런데 그래픽이나 회화가 아닌 상업미술을 공부하려는 이유가 뭐야?

내 포트폴리오로는 충분하지 않아서요.

그걸 어떻게 알 수 있지?

그녀는 어깨를 으쓱한다.

난 네 그림이 정말 마음에 드는데. 그가 말한다.

글쎄요.

진심이야.

그녀는 미소를 지으며 종이를 바닥에 내려놓고 일어선다. 이제 그녀의 손이 다시 자유로워져, 자신이 방금 그린 얼굴을 만질 수 있다.

그녀는 자기 자신을 의심하는구나, 그는 생각한다. 하지만 그것은 자신의 잠재력을 아직 다 발휘하지 못하고 있다는 뜻이기도 하지. 그는 그녀의 야심을 일깨울 수 있을지도 모른다.

내가 태어난 날에 피카소가 뭘 그렸는지 보겠어? 그가 묻는다.

하필 당신 생일에 피카소가 그림을 그렸나요?

그래, 한스가 말한다. 내가 독일의 어느 촌구석에서 첫 호흡을 하며 울음을 터뜨리고 있을 때 피카소는 세 개의 스케치를 했어.

이제 그들은 나란히 앉아 몸을 숙이고는 「부상당한 미노타우로스」를 본다. 그들과 더불어 미노타우로스가 죽음을 맞이하게 될 경기장의 관중석에서 스케치된 여성들의 눈도 미노타우로스를 본다.

죽어가면서 미소를 짓네요, 카타리나가 말한다.

그래, 이상하지?

칼은 보이지만 누가 그를 죽였는지는 보이지 않아요.

세상은 3일 뒤에야 비로소 그걸 알게 되지. 한스는 그렇게 말하며 책장을 넘긴다.

카타리나는 다른 그림에서 거의 어린아이로 보일 정도로 젊은 테세우스가 미노타우로스의 목에 칼을 꽂고 있는 모습을 본다.

피카소가 팔 부분을 변화시켰네요. 그녀는 그렇게 말하며, 책장을 앞으로 다시 넘긴다.

그래, 내 생일에 미노타우로스의 팔은 여전히 몸을 지탱하고 있지. 하지만 테세우스의 발밑에서는 이미 시체의 팔이야.

그는 더 이상 싸우지 않네요. 자신의 죽음에 이미 동의해버린 듯.

그 장관을 보기 위해 입장료를 지불한 여성들도 마찬가지야.

딘지 한 여자만 그를 도우려고, 그에게 손을 뻗네요.

아리아드네일 거야.

실타래를 가진 여자?

미노타우로스의 이복누이지.

아하, 그렇군요.

아리아드네의 어머니는 남편, 즉 아리아드네의 아버지보다 황소가 더 매력적이라고 생각했어. 두 번째 자식인 미노타우로스의 모습에서 그 사실이 티가 났지. 아리아드네는 아버지에게 그 작은 괴물의 목숨을 구해달라고 애원했어. 하지만 몇 년 뒤 아리아드네는 연인 테세우스에게 어떻게 이복동생을 찾아서 찌를 수 있는지를 알려주었지.

좋은 이야기는 아니군요.

그래, 시간이 흐르면 변하지.

카타리나는 한동안 아무 말도 하지 않고, 그림들을 열심히 비교해가며 본다. 한껏 집중하는 탓에 이마가 절로 찌푸려진다. 화집을 이리 넘기고, 저리 넘겨 본다.

아쉽게도 그녀가 나이 드는 걸 난 볼 수 없겠구나, 라고 한스는 생각한다.

그녀는 말한다. 첫 번째 스케치에서는 미노타우로스가 자기 자신을 찌른 다음 칼을 떨어뜨린 것처럼 보이는데. 자, 봐요. 여기서는 심지어 칼을 아직 손에 들고 있어요.

하지만 왜 그는 경기장에서 자신을 찔러야 했을까?

사람들이 그에게 관심을 갖기를 바랐겠죠.

하지만 그건 통하지 않고, 여자들은 지루해하잖아.

카타리나는 그림 위쪽 가장자리에 있는 세 쌍의 눈을 가리키며 말한다. 여기 마지막 스케치에서는 여자들이 더 이상 그를 쳐다보지도 않고 있어요.

따라서 그는 완전히 헛되이 죽은 거야.

죽음의 미궁에 갇혀버린 셈이네요.

그렇지. 누구와 맞서 싸웠든 간에 마지막 가는 길은 외로운 법이야. 한스가 말한다.

그때 전화벨이 울려서 한스가 복도로 나가는 바람에, 카타리나는 한스의 이어지는 말은 알아듣지 못한다. 카타리나는 10분 정도 더 조용히 피카소 화집을 넘겨본다. 한스가 돌아와 잉그리트의 전화였다고 말하기까지.

카타리나는 자기의 외할아버지에게 그가 게르니카에서 파시스트에 대항해 싸웠는지를 더 이상 물어볼 수 없어서 아쉽다고 말한다.

게르니카에서 콘도르 군단이 세계대전에 참전하기 위한 훈련을 했지. 한스는 그렇게 말하며 카타리나의 무릎에 놓인, 두 쪽에 걸쳐 인쇄된 커다란 그림을 보며 고개를 주억인다.

그녀의 무릎 위에서 여자들이 목을 길게 늘이고 비명을 지르고, 그녀의 무릎 위에서 전사들이 죽어가고 있다. 그녀의 무릎 위에서 말들이 쓰러지기 직전에 울부짖고 있다. 이 젊은 숙녀의 무릎 위에 죽어가는 사람들로 가득한 방공호가 놓여 있다.

카타리나는 조심스럽게 화집을 덮고 한스에게 건넨다.

당시에 이성이 있는 사람은 모두 좌파였다고 한스가 말하며 서재로 건너가 피카소 화집을 다시 책장에 꽂는다.

카타리나는 외할아버지가 가을과 겨울에 늘 쓰고 다니던 베레모를 떠올린다. 해마다 노동절 시위 때 연단에 서서 손을 흔들던 다른 스페인 전사들과 똑같은 베레모였다. 모두 나이 드신 분들이었다. 카타리나가 기억하는 한 그들은 언제나 이미 늙어 있었다. 마치 그들에겐 젊음이 결코 없었던 것처럼. 5월 1일에 주먹을 높이 뻗을 때면, 주먹이 후들거렸다.

5분 뒤, 한스는 소파에 누워 그녀의 속옷 안으로 손을 집어넣는다.

그녀의 모든 애무를 거부하고, 그저 자신만 그녀를 만지고 싶어 한다. 그래서 그녀는 가만히 있는다. 하지만 얼마 뒤 그녀는 더 이상 가만히 있지 못한다. 그런 다음에야 비로소 그는 그녀의 옷을 완전히 벗기고, 그녀는 완전히 힘을 빼고 소파 등받이 너머로 고개를 떨어뜨리고 그에게 가까이 오라고 손짓한다. 그러나 그는 거리를 두고, 그녀의 다리를 한껏 벌린 채 그녀를 보기만 한다.

그거 알아? 나 결코 이런 적이 없다는 거. 그가 말한다.

뭘?

여자의 아랫도리를 이렇게 쳐다보는 거.

정말요?

응, 정말.

거리를 둔 채 말똥말똥한 정신으로, 그는 여태까지 품에 안았던 어떤 여자보다 그녀와 더 친밀하다고 생각한다.

아침을 먹으며 한스는 잉그리트와 루트비히의 기차가 오후 1시에 도착한다고 전해준다.

카타리나가 차를 마저 마시고, 반으로 가른 롤빵의 두 번째 반쪽에 꿀을 바르는 동안, 그녀는 한스가 이미 일어나 어제 사용한 두 와인잔, 아직 그녀의 립스틱 자국이 남아 있는 잔을 세심하게 닦아 도로 그릇장에 넣는 모습을 본다. 그녀의 저녁 빵이 담겼던 접시와, 이제 그녀가 아침 식사를 다 마치자, 아침 식사에 사용했던 접시도, 그리고 그에 딸린 포크, 나이프, 스푼도 씻어서 치우는 모습을 본다. 거실로 이동해서는 그가 어제 자신에게 그림을 그리라고 내주었던 연필들을 다시금 그의 책상 서랍 속에 정리해두는 모습을, 그리고 그녀가 사용하지 않은 타이프 용지들을 다시금 책장 위에 도로 가져다 놓는 모습을 본다. 그는 바닥에서 그녀의 스케치를 집더니 그것을 서류철 하나에 끼우고는 이건 네가 가져가는 것이 좋을 것 같아, 라고 한다. 그러고는 스케치를 할 때 그가 모델이 되어 앉았던 창가의 의자를 다시금 식탁 쪽으로 되돌리고, 의자 등받이에 어제 모양 그대로, 다시 아내의 카디건을 걸쳐놓는다. 그런 다음 밖으로 나가서는 너 칫솔을 깜박하고 갈 뻔했다! 라고 외치더니 어제저녁에 사랑을 나눌 때 밑에 깔았던 수건을 들고 복도를 걸어 그녀 쪽으로 온다. 칫솔을 챙기면서 그녀는 그가 어제의 얼룩이 묻은 수건을 빨래 바구니에 집어넣는 모습을 본다.

그런 다음 둘은 시내의 지붕들이 내려다보이는 높은 곳에 위치한 테이블에 앉아 있다. 한스는 슬퍼 보이는 웨이터를 보며, 봐, 저 가련한 사람 눈빛이 천상 슈타지네, 라고 한다. 최소한 이 안에서는 비를 맞지 않아 좋다고 카타리나는 말한다. 옆 테이블에서 나이 든 커플이 계산을 서로 따로따로 해달라고 하자, 카타리나는 코웃음 치듯 작은 한숨을 폭 쉰다. 하지만 그 뒤에는 다시 바깥의 것들이 전혀 무의미해진다. 한스는 다른 사람과 있을 때는 거의 경험하지 못하는 행복한 상태라고 말한다. 주변 모든 것에서 물러나 자기 자신에게로 이르는 상태. 자기 자신에게 이주하는 것이랄까… 한스는 그렇게 말하고는 자신의 코른 잔을 비운다. 이제 커피 한 잔 더. 그녀가 원한다면, 피치 멜바. 그녀는 그 디저트를 먹겠다고 한다.

8

월요일, 우편함에 쾰른 여행 허가서가 와 있다. 출발은 목요일이다. 곧장 할머니에게 전화를 하니, 할머니는 세상에, 우리 카타리나가 정말 쾰른에 오게 되었구나, 하면서, 이미 125마르크를 따로 챙겨두었으니 와서 사고 싶은 걸 사라고 하신다. 내가 비넨슈타히*를 구워놓을게. 그런데 이제 그만 끊어야지. 그러지 않으면 통화료가 많이 나올 테니. 아효, 아효. 국제전화니 말이야.

지금까지 카타리나는 베를린 장벽을 올려다보며 살았다. 국경 너머로 비행 연습을 하는 새들을 올려다보았을 뿐이다. 환풍구 철망 위를 걸어갈 때면, 발아래에서 서베를린 U반이 덜컹거리는 소리가 들리기도 했다. 심지어는 환풍구에서 올라와 사회주의 날씨와 섞이는 공기를 느끼기도 했다. 학교에 들어가 첫 8년간은 장벽 너머로 크고 환한 빛을 내는 서베를린 모르겐포스트의 시계를 보며 쉬는 시간이 아직 얼마나 남아 있는지를 확인했고, 언젠가 아파트 열쇠를 깜빡하고 안 가지고 나왔을 때는 13층 복도 창문에서 저 너머로 노동계급의 적인 슈프링거 빌딩 앞을 지나는 2층 버스를 세며 엄마가 집에 돌아올 때까지 시간을 죽였다. 서독 전체에서 할머니와 이모의 소포 냄새가 날까? 세제, 구미베어, 커피 냄새가? 최근에 산책을 하다가 장벽 너머 건축 현장에서 인부들이 뚝딱거리는 소리를 들었을 때, 저편은 정말 만질 수 있을 정도로 가깝게 느껴졌다. 이제 그녀는 처음으로

---

* 버터나 설탕을 바른 과자.

그곳에 발을 디디게 될 것이다.

한스에게 전화를 걸자, 그는 지금 손님이 있어서 통화를 할 수 없다고 말한다.

다음 날 오전, 슈테르츠 씨가 그녀에게 수화기를 건네준다. 오늘 퇴근할 때 데리러 갈게. 괜찮아? 아주 괜찮다. 그들에겐 달랑 이틀이 남아 있기에. 그녀가 출판사에서 나오자, 한스가 계단에 앉아 담배를 피우고 있다. 네가 자란 곳을 보여줄래? 그리하여 그들은 그녀가 어릴 적 늘 롤러스케이트를 탔던 매끈한 아스팔트 위를 산책한다. 제2차 세계대전 전부터 포장되어 있던 곳이다. 모든 거리가 자신의 끝을 향해 달리기 시작하는 베를린 한가운데, 이곳은 굉장히 조용하다. 그녀는 자신이 다녔던 학교도 보여준다. 쇼핑몰과 놀이터도. 라이프치히로 옮겨갈 거라는 아빠의 말을 들은 뒤, 그녀는 이곳 놀이터의 나무집 안으로 기어들어 갔었다. 열두 살 때였다.

쿠퍼그라벤 운하 난간에 기대어 중앙위원회와 국무원 건물 사이로 흐르는 물을 바라보며 한스가 그녀에게 묻는다. 혹시 아버지가 되어줄 사람을 찾고 있는 거야? 말도 안 돼. 그녀는 그렇게 밀하며 웃음을 터뜨린다. 그럼 당신은 딸을 원해요? 절대로. 이런 물살을 오래 쳐다보면, 굉장히 어지러워진다고 한스는 말한다. 어질어질 기분이 좋죠. 한스는 글쎄, 난 수영을 못 해, 라고 한다. 왜 못 해요? 물에 들어갈 때마다 물이 너무 차가워. 카타리나는 고개를 흔들며, 믿을 수 없어한다. 정말로 그것 때문에? 라고 카타리나는 묻는다. 그는 말한다. 아니, 사실은 아니야.

그는 아직 아무에게도 그 이야기를 한 적이 없다. 거의 50년이 지났는데도 그의 몸이 아직 그 일을 기억하고 있다는 것을. 그의 어머니가, 발밑에 땅이 없는 걸 느끼자마자 아들이 본능적으로 수영을 시작할 거라고 생각했기에 발트해에서 그를 무작정 바다로 끌고 들어가려 했던 일을.

그때 몇 살이었어요? 카타리나가 묻는다.

여섯 살 혹은 일곱 살.

엄마는 한사코 그를 떼어내려 했지만 그는 계속해서 엄마에게 매달렸고, 그의 다급한 외침에 손자를 구하기 위해 할머니가 해변에서 달려왔다.

할머니가 함께 계셔서 다행이었네.

우리 엄마는 틀림없이 고집을 꺾지 않았을 거야.

나중에 미안해하지 않았나요?

엄마는 내 히스테리가 정말 웃긴다고 했어. 더구나 남자애가 그게 뭐냐고. 그렇기도 했고.

본인도 그렇게 생각해요?

엄마는 자주 이 이야기를 했어. 재미 삼아. 모임이 있을 때.

한스의 뇌세포는 몸의 모든 나머지 세포와 마찬가지로 7년마다 새로워졌지만, 엄마의 이 말은 결코 지워지지 않고 남았다. 당시의 수치심은 지금까지도 들러붙어 있다.

하지만 그건 장난이 아니었네요.

그래, 보기에 따라.

어머니도 참.

하지만 엄마가 옳았어. 그러지 않았다면, 지금은 수영을 할 수 있을 텐데.

카타리나는 자기 옆에 서 있는 다 큰 아이의 어리석음이 우스워 마지못해 고개를 절레절레 흔든다.

급류에 나뭇조각들이 소용돌이치며 떠다닌다. 스티로폼 조각도.

물이 아무리 차가워도 살아 있지 않은 것들에겐 방해가 되지 않지.

자, 우리 카페 아르카데에 가자. 그가 말한다.

가는 길에 한스는 카타리나를 입구 통로 쪽으로 당겨서, 오래오래 포옹한다. 오늘과 내일만 지나면 그녀는 떠난다. 그러면 오늘 '지금' 이라 부르는 시간도 지나간다. 출판사 건물 계단에서의 기다림도, 롤러를 타는 아스팔트도, 학교도, 놀이터도, 소용돌이치는 물가에서 나눈 대화도, 지금 그녀를 안는 것도. 한 걸음, 한 걸음, 한 블록, 한 블록 그는 그녀와 그녀의 어린 시절을 훑는 산책을 했다. 한 걸음, 한 걸음, 한 블록, 한 블록, 그는 동시에 그들 공동의 기억을 만들어냈다. 그의 앞에 놓인 외로운 한 주를 위한 든든한 양식으로서의 기억을.

카타리나는 재건 공사 중인 독일 돔을 바라보며 말한다. 저 돔이 아직 폐허였던 시절, 저 안에서 첫 키스를 했죠.

이름이 뭐였어?

옌스.

뭐가 되었어?

목수.

그렇군.

그가 그것에 관심이 있을까? 사실 별로 관심이 없다. 독일 돔 오른편의 프랑스 돔은 이미 복원이 끝났고, 그 뒤편 모퉁이에 최근에 문을 연 카페가 있다. 그곳에서라면 한스가 지난 30년간 카페에서 함께 앉아 노닥거렸던 일당 중 한 사람을 만날 가능성이 거의 없다. 몰딩을 댄 초록색 콘크리트 외관. 아르누보풍인 듯한데, 그리 멋지지는 않네요, 카타리나가 말한다. 그래그래, 그렇게 멋지지는 않아. 하지만 내부는 멋져. 한스가 말한다.

몇 계단 올라가니 입구가 나온다. 둥근 테이블 상판은 대리석 재질이다. 그들이 자리에 앉자 웨이터가 이전에 손님들이 앉았던 흔적이 남은 테이블을 닦아준다. 한스가 두에트 담배를 꺼내 한 개비에 불을 붙인다. 카타리나는 맨살인 아래팔을 서늘한 돌 위에 얹고서 담배를 피우는 한스를 쳐다본다. 커피 두 잔, 스파클링 와인 두 잔.

우리가 가진 행복은 아무도 더 이상 앗아갈 수 없다고 한스는 말하고 카타리나는 그렇다고 수긍한다. 내가 지금 죽는다 해도, 네가 이 모든 것을 여전히, 영원히 갖게 될 거야. 하지만 당신은 죽지 않아요. 그래, 난 살아 있어, 라고 한스는 담배를 한 모금 들이마시며 말한다. 담배를 피울 때 그가 얼마나 멋져 보이는지 그는 알까? 하지만 앞날을 생각하면 우울해져. 그럼 미래를 생각하지 말고 과거를 회상해요. 젊디젊은 사람이 하필 그에게 과거를 회상하라고 하니, 그는 풋 하고 웃을 뻔한다. 그래, 그렇게. 그래그래, 그렇게, 라고 그는 고개를 끄덕인다. 그러고는 샴페인을 한 모금 마신 뒤 이렇게 덧붙인다. 다만 이 모든 것이 거짓된 이중생활이라면, 우리는 정말 곤경에 처할 거야. 그녀는 그 말에 대답 대신, 그냥 그의 손을 잡는다. 한스는 주변에 혹시 자신이나 그의 아내를 아는 사람들이 있을지도 모른다는 사실을 잊고, 그냥 그렇게 나란히 앉아 한동안 아름답고 조용한 시간을 보낸다. 그곳, 카페 아르카데에서.

두 시간 뒤, 그들은 영화관에서 나와 귀갓길에 오른다. 영화는 특별하지 않았지만, 그는 늘 영화관에 가는 걸 좋아한다. 그녀도 마찬가지다. 벌써 46번 트램이 온다. 그는 승차권 발권기에 10페니히짜리 동전 네 개를 집어넣는다. 그녀는 앞쪽으로 레버를 당기고는 두 사람 몫의 승차권을 끊는다. 그런데 그녀는 아무개 감독의 영화를 보았을까? 다른 아무개 감독의 영화는? 네, 아무개 감독의 영화는 보았고, 다른 아무개 감독 것은 못 보았어요. 트램이 갑자기 출발하는 바람에 한스가 비틀거린다. 손잡이를 꽉 잡아요, 누가 아니래, 잡을 곳이 마땅치 않잖아. 그녀는 아무개의 영화가 가장 좋다고 생각한다. 아, 그렇구나. 자, 이리 와, 앉자. 트램이 끼이익 소리를 내며 커브를 돌 때, 다행히 그들이 앉아 있다.

예전에 카타리나는 저 모퉁이에서 늘 기니피그를 위한 왕겨를 샀다. 모리츠라고 했었나? 아, 기니피그. 트램은 벌써 스타킹 수선집 앞을 지나간다. 저곳에 올 풀린 스타킹을 백 번은 가져갔는데. 그때 내가 당신이 그 근처에 사는 걸 알았더라면, 그래, 그랬더라면 넌 내게 네 풀린 올을 보여줬을 텐데. 그러니까요. 하지만 이제 벌써 내려야하는 정류장에 이르고, 트램이 멈추어 그들을 조용한 밤거리로 내보낸다. 한스의 집에 도착하기 직전 길 저편에서 무슨 소리가 나더니, 어느 집 문이 열리고 하얀 가운을 입은 여자가 달려 나오더니 맨발로 길을 건너, 말없이 그들 곁을 쌩하고 지나쳐서는, 모퉁이를 돌아 사라진다. 이상한 광경이로군. 그 여자를 쳐다보며 한스가 말한다. 카타리나는 100년에 한 번씩만 열리는 문이었던 거예요, 라고 한다.

그렇다. 그들의 출생 연도를 합하면, 100이 나온다.

집으로 올라가, 한스가 부엌에서 잔과 와인을 가져오는 동안 그녀는 파란 카펫에 자신의 금발 머리카락이 몇 가닥 남아 있는 것을 발견한다. 지난 방문의 흔적이다. 한스가 일요일에 그녀의 방문 흔적을 없앨 때, 이 머리카락은 간과했나 보다. 그의 아내는 아들과 함께 이미 발트해에 있다. 그럼에도 카타리나는 몸을 굽혀 머리카락을 떼어 내 휴지통에 넣는다. 휴지통에 붕 떠 있는 머리카락들.

우리 집에서 청소하는 사람은 나뿐이야? 라는 엄마의 목소리가 들리는 듯하다. 아니, 그렇지 않아, 엄마, 라고 그녀는 말하지만, 엄마는 이미 문을 쾅 닫고 나가버리고, 이어 엄마가 우는 소리가 들린다. 엄마는 운다. 퇴근해서 돌아오면 많이 잔다. 주말에도. 카타리나는 부엌 수납장에서 달그락거리는 소리 없이 접시를 꺼낸다. 소리 없이, 심지어 발소리도 들리지 않게 접시와 비스킷 봉지를 들고 자신의 방으로 들어간다. 방에 들어가서야 비스킷 봉지를 북 찢으면 기니피그 모리츠가 새된 소리를 낸다. 이제 뭔가 먹을 것이 생긴다고 믿기 때문이다. 아빠는 라이프치히에 있었고, 모리츠는 우리에 갇혀 있었고, 랄프는 2년 뒤에야 비로소 나타났다. 이 2년간 엄마는 아주 불행했고, 카타리나는 들리지 않고, 보이지 않게 사는 기술의 달인이 되었다.

한스가 돌아와 와인잔을 놓은 뒤 와인을 따른다. 거의 모든 모래가 벌써 시계를 빠져나갔구나, 그는 생각한다. 몇 알갱이만 남았다. 내일 오전에 그녀는 비자를 가지러 갈 것이고, 그녀가 쾰른에서 돌아오면, 그는 발트해로 가족 휴가를 가 있겠지. 그러고 나서 9월이면 다시 학기가 시작된다. 그가 공들여 만든 모든 추억은 그저 일상으로의 추락을 측정하는 고도계가 되겠지.

내일 오후에 다시 한번 알렉산더 광장에서 만날까?

다리 밑에서?

응.

다시 한번 3주 전과 같은 길을 가게요?

응.

같은 시간에?

응.

그러죠, 그녀가 말한다.

다음 날 그녀가 현관에서 나가기 전에 그는 잠깐 기다려! 라고 외
치고는, 다시 한번 책장 쪽으로 가서, 작은 책 한 권을 들고 돌아온다.
그러고는 잠시 뒤적여 원했던 부분을 찾은 뒤, 책을 현관 앞 궤 위에
놓고서는, 한 손으로는 책을 누르고, 다른 손으로 자신이 찾은 페이
지를 조심스럽게 찢어낸다. 그녀는 그 페이지로 시선을 던진다. 그가
말한다. 나중에 읽어봐. 그러나 그녀는 오래 기다리지 못한다. 그녀
가 층계의 첫 커브를 돌 즈음, 한스가 다시 한번 손을 흔든 다음 현관
문을 닫자, 그녀는 천천히 계단을 내려가면서, 그 페이지를 손에 들
고 읽는다. 너희는 묻는다. 그들이 함께한 지 얼마나 되었시?/ 얼마
안 되었어——그러면 그들은 언제 헤어질까?—곧/ 그렇게 사랑은 사
랑하는 이들에게 하나의 정류장인 듯하다. 이제 그는 이미 방으로 돌
아가서, 책을 도로 책장에 넣어두었을까? 찢어낸 페이지는 영원히
그 책에서 상실된 페이지로 남겠구나. 그녀는 생각한다. 이런 빈틈이
그녀가 그의 현실에 남긴 첫 흔적인가 보다, 라고.

그녀는 서독 여행 신청서를 냈던 바로 그 건물로 비자를 가지러 간
다. 아빠가 아직 베를린 외곽에 살 적에 종종 버스를 타고 지나치던

곳이다. 저 위 팡코 제3공원묘지에는 증조할머니가 묻혀 있다. 그러나 이런 크고 오래된 건물에 경찰서가 있다는 건 두 달 전까지도 까맣게 몰랐다. 건물은 잡초가 무성한 땅에 ㄱ자 모양으로 서 있다. 키 큰 나무들로 주변은 그늘에 잠겨 있고, 출입구 옆에는 이끼 낀 석고 미녀상이 경비를 선다. 카타리나는 이곳에 사람들이 드나드는 모습을 본 적이 없다. 하지만 건물 안에 들어서니 긴 복도에서 네온등이 치지직거리고, 리놀륨 냄새가 난다. 그리고 다른 관청에서처럼 여닫이문들이 열리고 닫힌다.

카타리나가 신청서를 내고 나서, 몇 주간 누가 무엇을 검토한 것일까? 여행 허가가 나온 것은 그녀의 외할아버지가 스페인 내전에서 반파시스트 편에 서서 싸웠기 때문일까? 아니면 슈테르츠 씨가 엄격하긴 해도, 아침에 그녀가 슈테르츠 씨 옆에서 차를 마시는 걸 은근 반기는 눈치이기 때문일까? 아니면 그녀가 결코 엄마를 곤경에 빠뜨리지 않을 것임을 모두가 알고 있기 때문일까? 또는 그녀의 아버지가 라이프치히의 교수라서? 아니면 그냥 그녀를 어린애로 여기기 때문일까?

책상 뒤편의 경찰관이 그녀의 작은 파란색 여권을 넘겨 본다. 여권 사진을 찍었을 때 그녀는 아직 학교에 다니고 있었고, 긴 머리에 앞가르마를 하고 있었다. 경찰은 이리저리 여권을 넘겨 본다. 1983년 헝가리 여행, 1984년과 1985년에도, 그리고 마지막으로 올해에도 2주 전에 헝가리 여행. 국립은행은 카타리나가 마르크를 포린트로 환전할 때마다 스탬프를 찍어주었다. 마지막으로 경찰관이 여권과 함께 비자를 책상 위로 내민다. 작은 쪽지다. 이게 있으면 내일 5시 15분에 원래는 넘어갈 수 없는 국경이 그녀에게 열린다. 카타리나는 100년에 한 번씩만 열리는 문과 함께, 엊저녁에 보았던 유령 같은 모습을 떠올린다. 다시 밖으로 나오니 여전히 여름이다.

그녀는 10페니히를 무인 돈통에 넣고서는, 찌그러진 양철 물뿌리개 하나를 집는다. 물뿌리개 위에는 빨간색으로 '팡코 3'이라고 쓰여 있다. 그런 다음에야 그녀는 엄마 없이는 이 거대한 공동묘지에서 증조할머니의 무덤을 절대로 찾지 못할 거라는 걸 깨닫고, 물뿌리개를 다시 제자리에 걸어둔다.

6시 5분 전, 카타리나와 한스는 3주 전처럼 다시 한번 알렉산더 광장의 고가 아래에서 만난다. 이번에는 비가 내리지 않고, 카타리나의 구두가 보도블록에 끼지도 않지만, 그들은 당시처럼 터널을 통과해, 당시처럼 막 문을 닫은 헝가리 문화센터로 걸어간다. 카타리나가 문으로 먼저 다가가고, 한스는 당시처럼 두 발짝 뒤처져 남는다. 그런 다음 그녀는 그에게로 다시 돌아오고, 둘은 한 걸음 한 걸음 조심스럽게 그들의 이야기의 안무를 완성한다. 카페에는 다시금 행복한 우연인 듯 그들이 처음에 앉았던 테이블이 아직 비어 있다. 한스는 말한다. 당시 네 친구들이 저 뒤쪽에 앉아 있는 바람에 네가 고개를 끄덕해서 아는 체를 했지. 당신은 코른이 없어서 보드카를 주문했죠. 난 그래도 이곳에 칸막이가 있어서 기뻤어. 모두가 우리가 함께 있는 걸 곧장 알아볼 수 없게끔. 난 커피를 블랙으로 주문했어요. 그러지 않으면 당신이 나를 진지한 사람으로 보지 않을까봐요. 그리고 난 네 팔을 쳐다봤지.

그렇게 그들은 서로에게, 또한 스스로에게 3주 전, 그들이 처음 만났을 때의 모든 일을 다시 한번 이야기한다. 어떤 건 두 사람 다 알고 있고, 어떤 건 둘 중 한 사람이 잊어버렸으며, 어떤 건 둘 중 한 사람이 눈치채지 못했고, 어떤 건 둘 중 한 사람만 생각했지만 발설하지 않았고, 그렇게 3주 전에 현재였던 것이 이 오후에 깊어지고, 변화하면서도 둘이 다시 알아볼 수 있는 윤곽으로 간직된다.

한스는 그 저녁에 단 한 가지만은 이야기하지 않는다. 카타리나가 부다페스트에 간 동안에 자신이 이 카페의 창문으로 지금 그들이 다시 앉은 이 테이블이 비어 있는 모습을 들여다봤다는 것만은.

9

필립이 왔었어. 스웨터를 가지러 왔다더라. 카타리나가 여행 가방을 싸려고 집에 돌아오자 엄마가 말한다. 필립이? 카타리나는 이제야 시간 약속을 지키지 않았던 남자친구를 떠올린다. 3주 전 금요일, 한스와 마주칠 것도 모른 채 출발하기 전에 카타리나는 필립을 기다렸다. 봄이 지나는 동안, 그녀는 간혹 노이바우 건물에 있는 필립의 방을 찾아가곤 했다. 그들은 함께 잤고, 밥 딜런의 노래를 들었다. 스웨터를 줬어요? 응. 잘했네. 카타리나는 필립을 단 일 초도 그리워하지 않았다. 필립도 마찬가지였을 것이다. 그렇지 않았다면 오늘에서야 나타났을 리가 없지. 그리고 너, 아빠에게 전화해야지. 할게요. 그리고 시빌레가 다시 한번 들러서 네게 돈을 준다더라. 쾰른에서 사올 물건 좀 부탁하고 싶다고. 오케이.

아빠, 나 사랑하는 사람 생겼어. 누군데? 열 살 많아요. 뭐, 좋네. 아니, 아빠보다 열 살 많다고. 아, 그래, 라고 아빠는 말하고는 수화기 너머로 한동안 말을 잇지 못한다. 네가 쾰른에 다녀오고 나서, 한번 조용히 이야기해보자, 알았지? 카타리나는 아빠가 지금 어떤 표정일지, 그가 수화기를 귀에 대고 어떻게 고개를 끄덕끄덕하고 있을지 정확히 안다. 때로는 마주 앉는 것보다 전화로 이야기하는 것이 더 편하다.

시빌레는 평소보다 말이 없다. 카타리나가 지난 저녁에 그녀를 만날 시간을 전혀 내지 못했기 때문이다. 그는 널 그냥 이용하는 거야. 시빌레는 드디어 그 말을 한다. 지난번 문화의 집에서 진토닉을 마실 때도 시빌레는 그렇게 말했다. 그 뒤 며칠간 카타리나는 점심시간에 시빌레와 만나지 않고, 예전 제국항공성 건물 구내식당에서 그냥 동료들과 함께 식사했다. 뭘 사다 줄까? 시빌레는 검은 플라스틱 쓰레기 봉지로 이어 붙인 반짝이는 미니스커트를 입고 카타리나의 침대에 앉아서 대답 대신 이렇게 말한다. 한 남자가 나타나는 바람에, 넌 우리의 우정을 그냥 저버리는구나. 난 우리의 우정을 저버리지 않아! 하지만 넌 비판을 받아들이지 못하잖아. 날 비판하는 게 아니라 나를 바보로 여기잖아. 바보는 아니지만 어리석은 거지. 그래, 그 정도로 잘 봐주니 기뻐해야겠네. 집 앞 어둠 속에서 밤나무가 바스락거리는 소리를 내고, 부엌에서 엄마가 빵을 자르고 랄프가 샐러드를 씻는 동안 둘은 카타리나의 방에서 옥신각신한다. 어느 순간 엄마가 "저녁 먹어라"라고 외친다. 네 번째 접시가 이미 식탁에 놓여있다. 샐러드 볼, 레버부르스트,* 빵, 래디시, 버터, 치즈, 차와 함께.

오늘 첫 산책을 다시 재현하면서 3주간의 틀을 만든 것은 뭔가를 변화시켰다. 독일 제1공영방송의 오늘의 뉴스입니다. 한스는 가죽 소파에 앉아 서독의 뉴스가 텔레비전 화면에 깜박거리는 것을 본다. 건성으로 그냥 멍하니 쳐다본다.

양을 새로운 질로 전복하는 것. 헤겔은 이를 변증법의 기본 원리라고 이야기했다. 그 뒤 엥겔스도, 그리고 레닌도 그렇게 말했다.

카타리나와 함께한 3주간 모든 것이 새로웠다. 그에게도 새롭고, 그녀에게도 새롭고, 커플로서의 그들에게도 새로웠다. 처음으로 그

* 간으로 만든 소시지.

는 그녀를 집으로 데려왔고, 처음으로 그녀와 함께 자신의 음악을 들었으며, 처음으로 그녀와 밥을 먹으러 갔고, 처음으로 그녀의 벗은 몸을 보았으며, 처음으로 그녀와 침대에 함께 누웠고, 처음으로 다른 여자를 부부 침대에 들였다. 그녀는 처음으로 그의 서재에 발을 들였고, 그와 함께 부슈와 아이슬러를 들었으며, 처음으로 그를 위해 요리했다. 처음으로 그는 거부감을 느끼지 않고 여자의 그곳을 눈여겨보았으며, 처음으로 카타리나를 달링이라 칭했고, 처음으로 누군가에게 자신이 수영을 못 하는 이유를 고백했으며, 처음으로 그녀와 함께 영화관에 갔고, 처음으로 그녀를 자신이 30년 전부터 오후와 저녁 시간을 보냈던 모든 장소에 데려갔다. 투티, 오펜바흐슈투벤, 가니메트, 공화국 궁전의 싱켈슈투베, 호텔 슈타트 베를린의 레스토랑, 최근에는 카페 아르카데까지.

루트비히가 태어난 뒤, 이렇듯 모든 것이 처음이었던 시절도 있었다. 새롭게 세상에 온 아이에게는 모든 것이 처음이었다. 처음으로 숨 쉬고, 처음으로 울고, 처음으로 엄마 젖을 먹고, 처음으로 누군가를 보고 웃고, 처음으로 장난감을 쥐고, 처음으로 스스로 고개를 기누고, 처음으로 뒤집고, 마침내 처음으로 스스로 일어서고, 일 년 뒤에는 첫 단어를 말했다. 잉그리트에게는 이 모든 것이 계속되는 기적이었다. 대체 아이가 어디에서 오는 것일까? 태어나기 전에는 어디 있었을까? 잉그리트는 그들 사이에 누워 잠든 아이를 바라보며 자주 그렇게 물었다. 그러나 그동안 한스는 아이의 이목구비에서 자신을 닮은 구석이 있는지를 살폈다. 자신의 얼굴이 새로운 피부로 다시 출현한 증거들을. 여전히 그와 아들 사이에는 닮은 구석이 거의 없어 보인다. 하지만 그의 착각일 것이다.

내가 당신의 삶에 불쑥 등장하기 전까지 당신은 왜 그리도 많은 것을 경험했나요? 카타리나는 오늘 오후 두 번째로 투티에 갔을 때 그렇게 물었다. 그는 하지만 넌 나의 새로운 눈이야,* 라고 대답해서 그녀를 웃게 했다.

뉴스 진행자는 오늘 읽은 종이들을 그러모으더니, 책상 위에서 종이들의 모서리를 쳐서 반듯하게 만든다. 그로써 오늘 일어났던 모든 일이 다시 정리되었다. 한스는 텔레비전을 끄고, 일어나서 프리드리히 엥겔스의 텍스트를 찾기 위해 책장으로 간다. 이 텍스트에 대해 그는 최근 잉그리트에게 전문적 조언을 구했다. 그는 화학을 전혀 이해하지 못하기 때문이다. C_3H_6의 양적 추가가 어떤 질적 차이를 가져오는지는, 우리가 에틸알코올 C_2H_6O에 다른 알코올을 혼합하지 않고 어떻게든 수월하게 마실 수 있게 만들어 섭취할 때와, 다음번에 같은 에틸알코올을 섭취하면서 여기에 악명 높은 퓨젤유의 주성분인 아밀알코올 $C_5H_{12}O$를 살짝 첨가할 때가 얼마나 다른지를 보면 알 수 있다. 우리의 머리는 다음 날 확실히 알아챈다. 취함과 이후에 찾아오는 숙취는 질로 변화된 양이라 해도 과언이 아니다. 한편으로는 에틸알코올이, 다른 한편으로는 첨가된 C_3H_6이 발휘하는 효과다. 그렇다. 한스가 오늘 카타리나와 함께 다시 한번 모든 것이 시작된 카페에 앉아 있었던 이래, 뭔가가 다르다. 처음으로의 귀환과 더불어 시작은 완결된 무언가가 되었다.

갑자기 추춧돌이 놓인 듯한 느낌이 난다. 그의 착각일까? 새로운 눈. 이제 뭔가가 뒤따르거나, 또는 아무것도 뒤따르지 않을 것이다.

---

* 독일어로 '불쑥 등장하다'(schneien)에는 '눈이 내리다'라는 뜻도 있다.

다만 헤겔의 말처럼, 있는 것과 없는 것 사이에는 진실로 차이가 없다는 것을 믿을 수 있다면… 그는 새벽에 카타리나를 역에 바래다주기 위해 4시에 일어날 것이다. 이런 일 역시 전에는 그 어떤 여자를 위해서도 해본 적이 없다.

안개 자욱한 새벽, 덴마크 대사관을 지키는 경찰관이 대기실 옆에 서서 한스를 지켜본다. 한스는 카타리나의 집 앞에 서서 불이 켜져 있던 그녀의 방에 불이 꺼지는 걸 본다. 그가 젊은 시절 그리도 자주 지나다녔던 거리에 카타리나가 사는 것이 우연일까? 카타리나는 엄마와 랄프와 인사를 나눈 뒤 계단을 내려온다. 무거운 나무 문이 열리고, 카타리나가 트렁크를 손에 들고 나타난다. 한스는 카타리나에게 키스하고는—경찰관이 유일한 증인이다—카타리나에게서 트렁크를 받아 든다. 슈프레강을 가로지르는 작은 다리를 통과해 조금만 가면 이 나라로부터의 출구가 나온다. 이곳은 동시에 카타리나의 여행 입구가 될 것이다.

퀼른에서 니수아즈 샐러드를 먹어봐, 그러면서 내 생각 해, 라고 한스가 말한다. 니수아즈 샐러드? 참치와 계란이 들어간 샐러드야. 니수아즈 샐러드, 참치와 계란, 이라고 카타리나가 반복한다. 작별의 포옹을 할 때 한스가 어정쩡하게 안는 바람에, 카타리나의 귀걸이가 화강암 포석에 떨어진다. 귀걸이를 다시 착용하자 한스가 묻는다. 우리가 모든 걸 제대로 한 걸까? 네, 라고 그녀는 말한다. 이제 그녀는 가야 한다, 정말로 시간이 다 되었다. 지체할 시간이 없다. 그래, 그럼. 한스는 몇 걸음 뒤에 다시 한번 뒤돌아본다. 그녀는 뒤돌아보지 않는다. 한스는 그녀의 뒷모습을 바라본다. 그녀의 생각은 이미 다른 곳에 가 있다. 앞에 놓인 모험에, 지금 이 순간과 일주일 뒤의 재회 사이 미지의 땅에서 그녀를 기다리는 모험에. 그래야지. 다만 그에겐 갑자기 공허감이 몰려온다. 속이 뒤집히기라도 하듯, 내면이 탈탈 털린 기분이다. 이제 속이 깡그리 뒤집힌 채 목과 어깨를 무겁게 짓누르는 이모든 살과 뼈와 내장을 질질 끌고 가야 한다.

택시 안에서 한스는 카타리나가 돌아와 우체국에서 찾게 될 편지에 뭐라고 쓸지를 생각한다. 그녀를 그에게서 멀리 떼어놓을 기차는 35분 뒤에야 비로소 오는데, 그에게 떠오른 첫마디는 바로 '환영해'다.

10

선발된 사람은 소수이고, 이런 소수는 모두 노인이다. 그녀만이 그렇지 않다. 그럼에도 그녀가 이곳에 줄을 서 있다는 것에 아무도 놀라지 않는다. 자신이 여권 사진과 여전히 비슷할까? 그녀는 아니라고 생각한다. 하지만 국경 관리인은 그녀에게 여권을 돌려주면서, 통과하라고 고갯짓한다.

터널을 통과해 승강장에 오르자, 이제 그녀는 갑자기 굳건한 장벽 반대편에 선다. 동쪽 편의 벽이 어떻게 생겼는지 그녀는 잘 안다. 동쪽 승강장에 서서 슈트라우스베르크, 에르크너 또는 아렌스펠데 방면으로 가는 기차를 기다릴 때는 동쪽 편의 장벽을 볼 수밖에 없다. 하지만 이제 갑자기 평소 안쪽에 있던 것이 바깥쪽에 있고, 평소에 일상이었던 것이 벽에 의해 단절되어 더 이상 보이지 않는다. 갑자기 모든 것이 거꾸로이고, 모든 것이 반대다. 이제 그녀는 그림의 뒤편에 있다. 이곳에선 전에 겉면이었던 것이 이제는 닿을 수 없는 뒷면이 되어버린나. 승상장 가장자리에서 0.5미터 떨어져 그려진 흰색 선, 기차가 도착해 정차하기 전에는 이 흰색 선을 넘어 선로에 가까이 가서는 안 된다고 확성기의 목소리가 말한다. 카타리나와 다른 승객들은 명령에 따라, 선을 넘지 않고, 승강장 중간쯤에서 대기한다.

홀의 좁은 쪽은 유리로 막혀 있어 건물의 윗부분과 공기가 통하지 않으므로, 이곳의 공기는 원칙적으로는 아직 동베를린의 공기다. 하지만 이곳 승강장에서 서쪽으로 기차가 출발하므로, 동시에 서베를린의 공기이기도 하다. 유리 프런트 앞 야외에는 철로 된 교량이 놓여 있어, 소총을 등에 멘 군인들이 순찰 도는 모습을 실루엣으로 분간할 수 있다. 선로와 평행하게 이어지는 장벽 뒤편에서는, 이편에서 봐도 굳건해 보이는 그 장벽 뒤에서는 오늘도 평소와 마찬가지로 카타리나가 잘 아는 S반이 슈트라우스베르크, 에르크, 아렌스펠데로 달려갈 것이다. 아니면 그러지 않을까? 지금까지 그녀의 현재였던 동쪽이 그녀에게 더 이상 보이지 않게 된 순간에 그곳은 존재하기를 완전히 그치게 되는 것일까? 프리드리히슈트라세역에서 평소와 다른 쪽으로 몇 걸음 걸어옴으로써 지금까지 자신의 현재였던 것을 과거로 밀어낸 것일까? 아니면 이 회색 역은 두 가지 서로 다른 현재를 한 지붕 아래 품을 수 있는 힘을 가진 장소일까? 두 가지 다른 시간, 두 가지 다른 일상을? 하나가 다른 하나의 지하 세계로 존재하는 두 일상을? 그러나 그렇다면 정확히 이 경계선에 서 있는 동안 그녀는 어디에 있는 것일까? 이곳이 무인지대*라고 불리는 것은 이곳을 배회하는 사람은 더 이상 자신이 누구인지 알지 못하기 때문일까?

기차가 들어와 멈춰 서고, 확성기를 통해 이제 흰색 선을 넘어도 좋다는 안내방송이 나와 모두가 선을 넘어 기차에 승차하려고 할 때 갑자기 낯익은 얼굴이 눈에 들어온다. 바로 옌스다. 생애 첫 키스를 한 그녀의 동급생. 옌스! 카타리나는 옌스의 이름을 부르며 옌스 쪽으로 다가간다. 너 여기서 뭐 하는 거야? 이 승강장에서 그녀 외에 단 한 사람의 유일한 젊은이가 예전 학교 동창이라니, 이건 기적에 가까운 일이 아닌가. 하지만 옌스는 그녀를 낯설게 바라보며, 마치 그녀를 기

---

*　no-man's land. 교전 중에 적군 사이에 설정된, 아무도 들어갈 수 없는 지역.

억하지 못하는 듯이 보인다. 그녀와 악수를 하긴 하지만, 여전히 아무 말도 하지 않는다. 우리 할머니가 칠순이 되셔. 카타리나가 말한다. 그런데 너는 여기 웬일이야? 넌 하나도 안 변했다! 그러나 옌스는 변했다. 아무 말도 없고, 재회를 기뻐하지도 않기 때문이다. 내가 사람을 잘못 봤나, 라고 카타리나는 생각하며, 자기도 모르게 그의 손을 내려다본다. 하지만 맞다. 새끼손가락이 없다. 옌스는 목수 견습생 첫해에 원형 톱에 새끼손가락을 잘렸던 것이다. 옌스는 옌스다. 하지만 이곳 장벽 반대편에서 옌스는 또한 옌스가 아니다. 그래, 기차 타야지. 그녀가 말한다. 그래. 옌스는 그렇게 대답하고 고개를 끄덕하더니 기차 반대편 끝으로 멀어져간다. 옌스가 더 이상 예전의 옌스가 아니라면, 그녀가 지금까지 알았던 일상 속에서도 보이지 않게 한 세계가 다른 세계와 섞여 있는 것일까. 그녀는 그런 생각을 하며, 마침내 기차 발판에 발을 올린다.

기차가 움직이며, 서서히 그녀가 앞쪽에서 익히 보아온 건물들의 뒤편을 지나쳐 간다. 알브레히트호프 호텔, 예술가 클럽 뫼베, 저 멀리 잠시 그녀가 사는 집과 그녀 방 창문이 보인다. 이제 더 이상 그녀가 없는 창문. 마지막으로 샤리테 병원의 오래된 벽이 다시 가깝게 보이더니 기차가 커브를 돌자, 이젠 그녀가 본 적이 없는 건물들만 보인다.

서독의 건물들은 어떤 모습일까? 일부 노이바우 건물들은 발코니가 파란색, 노란색, 심지어 주황색으로 칠해져 있지만 제라늄은 엄마 집 부엌 창턱에 있는 것과 똑같아 보인다. 그럼에도 서베를린의 발코니에서 빨래를 너는, 살집이 있는 평범한 아주머니에게서도 아우라가 느껴지는 것은 무엇 때문일까? 하지만 그때 기차는 다시 멈춘다. 동물원역이다. 카타리나가 정말로 동물원역에 왔단 말인가? 창가 자리라서 여행 가방을 든 사람들이 잘 보인다. 나이 든 여행객들과 젊은 여행객들이 두리번거리며 자신의 객차를 찾는다. 코카콜라를 파는 매점도 보인다. 그리고 마지막으로 차창 바로 아래, 아주 가까이에서 아이를 팔에 안고 친구인지 자매인지를 배웅하는 한 젊은 엄마의 모습을 본다. 객차에 눈에 띄지 않게 앉아서 카타리나는 그렇게 서독의 일상 한가운데에 있다. 아이를 안은 엄마는 낯선 이의 시선이 자신에게 머물고 있음을 알지 못한다. 그리고 쾰른행 기차에 앉은 평범한 여행객으로 보이는 카타리나가 처한 예외적인 상황에 대해서도 전혀 알지 못한다.

카타리나는 마치 단순히 보는 것을 통해 보이지 않는 것을 알아챌 수 있기라도 하듯 장면을 탐구한다. 이런 보이지 않는 것이 이 서베를린의 엄마에게도 후광을 드리운다. 이제 서베를린의 엄마는 아이의 손을 잡고 어린아이의 작은 손을 흔들며 기차에 오르는 친구 혹은 자매에게 뭐라뭐라 인사를 한다. 소리는 들리지 않지만 카타리나는 서베를린의 마돈나가 입술을 움직이는 모습을 본다. 손을 흔들어, 손을 흔들어, 아마도 그렇게 말하는 것일까. 동독 출신의 젊은 아가씨가 계속 자신을 응시하고 있다는 사실은 까맣게 모르는 채. 카타리나의 시선을 통해 이곳에서는 평범해 보이는 모든 것이 연극으로 바뀐다. 엄마가 아이의 손을 잡아 바이바이를 시키고 기차는 출발한다. 기차가 스르르 달려가면서, 카타리나는 자신이 예외적으로 시선을 던질 수 있게 된 이 세상 위로 메르세데스 벤츠의 별이 돌아가는 것을 본다.

홍해에 있는 섬을 아니?* 학창 시절의 우스갯소리가 이제 다시 떠

---

*   공산국가 동독을 홍해로, 서베를린을 섬으로 비유했다.

오른다. 서베를린은 크지 않다. 장벽을 뒤로하자마자, 기차는 다음 두 시간 동안 다시 동독의 영토를 달린다. 물론 정차역은 없다. 독일 군은 레닌을 카타리나가 지금 탄 기차와 비슷한 '밀봉 열차'에 태워 스위스 망명지에서 러시아로 보내지 않았던가? 신의 도움으로 동맹 국에 승리를 안겨줄 혁명의 불씨로서 말이다. *불씨가 불꽃이 되어 타 올랐다.* 피오네르 소년단 활동을 할 때 카타리나는 빨간색 벨루어지 로 글씨를 오려, 이 문장을 벽보 헤드라인으로 삼았다.

이제 다음 두 시간 동안 그녀는 창밖으로 잘 아는 나라의 풍경을 구경한다. 그러나 오늘, 이 기차의 창밖으로 보니 이런 풍경 또한 낯 설어 보인다. 어느 마을의 거리에 *사회주의=평화*라고 적힌 현수막이 걸려 있다. 트라비 자동차들이 군데군데 주차되어 있고, 앞치마를 두 른 나이 든 아낙들이 이른 아침에 채소밭을 매고 있다. 옥수수밭에서 는 이미 수확이 한창이다. 그러고 나서 기차는 다시 한번 서서, 마지 막 검문을 받고는 엘베강을 건넌다.

그 너머로는 황야가 적다. 밭은 모두 깨끗하게 구획지어져 있고, 마지막 구석까지 활용되고 있다. 그리고 더 작다. 집들은 새로 칠을 했거나, 붉은 벽돌로 지어져 있다. 여기 보이는 모든 것을 그녀는 집 에서 매일 저녁 텔레비전에 나오는 광고나 스릴러 영화에서 봐서 알 고 있다. 여기저기 빨랫줄에 걸려 있는 빨래는 아리엘 세제로 빤 것 이고, 자동차 브랜드 이름은 메르세데스, 푸조, 폭스바겐, 오펠이며, 집을 칠하는 데 사용되는 페인트는 건축자재 상점에서 판다. 그러나 이곳에서도 나이 든 아낙네들이 앞치마를 두르고 잡초를 뽑고 있다. 어느 순간에 카타리나는 창밖으로 스쳐 지나가는 서독의 일상을 보는 것에 익숙해져서, 다이어리를 꺼낸다. 그녀가 다이어리에 쓴 첫 문장은 이렇다. *이렇게 사랑할 수 있을 줄은 알지 못했다.*

끔찍한 곳이야, 쾰른 대성당을 바라보는 카타리나에게 한스의 목소리가 들리는 듯하다. 쾰른역 바로 옆, 저절로 높은 곳으로 시선을 강탈해버리는 대성당. *하지만 보아라. 저기 달빛 속에 / 저 거대한 녀석! / 악마처럼 시커멓게 우뚝 솟았다! / 이것은 쾰른 대성당.** 햇빛이 찬란한데도 저 거대한 녀석은 시커멓다. 뒤이어 쾰른의 친척들이 키우는 커다란 개 젠타가 쏜살같이 승강장으로 달려와 꼬리치며 그녀에게 뛰어오른다.

그만해 젠타, 라고 외치는 소리. 뒤이어 이모, 이모부, 할머니, 사촌이 다가오는 모습이 보인다. 아니, 이럴 수가. 카트린헨**이 쾰른에 오다니! 할머니가 그렇게 말하며, 카트린헨을 안고 입을 맞춘다. 오늘은 가게 문을 특별히 일찍 닫았어. 너를 마중 나오려고. 젠타는 모든 가족의 다리 사이로 요리조리 빠져나가며 기뻐서 컹컹 짖는다. 젠타는 그녀를 안다.

지난 부활절에 쾰른 친척들이 베를린을 방문했다. 그들은 일 년에 한두 번 이삼 일 정도 온다. 더 길게 머무르지는 못한다. 돈이 많이 들기 때문이다. 에리카, 봐봐, 한 사람당 하루에 최소 25마르크를 의무적으로 환전해야 해. 정말 너무해. 사촌인 카트린만이 미성년자라 동독에 입국할 때 강제 환전 대상에서 제외되어, 방학 내내 동독에서 카타리나와 함께하곤 했다. 카타리나와 함께 라이프치히 거리가 끝

---

* 하인리히 하이네(Heinrich Heine, 1797~1856)의 시 「독일 겨울동화」 중.
** 카트리나의 애칭.

나는 곳에서 롤러스케이트를 탔고, 사회주의 놀이터에서 카타리나와 함께 나무집에 옹송그리고 앉아 난생처음 담배를 피웠으며, 베를린 외곽에 있는 랄프의 별장에도 함께 갔고, 그 동네에 매년 여름 마련되는 텐트 영화관에서 좋아하는 마을 남자애한테 키스를 받기도 했다. *우리는 걷고 또 걷네, 마침내 / 대성당 광장에 다시 이를 때까지 / 그곳의 문은 활짝 열려 있었네, / 우리는 그곳에 들어갔네.*

뭐라고, 얘야? 대성당을 보고 싶다고? 지금 당장, 손에 트렁크를 든 채로? 말도 안 돼! 카트린과 카타리나는 수년 동안 자매지간인 그들의 어머니들처럼 규칙적으로 서로 편지를 교환했다. 집에 이미 커피 마실 준비가 되어 있단 말이야! 할머니도 아주 옛날부터 편지를 쓴다. 할머니가 아직 동베를린에 살고 있을 때는 장벽 때문에 왔다 갔다 하지 못하는 딸 아니에게, 그리고 할머니가 연금 생활자로서 서독의 딸 내외에게로 이주한 이후로는 동독에 있는 카타리나의 엄마 에리카에게. *나는 두 시간을 빼서 편지도 좀 쓰고, 꽃에 물도 주고 있어. 우리는 지난 4일간 비 한 방울 내리지 않고 날씨가 아주 화창했으니깐.* 25년 전부터 두 세대 간에, 나중에는 세 세대 간에 편지들이 오갔다. 마치 편지 교환이 계속되는 대화인 것처럼.

카트린과 카타리나는 이런 대화 가운데 커나갔고, 서로 떨어져서 영위하는 일상을 서로 나누고, 둘 중 하나가 더 빨리 자라면 서로 옷을 물려 입었다. *그건 그렇고 지금 우리는 감자를 곁들인 클롭세*를 만들었어. 엄마는 클롭세 한 개가 미처 프라이팬에 들어가지 못하고 남아서 속상해해.*

---

* 독일식 미트볼 요리.

이런 말 없는 대화는 장벽이 세워진 뒤 몇 주 안 되어서부터 시작되었다. 1961년 8월 12일 저녁 아니 이모는 우연히 서베를린에 있는 약혼자 만프레트에게 가서 밤을 보냈다. 그러는 바람에 그녀 스스로의 결정과 무관하게, 다음 날 아침 영원히 서쪽에 속하게 되었다. 아니 이모와 만프레트는 9월에 결혼을 할 수 있었지만, 양배추 롤, 쾨니히스베르거 클롭세, 버터크림 케이크 맛이 나는 고향은 장벽 뒤에 남겨졌고, 그때부터 우편으로 어머니의 레시피가 도착했다. *파슬리 다진 걸 넣은 다음, 끓이지 말고, 재빨리 냄비를 불에서 내려. 그러지 않으면 파슬리 색깔이 죽으니까. 이게 다야. 맛있게 먹어!* 장벽이 없었다면 이런 수많은 편지도 없었을까? 갑작스런 이별이 이토록 많은 편지를 쓰게 만들었을까?

이리 와, 에스컬레이터를 타자.

카트린과 카타리나는 그들이 이렇게 먼 거리를 두고 떨어져 있는데도 왜 좋은 친구가 되었는지에 대해 결코 생각해본 일이 없다. 그들의 엄마인 아니와 에리카가—둘 다 카타리나의 외할아버지가 참전 중에 휴가 나왔을 때 잉태되었다—그들의 아버지가 전쟁에서 무슨 일을 했는지를 결코 묻지 않았던 것처럼. 한 세대가 잊고자 했던 것은 터부로서 다음 세대로 옮겨갔고, 어른들이 아쉬워했던 일은 이유도 알지 못한 채, 15년 늦게 아이들이 이루었다. 카트린과 카타리나는 스스로가 자신의 삶의 주인이라고 생각했고, 열두 살이 넘으면서는 서로에게 보내는 편지를 아무도 열어보지 못하게 했다. 엄마도 아빠도 안 돼! 그렇게 그들은 서로 첫 번째 비밀을 공유했고, 자신들이 바라는 것, 좋아하는 것, 싫어하는 것이 사실은 어디로부터 오는지 조금도 생각하지 않았다. 그들의 모든 생각과 기호 안에 산 자뿐 아니라 죽은 자들이 살고 있고, 산 자와 죽은 자들이 영향을 미친다는 사실을 말이다. 서독에서 온 소포에 들어 있는 펠리컨 만년필로 쓰든, 네 가지 색을 번갈아 쓸 수 있는 체코제 볼펜으로 쓰든 상관없이 산 자와 죽은 자들이 그들의 글과 생각에 영향을 미친다는 사실을.

뭘 보고 싶니? 쇼핑은 꼭 쿨더 거리에서 해야 해. 로마 게르만 박물관 가고 싶어? 디오니소스 모자이크? 하지만 카타리나는 대답 없이 갑자기 멈춰 선다. 친척들은 멈칫한다. 왜 그래? 라고 이모가 묻는다. 지하철로 내려가는 계단 옆에 수염을 깎지 않은 노인이 앉아 있고, 거기서 2미터 떨어진 곳에는 젊은 아가씨가 앉아 있다. 카타리나보다 나이가 많아 보이지 않는데, 비쩍 마르고 아파 보인다. 그리고 그녀 옆에는 남루한 옷을 입은 두 청년이 앉아 있다. 그들은 모두 맨바닥에 앉아 있고, 노인 앞에 세워진 표지판에는 삐뚤삐뚤한 글씨로 *배가 고파요*, 라고 쓰여 있다. 청년 중 한 사람은 꾸벅꾸벅 졸고 있고, 한 사람은 처녀와 함께 잔돈이 놓인 접시 앞에서 누가 돈을 놓아주기를 기다리고 있다. 물론 카타리나는 서독에 거지가 있다는 걸 알고 있었다. 하지만 직접 눈으로 확인하는 건 완전히 다른 기분이다. *진실은 늘 구체적이다*, 라고 레닌이 말하지 않았던가?

한스는 최근 타자기로 빨간색 리본에 그 말을 타이핑해 2주 기념일에 그녀에게 선물해주었다. 불쌍한 사람들이라고 할머니는 말하고, 만프레트는 아, 뭘요. 그냥 게으른 거죠, 라고 한다. 너무 크게 말해서 그들이 들었을 게 분명하다. 일하러 갈 수 있지만 일하지 않고 술을 마시거나, 약을 하거나 한다고. 만프레트는 걸인들이 마치 생명이 없는 사람들이기라도 하듯 말한다. 마치 속을 솜으로 채운 인형들이기라도 한 듯. 정말로 선택할 수 있는데, 일하러 가지 않고 바닥에 앉아 구걸하는 삶을 택한 것일까? 카타리나는 무의식적으로 지갑을 꺼낸다. 하지만 지갑 안에는 이곳 거지들에게 하등 쓸모가 없는 사회주의 국가의 동전만 들어 있을 뿐이다. 자, 가자, 라고 이모는 말하고는 카타리나의 소매를 잡아끌며 계단을 내려간다. 걸인들이 시야에서 사라지고, 아래 승강장에서 카타리나는 겨울에 추울 때 저 사람들은 어떻게 하냐고 묻는다. 만프레트가 말한다. 아주 간단해. 겨울에는 히터 박스 위에 누워 있지.

지하철이 아주 커다란 소리를 내며 흔들리고 끼익거리며 가는 것은 좋다. 달리는 동안에는 카타리나가 입을 다물고 있는 것이 그다지 눈에 띄지 않으니까. 그녀의 침묵은 오래가서, 지하철 16호선이 처음엔 지하로, 이어 지상으로 달리는 10분간을 너끈히 채운다. 이모, 이모부, 사촌에게는 이런 걸인들의 모습이 일상적인 광경인 것이다. 얼마 전 한스는 뻔한 것을 뻔하지 않은 것으로 만드는 것이 바로 예술이라고 말했다. 이 사람들은 정말 구걸하지 않을 수 있는 선택권을 가지고 있는 것일까? 그러나 그때 이모가 지하철 안의 버튼을 눌러 문을 열며 말한다. 다 왔다.

자유는 어떤 모습일까? 할머니의 집은 반지하에 있다. 좋은 구역이고, 비싸! 하지만 난 아니네 집 근처에 살고 싶었어. 아니 이모도 남편, 카트린과 함께 비싼 구역에 산다. 하지만 노이바우라서, 다행히 집세를 감당할 만하단다.* 할머니는 거실 창문으로 훤히 보이는 화단

---

* 당시 독일에서는 일반적으로 신축건물인 노이바우가 구축건물인 알트바우보다 집

을 보면서, 좋지 않아? 난 아주 가까이에서 꽃을 본단다! 라고 말한다. 꽃 사이로 간혹 사람들의 다리가 보인다. 위층 집에 거주할 여력이 있는 사람들의 다리가. 할머니는 신발만 봐도 누구인지 다 안다고 말하며, 큰 소리로 웃고는 커피 물을 올리러 간다. 동베를린에선 다들 잘 지내? 아니 이모가 말한다. 카타리나는 이야기하며 주변을 둘러본다. 소파와 안락의자, 책장, 상판이 강낭콩 모양으로 생긴 테이블, 그 테이블 위에 놓인 고무나무, 그물 깁는 어부들 모습이 담긴 그림, 가운데 부분이 접힌 소파 쿠션, 테이블에 놓인 하늘색 커피잔들. 사실 카타리나는 이 모든 것이 기억 속에 생생하다. 5년 전까지 할머니는 동베를린에 사셨으니까.

어릴 적에 가지고 놀곤 했던 작은 놋쇠 통을 집어서 뚜껑을 연다. 그렇다. 통 안에 옛날과 똑같이 알록달록한 유황 머리를 한 성냥이 들어 있다. 카타리나는 서독에 시간 여행을 온 기분이다. 어린 시절로의 시간 여행. 나중에 화장실에 가니 에미 할머니의 동독 집에서 그랬듯이 욕실 온갖 군데에 빨래가 널려 있다. 히터 위와 세면대 아래쪽에, 그리고 몇 개는 욕실 장에서 벽까지 대각선으로 매어놓은 끈에 빨래집게로 고정되어 있다. 욕조 위에도 빨랫줄이 매어져 있다. 전에 에미 할머니의 동베를린 집 바로 뒤편에서는 국경수비대가 순찰을 돌았다. 그래서 할머니는 때로 장난 삼아 수건이나 행주를 부엌 베란다에서 아래쪽으로 털어, 먼지나 아침 식사를 하고 난 부스러기가 국경수비대원들의 콧속으로 날아들게 했다. 예전에 동독을 닦던 에미 할머니의 걸레는 이제는 서독을 닦는다.

세가 저렴했다.

아침 식사로 다논 요구르트가 나왔다. 카트린은 카타리나를 오토바이로 데리러 왔다. 이제 카타리나는 대성당 광장에서 거지들을 봐도 별로 놀라지 않는다. 다른 사람보다 운이 좋은 것에 이렇게 빨리 익숙해지는 것일까? 사촌이 구경을 시켜주고, 카타리나는 따라간다. 둘은 단숨에 현실을 떠나 성당으로 쏙 들어간다. 지상의 시간은 전혀 중요하지 않은 곳으로. 성당 안엔 고딕 양식의 기둥들이 얼어붙은 숲처럼 회색빛으로 서 있다. *광활한 공간을 지배하는 건 / 죽음과 밤과 침묵뿐 / 어둠을 제대로 보여주기 위해, / 여기저기 높은 등에 불을 밝혔다.* 하이네는 빛에서 어둠의 깊이를 인식했고, 밝은 것에 현혹되지 않았다. 마치 다가올 일을 예감했던 것처럼. 카타리나는 생각한다. 100년 뒤에 태어났더라면, 하이네는 독일에서 살아남지 못했을 것이다. 유대인으로서도, 사상가로서도 그랬을 것이다.

다시 밖으로 나온 뒤 사촌은 카타리나에게 탑을 가리켜 보인다. 폭격으로 파손된 탑이다. 당시 사람들은 탑이 무너지지 않도록 서둘러 벽돌로 구멍을 메꾸었다. 그리하여 그 부분은 '쾰른 대성당 충전재'라 불린다고 한다. 마치 고딕 양식의 탑이 이빨이라도 되는 듯이 말이다. 베를린으로 돌아가면 한스에게 설명을 해줘야지. 한스는 어릴 적 전쟁을 겪지 않았던가?

카트린의 약혼자인 크리스티안이 맥도날드에서 그들을 기다린다. 처음에는 아빠가 반대해서 힘들었지만, 지금은 이미 크리스티안도 가족의 일원이라고 말하며 그걸 증명하듯 카트린은 약혼자의 어깨에 머리를 기댄다. 셀프서비스 식당이 어떻게 이렇게 깨끗해 보이는 걸까? 하얀색 칠을 한 나무 격자 칸막이가 거의 성처럼 테이블 사이를 분리해주고 있기 때문이다. 사촌은 은행에서 인턴으로 일하고 있고, 크리스티안은 엔지니어가 되려 한다. 카트린은 인턴 면접에서 아데나워가 자신의 롤모델이라고 말했다. 아데나워? 왜 하필 아데나워야? 모르겠어. 여하튼 그 이름으로 무사통과했어. 크리스티안이 그 힌트를 주었다며, 카트린은 다시 그의 어깨에 머리를 기댄다. 나토의 회원국이 되기 위해 아데나워가 동독을 팔아치웠잖아. 카타리나가 말한다. 그래? 응, 한스가 최근에 말해줬어. 미안한데 말 나온 김에, 사촌이 말한다. 하지만 너 정말 그 늙은이랑 진심이야? 미래가 없잖아.

카타리나는 저녁 식사를 하기 위해 반지하로 돌아온다. 상 좀 차려줄래? 약속 시간인 18시인데 복도 선반에 있는 전화기는 잠잠하기만 하다. 내가 무를 썰게. 할머니가 말한다. 욕실에 갈 때마다 카타리나는 화장실 문에 설치된 거울로 다가가서는, 매번 이것이 한스의 거울이 아님을 상기한다. 그와 손에 손을 잡고 어두운 복도에서 거울 앞에 섰지… 카타리나는 할머니가 뭐라고 이야기하는 소리를 들으며, 그것이 한스의 목소리가 아니구나, 하고 생각한다.
　다음 날, 다다음 날, 그리고 사흘째 되는 날에도 카타리나는 쉴더 거리를 오르락내리락, 다시 오르락내리락거린다. 참치와 달걀을 곁들인 니수아즈 샐러드는 첫날에 당장 먹어치운다, 라인강을 내려다보면서. 그리고 다시 쉴더 거리를 오르내린다. 그녀가 사고 싶었던 모든 것이 그곳 상점에 있다. 가격도 싸다. 풀오버가 15마르크? 엑스퀴지트 상점*에만 있는 버건디색과 검은색 줄무늬 벨벳 풀오버를 사

* 동독의 고급품 판매점.

기 위해 그녀는 학창 시절의 마지막 방학에 2주 내내 유치원에서 청소 아르바이트를 해야 했다. 그 풀오버는 자그마치 140마르크였다. 그녀는 유치원에서 늘 부루퉁한 표정을 풀지 않는 교사에게서 걸레질하는 법을 배웠다. 한 번은 젖은 걸레질, 한 번은 마른 걸레질. 걸레에선 악취가 났다.

오르락내리락. 이모는 가격을 비교하라고 했다. 사흘이 다 지나갈 즈음, 어느 작은 옷가게의 도어맨이 카타리나에게 말한다. 애, 넌 교통비는 너끈히 벌겠다. 하지만 정말로 쉴더 거리를 내내 오르락내리락하다 보면 가격이 곤두박질치는 걸 볼 수 있다. 여름 원피스 한 벌이 아침에는 25마르크였는데, 점심에는 10마르크, 저녁에는 고작 2.5마르크 정도로 떨어진다. 아침, 점심, 저녁 모두 같은 원피스가 말이다. 오르락내리락. 여름 마감 세일이라고 사촌은 말한다. 그걸 바겐세일이라고 한다나. 카타리나는 처음 듣는 말들이다. 카타리나는 국민윤리학 수업에서 배웠던 사용가치와 교환가치의 차이에 대해 상기하려고 노력한다.

어떤 저녁에도 전화벨은 울리지 않는다.

한스는 휴가를 가서 아내와 잘까? 오르락내리락, 사고 싶은 품목들을 싸게 살 수 있을 때까지, 오르락내리락. 잘 골랐구나. 연금을 아껴 손녀가 쇼핑할 돈을 마련한 할머니는 그렇게 칭찬한다. 원피스, 멋진 구두, 티셔츠 다섯 장, 가벼운 풀오버 둘, 머플러 하나, 재킷 하나, 반바지 하나, 긴바지 하나. 그 모든 것을 합쳐도 100마르크도 채 되지 않는다. 믿기지 않는다. 보이지 않는 한스와 마주 앉아 라인강을 보며 먹은 니수아즈 샐러드는 셈에 넣지 않았다.

그에게 무슨 일이 생긴 걸까? 아, 애야, 그저 그곳에 전화기가 없어서일 거야. 할머니가 말한다. 카타리나는 할머니의 거울로 걸어간다. 다시금 이 거울은 한스 집 거울이 아니다.

내일이 비로소 할머니의 생일이다. 지금은 생일 전야제. 전야제는 밤 1시 반까지 계속된다. 감자샐러드, 미트볼, 마지막으로 버터크림 케이크. 베이스, 필링, 그리고 그 위에 무색 케이크 아이싱, 정확히 규정대로 사용해야만 제대로 된 모양이 나온다. 축하해요! 하지만 안타깝게도, 서독 여행 허가를 받지 못한 에리카는 이곳에서 함께할 수 없다. 카타리나는 엄마의 편지를 읽어준다. *마음만은 여러분과 함께 있답니다.* 자유가 마음에 드냐고 만프레트 이모부가 묻는다. 대성당이 아름답다고 카타리나는 말한다. 여기선 네 생각을 이야기해도 돼, 라고 이모부가 말한다. 카타리나는 알아요, 라고 한다. 사고 싶은 물건도 맘껏 사고. 샀어, 샀어. 할머니가 말한다. 내일 박물관에 갈래? 이모가 묻는다. 네. 그래, 상상해봐. 쾰른 사람들은 공습 대피소를 지으려다가 로마 시대의 유적을 발견했어. 그래서 바로 그 자리에 박물관을 지었지. 로마 시대 모자이크들은 들어서 옮길 수 있는 카펫이 아니니까. 슈냅스 더 마실 사람?

위에서는 공중전이 벌어지고, 그 모든 것 아래에는 도취와 쾌락의 신 디오니소스가 사각형으로 작게 묘사되어 있다. 위에서는 콜로니아 아그리피넨시스*가 불타고, 아래에선 벌거벗은 자가 영원히 여자들을 쫓아다니고, 먹고, 술 마시고, 음악이 연주되고, 화려한 동물들

---

* Colonia Agrippinensis. 쾰른은 서기 50년경 로마의 식민지로서 콜로니아 아그리피넨시스라고 불렸다.

이 등장한다. 당시 지상에서 국가를 상징하며 흰색, 검은색, 붉은색으로 펄럭이던, 이리저리 수직으로 굽은 십자가 문양은, 도시의 역사가 깃든 지하 바닥에서는 유쾌한 오르기아*를 상징하는 문양에 지나지 않는다. 이 모든 것을 한스와 함께 볼 수 없어서 안타깝다.

그는 오늘도 전화하지 않을 거예요. 카타리나가 저녁에 함께 무를 썰면서 에미 할머니에게 말한다. 하지만 얘야. 그는 유부남이잖니. 에미 할머니는 버터 접시, 레버부르스트가 담긴 접시, 피클 병, 빵 바구니, 소금과 후추를 식탁에 올려놓는다. 알아요. 카타리나가 말한다.

전에 말이야, 할머니는 냉장고로 가면서 말한다, 전에 내가 연금을 받기 위해 서류를 정리하다가, 카를의 서류철에서 두 장의 사진을 발견했지 뭐니.

누군가의 냉장고를 들여다보는 것은 영화를 보는 것과 같다고 얼마 전 한스는 말했다. 할머니는 어제 먹다 남은 감자샐러드 그릇을 한 손에 들고, 다른 손으로는 냉장고 문을 닫는다.

한 장은 카를이 어떤 여자와 함께 찍은 사진이고, 다른 한 장은 그여자가 아기를 안고 찍은 사진이었어. 그리고 뒷면에 카를의 필체로 한 사진에는 '스타방에르'라고 적혀 있고, 다른 사진에는 '게르티와 페테를레'라고 쓰여 있었지.

스타방에르가 뭐예요?

전쟁 때 카를이 소속된 부대가 주둔했던 노르웨이의 한 도시야.

카타리나는 랩을 벗기고, 숟가락을 안에 넣는다.

나는 20년간 카를과 결혼 생활을 했어. 할머니가 말한다. 두 딸을

---

*   Orgia. 디오니소스 신앙 의식.

두었고. 그럼에도 내 남편을 몰랐던 거야.

서독으로 이사 오고 나서 그 여자를 찾아봤어요?

아니, 뭐 하러? 그 여자와 그 아이는 나랑은 전혀 상관없는 남인데.
할머니가 말한다.

카타리나는 노르웨이에 페테를레 삼촌이 있다는 상상을 해보려
한다. 하지만 얼굴이 어떻게 생겼을지 전혀 상상이 되지 않는다.

카를 할아버지는 어떻게 돌아가셨어요?

알코올 중독이었어, 카트린헨. 쉰둘밖에 안 된 나이에 알코올 중독
으로 갔지. 할머니는 그렇게 말하고는 샐러드 그릇을 내려놓고 식탁
에 앉는다.

애야, 모든 것엔 늘 양면이 있단다. 할머니가 말한다. 하지만 할미
는 네가 행복해지길 바란다.

카타리나가 탄 기차는 8일 전 프리드리히슈트라세역을 출발해 서
베를린 쪽으로 움직였다. 그러고는 슈프레강을 건너고, 몇 시간 뒤에
엘베강을 건너 서독으로 들어왔다. 그리고 이곳에서의 마지막 날에
다시 국경을 통과해야 한다. 일생에 단 한 번밖에 보지 못할지도 모르
는 이 세계의 모든 것을 보아야 한다는 생각이 든다. 자유의 밑바닥을
눈으로 보아야 한다. 그리고 그 밑바닥은 의심할 바 없이 이곳일 터,
지하 세계로 가는 입구에 바로 '섹스숍'이라 적혀 있다. 쇼윈도에는
거의 벗다시피 한 여자들의 사진이 붙어 있다.

카타리나는 며칠 전 기차역 근처의 번잡하고 열악한 거리에서 이
가게를 발견했다. 그녀의 뒤로는 신호등의 리듬에 맞춰 자동차가 달
리고, 앞에는 불투명한 문이 있다. 카타리나는 8월의 환한 빛을 뒤로

하고, 어둑한 상점 안으로 들어선다. 잠시 눈앞이 깜깜하다가, 눈앞에 펼쳐지는 것들.

그리고 나서 갑자기 한 인간이 볼 수 있는 모든 것이 눈에 들어온다.

그녀는 남자의 성기들을 본다. 장밋빛, 혹은 흰색, 혹은 갈색 혹은 검은색 피부, 광택이 나는 둥근 대가리를 가진, 핏줄이 튀어나온 곧추선 음경. 그것들이 얼마나 뻣뻣하고 탱탱하게 음문에 끼이는지를, 그리고 입에 들어가는지를, 그것이 어떻게 가슴 사이에 들어가고, 어떻게 그것들을 손으로 감싸 쥘 수 있는지를 본다. 여성의 성기를 본다. 잔주름이 있는 살들, 털이 있거나, 면도를 했거나, 촉촉하거나 지저분한 그것들, 그것이 어떻게 벌어지는지, 그것이 어떻게 짓무르고, 광택이 나며, 늘어나는지를 본다, 그리고 풍만한 가슴을 본다. 크고 어두운 유륜이 있는 젖꼭지, 뾰족하고 라즈베리 같은 젖꼭지, 그리고 벌어진 입들을 본다. 벌어진 똥구멍들을 본다, 통통한 음순을, 주름진 고환을 본다. 모든 것이 서로 문질러지고, 치대어지고, 갈라지고, 눌린다, 조르고, 빨고, 세게 빨고, 침 뱉어진다. 따라서 그녀는 여기 자유의 밑바닥에서 여자의 가슴과 성기와 페니스를 본다. 곧추선 자지와 보지를 본다. 두꺼운 페니스들을, 음탕한 혀들을, 귀두에서 뿜어져 나오는 액체를, 엉덩이와 가슴 위로 뿜어져 나오는 액체를, 입들로 뿜어져 나오는 액체를, 눈꺼풀과 혀에 뿜어져 나오는 액체를. 점액을, 정자를, 침을, 오줌을, 똥을 본다. 흥분이 커다란 칼처럼 아랫도리를 저민다. 자유는 이 아래서 사람을 난도질하고 속을 헤집는다. 카타리나는 불투명한 문을 다시 밀어 열고는 밝은 빛 속으로 나온다.

젊은 아가씨가 섹스숍에서 나와서, 문 앞에서 우두커니 서 있는 광경이라니.

나랑 한잔하러 갈래, 라고 누군가 말을 건다.

미친 사람 아냐? 카타리나는 고개를 흔들고는 무작정 걸어간다. 어느 방향으로 가고 있는지도 모른 채.

좋은 하루 보냈니? 할머니네 집에 들어가자 할머니가 그렇게 묻는다. 카타리나는 네, 라고 대답하고는 더 이상 아무 말도 하지 않는다. 지옥에 얼룩지고 낡은, 값싼 카펫이 깔려 있으며 비디오테이프들이 진열된 선반장 앞에 서 있는 저주받은 사람들은 등만 보일 거라고 누가 생각할까, 인간이 가장 은밀하게 원하는 것이 개 목줄, 채찍, 재갈이라고 누가 생각할까? 머리를 염색한 판매원도 한때는 아이였을까? 그래서 카운터 위 축 늘어진 콘돔들이 담긴 그릇 바로 옆에, 사탕이 담긴 병이 놓여 있는 것일까?

카타리나는 가게에서 본 마스크와 전신 슈트에 대해 생각한다. 사람은 그를 아는 사람이 아무도 없을 때에만 자기 자신이 될 수 있는 것일까? 갈망을 충족시키는 것이 다만 돈의 문제라면, 모든 갈망이 돈에 대한 갈망으로 변질되지는 않을까? 사람들은 그런 일이 부끄러웠을 것이다. 그런 가게가 열악한 지역에 자리 잡고, 고객들을 불투명한 문 뒤에 숨기는 이유가 바로 그것일 것이다.

전화기는 복도의 작은 벽 선반에 있다. 카타리나는 한스에게 자신이 충분히 보았고, 이제 족하다고 말하고 싶다. 그러나 전화는 지금도 울리지 않는다.

애야, 실내화를 신으렴, 그러지 않으면 감기 걸려서 고생해.

II

투숙객용 전화기는 아래층 복도에 딱 한 대 있다. 하우스 추어 호엔 뒤네의 정문 바로 옆이다. 그래서 그는 이곳에서 카타리나에게 전화하기로 한 약속을 지키지 못했다. 해변은 굉장히 더웠다. 독서가 불가능할 정도로. 이제 잉그리트와 루트비히는 식탁에 앉아 체스를 두고 한스는 책을 읽는다. 저녁 식사까지는 아직 족히 한 시간이 남아 있다. 전화하기로 약속한 시간인 오후 6시에 한스는 책을 옆으로 치우고 의자를 창문 앞으로 가져다 놓고는 거기 앉아, 멀리 남서쪽을 바라보며 와인을 홀짝인다. 카타리나도 지금 어딘가에 앉아 그가 있는 먼 곳을 보고 있겠거니 한다.

등 뒤로 들리는 체스 두는 소리, 한 수를 두고 다음 수를 두기 전의 정적 속에서 한스는 카타리나가 최근 카페 아르카데에서 다리를 꼬던 모습을 떠올린다. 다리 사이로 손을 찔러 넣고 싶은 유혹을 그는 간신히 자제했다. 아, 어떻게 이 궁지에서 빠져나와야 할지 모르겠네. 잉그리트가 말한다. 다시 정적이 흐른다. 한스는 카타리나의 둥근 무릎이 좋다. 폰을 움직이시죠. 루트비히가 말한다. 폰이 움직여진다. 그다음에는 나이트, 비숍, 퀸이 움직여진다. 백, 흑, 백, 흑. 갑자기 한스는 북동쪽에 있는 그에게 향하는 카타리나의 시선을 느낀 듯한 기분이다. 600킬로미터의 거리를 뛰어넘어, 그의 그리움과 그녀의 그리움이 얽힌다. 그들 사이에 길도 없고, 시간도 없는 것처럼. 젠장, 그걸 못 봤네. 잉그리트가 말한다. 카타리나와 함께 살 수 있다면 얼마나 좋을까? 한 수 무를 생각 없어? 아니, 아니. 카타리나의 작은 콧구멍들, 흥분하면 떨리기 시작하는 콧방울. 체크, 루트비히가 말한다.

와인 한 잔을 더 따르기 위해 일어난 한스는 잉그리트와 루트비히가 얼마나 게임에 푹 빠져 있는지를 본다. 두 사람이 함께 앉아 있는 모습이 보기 좋다. 사실 그는 하나의 사랑이 조금이라도 다른 사랑을 식게 한다고는 생각하지 않는다.

휴가는 심심한 재충전의 시간이어야 한다. 그리고 휴가는 심심한 재충전의 시간이다. 한스는 해변에 누워 책을 읽다가, 졸다가, 몇 마디 말을 하다가, 걷다가 한다. 수영을 못 하기에 무릎까지만 물에 담근다. 그리움을 다스리려 하지만, 어떻게 다스려야 하는지 알지 못하고, 그늘을 찾고, 책을 읽고, 졸고, 길 잃고 그에게로 다가오는 공들을 놀이하는 사람들에게로 다시 던져준다.

한스는 루트비히와 모래성을 만든다. 루트비히는 어떤 면에서 여전히 어린아이다. 한스 자신도 어떤 면에서 아직 어린아이다. 한스는 다시 책을 읽는다. 한스는 알고 싶지 않지만 알아야 한다. 그리움이 정말 아프다는 것을. 아픈 부위를 지정할 수 없을 뿐. 그 아픔은 고대 그리스인들의 영혼이 살았던 횡격막에 있을까, 아니면 며칠 전부터 자꾸 리듬을 벗어나는 심장에 있을까, 아니면 꺾여버린 듯한 호흡에 있을까?

한스는 얕은 물에 서 본다. 이 휴가에서 두 번째로, 심지어 세 번째로 물에 들어간다. 그러나 그는 시선을 아래로 떨구고 몇 걸음 걸으면서, 휴가객들의 기름진 피부, 털난 팔다리를 지각하는 걸, 그로써 그것이 자신의 기억으로 입장하는 걸 거부한다. 한스는 타박타박 걸으며 자기 발가락 사이의 모래만 본다. 그는 호박을 찾지만 찾지 못한다. 이곳이 아닌 다른 곳으로 가려고, 신발에서 모래를 털어낸다. 그러나 이빨이 덜덜 떨리며 빠드득빠드득 갈린다. 박물관이나 가보자. 바이킹이 이곳 해변에서 그들의 약탈 행각으로 쌓인 피로를 풀었다. 그리고 이곳 뒤편의 들판에는 훈족이 묻혀 있다. 다른 곳에선 황새들이 둥지에 앉아 있다. 그리움은 좋은 날엔 모차르트의 위대한 G단조 교향곡 첫 박자처럼 들리고, 나쁜 날엔 그저 침묵하며 한스의 목덜미에 발을 딛고 선다. 그럼에도 한스는 살아간다.

어쨌든 시간은 간다. 외식하러 나가고, 아이스크림이나 케이크를 사 먹고, 좀더 시원한 날에는 자전거를 타고 다르스를 오르락내리락 한다. 한쪽으로는 리브니츠 방향으로, 다른 쪽으로는 바르트 방향으로. 시장 광장의 분수대는 그 주변을 도는 방문객들에게 자신의 네 가지 면을 보여준다.

우리는 배들을 제공하려네.
어부들의 풍요로운 항해를 위해.
우리는 사회주의 바르트에서
더 나은 삶을 일구려네.

농부들에게 봉사하기 위해
금속은 물처럼 흐르네.
우리는 새로운 기계를
빚고 주조하리라.
기계와 트랙터는
크나큰 힘을 선사해주는 것.

공동체는 생산협동조합에서
탄생한다네.

바르트의 어부들은
그물 가득 물고기를 잡아 귀환하네.
우리가 더욱 윤택하고 행복하게
살도록 도와주네.

횔덜린이 아니네, 잉그리트가 말한다. 그래, 쿠르트 바르텔이야. 한스가 말한다. 루트비히는 노동자 시인이었던 쿠르트 바르텔 루트비히가 줄여서 쿠바라고 불렸다는 이야기를 듣는다. 루트비히의 관심은 기껏해야 3초 반 정도 유지될까. 21, 22, 23, 그리고 조금 더. 아버지를 위해 잠시 미소를 지어주기에 충분한 시간.

원래 그는 엄청난 천재였어.

당신 입에서 나오는 '원래'라는 말은 마치 사형 선고처럼 들린다고 잉그리트는 말한다.

그래, 한스는 말한다. 의도를 감추는 것은 힘들지. 자신과 자기 사람들의 의도를.

그게 쉬우면 누구나 시인이 되게.

아무것도 원하지 않는다면, 왜 고생을 하는 걸까?

깨달으려고.

그래, 맞아.

잉그리트는 그런 순간에 한스가 그저 그녀와 농담을 하고 있는 것인지, 아니면 자신의 생각을 분명히 하기 위해 정말로 그녀를 필요로

하는 것인지 알지 못한다.

쿠바는 자신이 그렇게 소망했다는 것으로 만족했어.

당신은 정말 분수가 생긴 뒤로 철강 노동자, 어부, 농부들이 저녁마다 함께 어울려 술집에 갈 거라고 생각해?

아마도.

말도 안 돼. 소망은 더러운 걸레보다도 측정 결과를 왜곡해.

잉그리트의 그런 문장을 좋아하던 시절이 있었다. 집으로 돌아오는 길, 한스의 시선은 추어 호엔 뒤네 입구 바로 옆 전화박스를 스친다. 한스는 아침에 빵을 사러 가면서 몇 번 공중전화 박스에서 쾰른으로 전화를 걸어보았지만, 한 번도 통화가 되지 않았다.

당신은 내가 원하는 만큼 오래 지속될 거라고 했죠. 난 더 이상 원하지 않아요. 내일 드디어 베를린으로 돌아오는 카타리나와 다시 통화할 때, 카타리나는 그렇게 말할 것이다. 그는 지금 거의 그렇게 확신하고 있다. 나 좀 도와줄래? 망할 코르크 마개가 부러졌어. 아니, 한스는 지금 잉그리트가 코르크 마개를 따는 걸 도와줄 수 없다. 들리지 않는 문장이 너무나 신경 쓰여 견딜 수가 없다. 난 더 이상 원하지 않아요. 당신 혼자 할 수 있잖아, 한스는 그렇게 말하고는 그냥 창가 자리에 머문다.

갑자기 방 안에 쥐 죽은 듯한 정적이 더해지는 것이 느껴지지만, 알 바 아니다. 그의 그리움 역시 며칠 전부터 더 이상 모차르트처럼 들리지 않는다. 대체 왜 그렇게 기분이 안 좋은 거야? 난 더 이상 원하지 않아요. 전화 연결이 안 되는 건 단순히 우연일까? 뭐라고? 왜 그렇게 기분이 안 좋으냐고. 기분 안 좋은 거 아냐. 난 더 이상 원하지 않아요. 그렇게 될 이유가 셋 또는 다섯 가지 떠오른다. 카타리나가 우체국에서 그의 편지를 가져갈까? 그래, 그냥 그렇게 편하게 앉아 계시겠다 그거지. 그는 발트해에서 휴가를 아직 일주일이나 더 견뎌야 하고, 카타리나는 베를린에서 그가 더 이상 등장하지 않는 일상에 다시 익숙해질 것이다. 엄마 아빠 그만 좀 싸울래요? 루트비히가 말한다. 우리 싸우는 거 아닌데. 한스가 말한다.

12

베를린에 도착하기 직전 기차 안에서 그녀에게 아주 단순한 생각이 떠오른다. 발트해로 갈 수 있잖아. 거기서 그를 놀라게 해줘야지. 누구든 해변에서 일광욕을 즐겨도 되는 거 아니겠어. 그녀의 휴가가 아직 이틀은 더 남았으니, 그를 만나는 것 외에 어디다 휴가를 쓰겠는가. 이런 생각을 하자 갑자기 제어하기 힘든 기쁨이 압도해오며, 당장 실행하고 싶어진다.

그나저나, 기차가 최종 종착역에 도착하기 직전 서베를린에서 얼른 다시 한번 하차한다면 어떻게 될까? 그 전설적인 동물원역에 내려 금지된 구역을 몇 걸음 더 산책하고, 한 시간 뒤 S반을 타고 집으로 돌아간다면? 그녀의 비자는 쾰른에서만 유효하지만, 그녀의 친구는 세례를 받기 위해 함부르크 비자를 받아서는, 허가된 체류 기간을 사흘이나 연장해 킬과 뤼벡도 둘러보았다고 했다.

네가 다시 돌아오면 네 조국이 기뻐할 것이라고 한스는 그녀에게 말했다. 늙고 피로한 국가는 젊은 아가씨를 신뢰해서 여행을 보내주었다. 그리고 이제 이 아가씨는 트렁크를 보관하기 위해 역 로비로 가는 계단을 내려오면서, 갑자기 힘을 갖게 되었다. 아무도 보거나 예상할 수 없는 사각지대를 돌아다닐 수 있는 힘을. 카타리나는 한 계단 한 계단 내려가면서, 그녀에게 은혜를 베풀어주었고 이제는 그녀가 은혜를 베풀어줄 것을 기대하고 있는 국가와 힘겨루기를 한다. 한 계단 한 계단 내려가며 그녀는 자문한다. 예정된 귀환에서 벗어나 기차에서 내려버린 것은 쓰면 투명 인간이 되는 요술 모자 혹은 마스크나 전신 슈트 같은 것일까? 그녀 역시 아무도 그녀를 알지 못하는 곳, 철두철미하게 낯선 곳에서 비로소 자기 자신이 되는 것일까?

30분 동안 그녀는 시스템을 벗어나 존재한다. 그녀의 도박과 그녀의 두려움은 국가의 팔이 아마도 이곳까지도 미칠 수 있지 않을까, 누군가가 어떤 식으로든 몰래 그녀를 감시할 수 있지 않을까 하는 의문에 있지 않다. 그녀의 도박 내지 그녀의 두려움은 이 30분의 고독이 남은 생의 영원한 고독이 되면 어쩌나 하는 것이다. 익숙한 삶에서 떨어져 나오고, 밀려나와, 영원히 이곳에 머물게 되면 어쩌나 하는 것이다. 이 장난은 자신과의 도박이며, 그녀의 걱정은 그녀 자신의 이름을 달고 있다. 트렁크 보관 시간이 끝나기 전에 카타리나는 얼른 트렁크를 다시 꺼내서는 프리드리히슈트라세역으로 가는 S반에 오른다.

카타리나가 잠시 후 투홀스키 거리의 우체국에서 찾은 편지의 첫 마디는 바로 환영해, 다.

13

저기 그가 있다. 책을 읽다가, 졸다가, 담배를 피우다가, 한두 번 무릎까지 오는 얕은 바다에 들어갔다가 다시 돌아와 아내와 아들과 몇 마디 이야기를 하고, 다시 책을 집어 든다. 그의 아내도 독서를 한다. 모래로 베개를 만들었다. 아내가 호감 가는 인상이네, 유감스럽게도, 라고 카타리나는 생각한다. 한 번은 커다란 가방을 뒤져서 양은 도시락을 꺼내, 남편과 아들에게 조각낸 사과와 당근을 준다. 카타리나의 엄마와 똑같다. 그녀도 나중에 가족을 이루고, 가족들에게 사과와 당근을 주게 될까? 아들은 빨간 머리에 주근깨가 있네, 그녀는 이상하다고 생각한다. 한스는 어울리지 않는 수영복 차림이다. 그러나 카타리나는 그의 창백한 몸을 알아보고 기뻐한다. 흐느적거리듯 움직이는 그의 다리를, 좁고 각진 어깨를, 걸음걸이를 알아보고는 기뻐한다.

한 시간 반쯤 그녀는 그의 여름 생활을 멀리서 지켜본다. 한 시간 반 동안 백사장에서 그와 그의 생활 일부를 지켜보면서 행복, 슬픔, 두려움, 부러움, 의심, 호기심, 욕망, 분노, 그리움이 그녀의 영혼을 훑고 지나간다. 아내와 아들이 수영하러 가고 나서, 카타리나는 마침내 자리에서 일어나 자신의 혼란스런 감정이 조금이라도 새어나오지 않게 감정을 꽁꽁 부여잡고는 천천히 아주 천천히 그에게로 건너간다. 담배 한 대 빌려줄래요? 그녀가 묻자, 그는 읽고 있던 책에서 눈을 들어 카타리나를 올려다본다.

한 바퀴 돌고 올게. 한스는 잉그리트에게 말한다. 그래그래, 라고 잉그리트는 말하고 머리칼을 수건으로 말린다. 남쪽으로 이삼백 미터 떨어진 누드비치에서 한스가 나체 상태의 카타리나에게 모래를 뿌리고, 몹시 몰아쉬는 카타리나의 숨에 모래가 마구 흩날린다. 한스는 수영복을 입은 채로다. 알 만한 이유에서라고 그가 말하고, 그쪽을 본 그녀는 그의 말이 무슨 뜻인지 알아차리고 미소를 짓는다.

널 봤을 때 심장이 멎는 줄 알았어. 그가 말한다. 하지만 살아남았군요. 그래, 난 기쁨을 견디고 살아남았어, 아주 가까스로. 그는 지도를 보듯 그녀의 얼굴을 살펴본다. 그녀는 얼마나 젊은가. 얼마나 젊고, 얼마나 싱그러운가. 그녀의 눈에서는 아직 어린아이의 모습이 완전히 가시지 않았다. 넌 지난번 우리가 작별할 때 한 번도 돌아보지 않더라. 난 그게 나쁜 징조인 줄 알았어. 그가 말한다. 난 당신이 한번도 전화를 하지 않길래 날 잊어버린 줄 알았는데. 그녀가 말한다. 난 네가 더 이상 날 원하지 않는다고 생각했어. 그가 말한다. 소녀의 영혼에 존재하는 그 모든 혼란스런 감정 가운데 단 하나의 감정만 남는다. 행복.

저녁에 잉그리트와 루트비히가 체스를 두고 있을 때, 한스는 말한다. 다시 담배 한 대 피우고 올게. 잉그리트는 체스판에서 눈을 떼지 않은 채 알겠다고 한다. 모래언덕에는 철조망이 쳐져 있지만 한스도, 카타리나도 아랑곳하지 않는다. 카타리나는 퀼른에서 연인을 위해 온갖 애무 목록을 고안해왔다. 그녀의 삶이 이런 목록을 다 써먹을 만한 충분한 시간을 허락할지 알지 못하기에 그녀는 곧장 시작한다. 한스가 오늘 남쪽 해안에서 보았던 몸은 이제 어둠 속에서 한스의 손 아래 놓여 있고, 그는 혀를 밀어 넣고, 페니스를 밀어 넣는다. 빵 하나가 5페니히인 이 시대에, 베를린의 헬무트유스트 거리와 아르님 광장 모퉁이가 한창 공사판인 이 시대에, 객차 연결 부분 덮개판 사이 틈새로 기차가 마구 돌진해가는 땅이 보이는 이 시대에, 국영 회사인 레바텍스가 둘째 주 월요일마다 더러운 세탁물을 가져가고 깨끗하게 빨래한 옷을 가져다주는 이 시대에, 산책을 시켜주면 개가 좋아하는 이 시대에, 여자는 매달 독일-소련 우호 협회 회원 수첩에 협회 우표를 붙이고, 남자는 토마토 줄기를 어떻게 하면 잘 지지할 수 있을지 묘안을 생각하는 시대에, 이런 위대한 시대에 한스는 몸을 일으키며 소리를 지르려 하는 카타리나의 입을 막고 자신의 손 아래에서 버둥대는 생명을 느낀다.

다음 날 그들은 다시 한번 남쪽 누드비치에서 나체이거나 반나체의 사람들 사이에 누워 있다. 상대의 숨을 들이마실 정도로 얼굴을 가까이 맞댄 채. 내일이면 그들이 만난 지 정확히 4주가 된다. 이렇게 될 수밖에 없었다는 느낌이에요. 나도. 엄마가 당신을 물속으로 끌고 가려 했던 곳이 여기였어요? 아니, 단치히 근처였어. 거긴 아름다워요? 응, 엄청 멋진 지역이지. 슈투트호프에서 아주 가까워. 한스가 돌아누워, 등을 바닥에 대고 파란 하늘을 쳐다본다. 청바지를 한 벌 만들 수 있을 정도로 파란 하늘이 보이면 날씨가 좋다고 하는데, 오늘 하늘은 거의 방직 공장을 차릴 수 있을 만큼 새파랗네.
슈투트호프?
슈투트호프 강제수용소.
당신의 아버지가 강제수용소에서 일했어요?
아니, 폴란드인들에게 독일 문화를 가르쳤어.

애야, 무엇보다 한 가지, 늘 성실하고, 참되어라.

거짓말로 네 입을 더럽히지 말렴.

예로부터 독일 민족의 가장 커다란 영광은 바로

성실하고 진실한 것이었단다.*

독일 소년은 울지 않는다. 독일 소년은 두려워하지 않는다. 독일 소년이 하지 않는 일은 아주 많다. 알고 보면 아주 평범하고 정상적인 많은 일을 하지 않는다. 카타리나는 배를 깔고 엎드려 손가락을 모래에 집어넣는다. 잣대가 없다면 모래사장도 사막을 방불케 하지 않을까.

히틀러 청소년단에 들어갔었나요?

물론.

기꺼이?

응.

모래를 판판하게 펴서, 모래 위에 선을 긋고, 손으로 모래언덕을 만들고, 다시 언덕을 무너뜨리고 모래를 판판하게 만든다.

운동은 좋아하지 않았지만 선택받은 사람이 되는 것이 좋았어. 한스가 말한다.

그럼 나중에는요?

우리 집 뒷마당은 녹색 판자 울타리로 구분되어 있었어. 전쟁이 막바지에 이른 어느 날 밤, 방공호로 가는 길에 히틀러 청소년단 갈색 셔츠를 울타리 너머로 던져버렸지. 검대와 배지도 함께. 깜깜한 데서

---

* 로베르트 라이니크(Robert Reinick, 1805~52)의 시 「진리에 관한 격언」 중.

말이야.

모래, 모래. 모든 알갱이가 모양이 다르다.

그때 몇 살이었죠?

열두 살.

모래.

열세 살 때 한 전시회에서 강제수용소의 시체 더미들 모습이 담긴 영상을 처음 봤어. 입구에서 날 안내해준 사람이 바로 강제수용소 수감자였지. 아주 무시무시하게 생긴 사람이었어.

모래.

굴착기로 시체들을 치우더라고.

모래.

얘야, 무엇보다 한 가지, 늘 성실하고, 참되어라.
거짓말로 네 입을 더럽히지 말렴.
예로부터 독일 민족의 가장 커다란 영광은 바로
성실하고 진실한 것이었단다.

많은 모래.

카타리나는 베르겐벨젠 강제수용소 해방 장면을 담은 영상을 본 적이 있었다. 아빠와 함께 부헨발트에도 간 적이 있고, 학교에서 오라니엔부르크에도 견학 갔다. 그녀는 독일에서 죽음이 끝이 아니라 모든 것의 시작임을 알지 못했던 때가 기억나지 않는다. 그녀는 이 땅에서 화장된 사람들의 뼈와 재 위에 아주 얇은 층의 흙이 뿌려져 있을 뿐임을 알고 있다. 모든 걸음이 두개골, 눈, 입, 뼈 위를 걷는 것임을, 한 걸음 걸을 때마다 이런 깊이에 이르는 것이며, 원하든 원치 않든, 모든 길은 이런 깊이로 가늠해야 함을. 당시 막사가 있던 황량한 겨울 들판에선 바람이 휘파람을 불었다. 난방이 잘 되는 그녀의 방, 깨끗한 침구가 깔린 침대, 20분 뒤 식사하자! 라고 엄마가 부르는 소리. 이 모든 것은 카타리나에겐 늘 이미 예외적이고 임시적인 것으로 여겨졌다.

만약 외할아버지가 1933년 1월 30일 저녁 탈출에 성공하지 못했다면, 외할아버지가 스페인에서 파시스트의 손에 넘어갔거나, 나중에 프랑스에서 누군가가 외할아버지를 배신하고 독일군에 넘겼더라면, 그는 아마 일찌감치 땅속으로 들어가버렸을 것이고, 카타리나는 이 세상에 태어나지 못했을 것이다. 가족 중 누구도 드러내놓고 말할 수는 없지만, 외할아버지의 행운에는 항상 불행이 내포되어 있었고, 그 불행은 현실이 될 잠재력에 있어서는 심지어 행운을 능가하는 것이었다.

이제 돌아가야 해. 그러지 않으면 아내와 아들이 나를 찾으러 올 거야. 한스가 말한다.

14

죽음의 말들의 콧구멍에서 어둠이 뿜어져 나온다. 제우스는 아침노을, 해, 달, 별이 빛나는 것을 금지했다. 깜깜한 곳에서는 대지의 어머니 가이아가 마법 약초를 찾을 수 없기 때문이다. 가이아는 늦게 태어난 야생의 자식들을 무적으로 만들기 위해 스스로 마법 약초의 싹을 틔웠다. 오직 전능한 제우스만이 보이지 않는 곳에서도 그 약초를 찾을 수 있어서, 그것을 찾아 뽑아버린다. 가이아는 전쟁에 굶주린 아들들에게 내 몸을 취하라고 말한다. 내 몸을 나누어라, 내 모든 사지를 취하라. 산과 강과 암초, 해안, 섬 등 내 모든 몸을 무기로 사용하라. 가이아는 그녀 혼자서, 오래된 지구에서 낳은 자식들이 불멸하는 신들의 질서에 맞서 싸우도록 돕기 위해 완전히 몸을 평평하게 만든다.

한스는 인사도 없이 무작정 카타리나의 손을 잡고 카타리나를 안내한다. 카타리나도 두세 번은 이 홀의 이 대리석상들 앞에 섰고, 두세 번 이 뒤엉킨 괴물들을 보았다. 들어 올린 거친 손들과 여성의 몸들, 펄럭이는 옷감들, 남성의 몸, 물어뜯는 개들의 입을, 신과 기간테스*의 머리를, 날개와 땅의 벌레들을 보았다. 이 모든 것이 싸우며 서로 뒤엉킨 채 돌로 굳어진 모습을. 하지만 이제 비로소 한스가 그녀의 눈을 열어준다. 무엇을 봐야 하는지 알게 해준다. 가이아는 자식들을 구하려고 해. 하지만 가이아의 손녀딸인 아테네는 대지의 여신 가이아를 먼지 구덩이로, 대지로 돌아가게 해. 그리고 가이아를 그 아

* 가이아의 자식들로 거인족이다.

들 알키오네우스에게서 떼어놓지. 알키오네우스는 어머니 가이아와 분리되어야만 약해지거든. 세 개의 형상으로 이루어진 헤카테는 세 개의 얼굴과 몸, 그리고 횃불, 창, 검, 이 세 가지 무기로 거인족인 클리티오스를 공격하고 있어.

한스는 이미 바닥에 쓰러진 젊은 전사를 가리킨다. 그의 손은 하필 그를 쓰러뜨린 도리스의 무릎에 의지해 지탱하려 하고 있다. 한스는 카타리나에게 트리톤의 말발굽을 보여준다. 그리고 그곳에서 아이테르 신이 사자 얼굴을 한 괴물과 부드러운 포옹을 하면서 그 괴물의 목을 부러뜨리는 모습을 가리켜 보인다. 이 친밀함을 봐. 한스가 말한다. 서로 싸우는 자들의 친밀함을. 서로의 힘이 어떻게 서로 대응하는지를. 봐봐, 사랑과 미움이 얼마나 서로 닮아 있는지를⋯ 그리고 여기 파손된 부분을 봐. 무엇이 없어졌는지, 파괴된 얼굴들, 비어 있는 곳. 그 역시 이야기의 일부야. 하지만 조각 자체에 묘사된 것을 넘어서서 일어나는 이야기지. 가령 주인공인 헤라클레스는 명패로만 남아 있어.

그런데 왜 헤라클레스가 주인공이에요? 카타리나가 그렇게 묻고는 아프로디테 쪽으로 이동한다. 그녀가 내게 물어볼 게 있는 한 그녀의 사랑은 지속되리라. 한스는 그렇게 생각하며 말한다. 신들이 기간테스를 불태우고, 파괴하고, 목을 조르고, 창으로 찌르지만, 필멸하는 인간 여자에게서 태어난 헤라클레스만이 마침내 화살로 쓰러뜨릴 수 있거든. 거인족들을 죽이기 위해서는 배반자가 필요해. 반은 용이고 반은 사람인 이 존재들에게 죽음을 선사하기 위해서는 필멸자가 필요해. 이상하네요, 카타리나가 의아해하며 말한다. 하필 사랑의 여신인 아프로디테가 예쁘게 샌들을 신은 발로 젊은 적의 얼굴을 무참히 뭉개버리다니. 그녀의 질문이 결코 다하지 않기를 바랄 뿐이라고 한스는 생각한다. 하지만 오늘날 헤라클레스는 아마도 거꾸로 인 채로 어떤 벽에 들어가 있을 거야, 라고 한스는 말한다. 아니면 발굴되지 않은 채 땅속에 묻혀 있거나요. 카타리나가 말한다.

둘은 한순간 페르가몬 주변 어딘가 땅속 깊숙한 곳에서 닥치는 대로 마구 쳐부수는 그 주인공의 모습을 상상한다. 그 싸움의 희생자는 이미 거의 100년 전부터 베를린의 한 박물관에서 전시되고 있다. 많은 고대 그리스인이 태양은 밤에 서쪽에서 동쪽으로 땅속을 여행한다고 믿었던 거 알아? 다음 날 다시 떠오르기까지 한쪽에서 다른 쪽으로 지하 세계를 이동한다고 말이야. 아뇨. 카타리나는 그것도 알지 못했다. 이제 카타리나는 누군가가 눈치채거나 놀라지 않게 땅속 깊이 들어가 지구의 흙덩이를 통과해 말없이 미끄러져 가는 노란빛을 상상해본다. 한스가 옆에 있으면 인생에서 결코 다시 지루할 일이 없겠다고 그녀는 생각한다.

오후 3시에 페르가몬 제단 앞에서 만나자고, 지금까지 그녀와 그런 약속을 한 사람은 없었다. 이곳엔 그들을 제외하고는 죄다 관광객들이기에 한스는 이곳에 있는 시간 내내 카타리나의 손을 잡고 다녔다. 나중에 헤어질 때 카타리나는 몇 걸음 가다가 다시 한번 돌아서서 한스에게 손을 흔든다. 한스도 멈춰 서서 뒤를 돌아다보고는 손을 흔든다. 이제 그들은 헤어질 때마다 그렇게 한다.

15

베를린의 그해 8월에는 슈프레강 변의 복원된 성당에 둥근 지붕이 설치되어 이제부터 공화국 궁전의 청동색 창문에 그 모습이 비친다. 그해 8월에는 카타리나가 일하는 건물이 맞은편 장벽 지하에서 일어나는 폭발로 여러 번 흔들린다. 예전에 그곳에는 국가수상부*가 있었다. 히틀러가 자살하고, 마그다 괴벨스가 자신의 여섯 자녀를 독살한 벙커도 마침내 철거되고, 신축 건물이 들어설 예정이라고 한다.

그해 8월에는 카타리나가 라이프치히에 있는 아빠를 방문하는 주말만 빼고는, 한스와 카타리나가 약속을 잡지 않은 날이 단 하루도 없다. 단 30분에 불과하더라도 얼굴을 봤다. 아빠는 한스가 흥미로운 사람이며 훌륭한 작가라고 말한다. 한스의 책을 알아요? 물론이지.『돌이킴』을 내게 선물해주었어요, 라고 카타리나는 말한다, 헌사와 함께. 그래, 그는 정말 글을 잘 써. 아빠는 라이프치히에서 독신자 아파트를 하나 마련했고, 이곳에서 200년 된 주석 잔으로 비터 레몬**을 마신다. 아빠가 말한다. 한스는 본인 스스로가 자료라는 걸 알아. 그는 역사적으로 생각하고, 네가 그에게서 뭔가를 배울 수 있을 거라는 걸 말이야. 카타리나는 심각한 표정으로 고개를 끄덕인다. 마치 사랑을 하면서 무슨 중대한 임무를 수행하기라도 해야 하는 것처럼.

그해 8월에, 카타리나의 직장 동료 하이케는 자신이 오후에 집에

---

* 히틀러의 집무실.

** 씁쓸한 레몬 맛이 나는 청량음료.

없는 날에는 자신의 아파트를 빌려준다. 자신의 집에서 카타리나가 한스와 만날 수 있도록. 젊다는 게 어떤 것인지 알거든, 이라고 그녀는 말한다. 한스가 몇 살인지 카타리나는 그녀에게 이야기하지 않았다. 8월 말에 엄마와 랄프는 드레스덴의 친척을 방문하러 간다. 그때 카타리나는 처음으로 자신의 집에 한스를 초대한다.

공교롭게도 라인하르트 거리에 그녀가 산다. 라인하르트 거리와 알브레히트 거리가 만나는 모퉁이, 그가 젊을 때 그렇게 자주 다녔던 밤길의 교차 지점에. *젊게 살아라.* 죽은 자들이 말한다. 브레히트. 아이슬러. 에른스트 부슈. 베를리너 앙상블의 공연이 끝나고 하요 바에 가는 길. 예술가 클럽 뫼베로 가는 길. 에스테르하지 켈러*로 가는 길. 이런 밤마다 그는 늦든 빠르든 으레 그녀의 집 앞을 거쳐 갔다. 그녀가 아직 태어나기도 전이니, 아직 그녀의 집은 아니었지만.

그가 이제 미래에 당도한 것일까? *젊어져라,* 죽은 자들이 말한다. 하요 바는 철거된 지 25년, 에스테르하지 켈러도 100년에 한 번씩만 열릴 듯한, 지하층으로 들어가는 작은 문만 남기고 문을 닫은 지 25년이다. 2주 전 거리에서 본 유령 같은 모습이 한스의 기억을 스쳐 지나간다. 그가 전후 베를린의 다른 젊은이들과 무리를 이루어 생각하고 희망하고, 술을 퍼마시던 때에 바로 그 100년이 당도했나 보다.

그의 청춘은 25년 전에 스러져버렸다. 희망은 이미 오래전에 죽어버렸고, 생각과 술 퍼마시는 것만이 남아 번갈아 자리를 지키고 있다. *젊게 살아라.* 죽은 자들이 말한다. 말처럼 쉽지는 않다. 작년까지만 해도 왼쪽의 어두운 뒷골목에는 오래된 프리드리히슈타트 궁전이

---

* 켈러는 원래 지하실이라는 뜻으로, 주로 지하층에 있는 음식점을 말한다.

집들 사이에 끼어 있었고, 이곳을 통과해 트램 정류장에서 베를린 앙 상블까지 곧장 지름길로 갈 수 있었다. 하지만 이제는 공사 펜스 너머로 그 잔해만 볼 수 있을 따름이다. 철거하는 동안에 콘크리트 벽 아래로 원래 마켓홀로 사용되었던 거대한 공간의 섬세한 비계가 드러났다. 100년간 이 마켓홀은 여러 역할을 감당했다. 처음에는 이곳에서 빵, 과일, 소시지를 팔았고, 그다음에는 서커스를 위한 임시 숙소로 사용되었으며, 1920년대에는 라인하르트의 지휘하에 아이스킬로스의 「오레스테이아」가 상연되었다. 그 뒤 15년 남짓 후, 총통 특별석이 설치되고, 그 위에 이런 문장이 붙었다. 즐거움을 통해 활력을. 전쟁 뒤 폭격 피해는 복구되었고, 매일 저녁 나체 무용수들의 다리가 연달 아 들어 올려졌으며, 오후 프로그램에서는 광대 페르디난트가 등장했다.

이 오래된 오락의 신전이 철거되면서 이 건물이 독일 역사에서 감당했던 일들도 모두 역사의 뒤안길로 사라져버렸다. 철거는 끝이었을까 아니면 그저 변신이었을까? *젊게 살아라.* 죽은 자들이 말한다. 브레히트는 땅속에 있다. 우리는 아직 네가 필요해, 라고 아이슬러는 말했다. 넌 몸조심해야 해. 넌 대체할 수 없는 존재니까. 하지만 브레히트는 그 말을 명심하지 않았고, 58세에 유명을 달리했다. 한스 자신도 이제 곧 그 나이가 된다. *너 우리의 미래였던 이 현재를 가지고 뭘 하고 있느냐?* 죽은 자들이 묻는다. 두 집 벽들 사이 틈새에 주철로 된 격자망이 보이고, 그 뒤로 진흙탕에 몇 개의 판자가 나뒹굴고 있다. 빈병 하나와 구겨진 신문지도.

카타리나의 집 맞은편에는 벙커가 있다. 내부에 혈관 대신 대피로가 있고, 내장 대신 돌로 된 내부를 가진 폭파시킬 수 없는 거인. 처마

돌림띠에서는 자작나무가 자란다. 그 거인은 죽었을까, 아니면 죽은 듯 보이지만, 다음 전쟁을 기다리고 있을 따름일까? 아테네가 거인 팔라스에게 메두사의 머리가 달린 방패를 내밀자 거인 팔라스는 돌로 변했고, 그의 형제인 다마스토르는 신들에게 던질 돌을 찾다가 실수로 돌이 된 팔라스를 집어서 던져버렸다.

2년만 일찍 태어났어도 한스는 대공포수로 투입되었을 것이다. 여기서부터 장벽 바로 앞 방화벽이 있는 공동주택에 이르기까지, 폭격으로 파괴된 풍경이 펼쳐진다. 그 황량한 곳 한가운데에 브레히트의 리허설 극장* 입구가 있다. 전면 외관은 문화재로 지정되었고, 뒤쪽은 25년 전에 철거되었다. 앞쪽 어린이 놀이터에 있는 붉은꽃칠엽수는 한스가 이른 새벽 쾰른행 기차를 타야 하는 카타리나를 바래다주려고 이곳에 왔던 날처럼 바람 한 점 없이 고요히 서 있다. 덴마크 대사관을 지키는 경찰이 오늘도 어김없이 경비를 서고 있다. 이 온화한 늦여름 오후, 경찰관은 알루미늄 초소 앞에서 다리를 교대로 들어 올리며 스트레칭을 하고 있다. 한스는 옛 시대와 새 시대, 그 시대의 해소될 수 없는 불화를 뒤로하고, 연인에게 이르는 무겁고 거대한 나무 문을 민다. 카타리나에게로, 그의 전성기처럼 그렇게도 젊은 카타리나에게로.

그를 기쁘게 하기 위해 미니스커트를 입은 그녀가 그에게 자신이 사는 집을 보여준다. 곧장 그녀의 방으로 이어지는 긴 복도. 왼쪽과 오른쪽에는 다른 방과 부엌, 욕실이 있다. 그녀는 왜 아직도 엄마 집

---

*   베를린 앙상블.

에서 살까? 집이 너무 커서, 따로 나가서 살겠다고 할 수가 없단다. 그는 에리카 암바흐의 거실을 흘긋 본다. 에리카 암바흐, 한 번도 관심을 갖지 않았던 당시의 박사과정생. 책, 타일 난로, 소파, 그 앞에 놓인 낮은 유리 테이블, 여기에도 그의 친구 루츠 루돌프의 멋진 플로어 램프가 있다. 벙커가 내다보이는 창문에는 블라인드가 쳐져 있다. 한스는 카타리나의 엄마가 어떻게든 그 거대한 괴물이 좀 덜 보이게 시선을 차단하려고 했나 보다 생각하며, 앞장서서 부엌으로 들어가는 카타리나를 따라 간다. 부엌에는 식탁 주변 벽에 허리 정도 높이까지 소나무 목재를 덧대었다. 카타리나는 랄프가 목재를 구했을 때 기뻐했다고 말한다. 모든 것을 스스로 만들었다고. 랄프는 무슨 일을 하는데? 지질학자예요. 카타리나는 그렇게 대답하며 케이크와 접시를 들고 복도로 나온다.

그녀는 팔꿈치로 자신의 방문 손잡이를 내리고 안으로 들어간다. 한스는 커피잔을 들고 그녀를 따라간다. 피아노, 페인트칠한 원목 빈티지 옷장, 창문 앞의 책상. 설탕을 가져올게요. 뒤를 돌아보고서야 비로소 한스는 구석에, 열린 방문으로 반쯤 가려진 그녀의 침대를 본다.

머리와 발 쪽에 황동 금속 기둥이 세워진 침대.

그녀를 저 기둥에 꽉 묶을 수 있겠다.

묶기.

그 생각이 대화 소재가 될 만한 다른 모든 것을 강력히 밀쳐낸다.

묶는다고? 라고 말하며 그녀는 웃는다. 그냥 장난이야, 재미로. 그러자 그녀는 얼른 옷장에서 몇 개의 머플러와 끈을 찾는다. 그가 제안한 대로, 살이 끼어 아프지 않게 넓고 튼튼한 머플러로. 그는 그녀를 아프게 하고 싶지 않다. 물론 그녀를 아프게 하려는 것이 아니다. 그것은 자명하다. 그러나 그녀는 발가벗어야 한다. 그가 원한다면야? 그녀는 이미 누워 있다. 흰 침대보 위에 하얀 몸. 오른손, 그리고 왼손, 오른발 그리고 왼발. 그 자체보다 더 많은 의미를 지니는 일보다 더 아름답고 실용적인 일은 없다. 훨씬 더 많은 의미를. 그는 각각의 끈을 그녀의 팔다리 중 하나에 몇 번 감은 뒤 황동 금속 기둥에 휘감고는, 끈의 처음과 끝을 한데 묶는다. 거의 붕대처럼 보인다. 그는 그녀를 걱정한다. 아플까, 아니면 전혀 안 아플까? 아니, 안 아파요. 괜찮아요, 라고 그녀는 말하고는 미소를 짓는다. 그러자 그는 의자를 끌어와 침대 옆에 앉아 그녀를 바라본다.

언젠가 어렸을 때 치과에서 치료받을 차례가 되기를 기다리고 있었어, 라고 한스가 말한다. 치료실에 한 여자애가 있었어. 난 드릴 소리를 들었고, 그애가 막 소리를 지르는 걸 들었어. 난생처음으로 흥분했던 때가 그때야.

묘하군요. 카타리나는 그렇게 말하며, 자기에게도 비슷한 경험이 있지 않을까 기억을 더듬지만, 아무것도 떠오르지 않는다.

그럼 지금은? 그녀가 잠시 후 묻는다.

부엌에 가서 물 한 잔 가지고 올게. 한스가 말한다. 그래요. 카타리나가 말한다.

한스가 돌아오기를 기다리는 동안 카타리나는 발이 차가워지고, 저려오는 걸 느낀다. 엄마가 양파를 사다놓으라고 했는데, 한스가 집에 오는 것에 너무 들떠서 그 부탁을 까맣게 잊고 말았다. 나는 벗고 있는데 그는 옷을 입은 채로 있는 것이 웃긴다고 카타리나는 생각한다. 그는 부끄러워서 빨리 돌아오지 않는 것일까? 아래쪽에서 버스가 멈추고 다시 출발하는 소리가 들린다. 놀이터에서 노는 아이들이 뭐라고 외치는 소리가 들린다. 몇 년 전쯤 그녀는 저녁에 누워서 눈을 뜬 채로 자동차 헤드라이트의 빛줄기가 천장을 스치는 것을 한참 바라보곤 했다. 그러나 그러기에는 지금은 너무 밝다.

결국 물 한 잔 따르고 마시는 데 걸리는 시간보다 훨씬 시간이 오래 지난 다음에 한스가 방으로 돌아온다. 밖에서 뭐 했어요? 부엌에 앉아 담배 한 대 피우고 당신이 여기 있다는 걸 알았어. 내가 여기 있다는 걸 알았다고? 라고 말하며 카타리나는 고개를 젓는다. 내가 언제든 돌아가서 너를 볼 수 있다는 걸 알았어. 하지만 당신은 나를 언제든 볼 수 있잖아요. 그래, 하지만 이렇게는 아니지. 그 어떤 흥분도 실제 일어날지도 모르는 것에 대한 흥분보다 더 크지는 않다고 그는 말한다. 실제로 일어나고 있는 것에 대한 흥분보다 더 커요? 훨씬 더 크지. 그는 말한다, 상상하는 것만이 모자람도, 흠도 없기 때문이야. 내가 묶여 있지 않을 때는 뭔가 부족한 것이로군요. 카타리나가 말하며 장난으로 자신이 묶인 끈을 흔든다. 아니, 그렇지 않아, 라고 한스가 말하며 미소를 지어 보인다.

하지만 그는 막 뭔가 중요한 생각을 하는 사람처럼 군다. 카타리나는 자기도 모르게 거인의 손을 떠올린다. 적인 도리스 여신의 오금을 잡고 넘어지지 않으려는 손. 아니면 당신은 내가 도망치지 못하게 나를 묶어두는 거예요? 그녀는 한스에게 묻는다. 아마도. 한스가 대답한다. 그러니까 내가 당신을 겁나게 하는 거예요?

한스는 대답하지 않고, 조심스럽게 그녀의 발에 묶었던 줄을 풀더니 자기 벨트의 버클을 풀고 벨트를 뽑는다. 그러고는 그녀에게 말한다. 옆으로 누워봐.

한 번, 두 번, 세 번. 그는 그녀를 때린다. 카타리나는 아파서 움찔거리고, 그녀의 피부에 맞은 자국이 붉게 남는다. 그러자 그는 벨트를 옆으로 치우고는, 이미 부어오르기 시작한 그 붉은 상처 자국에 키스를 하기 시작한다.

이제야 비로소 그를 알겠다고 카타리나는 생각한다. 그가 그녀에게 내맡겨져 있는 것일까, 아니면 그녀가 그에게 내맡겨져 있는 것일까? 진지한 사랑이라면 그 두 가지가 하나가 되는 것일까?

손을 묶었던 끈을 다시 풀어준 한스가 그녀의 옆에 눕자, 그녀는 머리를 그의 팔 위에 놓으며 말한다. 있잖아요. 당신과 함께 아이를 갖는 걸 상상할 수 있을 것 같아요.

16

바바라는 아르카데의 여종업원 이름이다. 그녀는 아름답다. 러시아 여자처럼 생겼다. 내가 그녀를 질투해야 할까? 카타리나는 묻는다. 한스가 웃어젖히리라는 자신이 없다면, 묻지 못할 것이다. 그럼에도 그가 최근에 그의 50세 생일 때 찍은 사진들을 보여준 이래로, 카타리나는 처음 3개월간처럼 그렇게 자신하지 못한다.

그가 그녀에게 왜 그 사진들을 보여주었을까? 사진 속에서 담배에 불을 붙이는 심리학자와 그는 관계를 가졌다고 한다. 무려 9년 넘게. 그리고 왼쪽에서 난로에 기대고 있는 예쁜 뉴스 앵커와도 3년을 사귀었다. 이 두 여자는 예나 지금이나 그의 아내와 잘 지내고 있다. 아내는 틀림없이 뭔가 있다는 걸 알았겠지만. 반대로 그는 잉그리트가 그의 동료 베른트를 좋아한다는 걸 알고 있었다.

좋아한다는 것이 무슨 뜻일까. 아마도 그 이상이었을 것이다. 베른트가 파티에서 춤출 때 잉그리트를 안는 모습에서 베른트가 잉그리트를 속속들이 잘 알고 있다는 느낌을 받았어, 라고 한스는 말하며 웃었다. 그녀에게 사진을 내미는 오른손 가운뎃손가락은 니코틴 때문에 노랗게 변색되었고, 결혼반지는 끼지 않았다. 두 사람이 춤추는 모습을 보고, 루트비히는 얼굴이 완전히 하얗게 질렸다고 그는 말했다. 이어 사진들을 넘기다 쇼트커트를 한 어떤 여자를 가리키며 말했다. 그런 다음 여기 이 여자가 내 입술에 키스했을 때, 루트비히는 뛰쳐나가서 밤새 나타나지 않았어. 자신의 부모가 정말 구역질 난다고 생각했대. 하지만 난 그애가 그런 마음이었다는 걸 나중에야 알았지.

그건 그렇고, 좋은 사진가야, 멜리스는.

하룻밤 뒤, 카타리나가 친구들이 모이는 캠프파이어에 초대받아 갔을 때, 한스는 홀로 아르카데에 앉아 있다. 아름다운 바바라는 어제가 근무일이었고, 지금은 곰보 자국이 있는 남자 종업원이 코른과 클럽 담배를 내온다.

23시. 저쪽 테이블에는 사람들이 앉아서 떠들고 있다. 한스는 그의 체크무늬 메모장 앞에 앉아 있다. A5 사이즈. 카타리나에게 뭐라고 써야 할까? 그는 쓴다. *저 위 테이블에 사람들이 앉아 떠들고 있어.* 그는 오늘 스스로가 마치 반향실처럼 느껴진다. 스스로에겐 텍스트가 없는 것처럼. 대신 그는 자신과는 아무 관계가 없는 낯선 사람들의 진부한 이야기를 듣는다. *방갈로를 확장했어. 방음 천장은 필요하지 않아. 타일을 깔았어.* 그는 대중의 음성을 메모하기 시작한다. 그밖에는 아무것도 없는데, 업무 루틴을 만들어낸다.

그게 결혼이라면, 뭐 하러 결혼을 해요? 카타리나가 어제 그에게 물었다.

그는 결혼 없이는 그는 지금의 그가 아니다, 라고 했다.

그녀는 고개를 끄덕였지만 금세 눈물이 코를 타고 커피에 뚝뚝 떨어졌다.

이 결혼은 이제 선천적 결함처럼 그에게 들러붙어 있다고, 그는 말했다.

그녀는 고개를 끄덕였다.

어째서 저 위 패거리들은 저리도 크게 떠들어대는 것일까. *계속 통에 물을 채워야 해. 그래야 공기가 건조해지지 않아. 가스 난방은 말이야.*

내일 캠프파이어에 함께할 애들 중에 널 좋아했던 남자애가 있어?

응, 세바스티안, 그리고 안드레.

둘이 동시에?

아니, 카타리나는 냅킨으로 눈물을 닦고 다시 웃었다.

근데 왜 안 됐어?

세바스티안은 더 이상 마음에 들지 않았고, 안드레는 사실 친구라 할 수 있죠.

잠자리를 하는 친구?

한 번 그런 일이 있긴 했죠.

그렇구나.

바바라는 아르카데의 여종업원이다. 그녀는 키가 크다. 머리를 위로 올리면 더 커진다. 바바라, 커피 두 잔, 샴페인 두 잔 부탁해요. 오늘을 축하하기 위한 술. 오늘은 그들이 만난 지 석 달째 되는 날이다. 세 번째 11일. 카타리나가 소원을 한 가지 이룰 수 있다면, 11이 결코 다하지 않기를 운명에게 바라리라. 9년, 그리고 3년이라… 그녀와 한스의 인연은 얼마나 오래갈까? 두 사람의 관계도 그냥 그렇고 그런 관계인 걸까?

10년 뒤 한스는 다른 여자와 함께 앉아 카타리나의 사진을 보여주며 "이 여자는 한때 내 애인이었어"라고 말할까? 순간순간 현재가 가버리고, 과거가 되는 것을 어떻게 견뎌야 할까? 하지만 넌 내 새로운 눈(snow)이야, 라고 그는 말했다. 그렇다면 그는 왜 그녀에게 그 사진들을 보여줬을까? 그가 이미 다른 여자들을 사랑했던 것은 확실하다. 그래, 그의 삶은 자신의 삶보다 훨씬 더 길었으니까. 그녀 자신도 이미 게르노 외에 서너 명의 다른 남자친구가 있었지 않은가. 하지만 그녀는 그의 다른 여자들에게서 그 은밀함을 질투한다. 한스가 각각의 관계를 수년 넘게 유지하기 위해 들였을 그 수고를 질투한다. 그의 집에서 만난 뒤 립스틱 자국이 난 와인잔을 닦았을, 또는 데이트 약속을 숨기기 위해 방송국에서 회의가 잡혔다고 잉그리트에게 핑계를 댔을 그 노력들을. 잉그리트가 미용실에 간 틈을 타 전화하거나, 밤에 아내가 이미 누운 틈을 타서 수화기에 이렇게 속삭였겠지. 내 사랑, 나의 보물, 나의 예쁜이. 지금 그녀와 하는 것처럼. 어린 루트비히는 그것을 구역질 난다고 생각했을 것이다. 루트비히가 옳은 게 아닐까?

하지만 그녀도 이미 이런 거짓말의 그물 일부가 되었다. 그리고 한스의 은밀함을 특권처럼 누리고 싶어 한다. 최근에 한스가 루트비히와 영화관에 갔을 때 그녀는 단지 사랑하는 사람 가까이에 있으려고 그들보다 세 줄 뒤에 앉아 영화를 보았다. 영화가 끝나고 나올 때, 한스는 사람들로 붐비는 틈에서 재빨리 그녀의 손을 만졌다.

그는 화가이자 농부가 되고 싶었어. 돼지 세 마리랑, 그밖엔 닭만 키웠지.

곰보 자국이 있는 종업원이 두 번째 코른을 한스에게 내어다 준다. 한스는 다른 사람들의 대화 조각들 아래 이제 한 문장을 쓰고 있다. 카타리나에게 주는 문장. *우리에게 미래가 있으려면, 우리는 커피를 마시고 잠자리를 같이하는 것 이상의 관계여야 해.*

다시금 다른 사람들의 문장이 온다. *작은애가 집을 물려받을 거야.*

다시 그의 문장이 온다. *넌 스스로의 진로를 별로 야심차게 준비하*

고 있지 않은 것 같아.

지식인들은 아닌 듯하다. 그러나 노동자들도 아니다. 문화 담당 공무원들 같기도 하다. 공중밧줄 곡예. 그런 환경이 젊은이에게 도움이 될는지 모르겠어.

캠프파이어를 생각하며 그는 이렇게 쓴다. *가을에 또다시 바빠지겠지만, 내 사랑은 계속될 거야.*

그냥 제쳐버릴 수 없는 것을 적는 순간, 그것은 물질이 된다. *갑자기 내 딸이 약사가 되려 해. 직업전문학교에 들어가겠대. 남편은 반대야.*

한스는 쓴다. *네가 지금 보이는 태도는 유감스럽게도 예술과 아무 상관이 없어.*

한스는 메모한다. *외화 수입원. 후세대가 없음.*

바바라는 아르카데의 여종업원 이름이다. 그녀는 친절하다. 그저 형식으로 그치지 않는 진정한 친절로 보인다. 두에트가 없으면 클럽으로 할게요, 한스가 말을 끝마치기도 전에 바바라가 작은 접시에 파란 상자를 담아 내준다. 상자 아래엔 동그란 크레이프지가 깔려 있다. *즐거운 시간 보내다 가시기를. 당신의 HO.** *

얼마 전 거리에서 그들 맞은편에서 오던 여자가 갑자기 뒤로 돌아서더니 마구 뛰어가버렸다. 라디오 1에 근무하는 전 애인이라고 한스는 나중에 카타리나에게 말했다. 그녀는 관계가 끝났다는 것을 전혀 몰랐을까? 아니면 그녀가 그것을 알았는지는 별로 중요한 문제가

---

* 동독의 국영 소매점, 호텔, 음식점 등을 칭하는 말.

아니었을까? 카타리나는 매일매일 한스와 자신이 더 이상 별개의 두 사람이 아니라 완전히 하나라는 걸 깨닫는다. 몇 주 전부터 그녀는 한 스에게서 소문자로만 적은* 글을 받고 있다. 어떤 단어도 다른 단어 위에 있어서는 안 된다―그리고 무엇이 명사이고, 무엇이 명사가 아 닌지는 모두가 스스로 생각해볼 수 있잖아, 안 그래? 카타리나는 라 흐마니노프의 피아노 작품들이 담긴 음반을 시빌레에게 선물했다. 전에 슬플 때 즐겨 들었던 멘델스존의 바이올린 협주곡도 줘버렸다. 이제 그녀는 자신이 슬퍼하려고 했음을 안다. 한스는 그것을 키치로 들어가는 것, 이라고 불렀다. 정말로 슬픈 사람은, 되도록 빨리 슬픔 에서 다시 벗어나려고 애써. 그런 사람은 감상적인 음악을 듣는 사치 를 누리지 못해. 그래, 그녀는 허영심이 있었고 슬픔을 즐겼다. 반면 모차르트는 청중을 슬픈 감정으로 곤두박질치게 하지 않아. 모차르 트의 모든 선율에는 어떤 특정 표현이, 그래, 뭐 슬픔도 들어 있어. 그 러나 그 슬픔은 생각해보아야 하는 과정으로서의 슬픔이지. 무엇을 잃었는가? 무엇을 애도하는가? 바흐도 그래. 그녀는 지난 일요일 혼 자 집에 있을 때, 바흐의 브란덴부르크 협주곡 D장조 1악장에 맞춰 격렬한 춤을 추었다.

어떻게 한스가 그녀 자신보다 그녀를 더 잘 알 수 있는 걸까?

그렇지 않으면 우리의 행복은 산산이 부서지고, 더 이상 왜 우리가 서로 관계를 지속하는 건지 알지 못하게 돼. 그리고 어느 순간에 관 계가 중단되지.

* 독일어에서 모든 명사는 대문자로 시작한다.

저 위쪽 사람들이 드디어 계산서를 요청한다. 사람들이 일어나는 소리. 의자들이 밀리는 소리. *즐겁게 일하시길, 문을 열어둘까요?*

곰보 자국이 있는 종업원이 세 번째 코른을 가져온다.

카타리나와의 온전한 시간은 정확히 3개월간 지속되었다.

그녀는 친구들을 위해 한껏 멋을 부렸을까? 세바스티안과 안드레는 아직 사귀는 사람이 없을까? 오늘 밤 친구들 집에서 밤을 보낼 때 혼자 침대를 쓰게 될까?

그는 평소 그녀와 함께 이곳 아르카데에 있다가 떠날 때, 그녀가 외투를 입도록 외투를 들어준다. 하지만 그녀는 냉큼 돌아서서 외투를 입지 않고, 일단 한스와 마주 서서 소매에 팔을 끼운 다음 그를 잠시 안아주고는 다시 팔을 빼고 돌아서서 외투를 입는다.

17

카타리나는 친구 토르스텐에게 말한다. 그거 알아? 그는 유리잔에 사인펜으로 점까지 찍어놓았어. 내가 유리잔의 어느 쪽으로 마셨는지를 알 수 있게 말야.

친구 토르스텐은 웃으며 그건 완전 오래된 트릭인데, 라고 말하고는 일어나서 그릴에 소시지를 몇 개 더 올려놓는다. 그는 5년 전부터 매년 10월, 부모님이 히덴제로 휴가를 떠날 때마다 이런 캠프파이어를 하고 있다.

카타리나는 친구 안네에게 말한다. 11월에 한스가 오스트리아에 가야 하는데, 거기 가면 우리가 일주일 동안 못 만나기에 가고 싶지 않대.

오스트리아에 갈 수 있어?

응, 작가 회의에 참석하러.

여권 있어?

몰라, 아마도 있겠지.

오스트리아에 갈 수 있는데 가고 싶지 않다고, 너 때문에?

응.

하지만 가긴 갈 거잖아?

응, 물론이지. 공식 행사인걸.

흠, 그러면 그렇지. 안네는 그렇게 말하고는 카타리나가 한스이기라도 하듯 카타리나를 쳐다본다. 마치 자신이 한스에 대해 막 화가

난 카타리나인 것처럼 카타리나를 쳐다본다. 카타리나라면 한스를 이런 눈초리로 쳐다봐야 하는 거 아냐, 라고 자신이 생각하는 그런 눈초리로.

하지만 보고 싶을 거라고 말은 해도 되는 거 아냐.

물론 그럴 수 있지. 그럴 수 있어. 안네가 말한다.

잘생긴 헨리가 아래쪽 해변에서 기타를 꺼내 노래를 하기 시작한다. *캔디는 말하지.*

카타리나가 일어서며 말한다. 아래로 가볼게.

안드레는 벤치에 앉아 와인을 마시고 있다. 카타리나는 안드레가 앉아 있는 벤치에 앉는다. 안드레는 이곳에 있는 모든 친구 중 그녀를 가장 잘 아는 사람이다.

다른 사람들은 그리도 은밀하게 이야기하는 것들을.

최근에 그와 함께 가다가 그의 전 애인과 마주쳤어. 우리가 함께 있는 걸 보고 마구 도망쳐버리더라. 카타리나가 안드레에게 말한다.

그래. 그것도 어렵네. 안드레가 말한다.

그 여자에게 어렵다는 거야? 아니면 내게?

둘 모두에게. 그녀는 한때 너와 같은 입장이었고, 너도 언젠가 지금 그녀처럼 될 테니까.

그렇게 생각해?

내가 뭘 보게 될 거라고 생각해?

그에게 너무 마음 주지 않는 편이 좋을 거야.

내가 그에게, 그가 이제껏 사귀었던 다른 여자들과 같다고 생각해?

모르겠어. 하지만 그렇지 않다고 해도.

카타리나는 안드레도 전에 유부녀와 사귀었다는 걸 알고 있다.

그들은 우리에게 늘 삶의 일부만을 줘, 그런데 우리에겐 그들이 전부야.

하지만 난 그 사람도 나와 같을 거라고 믿어.

그것은 장차 올 일의 가장 작은 맛보기.

그래, 네 생각대로 해, 하지만 조심해.

루트가 와인 한 잔을 들고 풀밭을 걸어오더니 앉아도 돼? 라며 안드레와 카타리나가 앉은 벤치에 와서 앉는다. 루트가 안드레를 좋아하는 걸까? 아니면 언젠가 카타리나가 루트의 입술에 키스한 적이 있어서 그런 걸까? 난 한 잔 더 가져올게. 안드레는 빈 잔을 보여주고는 자리를 뜬다. 시소 같다. 또는 바람이 부는 들판 같다. 들판과 들판에서의 방해. 루트는 고르바초프에 대해 이야기하고, 쌍둥이 오빠에 대해 이야기한다. 군대에 있는데, 시간이 많이 남아 그녀에게 편지를 쓴다고 한다. 카타리나가 말한다, 아하, 그러고는 이상하네. 그러고는 뭐라고 써. 그러고는 웃기다, 라고 한다. 마지막으로 루트가 말한다.

전에 넌 뭐랄까, 달랐는데.

그래? 어떻게?

한스를 사귀고 나서, 넌 뭐랄까, 네 빛을 잃어버렸어.

어떤 빛?

뭐, 어쨌든.

카타리나는 생각한다. 옛날에 루트에게 키스하지 않았더라면 좋았을 것을. 아니나 다를까 안드레는 돌아오지 않는다.

먹을 것 좀 가져올게. 카타리나가 그렇게 말하며 벤치에서 일어난다.

이 밤에 그녀는 이런 말도 듣는다.

자식도 있어? 옛날에 아빠가 엄마와 나를 남겨두고 떠날 때 아빠가 정말 미웠지.

그에게 내 글을 좀 보여주고 싶은데 언제 데이트할 때 날 좀 데려가줄래?

그런데—밤일은 잘해?

이 캠프파이어에서 세바스티안과 그의 새 여자친구 베라는 말다툼을 하고, 베라는 울면서 자전거를 타고 홀로 집으로 돌아간다.

이 캠프파이어에서 슈테펜은 깜깜한 풀밭에 토한다.

이 캠프파이어에서 풀밭에서 춤을 춘다. 모두가 카세트테이프 한두 개를 가지고 왔기에, 다이어 스트레이트부터 퀸을 거쳐, 톰 웨이츠에 이르기까지 종횡무진 음악이 흘러나온다. 하지만 카타리나는 도무지 춤출 기분이 아니다.

시빌레는 올해 처음으로 캠프파이어에 오지 않았다. 여동생이 이사하는 것 때문에 바쁘다고 한다.

다음 날 아침, 카타리나는 집에 가지 않고 밤새 남아 있던 친구들과 다시 한번 부엌에 모인다.

토르스텐은 항상 좋은 친구였다.

특히 남자 문제에 대해서 카타리나는 토르스텐에게 주로 조언을 구하곤 했다. 맘에 드는 사람 앞에서 좀 비싸게 굴며 거리를 뒀어야 해? 아님 겉으로만 그러는 건 아무 소용이 없었을까? 그보다는 내적으로 독립적인 사람이 되는 게 더 중요했을까? 하지만 누군가를 사랑하면, 어쩔 수 없이 그에게 휘둘리게 되는데, 어떻게 그렇게 될 수 있겠어?

이제 카타리나는 한스와 관련해서는 더 이상 조언이 필요하지 않으므로, 토르스텐은 그저 카타리나에게 농담이나 던질 뿐, 아무런 말도 해주지 못한다.

그럼 안네는? 어떤 카페에 함께 앉아 사람들을 구경하기에 안네만큼 좋은 파트너는 없었다. 안네와 함께 사람들이 떠들고, 싸우고, 서로 뽐내고, 심심해하고, 술을 마시거나, 서로 유혹하는 걸 보는 건 재미있었다. 그런데 이제 갑자기 카타리나 자신이 관찰 대상이 되어야 하다니? 카타리나 자신은 눈멀어 있고, 안네만이 무슨 일이 일어나는지를 아는 유일한 사람인 것처럼?

세바스티안은 섹스할 때면 늘 땀을 흘렸다. 윗입술과 코 사이에 작은 땀방울이 송글송글 맺혔다. 그의 테이블 위에는 붉은 전구가 대롱대롱 매달려 흔들렸고, 그녀가 그에게 시간을 내지 못하면, 그는 붉은 불빛 속에 앉아 그녀에게 줄 시를 썼다. 이제 그녀는 그 시들을 그의 다음 차례인 한스에게 가져가야 할지도 모른다.

루트는 늘 모든 것을 기억한다. 모든 날짜와 모든 정치 상황 또는 사적인 상황을 꿰고 있다. 차라리 뭔가를 잊어버렸으면 좋겠어, 라고 예전에 루트는 카타리나에게 말한 적이 있다. 그때 카타리나는 왜 그랬는지, 루트의 검은 머리채를 부여잡고, 루트의 머리를 자신에게로 끌어당겨 루트의 입술에 키스했다. 루트는 그저께 내가 우는 걸 보았던 걸까? 어젯밤, 루트는 카타리나에게 빛이 사라져버렸다고 했다. 아직 한 번도 남자친구를 사귀어본 적이 없고, 평소 계단에 세 시간을 꼬박 앉아 그녀를 기다리곤 하는 루트가.

수잔네는 러시아 남자와 사귄다. 블라디미르는 일주일에 한두 번 수잔네를 보려고 병영 울타리 밑으로 몰래 빠져나와 베를린으로 달려온다. 들키면 만만치 않은 처벌을 감수해야 함에도. 수잔네는 그가 소련에 아내를 두었는지, 혹시 자식도 한두 명 있는 건 아닌지 물어봐야 할 것이다.

슈테펜은 어제 술을 너무 많이 마셔서 아침 식사 자리에 가장 늦게 등장했다. 카타리나는 종종 그의 집 부엌에서 그의 감자 수프를 먹곤 했다. 슈테펜은 사진 찍는 걸 좋아해서, 지난 몇 년간 카타리나의 사진도 무수히 찍었다. 암실에서 흰색 인화지를 나무집게로 집어 현상액에 담갔다가 사진이 나온 뒤 인화지를 다시 조심스럽게 빼낼 때 카타리나도 때로 함께 있었다. 그는 흑백의 무수한 카타리나를 손에 들고는 적절한 순간에 줄에 걸어 말렸다. 그러나 어젠 아마 술 때문에 갑자기 거의 증오에 가까운 질투심이 솟구쳤던 것 같다. 무엇이 그를 사로잡아 그런 말투로, 사실은 그와 전혀 상관도 없는 일들에 대해 험한 말로 그녀를 다그치게 만들었을까? 카타리나는 어제 벌거벗은 그의 영혼을 보았다. 보지 않았더라면 더 좋았을 텐데.

이 모든 것을 기억하는 데는 이 친구에서 저 친구에게로 시선을 몇 번 던지는 것 이상의 시간이 필요하지 않다. 거기에 차 두 잔, 빵, 달 걀 하나, 오이 한 조각. 토르스텐과 함께 있는 그녀는 안네와 함께 있을 때와 다른 사람이고, 안네와 함께 있을 때는 다시금 세바스티안, 수잔네, 슈테펜, 또는 루트와 함께 있을 때와 다른 사람이었다. 지금까지 그녀는 세상 안에 있기 위해 한스라는 존재가 필요하다고 믿었는데, 이제는 세상에 맞서기 위해 한스가 필요하다는 것이 드러났다. 그녀는 테이블을 치우고, 정원 의자 몇 개를 접어서 정리하고, 퀸의 카세트테이프를 다시 챙기고, 친구들과 작별 인사를 한다.

18

루트비히가 이 볼품없는 나무를 고른 이유는 그 나무가 안돼 보여서
였다. 이제 그 나무는 죽어가는 숲처럼 방 한가운데에 서 있다. 내일
방울을 달 때까지 나뭇가지들이 좀 제대로 펴져야 하는데, 그래봤자
많이 펴질 건덕지도 없다. 한스는 이유 없이 불안하다. 지난 넉 달간
카타리나를 만나지 않은 날은 11월 빈에 갔던 한 주를 제외하고는 하
루도 없었다. 하지만 이제 크리스마스 휴가가 코앞이고, 외출할 핑계
가 좀처럼 없다.

    2주 전, 잉그리트가 세탁소에 그의 재킷을 맡기러 갔다가 안주머
니에서 카타리나의 여권 사진을 발견하는 바람에 3일간 그와 말을
하지 않았다. 카타리나에게 그 이야기는 하지 않았다. 10월에 카타리
나는 그가 유부남이라는 사실 때문에 처음으로 울었고, 11월에는 두
번째로 울었다. 그 이후로 그는 가급적 잉그리트의 이름을 언급하지
않고 있다. 카타리나가 간혹 심각한 표정을 지으면, 그는 그녀가 하
고 싶은 말을 하지 않고 참고 있다는 걸 안다. 무슨 일 있어? 라고 물
으면 아니요, 라고 한다. 상대를 슬프게 할지도 모르는 것을 피하다
보면, 갑자기 슬픔이 그들 사이에 많은 자리를 차지하게 된다. 그는
이제 끝이 처음에는 눈에 띄지 않게, 그런 다음 점점 확고하게 현재
에 뿌리를 내린다는 것을 알 만큼 나이가 들었다.

    결혼이 아니었다면 나는 지금의 내가 아닐 거야. 그는 이 말을 전에
뉴스 앵커인 레기나에게도 했고, 핀란드 여자 마르유트에게도 했다.

그리고 그들은 그 말에 만족했다. 그가 더 이상 관계를 원하지 않을 때까지 계속. 카타리나에 관한 한 그 문장은 또 다른 의미가 있지만, 그가 그녀에게 이렇게 쓴다고 해도, 그녀는 그것을 인정하지 않을 것이다. 결혼이 없다면, 위험은 사라질 것이고, 비밀도, 그리움을 만들어내는 상황도 사라진다며, 그런 요소들은 그들 사랑의 본질은 아니지만, 사랑을 지속시키고 유지시키는 것들이라고 말이다. *마치 / 질주하는 중에 / 지치고 쫓기는 암말이 / 다음번 샘을 찾아 갈급한 것처럼.* 갈급하다(lechzen) 역시 멸종된 단어다.

사랑에 걸림돌이 되는 결혼은 동시에 그 사랑에 양분을 공급하는 토대이기도 하다. 그리고 한스가 정직하다면, 그 말의 순서는 거꾸로일 것이다. 잉그리트가 사흘간 말을 하지 않다가 다시 입을 열고 이어 말다툼을 하면서 울기 시작했을 때, 울어서 화장이 다 지워진 채로 홧김에 손에 처음 잡히는 물건, 즉 옷솔을 창밖으로 집어던졌을 때, 그 절망에 빠진 잉그리트가 그에게 참으로 오랜만에 아름답고 사랑스러워 보이지 않았던가?

고요한 밤이다. 내일은 비로소 거룩해질 것이다. 깊은 심연, 칠흑같은 고요. 그러나 한스가 귀를 막으면, 피가 혈관을 타고 흐르는 소리가 들린다. 한스는 왠지 모르게 불안하다. 그는 돌출창 가에 있는 작은 책상에 앉아 귀를 막고는 한참 동안 아무것도 일어나지 않는 것을 듣는다. 내일 어떤 복음서를 낭독해야 할까? 누가복음? 아니면 마태복음? 그는 책장에서 성서를 꺼내고 새 담배에 불을 붙인다. 마태

---

*　크리스티안 모르겐슈테른(Christian Morgenstern, 1871~1914)의 시 「아니!」 중.

복음에서는 동방박사들이 갓 태어난 예수를 방문하고, 누가복음에서는 목자들이 방문한다. 신의 아들이자 인간 처녀의 아들이라는 메시아의 이중 족보는 두 복음서를 모두 봐야지만 비로소 눈에 띄지만, 커피를 마시고 선물을 주는 사이에 루트비히와 잉그리트의 인내심은 분명 한계에 다다를 것이다. 두 개가 합쳐져야만 예수에게 지위가 부여된다. 야누스의 머리, 더 낫게는 동맹이다. 노동자 슬래시 농민 플러스 지식인. *공산주의는 소비에트의 권력 플러스 전국에 전기가 공급되는 것이다.*[*] 두 측정점과 하나의 기준점, 그로써 중요한 게 무엇인지를 알 수 있다. 다리가 세 개는 있어야 의자가 흔들리지 않는다.

잉그리트는 매일 한스가 입을 바지와 셔츠, 양말을 놓아준다. 그녀는 그를 입히고, 카타리나는 그를 벗긴다. 양말은 셔츠에 어울리게, 넥타이는 생략. 잉그리트는 한스를 잘 차려입은 남자로 만든다. 그 남자를 자랑할 만하게끔. 그녀 자신이, 혹은 카타리나가 자랑할 만하게끔. 그리고 그는 어린아이처럼 그렇게 하도록 내버려둔다.

요셉의 결혼. 루트비히가 태어난 후 어느 시점부터 그의 결혼은 요셉의 결혼처럼 되었다. 공공장소에서 그녀에게 잘해줄수록, 바로 근처에 그의 연인이 있음을 확신할 수 있다고 언젠가 잉그리트는 그에게 느끼는 혐오를 그렇게 설명했다. 그녀는 언젠가 당신의 창녀들이라는 표현도 썼다. 그럼에도 잉그리트는 그에게 남았다.

결혼하지 않았다면, 나는 당신이 사랑하는 사람이 아닐 거야. 곧 카타리나에게 불행이 행복보다 더 커지기 시작하는 때가 올 것이다. 부

---

[*] 블라디미르 레닌(Vladimir Lenin, 1870~1924)이 1920년에 한 말이다.

모와 친구들, 카타리나가 조언을 구하는 모든 사람이 한스가 더 이상 그녀에게 좋지 않다는 것을 알아차리게 될 때가 올 것이다. 카타리나가 두 번째로 울었던 11월, 그는 그녀에게 우리의 사랑은 살아 있긴 하지만, 이제부터 쇠락하기 시작할 것이다, 라고 적었다. 그가 빈에서 돌아오는 길에 잉그리트와 루트비히는 공항으로 마중 나올 수 있었지만, 카타리나는 그럴 수 없었다.

한스는 두 손가락으로 귀를 막고, 아직도 그의 피가 흐르는지를 듣는다. 행복은 이미 영원히 지나가버린 것일까? 오늘날처럼 조용한 적이 없었던, 저 아래 거리에 있던 행복이 다 사라져버린 것일까? 그와 첫날밤을 보낸 뒤 서늘한 아침, 그 거리를 건너가던 카타리나의 모습이 떠오른다. 빠르고 씩씩하게 걸어가던 모습이. 이곳 돌출창에서 그녀를 내려다보았지. 행복은 저 아래 있었고, 불안은 이 위 돌출창 안에 있었다. 그날은 신선하고 새로웠지만, 제비들이 이미 다시 하늘을 장악하고 있었다.

올해가 정말 벌써 끝났나? 끝난 건 올해뿐만 아니고 더 있을까?

19

그녀는 이미 누워서 잠들었다. 출판사에 늦지 않게 출근하려면 아침 일찍, 6시 반에 다시 일어나야 한다. 그는 그녀가 깬 다음에 잠을 잘 것이다. 그녀는 늘 조용히 문을 닫는다. 그녀가 나가는 걸 알아채지 못하고 잠을 자도록.

한스는 친구의 집 책상 앞에 앉아 있다. 7년 전 서독으로 떠난 친구다. 여권이 있어서, 이 집이 아직 그의 것으로 남아 있다. 그 친구는 9년 전에 서독으로 간 사람에게서 이 집을 물려받았다. 그는 비어만 사건 이후 부쩍 동독에 염증을 느끼게 되었다고 한다. 이제 한스는 이런 독신자 아파트를 은신처로 삼게 되었다. 결혼 생활 26년 만의 독신 생활. 더 이상 젊지 않을 뿐.

아내는 그를 내쫓으면서 500마르크를 주었다.

그는 다이어리에 지난 며칠간 지출한 돈을 적는다.

5 나사

20 샴페인

17 택시

4 담배

1.5 케이크

2 옷 보관소

30 베롤리나

500에서 79.5를 빼면 420.5이다. 이 돈을 어떻게 알뜰하게 써야 할까? 담배를 끊어야 할까? 외식을 그만해야 할까? 이런 제한으로 말미암아 그의 삶이 더 이상 그의 삶이 아니게 된다면, 뭐 하러 이렇게 해야 하는 걸까? 그가 오롯이 글쓰기에만 집중할 수 있도록 20년 넘게 잉그리트가 그의 계좌를 관리해왔다. 그녀가 그런 관리를 그만 두면 어떻게 될까. 모든 것이 중단되면 어떻게 될까.

3일 전 오전 시간, 그는 잉그리트가 집에 없는 틈을 타 자신의 집에서 셔츠와 카디건 몇 벌을 챙겨 왔다. 자신의 집을 낯선 사람처럼, 손님처럼 돌아다녔다. 이곳 친구의 아파트에서 그는 정말로 손님이다. 간혹 카타리나의 부모님이 집을 비우면 그는 카타리나의 집에서도 손님이 된다. 그에게 편안한 집은 더 이상 어디에도 존재하지 않는 것일까? 그는 더 이상 그 누구에게도 속해 있지 않은 것일까?

여하튼 이런 상황에서는 도무지 일을 할 수가 없다. 어제 카타리나가 그에게 물었다. 미래를 어떻게 상상하느냐고, 무엇을 바라느냐고. 그는 솔직히 대답했다. 나는 몇 주만 더 날씨가 추웠으면 좋겠어. 이 아파트엔 냉장고가 없기 때문이다. 두 번째로 살던 사람이 이사 가고 나서 누군가가 냉장고를 넘겨받은 모양이다. 2월에는 버터와 계란, 소시지, 우유, 맥주를 베란다에 두면 그런대로 시원하게 보관할 수 있다. 하지만 3월이 되고, 4월이 되면, 그 뒤에도 계속 여기에 살아야 한다면, 여름에는 어쩌지? 나는 추운 날씨가 몇 주 더 계속되었으면 좋겠어.

그녀가 눈을 감기 전, 그는 책상 앞에 앉아 다시 한번 그녀에게 손을 흔들고, 그녀에게 빛이 직접 비치지 않게 책상 스탠드의 갓을 기울인다. 이 집은 작은 정육면체 모양의 노이바우 아파트다. 그들은 한방에서 자고 먹고 일한다. 하지만 카타리나는 그것이 좋다고 생각한다. 무엇을 하든 서로 가까이 있기 때문이다. 이제 이미 그들은 공동의 일상을 보낸다. 때로는 그녀가 잠들기 전에 그가 옆에 앉아 책을 읽어준다. *유리컵은 마시는 그릇일 뿐 아니라 유리 실린더다.*[*] 여기라면 호텔에 묵는 것보다 훨씬 오래 함께할 수 있을 것이다. 이 몇 주간, 그는 그녀에게 행복에 대해 써주었다. 그러나 엄청난 슬픔에 대해서도 적어주었다. 그는 그녀에게 그녀가 그에게 무엇을 원하는지를 써달라고 부탁했다. 그에게 원하는 것을 써달라고? 하지만 그녀는 그를 매일 보고, 서로 이야기할 수 있지 않은가. 그래, 그는 말한다. 하지만 본질적인 것은 말로 할 수가 없어. 그래서 그는 작가가 된 것일까? 아마 그의 말이 옳을 것이다. 그러나 그녀는 무엇을 써야 할까? 그녀는 그를 사랑한다. 자신이 무엇을 원하는지를 모르는 한, 그녀는 그를 원한다.

그녀는 8월에 인턴십에 들어가기에, 1년 동안 베를린을 떠나 있게 될 것이다. 그 뒤에 그녀는 그와 함께 집을 구하고 싶다. 아마도 그렇게 되지 않을까? 그녀가 여기에서 그에게 마련해주는 행복은 슬픔을 능가해야 한다는 걸 그녀는 안다. 그렇지 않으면 그는 그녀가 부재한 한 해뿐 아니라, 영원히 다시 그의 결혼 생활로 돌아갈 것이다. 그녀는 그에게 무엇을 원하는가? 그들은 아이를 가지려 한다. 잉그리트가 그들의 편지를 발견하고 한스를 내쫓기 전에, 에르멜러 하우스에서 식사하면서 그들은 공식적으로 결정했다. 요한 혹은 카스파르라

---

[*] 블라디미르 레닌, 「다시 한번 노동조합에 대하여」, 소비에트 언론부, 1921.

고 이름 짓기로. 딸이면? 그럴 것 같지 않아. 지금은 앞으로 나아가는 시점이다. 그러나 어느 시점에도 그를 뒤로 잡아당기는 힘이 더 크지는 않으리라는 걸 그녀는 안다. 그녀가 자는 동안 그가 그녀를 그에게서 갈라놓을 문장을 쓸 거라는 걸 그녀는 안다. 소망이 현실이 되기 직전, 모든 것을 위한 대가를 치러야 하는 순간에 모든 것이 저 높은 곳에서 다시 한번 삐꺽할 위기에 처하고 무너져 내릴 수도 있다는 걸 그녀는 안다.

어제 그는 그녀와 함께 잠을 잤다. 좁은 침대에서 살을 맞대고. 그녀는 인생의 어느 순간에도 이보다 행복한 적이 없었다고 생각했다. 그러나 때로 그는 그녀를 그녀가 원하는 것보다 너무 거칠게 대한다. 때로 그는 난 너무 긴장했어, 라고 말한다. 그건 그녀가 스스로 옷을 벗어야 한다는 말이다. 때로는 다시금 너무나 좋다. 그녀는 그에게서 무엇을 원할까? 그가 최근에 저녁을 먹다가 봉지에 담긴 인스턴트 수프인 '타이크바렌주페 프륄링스-ABC'를 국가 공로상 후보로 지명했을 때 그녀는 폭소를 터뜨렸다. 샤워할 때 그는 어린아이처럼 샤워 수건으로 눈을 문지른다. 그녀가 그를 사랑하는 건, 서른네 살 연상인 그가 사실은 아이라서일까? 그는 최근에 자신이 그녀에게 중독되어 있다고 써주었다. 그때 그녀는 생각했다. 그녀는 그를 중독시키는 데 중독되어 있다고. 그를 붙잡아두기 위해 있는 그대로의 그녀로 충분할까? 있는 그대로의 그녀란 무엇일까?

한스가 카타리나를 건너다본다. 카타리나는 이불을 한껏 뒤집어쓴 채, 얼굴만 쏙 내놓고 팔베개를 하고 누워 있다. 텅 빈 종이 앞에 앉아, 그녀를 바라보면 안심이 된다. 그는 새로운 책의 초안을 써야 한다. 그러나 몇 주 전부터 생각을 명확히 정리할 수가 없다. 매달 중요한 내용을 메모하곤 했던 작은 다이어리에도 집을 나온 이래 더 이상 아무것도 끼적이고 싶지 않다. 다시 잉그리트에게 돌아갔을 때, 잉그리트가 다이어리를 읽으면 어떻게 한단 말인가. 돌아가는 경우에 말이다. 그에게 중요한 것은 무엇인가? 그는 15일에 30마르크를 지출했고, 16일에 7.5마르크를 썼다. 때로 그는 자신이 이제 고독한 노후를 연습하고 있다고 생각한다. 살아남는 데는 얼마나 많은 돈이 필요할까?

전쟁 뒤에 감자를 비축해놓았던 아버지가 떠오른다. 아버지는 폭격 잔해 속에서 갈탄을 훔치고, 암시장 사업에도 손을 대 잠시 감옥에 가기도 했다. 엄마는 그 시기에 애인을 데려왔다. 갈보, 이웃들이 문에 분필로 써놓았던 글씨가 생생하다. 갈보. 그때부터 그는 그 말을 알았다. 열둘, 열세 살 때 일이었다. 아버지가 돌아오자 그 애인은 목숨을 끊었다. 전쟁은 결코 전쟁터에서만 일어나지 않았다. 바로 어제 그는 카타리나에게 그녀와 헤어지느니 차라리 총에 맞아 죽고 싶다고 말했다. 그 순간에는 정말로 그런 마음이었다. 잉그리트는 그를 총으로 쏘고 싶은 마음이 전혀 없을 것이다. 그냥 헤어지고 싶어 하겠지. 18일 12마르크, 19일에는 75마르크. 편집자를 프라하로 초대해 그곳 고급 식당에서 70마르크를 썼기 때문이다. 담배도 샀고, 화장실을 이용하기 위해 1마르크를 주었다. 발코니에서 새 맥주를 집어들 때마다, 그는 이 아파트에 처음 살았던 이의 시에 눈길을 준다. 발코니 문 옆 벽에 붙여놓은 시다.

언뜻 소리가 들려 밤에 잠에서 깨어난다
무슨 소리일까, 아주 나지막한 소리
발코니로 나가본다

아래층 발코니에서 한 여인이 흐느낀다
나는 추위 속에 서서 귀 기울인다
바람이 나의 목욕 가운에 들이친다

아래쪽에서 여자가 운다 그녀는 이 시간에
아무도 자신의 소리를 듣지 못한다고 생각한다
하지만 나는 그녀의 소리를 듣는다
바닥에 쪼그리고 앉아 탐욕스레 귀 기울인다

9년 전, 이 아파트의 첫 번째 주인은 서독으로 넘어갔다. 이 아파트
에서 서독으로. 그 역시 글을 쓰는 사람이었다. 별을 보기 위해 그는
발코니에 천체 망원경을 세워놓았고, 동시에 이웃 여자가 우는 소리
를 듣기 위해 바닥에 쪼그려 앉았다. 별, 그리고 절망한 여자. 이해하
기를 원했던 사람에게 둘은 똑같이 가까웠다. 높은 것과 낮은 것 사
이의 위계질서는 그의 관심을 통해 상쇄되었다. 그런 관심은 차가운
것일까? 아니면 뜨거운 것일까? 서독에서도 별들은 똑같이 멀었고,
이런저런 불행한 여인은 똑같이 가까웠다. 21일에 한스는 장을 봤다.
식료품을 구입하는 데 16.6마르크, 22일에는 카타리나와 전시회를
가느라 5마르크.
그뒤 두 번째 주인에게 정부는 거의 강제로 여권을 안겨, 그가 합

법적으로 떠나도록 했다. 그는 어느 날 돌아올지도 모른다. 잉그리트도 그가 어느 날 돌아올지도 모른다고 생각할까. 한스는 카타리나에게 그들이 함께 사는 시기를 '휴가'라고 표현했다. 만일을 위해. 그녀가 헛된 희망을 품지 않도록. 당신은 뭘 바라냐고 그녀는 그에게 물었다. 그녀는 올바른 질문을 한다. 다만 그는 대답할 수 없을 뿐. 대답하고 싶지 않을 뿐. 그가 결혼 생활로 되돌아간다면, 그는 아마도 이 숙녀를 잃어버릴 것이다. 그는 쓴다. *아내를 사랑하는 남자가 다른 여자와 관계를 맺는다. 이 여자는 26년간의 결혼을 문제 삼지 않는다. 남자에 대한 소유권을 주장하지 않기에.*

10월에 카타리나는 그가 기혼이라는 사실에 처음으로 눈물지었다. 그럼에도 그는 이런 문장을 그냥 놓아둔다.

이 관계는 애초에 결혼이 (고통스럽더라도) 아무런 역할도 못 하는 범주에 존재한다.

이것이 진실일까? 또는 진실의 하나일까? 이 몇 줄 안에는 '사랑'이라는 말이 등장하지 않는다. 그게 더 좋기도 하다. 잉그리트가 이 메모를 발견하기를 바라는 걸까? 혹은 카타리나가? 그는 무엇을 바랄까? 그의 결혼 생활은 그가 잉그리트와 10년 넘게 식탁만 공유하고 침대는 공유하지 않았기에 그렇게 오래 지속되었던 걸까? 한 가지는 그런대로 잘 굴러갔기에? 언제나 문제가 없었기에? 카타리나와는 사실 침대만 공유하는 것일까? 마음에 둔 글들을 소문자로 쓰는 것은 브레히트에 대한 존경심 때문이다. 브레히트 역시 독신이 되어 인발리덴 거리로 이사했다. 그는 질투라는 낡은 감정의 문제를 알았다. 그러나 그뒤 헬레네 바이겔이 이해심을 발휘했다.

지금 발코니에는 1번 주인의 망원경 대신 우유, 맥주, 버터, 소시지를 넣어놓은 상자가 있다. 아직은, 그리고 기온이 허락하는 만큼. 당신은 뭘 바라나요? 카타리나는 자기 오른손을 베고 누워 약간 입을 벌린 채 쌔근쌔근 숨 쉬고 있다. 그도 곧 거기 누워 잠을 잘 것이다. 그렇게 밤나방은 일반적인 태양이 지고 나면, 사적인 불빛을 찾는다. 전에 그는 그녀에게 레닌을 읽어주었다. 내일은 카프카를 읽어줘야지.

20

그녀는 문지방에 앉아 그를 기다린다. 자정부터 기다리고 있다. 쓰레기 투입구 맞은편에서. 모퉁이를 돌면 있는 엘리베이터에서 가끔 아무도 타거나 내리지 않은 채, 자동으로 문이 열렸다 닫히는 소리가 들린다. 한번은 누군가가 내리는 소리가 난다. 그러나 발걸음은 반대편 쪽으로 멀어지고, 어떤 집 현관문이 열리고 닫히는 소리와 함께 다시 정적이 찾아온다.

그녀는 라이프치히 거리의 노이바우에서 때로 그렇게 엄마를 기다렸다. 열쇠를 잃어버린 날, 복도에서 창문으로 서베를린을 내려다보며 오가는 이층 버스를 세었다. 그러나 지금은 밤일뿐더러, 이곳에선 어차피 서베를린이 보이지 않는다. 멀리 베를린 오스트역의 희뿌연 역사만 가물가물하게 빛난다. 오스트역에서 프랑크푸르트 안 데어 오데르, 아이젠휘텐슈타트, 바르샤바로 가는 기차가 출발한다. 라이프치히 거리에서 23대의 버스를 보낸 것이 이제까지 그녀의 기다림의 기록이었다. 얼마나 기다렸더라? 10분마다 버스가 온다면 230분이니, 그것을 60으로 나누면 거의 네 시간에 가깝다. 아니, 엄마는 그렇게 늦게 온 적이 없었던 듯한데…

한스는 오늘 저녁 잉그리트와 이야기를 하려 했고, 카타리나가 여기서 그를 기다리고 있다는 걸 알지 못한다. 카타리나는 그를 깜짝 놀라게 해주려 했다. 그가 기뻐할까? 아니면 그가 잉그리트와 다시 화해했을까? 아니면 정말로 이혼 이야기를 하느라 대화가 그리도 오래 걸리는 것일까? 이런 기다림에 생각할 수 있는 모든 좋은 것과 생각할 수 있는 모든 나쁜 것이 담긴다. 그래서 카타리나는 이제 문 앞에 비스듬히 누웠는데도 잠들지 못하고 깨어 있다.

그는 베롤리나 바에 앉아 술을 마시고 있다. 잉그리트는 오늘 저녁에 그와 이야기하고 싶어 하지 않았다. 오히려 잘된 것인지도 모른다. 하지만 그가 홀로 원룸 아파트에서 무엇을 한단 말인가? 카타리나 없이는 더 이상 한 발도 내딛지 못할 것만 같다. 둘을 위한 소망을 가진 건, 그리고 가져야 하는 건 그녀다. 그 아이가 그를 이끌어간다, 새 시대의 피조물. 그녀는 혼탁하지 않고 맑다. 잘 자랐다. 그녀가 그런 사람이 아니었다면, 그는 그녀를 그렇게 열망하지 않을 것이다. 이런 방식으로 열망하지는 않을 것이다.

그런 날에 그녀는 다이어리에 혁대를 약자인 R이라 적는다. 테이블 + R. 이런 약자에서조차 그녀가 부끄러워한다는 것을 알 수 있다. 그녀는 수치스러워한다. 그럼에도 그에게 엉덩이를 대어준다. 그녀는 자신이 아름답다는 걸 안다. *인간, 그 말은 얼마나 자랑스럽게 들리는지*, 라고 막심 고리키는 말했다.

한스는 바지에서 혁대를 풀어 아주 세게 때린다. 그리고 혼자 있을 때면 호텔 베롤리나 바에서 술을 퍼마신다.

네가 죽을 때 무엇을 위해 죽는가 하고 자문한다면, 갑자기 충격적일 정도로 선명하게, 검은 공허가 입을 벌릴 것이다. 부하린은 자신에게 방금 선고를 내린 법정 앞에서 그렇게 말했다. *후회 없이 죽고자 한다면, 죽어야 할 이유는 아무것도 없다고*도 했다. 레닌의 동지이자 당의 총애를 받았던 부하린은 1938년 동지들에게 숙청당했다. 고리키의 문장과 부하린의 마지막 말은 소련 시스템의 양극이다. 그는 원래 이를 주제로 소설을 쓰고 싶었다. 다만 여기 동독에서는 출판하려

는 출판사가 없을 것이다. 그리고 서독에서는 아무도 그것을 이해하지 못할 것이다.

그녀는 알고 있다. 낮에는 소파로, 밤에는 한스와 그녀의 침대로 쓰이는 데이베드 앞 낮은 유리 테이블 위에 라일락 꽃다발이 놓여 있음을. 데이베드는 너무 좁아서, 한 사람이 돌아누우면, 다른 한 사람도 같이 돌아누워야 한다. 가끔 잃어버린 여행 가방이 다시 나타나면 그 가방이 자신의 것임을 증명하기 위해 안에 뭐가 들어 있는지 말해 보라는 요구를 받지 않는가? 그녀는 한스의 칫솔이 무슨 색깔인지 말할 수 있다. 그들이 식탁이자 책상으로 사용하는 작은 테이블이 접이식이라는 것도 말할 수 있다. 원래 그것은 다리 두 개 달린 얇은 판자로, 창문 아래쪽에 경첩을 박고 나사로 고정시켜놓은 것일 따름이다.

발코니 문 오른쪽에는 첫 번째 집주인의 시가 붙어 있다. *나는 바닥에 쪼그리고 앉아 탐욕스레 귀 기울인다.* 한스가 이틀 전 밤에 집 앞에서 몰래 꺾어 그녀에게 가져온 라일락이 온 방 안에 진한 향기를 풍긴다. 한쪽 의자 등받이에는 한스의 하늘색 셔츠가 걸려 있고, 다른 쪽 의자 등받이에는 카타리나의 실크 스카프와 그녀가 직접 바느질한 회색 치마가 걸려 있다.

그녀가 엉덩이를 한스 쪽으로 돌리고, 아래팔로 몸무게를 지탱하기 전에 한스는 다리가 접히지 않는지 점검한다. 그녀의 다리가 아니라, 임시 접이식 테이블의 다리 말이다. 지금 그의 삶의 모든 것은 임시적이다. 자칫 잘못하면, 구부러져 꺾인다. 무엇보다 가장 먼저 그 스스로가 그러하다.

과도기는 힘이 든다. 때로는 새로운 삶에 도착하는 데 필요한 것보다 더 많은 힘이 든다. 그는 그것을 안다. 카타리나는 아직 그것을 모른다. 그녀 안에서 새로운 시대는 이룩한 것이 아니라, 그저 주어진 것이다. 그녀는 그의 열정을 공유하지만, 그 열정의 어두운 토대와 그가 유년의 폐허로부터 인간으로 서기까지 필요했던 노력은 알지 못한다. 이것이 그녀의 장점일까, 아니면 이것이 그녀가 그와 객관적으로 구별되는 지점일까?

현관문을 통해 그들이 새로 갖게 된 냉장고가 웅웅거리는 소리가 들리지 않는가? 랄프가 별장에 있던 냉장고를 그들에게 빌려줬다. 그녀는 냉장고를 열어보지 않고도 그 안에 무엇이 들어 있는지 줄줄이 읊을 수 있다. 맥주 2병, 비터 레몬 1병, 우유 1리터, 슬라이스 치즈 1팩, 라즈베리 요거트 2팩, 버터 1개, 에버스발데 소시지 1병. 전 세계가 동독에 대해 아는 것을 가장 짧은 공식으로 요약하면 바로 에버스발데 소시지와 마이센 도자기라고, 그저께 소시지 병을 따면서 한스는 말했다.

그녀는 그곳 작은 원룸에서 일어나는 것이 그녀 자신의 삶임을 증명하기 위해 이 원룸 안의 모든 것을 이야기할 수 있다. 그러나 한스는 두 번째 주인의 이웃에게서 열쇠만 받았을 따름이다.

한스는 바에서 옆 의자에 앉아 있던 출장 여행자가 남기고 간 맥주 컵 받침에 *비행공포*라고 쓴다. 지난주에 그는 새 소설의 초안을 타이핑해놓은 원고를 실수로 다른 서류들과 함께 쓰레기 투입구에 집어넣었다. 그 바람에 관리인을 불러 21층의 모든 가구에서 버린 쓰레기가 모이는 지하실 공간을 열어달라고 해야 했고, 썩은 토마토와 피

묻은 생리대, 감자 껍질, 담배꽁초, 먹고 남은 닭뼈, 곰팡이 핀 빵 조각들 사이에서 한 장 한 장 원고를 다시 모았다. 다른 사람들이 버린 오물 속에서 건진 자신만의 것. 그는 그것을 저승 소풍이라 불렀으며, 그뒤 30분간 샤워기 아래서 몸을 박박 닦아내고 나서야, 카타리나가 품에 안기는 걸 허락했다.

출장 여행자는 비틀거리며 그의 방으로 돌아간다. 한스도 이제 가야 할까? 한 잔 더, 라고 말하며 한스는 빈 잔을 들어 올린다. 그는 생각한다. 비행공포가 있는 사람은 구체적인 사고를 상상하는 것이 아니라, 단지 추락을, 깊이를 알 수 없는 곳으로의 추락을 상상하는 것이라고. 추락이 일어나기 전에 이미 그의 내면에서 추락을 느끼는 것이라고. 저 깊은 지하실에서 쓰레기를 뒤진 이래로, 그런 추락 뒤 사람에게서 피어날 것에 대해 생생히 상상할 수 있다는 생각에 한스는 고개를 젓는다. 나중에 복구된 초안을 '곰팡이의 아름다움'이라 부를 수도 있었을 것이다. 몇 주간 정말로 글을 쓰기가 힘들었는데, 그러고 나서 초안을 넘기기로 한 날에, 그것을 스스로 저승으로 보내버리다니, 이 얼마나 드문 바보짓인가. 아니면 징조일까? 말도 안 돼.

그녀의 삶. 잉그리트를 생각해서, 아파트에 혼자 있을 때는 전화기를 들지 않아야 한다. 지난 월요일에도 한스가 안과에 갔을 때, 계속해서 전화벨이 울렸다. 그녀는 전화 옆에 앉아 아무도 없는 척했다. 그럼에도. 그녀의 삶. 그녀는 잉그리트의 희생 덕에 행복한 것일까? 아니면 단순히 행복한 것일까? 하나는 언제나 다른 하나와 관계된 것일까? 일어나는 모든 것이 제로섬 게임처럼 되는 것일까? 아니면 모든 것이 연결되어 있지 않고, 하나는 여기에, 다른 하나는 저기에 있는 것일까? 저녁에 한스가 들어왔을 때, 한스는 드디어 전화를 받아 잉그리트와 통화했다. 그동안 카타리나는 발코니에 나가 있었지만, 전화하는 걸 다 들었다. 그는 낯선 사람하고 통화하는 것처럼 자신의 아내와 통화했다. 원래는 그것을 기뻐해야 했지만 그것은 카타리나를 슬프게 만들었다. 30년간의 결혼 생활에서 남는 것이 무엇이란 말인가? 그녀도 나이 들어 남편이 있는데, 그 남편이 연인을 바깥 발코니에 내보내고 그녀와 통화를 한다면? 연인이 다시 거실로 들어올 수 있기를 기다리는 동안 그렇게 통화를 한다면? 모든 진실을 알 수 있다면, 침묵에 붙여진 걸 들을 수 있다면, 그늘에 가려진 것을 볼 수 있다면, 그때도 소망은 여전히 의미가 있을까?

비행공포. 그는 마분지로 된 맥주컵 받침을 챙긴다. 그가 저 아래서 토벌에 나선 동안에 최소한 그의 머리 위로 다른 쓰레기가 떨어지지는 않았다. 그곳에 감도는 악취는 정말 지독했다. 그는 무의식적으로 아래팔을 들어 셔츠 냄새를 맡아본다. 소독을 위해 마지막으로 코른 한 모금. 이제 계산.

그는 새벽 2시가 넘어서 도착한다. 그는 잉그리트에게 남지 않았다. 오늘 밤에 머물지도, 영원히 머물지도 않았다.

2시 넘어 도착하니, 그의 아파트 문지방에 누워 있는 존재의 이름은 카타리나. 끌어안음에서 하나의 육체와 다른 육체가 마치 물로 이루어진 것처럼 완전히 서로 뒤섞이는 시간.

방에서는 라일락 냄새가 난다.

나중에 둘은 서로 너무 바짝 붙어 누워 있어, 한 사람이 돌아누우면 다른 사람도 돌아누워야 한다.

그래, 행복은 존재해. 그녀가 생각한다.

그래, 행복은 존재해. 그가 생각한다.

21

6개월 전 이곳에 들어왔을 때는 집주인의 오랜 부재로 구석구석이 먼지투성이였다. 그런데 하필 집주인이 모레에 예전 생활로 복귀한다는 소식을 전해온다. 집주인은 비로소 오늘에서야 기별을 해온다.

한스는 포장지를 탁자에 고정하는 데 사용했던 압정을 빼내고, 포장지를 접는다. 포장지 위에는 레드와인 자국, 레닌의 글, 다음 라디오 방송을 위해 해놓았던 메모들이 있다. 안경점 주소도 적혀 있다. 그는 이제 계속 안경을 써야 한다. 카타리나가 금색 안경테를 골라주었고, 다음 주에 안경을 찾으러 갈 것이다. 이미 그가 다시 잉그리트의 남편이 되어 있을 시점에.

엊그제의 메모가 아직 탁자 위에 놓여 있다. *어디 있어요?* 카타리나는 이틀 전 그에게 그렇게 썼고, 그 아래에 하트를 그려놓았다. 전당대회가 오래 걸리는 바람에, 그가 드디어 집에 돌아왔을 때 그녀는 이미 라이프치히로 아빠를 만나러 출발하고 없었다. 전당대회에서는 소련의 새로운 리더십에 대한 우려의 목소리가 나왔다. 우리는 계속해서 시간을 체크해야 하지만, 계속해서 현지 시간으로 일할 겁니다, 라고 문화부 장관 호프만은 말한다. *어디 있어요?*

그는 다이어리 안에 카타리나의 메모를 끼운다.

카타리나는 정리를 돕기 위해 내일 첫차로 라이프치히에서 돌아올 것이다.

그는 카타리나가 잠든 사이에 자주 들었던 베토벤 카세트테이프들을 싼다.

책, 점퍼, 겨울 재킷, 맥주 세 병.

카타리나가 그에게 선물해준 찻주전자는 카타리나가 가져가는 게 좋겠다. 그는 집에 하나 있으니까.

집에.

그와 카타리나가 세운 계획을 잉그리트가 알았다면, 그가 집에 돌아오는 것을 승낙하지 않았을 것이다. 하지만 잉그리트가 모든 걸 알 필요는 없다. 1년 뒤 어떻게 될지 그 자신도 알지 못하니까.

남의 아파트에서 카타리나와 지내는 동안, 그는 카타리나를 위해 많은 노력을 기울였다. 자신에게 편안히 느껴지는 모든 것을 카타리나에게 마련해주었다. 바흐, 베토벤, 브레히트, 부슈, 쇼팽, 아이슬러, 조토, 고야, 그뤼네발트, 학스, 카프카, 레닌, 토마스 만, 마르크스, 모차르트, 네허, 스타인버그, 베르디, 로베르트 발저. 알파벳 순서대로. 질서는 무질서에 대한 두려움이다. 따라서 두려움이다. 또한 그의 두려움이기도 하다.

그는 단순히 그녀의 젊은 육체 안에서 더 매력적인 자기 모습을 찾으려 했던 것일까? 그의 고독 속에서, 그에게 대답해줄 수 있는 누군가를? 아니면 정말로 사랑해서 그 모든 것을 그녀와 나누었던 것일까? 어쨌든 사랑은 그가 집에서 쫓겨난 이유였다. 사랑, 사랑, 사랑, 그는 혼자서 그렇게 말해본다. 갑자기 그 단어가 굉장히 공허하게 느껴진다.

이렇게 이 집에서 나간 다음 카타리나라는 집의 네 벽이 갑자기 무너지고, 그가 그토록 애써서 견고하게 만들고자 했던 모든 것이 다 산산조각 나서 날아가버리면 어떻게 할까?

카타리나는 손을 놀릴 때마다 하나씩, 하나씩 자신이 사랑했던 삶을 거두어들여야 한다. 그러고 싶지 않지만 그래야 한다. 그냥 훌쩍 내버려두고 떠나는 것이 아니라, 그전 어느 때보다 행복했던 이곳을 스스로 하나씩 하나씩 해체해야 한다. 이곳에서 한스와 함께했던 삶에 속한 모든 것을 다시 한번 보고, 그것들을 어떻게 할지 결정해야 한다. 쓰레기로 버릴까? 아니면 그녀가 가져온 두 개의 커다란 여행 가방 중 하나에 넣을까? 그녀는 사흘 전에 먹은 수프 포장지를 쓰레기통에 던져버리지 못한다. 함께 보냈던 마지막 저녁. 동독 국영기업이 생산한 아스파라거스 수프. 이곳에 있는 1구짜리 전기레인지에 데운 저렴한 1.5마르크짜리 수프, 그녀의 행복.

한스는 어제저녁에 짐을 챙기기 시작했고, 이제 카타리나가 써준 장보기 목록을 들고 밖으로 나간다.

휴지통
변기 시트
차
끈
전구

그들이 이 아파트에 들어오기 전에, 카타리나는 때로 그의 아내가 써준 쇼핑 목록을 들고 그와 장을 보러 가곤 했다. 카타리나는 잉그리트의 필체가 생생하게 기억난다.

치즈 (고다)

토스트빵

감자

에버스발데 소시지

버터

이제 다시 그렇게 될까? 미래는 단순히 예전과 같은 모습일까? 아빠가 신경 써주어 카타리나가 이번 여름에 처음으로 자신만의 거처를 갖게 된다고 해도, 프랑크푸르트 안 데어 오데르에 소재한 극장에서의 인턴십이 일 년밖에 안 된다 해도, 한스가 최근에 이혼 이야기를 꺼냈다 해도, 그들이 나중에 가지려 하는 아이 이름을 벌써 카스파르 혹은 요한으로 정해놓았다 해도, 둘 중 한 사람이 의심할 때마다 다른 한 사람이 상대에게 사랑과 그 사랑의 지속을 이야기했다 해도, 이 임시 거처와 작별하는 것은 영원한 이별처럼 느껴진다.

한스 앞에서 울지 않으려고, 그녀는 그의 부재를 틈타 운다. 진공청소기를 돌리면서 울고, 부엌을 치우면서 운다. 욕실에서 샤워기와 욕조를 닦으면서도 운다. 빈 병을 아래로 내려다놓기 위해 아래층에 내려갈 때만 잠시 울음을 그치고, 아파트에 돌아오자마자 다시 울기 시작한다. 한스와 함께 벽에 걸었던 그림들을 떼어내고, 대신 두 번째 주인의 그림들을 서랍에서 꺼내 다시 벽에 걸면서 운다.

그녀는 세 시간 뒤에 돌아온 한스가 사온 변기 시트를 설치한다. 하수구로 흘려보낸 모든 것에 대해 한스의 비위가 얼마나 약한지를 알기 때문이다. 그와 함께 지내며 그녀는 변기 뚜껑은 늘 닫아놓아

야 한다는 걸 배웠다. 변기는 그냥 가구처럼 보여야 한다는 것을. 방
으로 돌아온 그녀는 그가 자신의 가방에 더 이상 들어가지 않는 부피
큰 물건들을 그녀가 가져온 두 개의 커다란 검은 가방에 집어넣는 것
을 본다. 그녀는 세 계절을 이미 가방 안에 집어넣었다. 겨울, 봄, 여름.
이제 그는 두꺼운 그뤼네발트 도록도 그녀의 가방에 넣는다. 책상 스
탠드, 그녀가 떼어둔 그림들, 그의 신발 세 켤레와, 그녀가 그에게 선
물한 찻주전자도. 삶이 커다란 검은 가방 두 개를 불룩하게 만든다,
가방들은 점점 더 자라나는 것일까? 그것들은 살아 있는 것일까? 이
가방들을 어떻게 집으로 들고 가야 할지 모르겠다. 기분이 안 좋아?
라고 그가 묻는다. 기분이 안 좋냐고? 그는 사랑도 가방에 넣은 것일
까? 그래서 가방들이 그렇게도 무거워 보이는 것일까?

오른손에 가방 하나, 왼손에 가방 하나를 들고 비틀거리며 걸어가
자 그녀는 자신이 풀줄기처럼 느껴진다. 문을 통과할 때는 노이바우
의 작은 문에 맞추기 위해 옆으로 몸을 돌려야 한다. 그는 자신의 트
렁크를 들고 가방 하나는 어깨에 멘 채로, 현관문을 쾅 닫고는 문을
잠근다.

아래 버스 정류장에서 그녀는 흘러내리는 눈물을 참을 수가 없다.
눈물이 다시금 줄줄 흐른다. 그 모습을 본 그는 고개를 절레절레 흔
들며 가버린다. 작별 인사도 없이 그녀를 정류장에 세워놓은 채.

다시 본가로 입성한 다음 날 오전, 그는 카타리나의 창문 아래에서
「소야곡」의 첫 소절을 휘파람으로 분다. 그녀가 익히 아는 멜로디.

모든 파편들, 끝의 파편들, 시작의 파편들. 카타리나는 지난 6개월의 삶이 가득 담긴 검은색 가방 두 개를 풀지 않은 채로 놓아두었다가, 며칠 뒤 곧장 자신의 새 거처로 가져가려 한다. 중정이 있는 알트바우 원룸. 방금 전까지 출판사에 있던 그녀는 이제 수습 기간을 마치고 어엿한 기술자가 되었으며, 타이포그래피 과정을 성공적으로 수료하고, 이제 사직서를 쓴다.

상호 합의로 저는 1987년 7월 7일부로 국영 출판사 베를린과의 고용계약 해지를 요청합니다. 7월 1일은 이사를 위해 월차를 내고, 1987년 7월 2일부터 6일까지는 정기 휴가를 쓰겠습니다. 이 시기에, 그리고 앞으로도 나는 라디오 방송의 고정 프리랜서이자 작가인 한스 W.를 사랑합니다.

물론 마지막 문장은 한스에게만 써서 주는 문장이다. 그럼에도 예상했던 대로 슈테르츠 씨는 싫은 티를 냈다.

이 직원은 다른 직업적 진로를 밟고자 본인의 희망에 따라 퇴사합니다. 우리는 퇴사를 유감스럽게 생각하지만, 새로운 앞길에 많은 성공이 있기를 바랍니다.

처음과 끝. 한스와 함께한 일 년이 끝났다. 7월 11일 그들은 기념일을 축하하기 위해 다시 S반이 지나가는 고가 아래서 만났다. 한스는 그곳에서 그녀의 사진을 찍었다. 한스가 선물한 장미 한 송이를 들고, 그들이 처음 만난 장소에 서 있는 그녀의 모습. 그녀는 그동안 한 살 더 먹어서, 이제 만 스물이 되었다. 더 이상 십 대가 아니다. 헝가리 문화센터, 카페 투티, 잠시 다른 길로 가다가, 다시 돌아옴. 함께했던 첫걸음들의 안무가 이제는 익숙하다. 그러고 나서 아직 새 페인트 칠 냄새가 가시지 않은 그녀의 새로운 아파트로. 1년 뒤에는 어떻게 될까? 처음과 끝. 어떻게 될지는 어떻게 되었는지를 보면 알 수 있으리라. 그러나 그것은 좀처럼 모습을 드러내지 않는다.

크리스마스 휴가 두 번째 날 밤에 부리나케 그녀에게로 내려왔을 때, 한스는 셔츠 단추를 여미지 않은 채, 추위 속에 서서, 새해 7월 11일에 그녀와 만나기로 약속했다. 그녀는 그에게 '100년간의 사랑 쿠폰'을 건네주었다. 그가 태어난 해와 그녀가 태어난 해를 더하면 100이 되니까. 털외투를 입은 카타리나와 셔츠 단추를 여미지 않은 그는 그의 집 문 앞에 2분 30초간 몰래 함께 서서, 미래로 그물을 던지고자 했다. 그녀는 그가 그녀의 소리를 듣고 아래로 내려올 때까지 휘파람으로 숨 넘어갈 듯이 「소야곡」을 불었다.

그는 카타리나가 인턴십에 합격한 3월의 그날 저녁에 새로운 책의 주제를 쓰기 시작했다. 그리하여 그해는 일 년 내내는 아니겠지만, 떨어져 있어도 함께 보내게 될 것이다. 그녀는 그를 알아야 한다. 그리고 그는 그녀의 눈을 통해 스스로를 낯설게 볼 수 있어야 한다. 병들고 낡은 세상을 닦아내려는 새로운 생각에 대한 그의 불타는 관심을 그녀는 이해해야 하리라. 비록 난관에 봉착해 있을지라도, 인류가 가능케 한 다른 어떤 것보다 더 위대한 것에 대한 그의 열정을 이해해야 한다.

그녀는 태어날 때부터 얕은 물에서 항해했다. 그리하여 반발심에 내재된 에너지는 가지고 있지 않다. 이것은 그녀의 잘못이 아니며,

아마도 그가 상쇄시켜줄 수 있는 결핍이리라. 그렇지 않고서야 미래가 어떤 토대에서 만들어졌는지를 알지도 못하는 새 시대의 피조물들이 어떻게 미래를 시작할 수 있겠는가? 그들이 잠정적으로 함께 살기 시작했을 때 그녀는 그에게 무엇을 바라느냐고 물었다. 그것은 그와 그녀의 사생활에서 무엇을 바라느냐는 의미였다. 그도 그녀에게 무엇을 바라느냐고 물을 수 있을 것이다. 하지만 그것은 아주 다른 의미일 것이다.

희망도 물려줄 수 있을까? 희망이라는 이름에 걸맞은 희망을? 단순히 개개인의 소망을 이루는 것을 훨씬 넘어서는, 커다란 희망을? 3년 전, 호네커는 이 사회주의 국가 국민들의 총애를 얻어줄 수십억 마르크의 차관을 받기 위해, 서독의 호의에 기댔다. 호네커는 프티부르주아다. 카타리나는 파란 머플러*에서 시작해서 '사회주의적 생산 수업'**과 러시아어 수업을 거쳐, 베르더에서의 추수 돕기에 이르기까지 이 사회주의 국가가 자국의 아동을 미래의 시민으로 만들기 위해 마련한 모든 정거장을 두루 거쳐온 아이들 중의 하나다. 그럼에도 그녀와 국가와의 거리는 엄청나다. 거리. 그것은 반항이 아니기에 거리이며, 다만 무관심, 정치적 피로와 비슷한 것이다. 이것은 그녀의 젊음과 상당히 부조화를 이룬다.

그녀는 무엇을 추구해야 할지를 더 이상 알지 못하는 듯하다. 반면 그는 전쟁이 끝나기까지는 열렬한 작은 나치로 살았다. 그의 경우

---

* 동독 피오네르 소년단 단원들이 맸던 스카프.
** Unterricht in der Produktion. 줄여서 UTP는 동독에서 1958년부터 7학년 이상에게 이수하도록 한 수업으로, 학교 생활과 노동을 일찌감치 연결시키는 목적에서 시행되었다.

에는 나쁜 목적을 위한 세뇌가 훨씬 잘 먹혀들었다. 하지만 어찌하여 뭔가를 진정으로 이해하는 것이 아니라 늘 세뇌여야 했을까?

엄마는 카타리나의 방을 이제 자신의 서재로 꾸미겠다고 한다. 엄마와 랄프는 거리에 나와 이삿짐 트럭 뒤에서 손을 흔든다. 그러나 카타리나는 자신의 첫 독립적인 거처에 들어가자마자, 프랑크푸르트로 실어갈 물건들을 다시 구석으로 밀어넣는다. 반쯤 포장을 푼 상자들과 아예 포장을 풀지 않은 상자들. 7월 말, 한스가 아내와 아들과 함께 발트해에 있을 무렵, 그녀는 프랑크푸르트 안 데어 오데르의 극장에 첫 출근을 하게 될 것이다. 할레에서 상업미술을 공부하려던 그녀는 이제는 베를린에서 무대 및 의상 디자인을 공부하려 하고, 이를 공부하기 위해 필요한 인턴 과정을 밟으려 한다.

한스는 브레히트를 읽어주었고, 「푼틸라」 「억척어멈」 「사천의 선인」, 그리고 아울러 카스파르 네어의 무대미술을 보여주었다. 카를 폰 아펜과 펠젠슈타인도. 평생 달걀 컵이나 수레를 디자인하는 것보다 연극을 돕는 무대미술이 훨씬 흥미롭지 않을까? 그리고 베를린이 할레보다 훨씬 가깝지 않아? 새로운 거처에서 그녀는 어떤 사람이 될까? 프랑크푸르트 안 데어 오데르에서는 누구를 만나게 될까? 그녀는 어디에 있든 뭘 하든, 늘 같은 사람일까? 또는 그녀는 무한히 많은 사람이고, 날씨 집*처럼 그중에서 늘 하나의 인격만 드러나는 것일까?

연인과 함께 지냈던 그녀는 이제 밤에 다시금 혼자다. 미래는 끝이

---

* 날씨가 맑게 갠 날에는 남자 모습, 비 오는 날에는 여자 모습 인형이 나오는 독일의 전통 습도계.

느슨한 끈처럼, 현재로 들어와 흔들리다가, 그 스스로가 현재가 되어 이런저런 인간 육체에 뿌리를 내리고, 부지불식중에 피어나 철통같은 지배를 시작할 수도 있다. 상황에 따라서는 말이다. 1년 뒤에 어떻게 될까, 라고 카타리나는 언젠가 엄마에게 물었다. 그러자 엄마는 우리가 그걸 모르는 걸 다행으로 여겨야지, 라고 대답했다. 엄마는 왜 그렇게 냉소적이었던 걸까? 랄프는 최근에 카타리나가 색 스케치를 하고 있을 때 방에 들어오더니, 이건 신원시주의로군, 이라고 말하고는 아이러니한 미소를 지으며 방을 나가버렸다. 그래, 본가에서 나가서 드디어 독립생활을 시작할 때가 되었지.

리가*와의 작별. 거대한 배. 떠나고 싶은, 혹은 떠나야만 하는 수많은 사람과 더불어, 그와 엄마와 아빠는 나무 판자를 건너 배에 오른다. 그런 다음 난간에 서서 점점 더 작아져가는 그들의 도시를 바라본다. 이제 누가 우리 집에 살게 될까? 라고 여섯 살 아이는 물었고, 엄마가 뭐라고 대답했는지 지금도 기억이 난다. 그건 우리가 알 바가 아니야, 라고. 그의 방, 이웃집 고양이들, 러시아어, 라트비아어, 심지어 이디시어를 쓰는, 아버지가 싫어했기에 몰래몰래 놀 수밖에 없었던 친구들. 그건 우리가 더 이상 알 바가 아니야.

그런 다음 그들은 그디니아에 도착하여, 대대적인 환영을 받는다. 땅에 서 있는 모든 이가 손을 앞으로 뻗어 인사를 하고, 아이들에겐 커다란 홀에서 우유에 설탕과 계피를 넣어 끓인 밥이 제공된다. 그런 다음 그의 생애 첫 기차 여행이 이어진 뒤, 낯선 도시에 내린다. 역사

* 라트비아의 수도.

앞에서 그는 기이한 행렬을 본다. 그들을 마주 향해 걸어오던 길고 조용한 행렬, 여행 가방과 보따리를 든 사람들. 이 사람들은 배 여행을 앞두고 있는 걸까? 그뒤 대대적인 환영을? 그들은 왜 그리도 불행해 보이는 걸까? 기관총을 든 군인들이 그들이 대열을 이탈하지 않도록 한다.

그의 머릿속 다음 이미지, 여섯 살 아이의 머릿속에 영원히 남게 될 이미지는 이러하다. 새로운 집에 도착해보니, 아직 흔들 목마가 놓여 있는 아이 방이 있다. 아버지는 이제 이건 네 거야, 라며 그를 안아 올린다. 오고 감의 이미지가 아이의 뇌리에 깊숙이 박힌다. 승자 편에 서는 행복은 그에게 이런 흔들 목마의 이미지로 구체화된다. 꼬마 한스가 목마를 타는 동안 아버지는 책상 앞에 앉아 이렇게 적는다. *인종과 인종 개량에 대한 감각이 깨어난 곳에서는 우리 민족이 유전되는 인종적 가치를 재고하는 것이 건강해지는 과정으로 이해될 것이다.* 꼬마 한스가 목마를 탄다. 언젠가 내가 죽어도 여전히 해가 뜰까요? 해는 왜 언제나 뜨는 걸까요? 아버지도 어머니도 대답을 알지 못한다.

2월의 어느 어두컴컴한 날, 한스는 칼로 자신의 작은 책상에 한 날짜를 새긴다. 최소한 단 하루 정도는 무한한 검은 시간의 바다로부터 끄집어내 영원히 간직하기 위해. 칼로 새겨놓은 걸 본 어머니는 한스를 벌주지 않는다. 퇴근해서 집에 돌아와 죄의 경중에 따라, 혁대로 아들의 손이나 등, 혹은 엉덩이를 적절한 횟수만큼 때리는 일은 아버지의 몫이기 때문이다. *여러분 대부분은 백 구의 시체가 모여 있다는 것, 오백 구 혹은 천 구의 시체가 놓여 있다는 것이 무슨 뜻인지 알 것입니다. 이것을 견디고—인간적 약함을 보였던 몇몇 예외만 제외하*

고는—품위를 유지한 것, 그것이 우리를 강하게 만들었으며, 우리 역사에 한 번도 기록되지 않은, 한 번도 기록될 수 없을 영광스런 페이지입니다. 1943년 포즈난에서 친위대 국가지도자인 하인리히 힘러는 부하들에게 그렇게 말했다. 1943년에 한스는 열 살이었다. 힘러가 연설하는 극장은 트램으로 네 정거장만 가면 되었다.

원하는 것을 할 수도, 하지 않을 수도 있는 자유. 세탁기가 덜그럭거리며 돌아간다. 카타리나가 자기만의 방에서 처음으로 하는 빨래다. 쓰레기로 나온 걸 발견해 랄프와 이웃의 도움으로 이곳으로 올려온 그릇장을 그녀는 하늘색으로 칠한다. 창을 활짝 연 채, 잠들 때까지 뒤뜰의 커다란 밤나무 잎사귀들이 바스락거리는 소리를 듣는다.

그녀가 최근 한스와 함께 살던 집 앞에는 라일락이 자랐다. 그러나 라일락이 바스락거리는 소리는 12층까지는 들리지 않았다.

언젠가 새벽 6시에 짧은 치마에 하이힐을 신고 그곳 노이바우 아파트에서 나왔을 때 그녀를 창녀로 여기고—이 나라에는 더 이상 매춘부가 없다, 40년 전부터 이미 없다—추잡한 농담을 던졌던 애송이들이 카타리나의 꿈에 나타난다. 카타리나는 꿈결에 그들에게 이 머리에 피도 안 마른 아해들아, 라고 외치며, 스스로 그 말에 놀란다. 이 말도 40년 전이나 썼지 지금은 쓰지 않기 때문이다.

5월 1일, 한스와 카타리나가 사랑을 나누는 동안, 그들이 지내던 그 노이바우 건물 앞에서 실력이 형편없는 브라스밴드가 카를 마르크스 대로에서 진행되는 시위에 참가하기 위해 기다리면서 골목길에서 자신들의 곡을 연습했다. 카타리나와 한스가 그들의 사적인 망명지의 좁은 소파에서 몸을 맞대고 신음하는 동안, 인터내셔널은 인권을 위

해 싸운다, 라는 가사가 울려 퍼졌다. *민중이여, 신호를 들으라*. 이제 주물 침대에 혼자 누워 있는 카타리나의 꿈속에서 그 노래가 금속성으로 울리고, 5월은 이미 오래전에 지나가버렸다.

마지막으로, 아침에 잠에서 깰 무렵 비몽사몽 중에, 몇 주 전 카타리나와 한스가 트램 정거장에서 작별하면서 끌어안고 키스했을 때, 그들 앞에 침을 뱉은 여자도 꿈속을 스쳐 간다. 그때 한스는 카타리나를, 카타리나는 한스를 바라보았고 두 사람은 함께 그 여자를 쳐다보았다. 그 누구보다 잘 아는 사람을 쳐다보듯이.

첫날밤의 꿈은 이루어지니까 잘 기억해둬. 아빠가 전화로 말했다. 그러나 꿈이 이미 지나가버린 일들의 파편일 뿐이라면, 어떻게 해야 할까?

이 아파트가 아직 비어 있고 리모델링이 되지 않은 상태일 때, 한스에게 처음 이 집을 보여주던 날, 계단실에서 마주친 이웃은 자연스레 한스를 그녀의 아버지로 여겼다.

새로운 아파트의 벽은 이제 무엇을 듣고 보게 될까?

러시아군이 리츠만슈타트를 점령하고 포즈난을 향해 빠른 속도로 진격하고 있을 때, 어머니는 방금 청소를, 아버지는 제국대학에서 강의를 마치고, 점심으로 돼지고기 구이를 먹은 참이었다. 어머니와 아버지가 그와 함께 30분 간격으로 운행되는 마지막 기차를 타고 도시를 빠져나가기 위해 역에 서 있을 때 이미 러시아군의 포성이 들렸다. 이미 3~4년 전부터 지하실을 마굿간 삼아 놓여 있는 흔들 목마는 곧 다시금 새로운 기수를 태우게 될 것이었다. 그것은 우리와는 더이상 상관없는 일이고.

만하임 교외에 있는 할머니의 집은 파괴되지 않았지만, 시내에는 남아 있는 것이 별로 없었다. 영국군은 계획도시로 설계된 만하임 시내 중심부에서 폭탄 투하 연습을 했고, 독일군 스스로도 1945년 3월에 미군의 진격을 막기 위해 다리를 폭파했다. 자신의 도시를 지키기 위해 자신의 도시의 일부분을 내주었던 것이다. 이번에는 대대적인 환영 같은 것은 없었다. 기차역 바로 건너편에는 *만하임은 철통같이 서 있다*, 라는 글귀가 보였고, 이웃의 폐허에는 *주의! 붕괴 위험!* 이라고 쓰여 있었다. 크론프린첸 거리 한가운데에는 바리케이드로 사용되었던 트램이 비스듬히 세워져 있었다. 좌우편 집들의 창문은 이미 하얀 천으로 가려져 있었다. 승리에 대한 의지와 항복의 몸짓이 뒤죽박죽인 모습. 전쟁은 거리의 불빛뿐만 아니라 모든 빛을 꺼뜨렸다.

한스의 기억에서 이곳에 도착하고부터 6년간은 어둠으로 남았다. 6년간의 침묵. 무인지대에서 보낸 청소년기. 아무도 그에게 뭔가를 바라지 않았다. 카프카의 산문*에 나오듯, *그야말로 아무도.* 한스는 학교를 곧잘 빼먹고, 창밖으로 기어나가, 밤새도록 들을 배회했다. 달은 어두운 얼룩을 가졌고, 이런 밤에 그는 먼 풍경과 친해졌다. 어른들은 자기들 일로 바빴다. *이것을 견디고—인간적 약함을 보였던 몇몇 예외만 제외하고는—품위를 유지한 것, 그것이 우리를 강하게 만들었으며, 우리 역사에 한 번도 기록되지 않은, 한 번도 기록될 수 없을 영광스런 페이지입니다.* 이웃집 아저씨는 커튼을 내리고 자신의 부엌에서 슈냅스를 증류했고, 그의 어머니는 가족의 보이그랜더 카메라를 미국 담배 1,000개비에 팔아넘겼다.

---

* 프란츠 카프카(Franz Kafka, 1883~1924)의 산문 「산으로의 소풍」의 한 구절.

히틀러 청소년단 제복을 입은 열 살 한스의 사진은 그렇게 전쟁이 막 끝났던 이 시대를 통틀어 그의 유일한 사진이 되었다. 집 뒷마당에선 전쟁에서 불구가 된 사람이 카프리섬 어부들의 노래를 불렀다. 아버지는 감옥에서 출소해 괴팅겐대학에 임용되었다. 또다시 이사. 대학 입학 자격시험을 위해 운젠 선생님은 한스에게 로마제국 역사 지도책을 선물해주었다.

그녀는 엄마와 함께 러그를 샀다. 시빌레는 페인트칠을 도와주었고, 앙드레는 책장 조립을 도와주었다. 친구들이 묻지도 않았는데, 그녀는 계속 설명을 했다. 한스가 방송이 있다, 한스가 잉그리트를 공항에 데려다줘야 한다. 한스가 허리가 아프다. 저녁에 그녀는 한스와 집들이를 하기로 했다. 샴페인과 커피. 이번에 그녀는 회색 치마에 하이힐을 신는다. 지난가을 한스가 빈에서 구해 와 최근에 보여준 에로틱 만화의 여주인공처럼. 한스가 그것을 원했기 때문이다. 설렘은 사랑 자체보다 더 아름답다고 한스는 말했다. 케이크를 굽고, 샐러드와 커틀릿, 감자를 요리하고, 짐을 풀지 않은 종이 상자를 포개어 그 위에 천을 깔아 테이블을 만들고, 침대를 정돈한다. 이제 싹 정돈이 되었으니 부디 이 집이 한스의 마음에 들기를.

하지만 한스는 약속 시간에서 족히 두 시간을 지각한다. 잉그리트는 집에 없고, 루트비히가 아빠를 놓아주지 않았다고 말한다. 루트비히가 혼자 잠드는 걸 무서워한다는데. 무서워한다고? 열다섯 살짜리가? 불편한 하이힐은 이미 오래전 구석 자리에 놓여 있고, 커틀릿은 차갑게 식었다. 화해를 한 뒤 한스는 그녀를 데리고 시청 지하의 음식점으로 간다. 그 모든 난리가 끝난 뒤에는 무조건 코른을 마셔줘야 한다면서.

하나가 다른 하나를 교대하는 것이 아니었던가, 물결이 한 사람을
어디론가 실어가면, 다른 사람은 밀려나는 것이 아니었던가? 살아가
는 모든 순간에 모든 것이 동시에 존재하는 것이었던가? 자신과 어떤
다른 사람이 함께. 개개인의 삶에서만 그 삶의 이야기를 구성하는 먼
지가 처음 모양을 띠는지, 마지막 모양을 띠는지를 측정할 수 있었다.
힘러가 포즈난에서 연설하는 동안 그는 무엇을 했을까? 그의 아버지
는, 그의 어머니는? 겉으로 보이는 것만 믿으면 실제 일어나는 일의
배후로는 가지 못한다. 일어나는 모든 일을 통합적으로 생각하고, 계
속해서 자신의 관점에서 튕겨져 나와야만, 실제로 일어나는 일을 이
해할 수 있었다. 감정은 굉장히 조심하지 않으면, 사람의 눈과 모든
생각을 서로 달라붙게 하는 접착제였다. 감정을 스스로에게서 분리
해 현미경 아래에 놓는 것, 빌어먹을 20세기에 예술의 본질은 진정
거기에 있었다. 이 모든 난리가 끝난 뒤에 말이다.

23

여느 평범한 극장의 계단이지만, 한스에겐 다이빙대처럼 느껴진다. 자신의 불안정한 걸음걸이에서 균형을 잃고 넘어질까봐 자신이 몸에 얼마나 많은 힘을 주고 있는지를 느낀다. 한스는 수영을 못 하는 것이다. 어쨌든 그는 카타리나가 이곳 극장에서 움직이는 모습이 마음에 든다. 화장기 없는 얼굴에 플랫 슈즈를 신고, 머리를 뒤로 질끈 동여맨 채, 그녀는 그에게 자신의 극장을 보여준다. 여기 온 지 일주일하고 반도 안 지났는데도 이미 우리 극장이라 부르며 새끼 염소처럼 폴짝폴짝 뛰어다닌다. 한꺼번에 두 계단씩 오르내리는 건 기본이다. 지방 극장의 계단이지만, 다이빙대에 올라선 기분이다. 맞은편에서 뚱뚱한 여자가 그들 가까이로 다가오자, 한스는 큰 소리로 또박또박 엄마가 안부 전하래, 라고 말한 뒤 입 다물고 관리사무소의 비서처럼 보이는 여자 곁을 지나간다.

　나중에 카타리나의 아파트로 가는 길에 그는 이곳 이야기를 듣는다. 소품 담당자 한 사람에게선 아침마다 멘톨 사탕 냄새가 나는데, 그건 아침 먹을 때 마신 슈냅스 냄새를 중화시키려고 멘톨 사탕을 먹기 때문이란다. 카타리나는 그런 헛된 노력에 대해 고개를 절레절레 흔들고, 한스도 미소 짓는다. 의상 담당자 한 사람은 관자놀이 부분의 파란 정맥이 다 비칠 정도로 피부가 얇다고 한다. 무대미술 인턴이면 관심사가 다른 데에 있어야 하는 거 아냐? 여기서 클라이스트나 베르디도 공연하나?

엄마가 너한테 안부 전해달래. 카타리나는 이번에 발트해에 갔을 때 한스가 자신을 아주 낯설게 바라보던 모습을 잊지 않았다. 카타리나는 8월 11일에 한스를 놀라게 해주려고, 꼬박 하루를 들여 발트해로 향했다. 프랑크푸르트의 다락방 임대계약서에 서명하기 위해 베를린에서 프랑크푸르트로 갔다가 프랑크푸르트에서 다시 베를린으로 와서, 베를린 오스트역에서 곧장 그라이프스발트로 가는 기차로 갈아탔다. 그라이프스발트 승강장에 내리니 몇 주 전에 한스와 함께 살았던 집이 보였다. 12층. 그녀는 위에서부터 세어 내려와 12층 발코니를 분간해냈다. 그런 다음 그라이프스발트에서 버스로 아렌스호프까지 가서, 딱 적당한 오후에 해변에 도착했다.

수영복을 입은 한스와 그의 아내, 아들, 그리고 모래로 만든 베개. 사과와 당근 조각들이 담겨 있는 도시락. 한스는 책을 읽고 있다. 카타리나는 그것이 무슨 책인지 안다. 그들이 행복한 조난자로 지내던 나날에, 한스가 그녀와 함께 구입한 모파상 개정판이다. 잉그리트와 루트비히가 물구나무서기 연습을 하러 물속에 들어간 틈을 타, 카타리나가 모파상 소설에 그림자를 드리운다. 텐트까지 집어넣은 배낭을 메고 있다 보니 꽤 커다란 그림자를 드리우며 그녀는 담배 한 개비 빌려달라고 한다. 그러나 한스는 담배를 달라는 사람이 누군지 올려다보지도 않고, 담배를 찾기 시작하며 클럽밖에 없는데요, 한다. 그러고는 담뱃갑 바닥을 두드려 담배 하나가 튀어나오도록 해서 담뱃갑을 내밀며 그제야 그녀를 올려다본다.

하지만 보지 못한다. 자신이 무엇을 보는지 이해하지 못한다. 그리고 드디어 그 사람이 카타리나라는 걸, 작년처럼 카타리나가 가족 휴가 한가운데에 나타났다는 걸 알아보자, 그런데 지금은 작년이 아니라 일 년 후이며, 잉그리트가 그의 연인의 얼굴을 오래전에 알게 된 마당에 예기치 않게 카타리나가 자기 앞에 서 있다는 걸 알아보자, 그의 입은 아주아주 쪼그라들고, 햇빛에 보기 좋게 그을렸음에도 얼굴빛은 갑자기 사색이 된다. 작년에는 모든 것이 달랐다. 하지만 이제 그는 그녀와 함께 여기 있는 모습이 발각될까 두렵다. 오로지 두려움밖에, 그외에는 아무 감정도 없다.

그녀의 프랑크푸르트 방에는 마룻바닥에 매트리스 하나만 덩그러니 놓여 있다. 카타리나가 찻물을 올리는 동안 한스는 「라보엠」 3막, 이라고 말하며, 매트리스 위에 드러눕는다. 한스 몫의 프랑크푸르트 방 열쇠는 따로 준비하지 않았다. 아주 격식을 차려 한스에게 선물했던 베를린 집 열쇠를 한스는 며칠 지나지 않아 아주 격식 없이 돌려주었다. 피부로 핏줄이 비쳐 보이는 아주 얇은 피부의 여자라니, 그녀는 최근에 그랬던 것처럼 또다시 여자에게 매력을 느끼는 것일까? 라는 생각이 한스의 뇌리를 스친다.

7월 어느 날 베를린 집의 열쇠를 가진 한스가 불쑥 그녀의 집을 찾아갔을 때, 카타리나는 어떤 여자의 방문을 기다리고 있었고, 그가 나타나자 자못 실망한 기색이었다. 하지만 그가 물어보자 웃음을 터뜨렸다. 네 여자친구야? 아니, 라이프치히에서 알게 된 사람이야. 아빠 집에서 만났거든. 그럼 그 친구는 남자야? 아니, 그녀의 이름은 한나야. 한나라는 여자는 끝내 그날 오지 않았지만, 그럼에도 그는 자신의 열쇠 꾸러미에서 카타리나 아파트 열쇠를 빼서 그녀의 탁자 위에 올려놓았고, 다시 가져가라는 카타리나의 권유에도 응하지 않았다.

이제 새로운 자유를 갖게 된 그녀는 다른 사람이 되는 걸까? 새로운 장소는 때로 새로운 사람을 만들어낸다. 외적인 모습만 지금까지 알던 사람과 똑같이 생겼을 따름이다. 그녀와 극장을 한 바퀴 돌 때 그는 물 위로 길게 뻗은 다이빙대 위에 선 느낌이었다. 기분 좋게 느끼기에는 물이 너무 깊었다.

캠핑장에서의 하룻밤. 그때 곧장 다른 곳으로 가버리고 싶었지만, 그라이프스발트행 버스가 이미 끊긴 뒤라서, 그녀는 발트해에 하루를 머물렀다. 해변에도, 모래 언덕에도 가지 못했다. 그리고 그녀의 사랑은 갑자기 커져서, 잃어버릴지도 모르는 대상에 대한 사랑만이 지닐 수 있는 크기가 되었다. 다음 날 아침 한스는 버스 출발 직전에야 정류장에 모습을 드러냈다. 그때 그녀는 얼마나 그의 품에 와락 안기고 싶었는지.

리허설 중에 여기에 앉아 있어도 된다고, 아니 앉아 있으라고 감독이 말했다. 감독은 반무테안경을 쓴 상냥한 남자로, 어떤 배우가 그녀에게 대본을 타자로 좀 쳐달라고 부탁하더라고 전해준다. 그리고 무대미술 조수가—이름이 바딤이지만 러시아 사람은 아니다!—모형을 만드는 작업을 좀 도와달라고 한다. 언젠가 한스와 함께 여기 계단을 올라갈 때, 이 셋 중 한 명이 한스를 보고 비웃을까? 한스가 반년간의 유배 생활을 끝내고 가족에게 돌아가지 않았다면 모든 희생은 헛되었을 것이다. 한스의 행복뿐 아니라, 카타리나의 행복도 결국 다른 사람들의 희생이 따른 것이다. 주변에 있는 사람들, 그의 이런 행동에 아무런 책임 없이, 무고한 희생을 당하는 사람들.

루트비히는 이제 때로 자기 방 문을 닫고, 한스가 문을 노크하며 열어달라고 부탁해도 방에서 나오지 않는다. 한스는 최근에 루트비히의 일기장을 몰래 읽었다. 카타리나는 그와 아이를 가지려 한다. 그러나 아이를 갖는다는 것이 무슨 의미인지 사실은 전혀 알지 못한다.

그녀는 그에게 자랑스럽게 자신의 극장을 보여주었고, 그를 자신의 극장에 보여주는 것을 자랑스러워했다. 하지만 그는 이제 아버지라는 가면 속에 숨었다. *닭이 울기 전에 너는 나를 세 번 부인하리라.* 부활절에 그들은 「마태수난곡」을 들었다. 그들은 계속해서 테이프를 되감아가며, 베드로가 자신의 실패를 슬퍼하며 부르는 부분의 음표를 함께 세었다. *바이-이-이-이-이-이-이-네-에-테 비-이-터-리-히(시이-이-이-이-이-이-이-임-히 통-곡-하-니-라).* 바흐는 베드로의 회한을 15개의 음표에 나누어 담는다.

24

한스는 오후 3시 48분에 도착할 예정이다. 그들은 이미 11일을 열세 번 축하했고, 오늘이 열네 번째 11일이다.

오후 3시 48분, 2번 승강장. 2주 전, 그가 처음 이곳에 왔을 때, 그들은 그녀의 다락방에서 함께 잤고, 그는 기차를 놓칠 뻔했다. 역 앞 광장을 얼마나 내달렸던지. 그러나 오늘 기차는 제시간에 온다. 오후 3시 44분. 14개월 전 오늘, 두 사람은 정확히 이 시간에 57번 버스를 타고 있었다.

기차가 들어오기 2분 전이다. 오늘 그녀는 시간을 잘 맞추어 역에 나왔지만, 어제는 약속 시간보다 30분 늦게 그에게 전화했다. 하지만 그 역시 최근 그녀에게 반나절이나 전화를 기다리게 한 적이 있지 않은가.

오후 3시 46분. 그녀는 어제 거의 같은 시간에 바딤에게 한스 이야기를 하고 있었다. 한스 이야기가 나오는 바람에 그제야 비로소 시계 볼 생각을 했고, 한스와 오후 3시 30분에 통화하기로 약속했지만, 전화가 있는 사무실에 도착했을 때는 오후 4시 2분이었다.

잊어버렸어? 우리가 자전거 하이킹을 다녀오느라고요. 우리가 누구야? 바딤과 나, 헬레네로. 헬레네가 누구야? 헬레네 호수 말이에요. 수영하러? 응, 물은 아직 따뜻해서 할 만해, 라고 그녀는 말했다. 즐거운 날이었겠군. 응, 아주 즐거웠어. 팬케이크를 자그마치 열두 조각이나 먹었어요. 팬케이크 열두 조각을? 아니, 그러니까 둘이 합쳐서. 한 사람당 여섯 조각. 각자는 여섯 조각씩. 그래, 좋네, 좋군.

벌써 기차가 들어온다. 카타리나는 한 객차 문 안쪽에 한스가 서 있는 걸 어렴풋이 알아보고는, 그가 내릴 때 바로 그 자리에 있을 수 있게 그 객차 쪽으로 마구 달려간다.

문이 열리고 한스가 내린다.

한스는 승강장에 서서 카타리나의 포옹을 받지만, 가만히 서서 다른 여행객들이 모두 가버릴 때까지 기다린다. 그런 다음 카타리나에게 말한다. 난 이 기차로 곧장 베를린으로 돌아갈게.

카타리나는 영문을 알지 못한다. 왜 돌아가요?

한스가 말한다. 널 머릿속에서 꺼내버려야 해.

카타리나는 영문을 모른다.

한스는 말한다. 끝났어.

그러고는 다시금 객차 발판에 한 발을 올린다.

열차는 프랑크푸르트에서 10분간 정차하면서 앞쪽 전동차를 분리하고, 뒤쪽에 다른 전동차를 연결시킨 뒤 단번에 앞이 뒤가 되고, 뒤가 앞이 되어 베를린으로 돌아간다. 프랑크푸르트 안 데어 오데르가 마지막 정거장이기 때문이다. 오데르강 너머는 폴란드다.

끝났다고? 어째서?

14개월 전 오늘, 두 사람은 제시간에 57번 버스를 탔다. 14개월 전 오늘 그녀도 지각하지 않았고 그도 지각하지 않았다. 14개월 전 오늘 그녀는 지금 이 발로 곧장 그녀의 행복으로 걸어들어갔고, 그 역시 그의 행복으로 걸어들어갔다. 그렇지 않았던 것일까?

머릿속에서 널 꺼내버린다니, 그게 무슨 의미일까?

카타리나가 그 말뜻을 파악하기 전에 한스는 객차 문을 닫고, 기차는 다시 움직인다. 15시 48분에 도착해, 15시 59분에 빨간 후미등을 켠 채 베를린 쪽으로 다시 굴러간다. 그러나 그녀는 거기 머물러 서있다. 나라가 끝나는 곳에. 오데르나이세선, 오데르나이세선,* 설레며 올라갔던 계단을 마침내 다시 내려오면서 그녀는 그렇게 혼자 중얼거린다. 설렘은 사랑 자체보다 아름다워, 그렇지 않은가? 오데르나이세선이라 중얼거리며 그녀는 1층에 도착해 다시 아래로 내려간다. 소변과 소독약 냄새가 뒤섞인 악취와 연둣빛 네온사인을 향해, 아래로, 아래로, 역의 내장으로, 프랑크푸르트 안 데어 오데르역의 화장실로 내려간다. 오후도, 늦여름도, 시내도, 풍경도 없는 그곳으로, 그녀도 더 이상 이제 그녀가 아니기를 바라는 그곳으로.

한스의 머릿속은 그녀의 고향이었는데. 15와 48의 각 자리 수를 더하면 얼마일까? 화장실 입장료는 10페니히라고, 흰 가운을 입은 남자가 테이블에 세워놓은 골판지에 쓰여 있다. 그러나 카타리나는 볼일을 보려는 게 아니다. 그녀는 그저 나뭇잎처럼 비틀거리며 깊은 곳을 찾아든다. 가장 깊은 곳은 숙녀라고 쓰인 문 뒤쪽에 있다. 오른편 네 칸의 문과 왼편 네 칸의 문 사이 타일이 붙은 커다란 공간. 그녀는 뒤편의 차가운 벽에 기댄 채 바닥으로 미끄러지며, 큰 소리로 울음을 터뜨리고는 바닥에 쪼그려 앉아 계속해서 흐느낀다.

흰 가운을 입은 남자가 의자에서 일어나, 숙녀 화장실로 몇 걸음 들어와 말한다. 아가씨, 괜찮을 거예요. 몇 분 지나면 그렇게 나쁘지 않을 거예요. 하지만 그러고 나서는 더 이상 할 말을 찾지 못해 다시 그의 의자로 돌아간다. 소변이 급한 신사가 와서 접시에 10페니히를

---

* 제2차 세계대전 이후 새로 만들어진 독일과 폴란드 사이의 국경.

놓고, 한 숙녀도 들어온다. 다시 두 신사가 오고, 이어 또 한 숙녀가 오고, 엄마와 아이도 온다. 계속해서 땡그랑 동전 소리가 나고, 손님들은 성별에 따라 *신사*라고 쓰인 왼쪽 방으로 들어가거나, 잠시 머뭇거리며 이상한 소리가 새어 나오는 오른쪽 방으로 들어간다. 손님이 없는 틈을 타, 하얀 가운의 남자가 의자에서 일어나, 여전히 바닥에 쪼그려 앉아서 하염없이 흐느끼는 젊은 처녀에게 시선을 던진다.

하지만 카타리나는 흰 가운을 입은 남자나 화장실 칸으로 들어가는 여자들을 볼 정신이 아니다. 엄마와 아이도 보지 못한다. 누군가가 볼일 보는 소리를 들을 귀가 없고, 화장실 냄새도 맡지 못한다. 아니, 그녀는 두 손을 한스의 얼굴에 올리고는, 그에게 아주 가까이 다가가, 입과 코와 감긴 눈으로 마치 피부로 이루어진 방 안에 있는 것처럼 단둘이 존재한다.

그거 기억나? 그녀가 묻는다. 우리가 얼마 전 와인잔을 들고 발코니 난간에 서서, 잔을 놓아버릴 수도 있는데 왜 꼭 잡고 있는 걸까 자문했잖아.

당신이 나를 집까지 바래다준 뒤 내가 당신을 도로 전철까지 바래다주었잖아? 그때 당신이 뭐라고 했어? 영원히 이렇게 왔다 갔다 할 수 있겠다, 그랬지.

기억나? 그녀가 그에게 묻는다. 당신이 빈으로 가는 비행기 안, 2,000미터 고도에서 엽서를 써주었던 것?

책을 읽으며 내 무릎을 베고 누워 있던 거 기억나?

오타로 만든 어휘로 나와 이야기하면서 당신이 두통을 똥통이라고 써서 내가 얼마나 웃었는지 기억나?

그러나 한스는 대답이 없다.

이 젊은 아가씨는 한 시간 동안 프랑크푸르트 안 데어 오데르역의
화장실에서 운다. 갑자기 울음이 웃음으로, 더는 제정신이 아닌 사람
의 웃음으로 바뀔 때까지. 그러자 흰 가운의 남자가 이제 그만 가는
것이 좋지 않겠냐고 말한다. 그러고는 팔꿈치를 부축해 그녀가 몸을
일으켜 나가도록 해준다.

가려던 길이 막혀버리면 어디로 가야 할까? 어쨌든 자신의 다락방
은 아닐 터, 그곳 테이블에는 여전히 케이크와 샴페인 잔 두 개, 꽃 한
다발이 놓여 있으니. 14와 11의 각 자리 수를 더하면 얼마일까? 역 옆
의 영화관에선 러시아 영화가 상영 중이다. 아주 탁월한 영화로군, 러
시아 사람들은 영화가 무엇인지 누구보다 더 잘 안다니까, 보이지 않
는 한스가 그녀에게 그렇게 말하고는, 보이지 않는 손으로 그녀의 손
을 잡고, 그녀를 영화관으로 인도해, 한 시간 반 동안 보이지 않게 옆
에 앉아 그녀의 손을 잡아준다. 하지만 한 시간 반이 지나자, 영화는
끝난다.

카타리나는 거리로 나서고, 모든 것은 여전히 끝나 있다. 시간은 흘
러갈 힘을 잃은 듯, 아주 더디게 느껴진다. 카타리나가 다른 삶에서
자신의 다락방 테이블 위에 놓았던 케이크와 샴페인 잔, 꽃들은 이제
영원히 그곳에 있게 될 것이다.

프랑크푸르트에서 그녀가 아는 유일한 사람은 바딤이다. 바딤의
집에 도착하자 그는 그녀를 집에 들어오게 한 뒤, 의자를 내주고는
커피를 마시겠냐고 묻는다. 다른 질문은 하지 않는다. 그녀는 그렇다

고 하고 다른 말은 하지 않는다. 그들은 커피를 마신다. 그런 다음 바딤은 방구석 자리에 그녀가 누울 임시 잠자리를 마련해주고, 그녀는 옷을 입은 채로 그곳에 누워 잠을 청한다.

25

아가테의 집은 혼응지*로 만들고, 벽에 걸려 있다가 2막 초반에 떨어지는 그림은 핀으로 고정된다. 무대미술가 클라우스는 카타리나와 바딤과 함께 인형의 집을 위에서 들여다본다. 클라우스의 손전등이 서치라이트로 사용된다. 그는 무릎을 꿇고는 객석에서 보면 무대는 대충 이렇게 보일 거야, 라고 말한다. 벽을 세웠다가 치웠다가, 그림자를 만들고, 조명을 켜고, 공간 혹은 배경을 만든다. 단숨에 솜씨 좋게 이루어진다.

오후 5시, 카타리나는 혼자 사무실에 앉아 전화벨이 울리기를 기다린다. 전화벨이 울린다. 그녀는 여느 때처럼 한스와 이야기한다. 어제 있었던 일이 굉장히 비현실적으로 느껴진다. 그 역시 그녀와 마치 별일이 없었던 것처럼 이야기한다. 좋다. 언제나처럼 서로 이야기를 하는 것이란! 내일 베를린의 비스트로에서? 내일 베를린의 비스트로에서.

카타리나가 저녁에 다락방으로 돌아오자, 어제, 그 불행한 날의 꽃과 샴페인 잔과 케이크는 여전히 테이블 위에 있다. 그녀는 모든 것을 치우고 케이크 한 조각을 잘라 먹는다. 내일 베를린의 비스트로에서? 내일 베를린의 비스트로에서. 어제 어떤 그림자가 그녀의 삶을 훑고 지나갔던가? 무슨 일이 있었던가? 아니면 아무 일도 아니었던가? 더

---

*   펄프에 아교를 섞어 만든 종이.

는 자신의 기억을 신뢰할 수가 없는 걸까? 다음 날 그녀는 베를린의 비스트로에서 한스와 함께 앉아 있다. 언제나처럼. 아니면 전처럼, 이라고 해야 할까? 한스는 차에 레몬즙을 짜 넣고, 테이블 위에는 그의 안경과 두에트 담배 한 갑이 놓여 있다.

그녀가 이틀 전 프랑크푸르트의 영화관에서 본 영화의 제목은 「발렌틴과 발렌티나」였다. 보이지 않는 한스가 그녀의 손을 잡고 있던 시간. 이제 그녀는 한스를 본다. 그가 그녀의 맞은편에 앉아 담배를 피우며, 커피에 곁들여 코른을 한 잔 더 주문하고는 지나가듯 말한다. 이틀 전 네게서 떠나왔을 때 사실 마음이 홀가분했어. 홀가분했다고? 그래, 정말로 홀가분했어. 카타리나는 찻잔을 들고 팔을 뻗은 채, 한스를 뚫어져라 쳐다보다가, 찻잔을 놓친다. 쨍그랑하고 찻잔이 돌바닥에서 박살나고, 가득 담겼던 차는 깨진 도자기 파편을 위한 작은 바다가 된다. 여종업원이 황급히 걸레를 들고 오고, 카타리나는 일어나 사과를 하고는 여종업원을 돕기 위해 의자를 옆으로 민다.

그들은 나중에 그 일을 결혼식 전야제*라 부르며 웃게 될 것이다. 결혼식 전야제. 하루 뒤에 그들은 행복하게 결혼했으니 말이다. 흰색 여름 원피스 차림에, 커튼 한쪽으로 면사포를 만들어 쓰고, 흰색 스타킹을 신고, 엄마가 최근에 버릴 뻔했던 1960년대에 유행하던 엄마의 샌들을 신었다. 그 샌들은 카타리나에게 딱 맞고, 요즘 다시 유행하는 디자인이다. 그녀를 보면 그가 뭐라고 할까? 설렘은 사랑 자체보

---

* 이 말의 원어인 폴터아벤트(Polterabend)는 신랑신부의 행복을 기원하기 위해 친구들이 신부의 집 앞에서 병이나 사기그릇을 깨뜨리며 야단법석을 떠는 행사다.

다 더 아름답다. 하얀 여름 원피스 차림으로 그녀는 신랑을 기다린다. 면사포는 머리에 꽉 고정시켰다. 발은 하얀 샌들 속에 있고, 거기에 다 멘델스존의 「결혼행진곡」. 그녀는 문을 열기 전에 카세트의 시작 버튼을 얼른 누른다.

한스에게 문을 열 때, 그녀는 머리부터 발끝까지 하얗다.

그는 그의 의심이 전혀 사실무근이라는 그녀의 말을 믿어줄까? 그는 그녀를 믿어야 한다. 인사를 하기도 전에 그녀는 그에게 말없이 결혼 선물*로 베를린 집의 열쇠를 다시 내민다. 이번에는 그것을 받는 수밖에. 그런 다음 그는 면사포를 걷어 올리고, 신부에게 키스한다. 그런 다음 하얀 '웨딩드레스'를 그녀의 머리 위로 홀러딩 벗겨버린다. 그녀는 얼른 샌들을 벗고는 이쪽 발, 저쪽 발로 번갈아 체중을 지탱하며 스타킹도 부리나케 벗어버린다. 이제 욕조로.

웨딩 거품은 하얀색이다. 그는 그녀가 편하도록 배수관을 등지고 앉는다. 그는 언젠가 책에서 읽었는데 무릎이 뾰족한 사람은 까다롭대, 라고 말하며 자신의 무릎을 가리킨다. 말도 안 돼. 무릎이 뾰족하지만 당신은 좋은 사람이에요. 나는 둥근 무릎이라 역시 좋은 사람이고. 그들은 거품으로 턱에 수염을 만들고, 서로에게 물결을 밀어 보내며, 이것저것 아이들 같은 짓을 하다가 깨끗해진 몸으로 침대로 간다. 결혼 첫날밤은 상황상 결혼 첫날 오후로 대치된다. 카타리나는 얼룩이 묻을 것을 대비해 깔아놓을 수건을 이미 베개 아래에 준비해놓았다. 한스가 그런 준비를 좋아한다는 것을 알기 때문이다.

---

*   이 말의 원어인 모르겐가베(Morgengabe)는 결혼식 다음 날 아침 신랑이 신부에게 주는 선물을 말한다.

하지만 그녀가 화해에 안도하고, 그가 화해에 안도하는 동안, 그녀가 웃고 그가 웃는 동안, 그녀가 그에게 키스하고, 그가 그녀에게 키스하는 동안, 이 모든 동안에 그들의 두 육체를 넘어선 곳에서는 시간의 한 층이 다른 층과 눈에 띄지 않게 교대된다. 카타리나가 프랑크푸르트역 화장실에서 보낸 끔찍한 시간은 그와 그녀에 의해 말없이 숙고되며, 대답되지 않고 남는다. 그는 그에 대해 알 수도 없고 알려고도 하지 않으며, 그녀는 그에게 그에 대해 이야기하지 않기 때문에. 한스는 사랑스런 아이가 세심하게 준비한 놀이에 대해 감동의 눈물을 글썽이지만, 그 안에 담긴 항복도 본다. 다만 그것이 그녀의 항복인지 그의 항복인지 알지 못할 뿐.

결혼식은 18시에 끝나고, 한스는 저녁 식사 시간에 맞춰 집에 도착해야 한다. 오늘 하이너가 집에 온다고 했기 때문이다. 작가 하이너 뮐러가 말이다. 카타리나는 다시 프랑크푸르트로 돌아간다.

26

기차역에서의 소동 이틀 뒤 카타리나가 한스에게 제공한 결혼식 연극은 한스에 대한 그녀의 사랑에 부응하는 것이었다.

이 연극은 아울러 극장에 남고자 하는 그녀의 욕망 크기에 부응했다. 한스가 그녀를 믿어주지 않는다면, 그녀는 영원히 극장을 떠나야 할 게 아니겠는가.

그녀는 지금까지 살아오면서 토아스가 이피게니에와 그녀의 동생 오레스트에게 작별 인사를 하는 동안에, 인공조명 속에서 검은 판자 바닥 위에 먼지가 피어오르는 모습처럼 아름다운 모습을 본 적이 없었다. 카타리나는 관객들에겐 보이지 않는 무대 옆쪽에 서서 무대 장면의 전환을 지켜보면서 동시에 그 전환이 어떻게 만들어지는지를 관찰한다. 관객들은 울고 있고 기술자들은 막을 내릴 준비를 한다. 늑대의 계곡으로 뛰어들 독수리는 진짜 깃털을 달고 있고, 무게가 3.5킬로그램이다. 그러나 그 추락이 관객들에게 웃음이 아니라 충격을 유발시키도록, 독수리를 낚싯줄로 매어 느린 속도로 한쪽에서 다른 쪽으로 내려가게 한다. 이제 독수리는 무거워 보이고, 의미 있어 보인다.

무대미술가 클라우스는 진실이 진실로 인지되려면, 그 진실은 아주 잘 만들어져야 한다고 말한다. 클라이스트의 「헤르만 전투」를 위해서는 바다 전체를 경작지의 흙으로 덮는다. 그러면 배우들은 몹시 고생해야 하지만, 연극이 상연되는 동안 흙이 제2의 피부가 되면, 작품을 이해하는 데는 한결 도움이 된다.

배신의 장면은 파란 조명일 때와 붉은 조명일 때가 달라 보인다. 아리아도 피아노로 리허설 할 때와 오케스트라 반주에 맞출 때는 다르게 들리지 않는가. 소피아*에서 온 극단이 3일간 초청 공연을 하고, 카타리나는 불가리아어를 한마디도 알아듣지 못하지만, 깊은 인상을 받는다. 그리고 마지막 공연이 끝난 뒤 모두가 식당에 모여, 마시고, 노래하고 함께 이야기한다. 카타리나도, 물론 바딤도.

6개월쯤 뒤에 한스는 카타리나가 두 번째로—이번에는 자의로—바딤의 집에서 밤을 보낸 날이 9월 21일이었음을 정확히 알게 될 것이다. 아니, 완전히 자의는 아니다. 프랑크푸르트 다락방의 열쇠를 베를린 집에 깜박하고 두고 왔으니까. *사람들은 나를 미미라 불러요.*** 그러나 밤을 보냈다는 것이 무슨 말일까? 그녀는 매트리스에, 그는 침대에. 그밖에는 아무 일도 없었다. 그밖에는 아무것도? 그랬다. 정말 아무 일도 없었다.

다음 날 둘은 함께 과거에 양조장이었으나 지금은 폐허인 곳에 갔다. 태양이 화창하고, 따뜻하고, 청명한 날씨였다. 그곳에서 그녀는 바딤을 스케치하다가, 그의 표정을 지우고, 또다시 그리다가 그림을 망가뜨리고 말았다. 그리하여 결국 그녀는 스케치하던 걸 구겨서, 가까운 휴지통에 넣고 말았다. 바딤이 그녀를 어떤 눈으로 쳐다보았던가. 오후에는 무성영화 「니벨룽겐」을 보았다. 프리츠 랑 회고전이었다. 하필 영화가 무성이라는 것이 그녀를 홀린 듯 앉아 있게 만들었다.

* 불가리아의 수도.
** 오페라 「라보엠」에 나오는 미미의 아리아.

1초도 한눈팔지 않고 앉아 있었다, 그녀는. 아니 그들인가?

그녀의 다이어리에는 이 일에 대해 아무것도 적혀 있지 않다.

여주인은 승마용 채찍을 손에 들고 있고, 여주인 앞 바닥에는 하녀가 있다. 여주인 쪽으로 벌거벗은 엉덩이를 돌린 자세로. 하녀는 그 밖에는 제대로 차려입었다. 앞치마를 두르고, 두건도 썼다. 결혼식 놀이 한 달 기념일에 한스는 카타리나에게 그 사진들을 가져다주었다. 그는 사진 시리즈를 흑백으로 복사하고, 인위적인 느낌이 살아나도록 종이를 오려 프레임을 대었다. 흑백의 레이스가 벗은 부분을 두르고 있다. 이 시리즈를 봐봐. 그가 말한다. 그녀는 사진들을 넘겨보고, 그는 그녀의 맞은편에 앉아 그녀가 사진 보는 모습을 본다.

그녀는 진지하게 사진들을 넘긴다. 무릎에 뒤러의 도록이나 피카소의 콜라주 작품집이라도 놓여 있는 것처럼. 여주인은 하녀를 때리고, 하녀는 눈물을 글썽이며 여주인을 올려다본다. 여주인은 하녀의 풍만한 가슴 위에 승마용 채찍을 대고 있다. 여주인은 하녀에게 머리를 자신, 즉 여주인의 높이 치켜올린 다리 사이에 집어넣으라고 명령한다. 여주인은 본인이 무슨 명령을 하든 다 해야 하는 하녀의 길게 뻗은 혀를 위에서 내려다본다.

한스는 카타리나가 사진 보는 것을 본다. 그 모습이 그를 흥분시킨다. 그는 자신이 그녀에게 보여주는 것이 그녀에게 어떻게 둥지를 트는지를, 어떻게 둥지를 틀어야 하는지를 본다. 눈을 통해 외설이 생각 속으로 들어간다. 그리고 그리로부터 결코 나올 수 없을 것이다. 그런 사진들을 보는 카타리나의 모습이 그렇게 천진해 보이지 않았다면, 그의 즐거움은 지금의 절반도 되지 않을 것이다.

카타리나는 한스에게 이렇게 쓴다. 우리가 함께 있어야만 난 행복해.

그것은 진실이다.

그녀는 다이어리에 이렇게 적는다. 바딤과 함께 모형을 만들었다.

그 역시 진실이다.

그녀는 아침마다 극장에 도착하면, 제일 먼저 바딤의 자전거가 세워져 있는지부터 살피게 된다는 것은 쓰지 않는다. 10월에 두 번, 11월 초에 한 번 바딤의 집에서 밤을 보냈다는 것도 적지 않는다. 그의 팔이 마음에 들어 깨물어주고 싶지만 그러지 않는다는 것도 적지 않는다. 바딤의 집에서 잘 때 이제 그의 침대에 눕는다는 것도, 그러나 언제나 옷을 입은 채로 자고, 그가 옷을 벗기지도, 입맞춤하지도 못하게 한다는 것도 적지 않는다.

이 모든 것을 그녀는 한스에게 비밀로 한다. 그러나 무엇보다 그녀 자신에게 비밀로 한다.

적혀 있지 않은 것은 일어나지 않은 것이다.

그녀는 11월과 12월에 가능하면 자주, 프랑크푸르트를 떠나 베를린으로 간다. 가는 것일까, 아니면 도피하는 것일까? 꼭두새벽에 한스를 만나 에스프레소에서, 아르카데에서, 니콜라이 지구에서 커피를 마시고, 알렉산더 광장에서 기차에 오른다. 10시 정각, 일이 시작되는 시간에 맞추어 스튜디오로 출근하기 위해.

9월 11일, 2번 승강장에서 곧바로 다시 기차에 올라 베를린으로 돌아왔을 때 한스는 정말로 마음이 가벼웠다. 가벼운 동시에 미치도록 슬펐다.

이제 모든 것이 다시금 예전으로 돌아갔다.

행복하다. 그러나 어렵다.

그는 카타리나를 붙잡으려 한다. 그러나 동시에 그녀를 놓아주어야 한다. 그러나 의구심과 망설임이 그를 공격하고 힘들게 한다. 요즘 부쩍 하크스의 연극에 나오는 문장이 자꾸 떠오른다. *기꺼이 짊어진 희생의 무게는 날이 갈수록 점점 더 커진다.* 그녀는 그를 사랑해서 희생하고 있는 것일까? 어쨌든 그는 이 9월의 오후, 2번 승강장에서 그녀의 거침없음에 제동을 걸었다. 그리고 이틀 뒤 그녀가 결혼식 차림으로 그를 맞아주었을 때, 그는 의구심을 느꼈다. 언젠가 그가 시달리게 될 의혹에 강하게 휩싸였다. 그녀를 위해 쓰는 책이 잘 써지지 않고 힘든 건 아마 그 때문인지도 모른다.

27

그에 대한 그녀의 사랑은 충분히 클까? 무엇보다 책을 끝냈을 때도 카타리나가 여전히 그에게 머물러 있을 만큼 그 사랑이 오래갈 수 있을까? 그녀는 그에게 소설을 시작하는 계기가 되어주었다. 그러나 그의 작업의 진정한 토대가 되는 것은 그녀와는 아무 상관이 없다. 망각의 흙 속에서 기억들이 속속 올라올수록, 그는 그것을 느낀다. 물론 과거의 잔해와 희망에 갑자기 그토록 관심이 가는 것은 그것이 현재의 잔해와 희망과 관계가 있기 때문임을 그는 안다. 그가 몇 주 전부터 전후 시대에 걸려 그 이상 진도를 나가지 못하는 것도 바로 그런 이유일 것이다.

그는 뮐러와도 그 이야기를 했다. 놀랍게도 뮐러는 1950년대에 쓴 연극 「헐값 노동자」를 도이치 극장에서 무대에 올리고 싶어 한다. 1월에 초연할 예정이라고 한다. 그는 비석에 쓰이는 글처럼 단순한 연극이어야 한다고 말한다. *과거를 묻을 수 있는가? 그럴 수 없다*, 라고 하는 것이다. 한스는 프로그램 팸플릿에 들어갈 말을 써주기로 했다. 열여덟 살 적에 그는 끝이 시작을 품고 있다고 믿었지만, 지금은 정확히 거꾸로인 것처럼 보인다. 하지만 과거에 그와 그의 아버지를 갈라놓았던 질문은 여전히 답을 기다리고 있다. 파시스트들의 미움과 탐욕 덕에 커리어를 쌓을 수 있었던 그의 아버지.

포즈난 제국 대학교의 지적·정치적 입장은 연구와 교육에서 헤르만 괴링 제국 원수가 이 대학과 연계하여 설립한 동독 연구 재단의 노

선을 따른다. 그로써 이 대학의 과제는 동독에서의 우리의 정치적 활동을 위한 정신적인 무장을 점검하는 것이다. 아버지가 교수로 지명되자, 부모는 집에서 성대한 잔치를 열었다. 어른들은 샴페인을 마셨고, 가정부는 그를 위해 특별히 포메른칸네를 만들어주었다. 포메른칸네는 유리병에 담긴 아이들을 위한 차가운 음료로, 얼음 조각은 음료와 섞이지 않고 병 안의 별도 공간으로 들어가게 되어 있었다. 이별도의 공간은 병 옆 안쪽에 있었다. 포메른칸네. 이 말은 그의 머릿속에서 살아남았지만, 몇십 년 전부터는 그런 병을 보지 못했다. 병 안쪽에는 무엇이 있고, 바깥쪽엔 무엇이 있을까. 그런 생각을 했던 기억이 아직도 생생하다. 포메른칸네. *동부에서의 독일적 생활공간의 정신적·물질적·윤리적 안정과 독일화.*

몇 주 전부터 한스는 아직도 건물 벽에 1945년 4월의 총탄 자국이 남아 있는, 운터 덴 린덴의 커다란 회색 건물인 국립도서관 자료실에 앉아 자신이 어렸을 적에 거쳐온 시대들을 들추어 보고 있다. 국립도서관의 한쪽 건물은 전쟁 때 폭격으로 인해 지금까지 폐허로 남아 있다. 여덟 살 때 그는 처음으로 밤에 자신이 원하는 시간까지 깨어 있어도 된다는 허락을 받았고, 아버지 서재의 긴 의자에서 잠들곤 했다.

그는 신문을 넘겨본다. 부모님이 그 시절에 오후 커피를 마시며 읽었던 신문들을. 「마탄의 사수」 — 의무 완수의 극, 이 시대에 맞는 작품. 그랬다. 당시 그는 베버가 작곡한 「마탄의 사수」 서곡의 C장조 화음을 처음으로 들었다. 그 시대의 신문을 읽는 건 스스로를 읽고 보는 일이다. 그는 옆 가르마를 타고 어린이용 넥타이를 맨 채 빨간 벨벳 천을 씌운 의자에 앉아, 늑대의 계곡에 서 있다. 그 무엇도 깊은 추

락에서 너를 구할 수 없으리! 안에는 무엇이 있고, 밖에는 무엇이 있을까?

한스는 당시 부모님은 틀림없이 읽지 않았을 신문도 훑어본다. 읽거나 혹은 읽지 않는 것. 마치 진실을 스스로 선택할 수 있는 것처럼. 국방군은 소련으로 진군하여 소위 '동부의 새로운 생활공간'을 정복하고, 합병한 영토의 주민들을 말 그대로 갈아엎는다. 엄마, 저 사람들은 왜 우리 눈에 흙을 던져요?

땅이 움직임을 멈추는 데까지 3일이 걸렸다.

마지막으로 생매장된 자들이 호흡을 멈추기까지 3일이 걸렸다.

독일의 연구자들과 교사들은 고양된 의식과 목표를 직시하는 눈, 믿음직한 손으로 새로운 동독 정신력의 중심이 될 과업을 시작한다. 이 과업은 독일 정신의 정화하는 불 속에서 이런 신흥 시민들을 하나로 단합시켜, 그들에게 미래로 향하는 길을 밝혀줄 것이다.

10년이 지나지 않아 그의 아버지는 다시 교수가 되었다. 이번에는 괴팅겐에서였다. 서독에서도 동독사에 대한 그의 지식이 필요했기 때문이다.

일관성은 파괴를 부른다고 브레히트는 리허설에서 말한 적이 있다. '일관성은 파괴를 부른다'라고 젊은 작가 한스는 관중석의 어둠에 묻혀 자신의 노트에 적었다.

엄마, 저 사람들은 왜 우리 눈에 흙을 던져요?

죽은 자들이 잊히기까지는 시간이 얼마나 걸릴까? 소련에서만

2,700만 명이 죽었다. 죽은 자들은 속죄에 대한 희망을 통해 산 자들과 탯줄처럼 연결되어 있다. 아버지의 침묵이든 자신의 반항이든 모든 것은 희생자들에 대한 반응이었다. 열여덟 살에 그는 스스로와 인류에게 자신이라면 아버지와는 다르게 했을 거라는 걸 증명하고자 했다. 그러나 그는 정말로 다르게 했을까? 아니면 모든 이는 각각의 시대정신을 채워 넣는 그릇에 불과했을까? 사람은 자신이 나아갈 바를 스스로 결정할 수 있었을까? 아니면 그저 하나의 무력감을 다른 무력감으로 떨쳐버릴 뿐이었을까? 죄를 고백한다는 것은 어쨌든 내 이야기를 하는 것이다. 인류나 사람이 주어가 아닌 내가 주어가 되는 것이다. 하지만 그런 '나'는 서구의 어떤 쇼핑가에서도 구입할 수 없는 성질의 것이었다.

지금의 카타리나보다 더 어린 나이에 한스는 동베를린으로 이주함으로써 번복할 수 없는 결정을 내렸다. 500년 전부터 그곳에 있었고, 아우슈비츠가 있던 동안에도 그곳에 있었으며, 전쟁이 끝난 뒤에도 목조건물들이 고스란히 남아 있는 괴팅겐, 이 섬뜩할 정도로 온전한 세계를 떠나 그는 철저히 파괴되어버린 베를린으로 왔다. 거리거리마다 전쟁의 상흔이 낭자한, 독일 살인자들의 파괴된 수도로. 버려진 땅들, 폐허, 횟가루가 부서져 내리는 벽에 숭숭 뚫린 총구멍들, 울퉁불퉁한 돌길에서 저만치 중간에 끊겨버린 트램 선로들. 파괴는 현실이었다. 하지만 동베를린에서는 이런 현실의 토대 위에서 전에 보지 못했던 서광이 비치고 있었다.

훔볼트대학 대강당의 구석에는 놀랍게도 스탈린을 기념하는 공간이 마련되어 있었다. 승자의 초상화를 빙 둘러 붉은 전구들이 켜져 있었고, 초상화가 놓인 테이블은 붉은 깃발 천으로 덮여 있었다. 한스는 이런 불빛이 약간 신경 쓰였다. 거기에 에른스트 부슈의 목소리로 거리 곳곳의 확성기에서 마야콥스키의 「좌익 행진」이 울려 퍼졌다. *젊은이들아, 모여 행진하라! 다툼이나 망설임은 그만 끝내라!* 이곳에서 사람들은 그를 원했다. 이곳엔 할 일이 있었다. 미래라는 이름에 걸맞는 일이 이곳에서 시작되었다. 영원한 평화, 생산수단에 대한 사적 소유권의 폐지, 스스로와 화해하는 인류. 게오르크 크네플러는 음악학을, 한스 마이어는 베를린에서 기차로 두 시간 떨어진 라이프치히에서 독일 문학을 강의했다. 베르톨트 브레히트는 베를린 앙상블에서 연극을 연출했다.

고야의 '검은 그림' 연작 중에 「곤봉 결투」라는 그림이 있다. 친구 그리샤 마이어가 얼마 전 카페 에스프레소에서 보여준 그림이다. 두 결투자는 그들의 싸움터에서 무릎까지 모래 속에 파묻힌 모습이다. 지난주 시온교회에서 열린 펑크록 콘서트가 끝난 뒤 카타리나가 겪은 당황스런 일을 들으면서도 한스는 이 그림이 떠올랐다.

그날 자전거 체인과 철봉으로 무장한 신나치주의자들이 교회를 습격했다. 유대인들은 나가라. 지크 하일. 카타리나의 친구 시빌레는 제단 밑에 몸을 숨겼고, 카타리나는 옆문으로 빠져나왔다. 펑크는 불법이었고 신나치도 불법이었다. 양편의 창백한 젊은이들, 루트비히도 그중에 끼어 있었을지도 모른다. 좋은 목적에서든 나쁜 목적에서든 양쪽 모두, 자신들이 필요하고 자신들을 원하는 세상을 찾고 있었다. 자전거 체인과 철봉. 밖에는 경찰들이 서 있었지만, 전혀 움직이지 않았다고 카타리나는 말했다. 한편이 다른 편을 죽도록 두들겨 패도록 내버려두었다고. *일관성이 파괴를 부른다.*

죽은 사람들은 아무래도 좋다는 건가요? 한스는 아버지에게 물었고, 아버지는 침묵했다.

창백한 청년 한스는 붉은 현수막에 반파시즘이 쓰인 동독으로 가기로 결정했다.

죽은 자들에게 마음이 쓰였다.

그에 대한 보상은 희망을 높게 갖게 되었다는 것이었다.

하지만 그가 40년 동안 해답으로 여겼던 것이 해답이 아니었고, 더 이상 답이 될 수도 없다면, 40년 전 희생자들의 죽음은 헛되었던 걸까? 누가 감히 저승으로 내려가 죽은 자들에게 그들이 헛되이 죽었다고 말할 수 있을까?

과거를 물을 수 있는가? 그럴 수 없다.

28

모든 것이 이미 1월의 이날을 향해 미끄러져 내려가고 있다. 이제 한쪽의 삶은 이미 돌이킬 수 없을 정도로 다른 삶과 얽혀 있다. 카타리나가 느끼는 베를린에서의 행복은 프랑크푸르트에서의 불행을 대가로 한다. 거꾸로도 마찬가지다. 그녀는 여전히 바딤을 브라더라 부르고, 때로는 스튜디오에서 서로 기대어 있지만, 그밖에는 아무 일도 없다. 카타리나는 때로 자신이 어디로 가야 할지 알지 못했던 9월의 그 저녁에 바딤이 커피를 끓여주고, 재워주었던 일을 떠올린다. 그렇게 오전에는 낯선 어깨에 기대고, 오후에는 베를린으로 가서 한스와 함께 자고, 한스가 다시금 가족의 저녁 식탁으로 돌아간 저녁이면 한스에게 편지를 쓴다. *그때 잠시 헤어져서 따로따로 가다가 당신이 돌아서서 내게로 돌아왔을 때처럼 행복했어.* 그렇게 그녀는 자꾸 함께 보낸 과거를 돌아본다.

한스가 라디오에서 일하는 대신 프랑크푸르트 극장에서 극작가로 일하면 얼마나 좋을까? 10월의 방송에서 한스는 두 사람이 늘 함께 듣곤 했던 모든 곡을 틀어준다. 「평균율 클라비어」 「지크프리트 목가」 「푸가의 기법」. 그녀는 밤에 프랑크푸르트의 다락방에서 라디오로 그의 목소리를 듣는다. 엄마가 선물해준 배터리 여섯 개가 들어가는 작은 라디오로 가장 가까운 사람의 목소리를 듣는다.

프랑크푸르트에서 베를린까지는 한 시간 거리다. 반대 방향으로도 마찬가지다. 하지만 한스는 11월에 딱 한 번 프랑크푸르트에 와서 그녀의 다락방 문에 장미 한 송이를 걸어놓는다. 그녀가 베를린에 있는 날이라는 걸 아는데, 서프라이즈로 그랬다고 한다. 그가 그녀를 믿지 못하는 것일까? 이미 그녀를 단념한 것일까? 모든 것은 1월의 이날로 미끄러져 내려간다. 거의 그 소리가 들리는 듯하다. 낮게 끌리는 소음에서 시작해, 점점 커지는 소리… 놀랍도록 *친밀한 시간, 첫 만남에서처럼 갓 사랑에 빠진 듯*, 이라고 그녀는 한스에게 쓴다. 그리고 그럼에도 그 말들이 믿을 수 없는 말들은 아닌지, 진실 속의 진실은 거짓된 쪽에서는 찾을 수 없는 건 아닌지, 더 이상 알지 못한다. 뭔가 산만하고, 기분이 가라앉고 슬프다.

한스는 이 6개월 동안 단 이틀 밤만 자유라서, 이때 그들은 카타리나의 베를린 집에서 만난다. 함께 잠자리를 하고, 식사하러 나가고, 저녁에는 음악을 듣고, 함께 이를 닦고, 자고 일어나 함께 아침 식사를 한다. 6개월 전에 함께했던 일상처럼. 카타리나는 더 이상 그녀에게 속하지 않은 삶을 여전히 잘 기억한다.

한번은 한스와 함께 도이치 극장 구내식당에 가서 하이너 뮐러를 본다. 나이 든 지혜로운 인디언 같은 모습의 하이너 뮐러는 카타리나에게 친근하게 고개를 끄덕여 인사해준다. 한번은 한스가 그녀를 작업실로 데려가, 테이블에 올려져 있는 것들을 치운 뒤, 딱딱한 나무에 그녀의 머리를 눕히고는 그녀 뒤에 선다. 도이치 극장의 극작가인 바이겔이 등장하기 전 30분간의 시간 여유. 바이겔이 문을 노크했을 때 카타리나는 사랑으로 뺨이 발그레해진 채, 이미 지하철로 향하는 중이다. 카타리나가 머리를 눕혔던 책상에는 프로그램 팸플릿 초안이 놓여 있다.

다른 사람들의 시선을 의식해, 한스는 「헐값 노동자」 리허설에 카타리나를 데려가지 않는다. 다만 리허설 휴식 시간에 한 번 밖으로 나와, 그녀와 함께 10분간 도이치 극장 맞은편 광장에 앉아 담배를 피우고, 그녀를 엄마 집까지 데려다준다. 불과 100미터 거리다. 그가 그녀를 알게 되었을 때, 그녀는 그곳에서 살고 있었고, 그들이 작별하는 복도의 냄새는 한스가 이곳을 처음 방문했을 때와 똑같다. 어두한 계단실. 그녀의 방과 황동 기둥이 세워진 침대. 나지막이 끌리는 듯한 소음이 들리는가? 그녀의 귀에도 그 소리가 들리는가? 그는 '등기소 여행사'라는 말을 꺼내고, 그들은 그날 오후 여행사에서 신청서를 받아 온다. 그러고는 무역센터의 바에서 샴페인을 마시며 여행 계획을 세운다. 내년 여름에 함께 모스크바로! 모스크바에 도착하면 그들은 자기 자신에게 도달하게 될 터이다.

그녀는 사진들을 가져왔다. 커튼 면사포를 쓴 그녀의 모습. 그는 그 사진들이 '매혹적'이라며, 사진이 담긴 봉투를 주머니에 넣는다. 우리의 사랑을 위하여 건배! 우리의 사랑을 위하여. 아내가 전에 집에서 편지들을 발견한 이래, 그는 카타리나에게서 받는 모든 것을 작업실에 보관한다. 라디오 1 소속의 전 애인이 여전히 그의 작업실 열쇠를 가지고 있다는 사실을 그는 잊어버렸던가? 한번은 그가 작업실에 없을 때, 과거의 애인이 그곳에 와서 젊은 신부의 사진들을 발견하고는 그가 나타나자 욕설을 퍼붓는다. 호박색 눈으로 그를 노려보며 머리를 뒤로 확 젖히더니, 손가락질을 하며, 저주를 퍼붓는다. 저주를? 200년간의 계몽이 헛되었는가? 한스는 그녀를 문밖으로 밀어낸다. 모든 것이 조약돌처럼 쌓여 구르기 시작한다. 모든 것이 깊은 곳으로 향한다. 가장 작은 돌조차 중력에 복종해 커다란 덩어리에 휩쓸리며, 스스로도 다른 돌들을 휩쓸어간다.

결혼 28주년 기념일에 한스는 정오부터 카타리나와 함께 그날을 축하한다. 그날 카타리나는 다이어리에 그 어느 때보다도 멋진 날, 이라고 적는다. 다른 날에 그녀는 스튜디오에서의 회의, 라고 적으며 회의를 떠올린다. 그러나 또한 회의가 끝난 뒤 바딤이 빈 사무실에서 그녀의 블라우스를 올리고, 가슴에 키스한 일도 떠올린다. 그녀가 입맞춤은 여전히 금하고 있기 때문이다. 하필 이날 저녁에 한스는 그녀에게 전화를 하지 않았다. 그는 신처럼 모든 것을 보고 있는 걸까? 아니, 한스는 신이 아니다. 한스의 노트에는 이렇게 쓰여 있다. *저녁마다 이미 오래전에 과거의 연인이 되어버린, 그러나 그것을 거부하는 여자와 고통스런 논쟁. 가까이 있는 것은 미끄러져 내려간다, 멀리 있는 것도 미끄러져 내려간다. 모든 전선이 1월의 이날을 향해 무너져 내린다.*

카타리나는 오데르강 가를 산책하다 눈송이가 검은 물에 떨어져, 떨어지자마자 금방 녹아버리는 것을 보며 스스로 맹세한다. 거짓된 감정을 끝내야 한다. 그러나 끝나지 않는다. 베를린에서는 한스와 함께 고다르의 영화 「카르멘이라는 이름」을 본다. 프랑크푸르트에서는 바딤과 함께 「돈 카를로스」를 보러 간다. 알렉산더 광장에서는 한스와 더불어 고딕 교회의 닫힌 문 앞에 선다. 안에서 모차르트의 음악이 새어 나온다. 모차르트의 레퀴엠, 그들의 레퀴엠. 그들이 첫날밤을 보내며 들었던 음악. 입장하기엔 너무 늦었고, 입장권도 없다. 그들은 10분간 그곳에 기대어 육중한 문 안쪽 소리에 귀를 기울인다. 그녀는 바딤과 함께 포스터를 만들고, 한스와 함께 팡코 공동묘지에서 에른스트 부슈의 무덤까지 눈 속을 걸어간다.

한번은 프렌츨라우어 베르크의 길모퉁이에서 한스와 우연히 마주친다. 마치 낯선 사람들처럼. 모든 것이 무너져 내린다. 그러나 그 운동은 크고 느려서, 아직 멀리서는 알아볼 수가 없다. 한스, 바딤이 나를 사랑하게 된 걸까? 당신은? 그리고 나는? 한스와 많은 것만이 아닌, 모든 것을 상의할 수 있다면 얼마나 좋을까. 그러나 그것은 너무 큰 요구일 것이다. 언젠가 그녀는 한스에게 그에 대한 사랑이 엄마에 대한 사랑과 비슷하게 느껴진다고, 마치 그냥 그렇게 정해진 것처럼, 자연스럽고 적절하게 느껴진다고 말했다. 엄마에 대한? 그는 고개를 절레절레 저었다. 그러나 더 이상 묻지는 않았다.

연말이 다가오면서 한스는 불안해진다. 마치 호흡곤란을 느끼는 것처럼. 그들에게서 시간이 달아나는 느낌이다. 그는 이런저런 전시회에 그녀를 데리고 가려 하고, 이런저런 영화를 보고자 한다. 그리고 이미 오래전부터 계획해놓았듯이 데사우의 오페라, 「루쿨루스의 유죄판결」을 드디어 함께 듣고자 한다. 그는 그녀와 그냥 인간적으로 가까워지는 것이 두려운 걸까? 아니면 카타리나가 베를린을 그냥 손님처럼 찾아오게 된 이래, 그들의 사랑이 지지부진한 걸까? 그가 데사우의 오페라 음반을 겨드랑이에 끼고 갔다가 듣지 못하고 돌아온 일이 벌써 세 번. 매번 커피와 샴페인, 잠자리만 있다. 너무 많은 걸까, 아니면 적은 걸까? 서로를 오해하는 데는 다툼을 일으키는 한순간이면 충분하다. 잘못된 말 한마디로 충분하다. 그러나 화해를 위한 밤은 마련되지 않는다. 카타리나는 초청 공연을 준비하기 위해 호이어스베르다로 간다. 저녁에 한스는 전화에서 그가 '시골'이라 불렀던 그 지명을 또 잊어버렸다.

크리스토프 하인은 11월에 작가 회의에서 검열 폐지를 촉구했지만 국가는 그를 체포하지 않았다. 이 나라는 이빨이 빠져버렸다. 비참하고 늙은 개가 되어버렸다. 그녀는 이것이 무슨 의미인지 알까?

그는 그녀의 일상에서 멀고, 그녀는 그의 일상에서 멀다. 우리가 오누이처럼 지낼 수 있을까? 바딤은 그녀와 함께 빈 무대 위, 행사에서 사용하고 아직 치우지 않은 강연대 앞에 서서 검은 마룻바닥을 내려다보며 아무 말 없이, 그저 거의 눈에 띄지 않게 고개만 흔들 따름이다.

카타리나가 쾰른에 갔을 때 모든 것에는 언제나 양면이 있다고 할머니가 말씀하셨지. 정말 모든 것이 그럴까? 모자와 베일로 얼굴을 가린 채, 당 교육을 마치고 나오는 한스를 마중한다. 한스의 마음에 들기 위해 가터벨트를 착용하기도 한다. 그러나 그 속옷은 보여주는 것보다 감추는 것이 더 많다. 한스는 왜 그런지 모르게 피곤하다고 하고, 그녀는 누워서 그냥 잠을 청한다. 한스는 의사처럼 그녀를 이불 속에 눕히고는 그 옆에 앉아 있다. 그녀는 피곤하지도 아프지도 않은데 말이다.

일 년의 마지막 날 그녀는 시빌레와 몇몇 다른 친구와 함께 베를린의 한 건물 옥상에서 그들 앞에 놓여 있는 미지의 한 해를 바라본다. 1월 초에 한스는 카타리나에게 다음 날 출근해야 하면 굳이 저녁마다 기차를 타고 베를린에 오지 말라고 한다. 더 이상 '브라더'로 지낼 마음이 없는 바딤이 있는 프랑크푸르트에서 도망치지 못하게 하는 것이다. 정말 한스의 주장대로 그녀를 아끼는 마음에 그러는 것일까? 아니면 그녀는 말하자면 집행유예 혹은 유배 중에 있는 것일까? 뉴턴의 이론에서 질량이 갖는 힘은 속도가 높아질수록 커진다. 바딤은 몇 년 전부터 그의 책상에 놓여 있던 나뭇조각을 그녀에게 선물해주며, 별것 아니니 받으라고 한다. 한스는 카타리나의 누드 습작 모델이 되어 앉아, 내내 악보를 펴놓고 음표를 읽어가며 「평균율 클라비어」를 듣는다. 그런 다음 몸을 덥히기 위해 침대에 들어가고, 그녀도 따라 들어간다. *뜻밖의, 독특한, 친숙한.*

1월 중순에 카타리나는 예술대학에 지원 포트폴리오를 제출한다. 그녀는 가을에 대학에서 공부하게 될까? 그때쯤이면 한스가 이미 그녀와 함께 살고 있을까? 하지만 그런 희망은 메아리가 되어 돌아오지 않는다. 마치 그 희망이 확신을, 미래에 놓인 조준점을 잃어버린 것처럼. 카타리나는 소도구실에서 한스가 보여준 에로틱한 사진에서 보았던 것과 똑같이 생긴 승마용 채찍을 발견하고는 그것을 챙겨 베를린의 한스에게 가져간다. 비닐봉지에 채찍을 담아, 베를린 오스트역에서 내려 아르카데로 직행한다. 비닐봉지 안에 담긴 활력. 우리가 뭘 할지 알게 돼서 좋죠? 응, 좋지. 그러나 일주일쯤 지나야만 그녀는 다시 베를린에서 하루종일 있을 수 있다. 즐겁게 기대하고 있을게, 라고 한스는 말한다. 그녀는 그렇게 몸값을 지불하고 그 대가로 자유를 얻는 것일까? 카타리나는 저녁에 다이어리에 *이런 걸 비닐봉지에 담은 채 시내를 돌아다니니 좋다,* 라고 적는다. 그녀가 샤워할 때나 잠들었을 때, 한스가 때로 그녀의 다이어리를 들추어 볼지도 모른다. 가식이 오래전에 그녀의 피부 속으로 스며들었을지도 모른다.

어떻게 될지 모르는 앞이 보이지 않는 한 해가 썩은 거울처럼 그녀 앞에 놓여 있다. 하지만 그녀는 그녀의 시야를 가린 소음을 들을 수 없는 걸까? 흐르고, 무너지고, 미끄러져내리는 소리는 얼마나 생생한가. 움직이는 모든 것이 무지막지하게 생동감 있지 않은가.

다음 날 아침 카타리나는 프랑크푸르트로 돌아온다.

처음에는 천천히, 그다음 점점 속도가 붙는다. 그리고 이제 드디어 모든 것이 무너져 내리는 곳으로, 깊은 곳으로 도착한다. 거울의 다른 쪽에 이를 수 있는 그 깊은 곳으로. 자정까지 카타리나는 마분지를 자르고 바딤은 새로운 작품을 위한 아이디어를 스케치한다. 처음에 그들은 구내방송으로 「백조의 호수」 공연을 듣다가 박수가 시작되자 스피커를 끈다. 야간 경비원이 순찰을 돌기 전에 스튜디오를 떠나야 하지만, 그들은 그 대신 경비원의 발소리가 들리면 불을 끄고, 테이블 뒤에 웅크리고 앉아 아무도 없는 척한다.

같은 시각 한스는 베를린의 집에 앉아, 잉그리트는 이미 잠든 시간에 카타리나에게 편지를 쓰기 시작한다. 아직 그 누구에게도 써본 적이 없는 편지다. 일주일이 지나면 승마용 채찍은 가벼운 소리와 함께 공중을 날아, 그에게 벌받고자 하는 숙녀의 맨살에 자국을 낼 것이다. 그들은 온종일 시간이 있다. 10시에서 18시까지, 모든 것을 꼼꼼히 할 수 있는 시간이.

한스가 쓰는 편지에서 '페니스'라는 단어와 그 동의어인 '자지', 그리고 '좆'이라는 말이 서른네 번이나 등장한다. 카타리나가 처음으로 바딤의 입맞춤을 허락하는 동안, 한스는 편지에 여덟 번이나 '흥분된다'라고 쓴다. 그녀가 스스로 자신의 스웨터를 벗고, 바딤이 스웨터 안 블라우스의 단추를 푸는 동안, 그녀가 드디어 바딤의 티셔츠 아래에 손을 넣고 매끈하고 따뜻하고 탄력 있는 그의 몸을 껴안는 동안, 한스는 여섯 번이나 '보지'라는 단어를 적는다. '허벅지'라는 단어를 여섯 번, '젖은'이라는 단어를 일곱 번 적는다. 카타리나와 바딤이 입은 옷들을 하나하나 떨구어버리고 스튜디오의 마룻바닥에서, 종잇조각들과 마분지, 스케치들 사이에서 서로를 부둥켜안는 동안, 바스락거리는 소리와 함께 카타리나가 바딤의 머리카락을 잡고, 그의 머리를 자신에게로 가까이 끌어당기고 그녀의 구강과 그의 구강이 서로 더 이상 구별되지 않는 동안, 한스는 '단단하다'라는 말과 그의 동의어인 '몽둥이처럼 딱딱하다'는 단어를 세 번 쓴다. 서로 연관된 단어인 '혀'와 '키스', '혀끝'이라는 단어를 총 여덟 번, '벌리고'라는 단어를 두 번 쓴다.

카타리나가 마침내 그녀가 원하고 바딤도 원하는 것에 대한 저항을 포기할 때, 모든 것이 해체되고 하나가 될 때 한스는 베를린의 돌출창 쪽 작은 책상 앞에 앉아, '성교'라는 단어가 열두 번 나오고, 그 단어에 각각 '신음하다', '유두', '핥다'라는 단어가 한 번씩 뒤따르며, '엉덩이', '항문', '뒤에서'라는 단어는 스물한 번 등장하는 문장들을 쓴다. 카타리나가 바딤의 몸을 탐구하기 시작하고, 바딤 위에 거꾸로 누워 있을 때, 그녀가 그를 모조리 먹어치우고, 남김없이 빨고, 그가 그녀를 물고 빨 때, 또한 그들이 이미 다시 고요해져서, 알몸으로 아주 가깝게 한 사람의 숨결과 다른 사람의 숨결이 하나가 되어 서로 나란히 누워 있을 때, 한스는 '매질' '강간' '강제'라는 단어를 각각 한 번씩 쓴다.

그 밤은 1988년 새해, 1월 19일에서 20일로 넘어가는 밤이다.

29

그녀는 그가 선물해준 다이어리에 더 이상 아무런 말도 쓸 수가 없다.

한스는 그의 편지에 "성녀를 위한 메모"라는 제목을 붙이고 편지를 봉투에 담아, 쉬는 날 카타리나가 그녀의 베를린 아파트에 도착하기 전에 그녀의 침대에 올려놓는다.

카타리나는 아무런 글도 적지 않는다.

한스는 이렇게 적는다. *우리의 모스크바 여행을 예약하는 날 아침에 그녀는 늦잠을 자서, 어머니의 가사도우미를 보내 내게 기별한다.*

카타리나는 아무것도 적지 않는다.

한스는 적는다. *승마 채찍 개시.*

카타리나는 아무것도 적지 않는다.

한스는 적는다. *카타리나, 퉁명스럽고 우울한 기분.*

카타리나는 아무것도 적지 않는다.

한스는 적는다. *잠시 그녀를 보러 오스트역으로 달려갔지만, 놓치고 말았다.*

카타리나는 아무것도 적지 않는다.

카타리나는 그 시간에 무인지대를 헤맨다.

어떻게 빠져나가야 할까?

1월 27일 「헐값 노동자」가 초연된다. 같은 날 저녁 프랑크푸르트 안 데어 오데르에서는 「마탄의 사수」가 초연된다.

쏘지 마, 그 비둘기는 나야. 막스가 마탄을 흰 비둘기에게 겨누자, 아가테가 외친다. 흰 비둘기는 정말로 그녀다, 마법에 걸린 그의 신부.

쏘지 말아요. 나는 눈뜬장님이에요. 술 취한 소품 담당자는 무대 옆에 딸린 준비 공간에서 연극 스태프들 특유의 농담을 한다.

카타리나는 전혀 웃음이 나오지 않는다.

그녀는 바딤을 피해 다닌다. 바딤이 이야기 좀 하자고 하지만 그녀는 싫다고 한다.

그녀의 다이어리는 빈칸으로 남는다.

한스는 적는다. 「헐값 노동자」의 세 번째 공연에 온 카타리나와 시빌레. 로비에서 기다리는데 시끌시끌한 가운데서 카타리나의 목소리가 귀에 확 꽂힌다.

카타리나의 다이어리는 빈칸으로 남는다.

한스는 적는다. 지하철로, 카타리나는 디미트로프 거리까지 동행.

카타리나의 다이어리는 빈칸으로 남는다.

한스는 적는다. 일 년 전 오늘은 디에스 이라이, 진노의 날.

작년에 아내가 카타리나의 편지를 발견하고 그를 쫓아냈던 날이다.

카타리나의 다이어리는 빈칸으로 남는다.

헐값 노동자 가르베는 용광로가 돌아가는 동안에 내화벽돌로 쌓은 벽을 수리하는데, 용광로의 온도가 1,000도가 되면 그가 신은 나막신에 갑자기 불이 붙을 수도 있다. 사회주의자 헤르메스라고 할까. 가르베는 불타오르는 벽과 바로 면한 벽에서 어떤 부분이 좀 미심쩍고, 어떤 부분의 열기가 정상과는 좀 다른지를 알아본다. 이제 목표는 생산 목표이며, 이제 생산물은 전 민족을 위한 것이다. 다만 민족은 이를 이해해야 한다. 이 민족은 5년 전만 해도 완전히 다른 민족이었고, 완전히 이해관계가 달랐으며, 유감스럽게도 더 열정적이었다는 것을. 생산 목표는 왜 그리 높이 잡혀 있을까? 동독의 공장에서는 기계가 해체되고 철거되었는데?* 패자들은 안중에 없이 막대하게 계산된 러시아에 대한 전쟁배상금은? 영국, 프랑스, 미국인들은 서독에서 물건을 구매해 가는데, 러시아 쪽에는 배상금을 지불해야 한다. 목표는 전 민족에게 적용되는 생산 목표다. 그것을 어디서 알 수 있을까? 서독은 오래전부터 다시 버터를 먹고 있는데 동독에서는 마가린을 배급하는 것에서? *진실은 늘 구체적이다.* 확신은 어떻게 만들어질까? 그리고 어떻게 확산될까? 1,000도에서?

한스는 함부르크 여행에서 가져온 포스터를 작업실 문에 몇 년째 걸어두고 있다. 포스터에는 마르크스, 엥겔스, 레닌이 그려져 있고, 그 세 사람의 머리 위에 이렇게 적혀 있다. *모두가 날씨 이야기를 한다.* 그리고 그 밑에 *우린 아니다,* 라고 적혀 있다. 정확히 바로 이것이 실수였다고, 일 년 반 전 카타리나가 작고 검은 원피스를 입고 처음으로 문턱을 넘어왔을 때, 그는 그렇게 말했다.

한스는 그의 다이어리에 적는다. *일 년 전 오늘부로 함께 살기 시작함. 시험 삼아.*

카타리나는 아무것도 적지 않는다.

한스는 적는다. *저녁에 감자튀김과 모차르트.*

카타리나는 아무것도 적지 않는다.

한스는 적는다. *잉그리트와의 대화. 하지만 무난하게 굴러감.*

카타리나는 아무것도 적지 않는다.

---

* 전쟁 배상금의 일환으로 기계와 설비를 뜯어서 소련으로 갖고 갔다.

1953년 2월 스탈린이 사망하고, 몇 달 뒤 울브리히트도 물러난다. 집단지도제를 옹호하는 정치국원들은 처음에 스탈린의 추종자들에게 지지를 얻는다. 하지만 위로부터의 개혁을 통해서는 인민의 불안을 더 이상 억제할 수 없다는 것이 드러나자 소련은 결국 독재자를 선호하게 되고, 울브리히트는 해임 투표가 이루어진 지 며칠 만에 아무 일도 없었다는 듯이 반대자들을 망명 보낸다.

6월의 그날, 소련 탱크가 소위 노동자와 농민을 위한다는 공화국 정부에 맞서 진정한 노동자들의 힘을 보여주고자 했던 독일 노동자들의 파업을 진압하던 날에는 비가 내렸다. 운터 덴 린덴에도 비가 내리고, 한스는 여전히 주립도서관에 앉아 있었다. 그 회색 건물 벽에 6월 17일의 발포 자국이 남아 있을까? 헐값 노동자 한스 가르베는 이번에는 너무 높은 기준량과 책임량을 호소하며 파업한다. 그의 옷깃에는 3년 전 그 목표를 초과해 기록을 세운 공로로 받은 훈장이 달려 있다. 모든 것은 늘 양면성을 갖는다. 그냥 두 가지 면만 가질까? 죄와 공로는 생각보다 자주 하나의 이름 아래 만난다. 하나를 다른 하나를 통해 확대하거나 축소하지 않기. 둘을 그냥 연결되지 않은 상태로 남기기. 불균형만으로도 어느 날 운동이 생길 수 있기 때문이다. 차이와 불균형과 기다림 안에 에너지가 축적된다. 거기서 은밀히 희망과 분노가 자란다. 따라서 참을 수 없는 것을 많아지게 하는 것은 혁명적 행위라 할 수 있을 것이다. 아니면 기회주의일까?

책 작업이 잘 되고 있다, 라고 한스는 적는다.

카타리나는 혼자 아파트에 앉아 있다. 시간은 정말로 더 이상 얼굴이 없는 걸까? 아니면 단지 다르게 보이는 걸까? 그녀는 찢어진 종이 반장에 바딤이 처음으로 가슴에 키스했을 때 어땠는지를 적는다.

그런 다음 그 종이를 아무렇게나 놓아둔다. 혹은 그것을 아무렇게나 놓아두고 있다는 사실 자체를 잊어버린다. 그녀는 그것에 더 이상 신경 쓰고 싶지 않은 걸지도 모른다. 그냥 두 번 다시 읽고 싶지 않은 걸지도 모른다. 그리하여 반 장의 종이는 다른 종이 아래로 들어간다. 혹은 카타리나가 다른 종이를 그 위에 올려놓는다. 찢어진 종이 반 장은 책상 위에서 갖가지 것으로 뒤덮인다. 스케치, 계산서, 쇼핑 목록으로… 그러나 그것은 숨겨지지 않는다. 먼지로 분해되지 않는다.

1956년 2월, 흐루쇼프는 처음으로 스탈린의 범죄에 대해 말한다. 브레히트는 1956년 3월 병에 걸려 8월에 사망한다. 베를린의 스탈린 거리는 카를마르크스 거리로 명칭이 변경된다. 누군가가 불명예에 빠진 이 거리명을 떼어내, 작은 담 너머 이웃한 뒷마당으로 던져버린다. 이미 나치당원의 황갈색 유니폼 셔츠가 버려진 곳으로. 카타리나가 스튜디오에서 보낸 밤으로부터 케이크를 사기 위해 종종걸음으로 내려간 날까지 3주라는 시간이 흐른다. 카타리나가 케이크를 사러 간 동안, 한스는 그녀의 아파트에서 트레티아코프라는 이름을 메모하기 위해 빈 종이를 찾는다. 그러는 중에 찢어진 반 장의 종이를 발견한다. 그러나 그 종이는 비어 있지 않다.

막간극

그 가을, 카타리나는 첫 번째 상자를 훑어보는 데 여러 날 저녁과 여러 주말의 시간을 낸다. 오래전에 읽었던 한스의 소설들도 다시 한번 읽기 시작한다. 남편이 굳이 왜 그러느냐고 물어도 대답할 말은 없다. 이 가을 어느 순간, 그녀는 완벽을 기하고자 관련 기관에 서류 열람 신청도 한다. 그러고는 자신의 오래된 노트들을 찾기 위해 지하실로 내려간다. 대학 시절에 끼적여놓은 노트와 당시 친구들의 편지가 담긴 서랍들도 열어본다. 친구들은 대체 누구였는가? 그녀는 이런저런 책을 읽는다. 인화할 가치가 있는지 살피기 위해 30년 전의 네거티브 필름을 빛에 비추어본다.

때로 그녀는 자신이 땅속에 누워 있는 모습을 본다. 동시에 스스로가 스스로를 파헤치는 모습을 본다.

트로이 전쟁은 끝났고
트로이는 박물관이 될 준비를 마쳤다.

• 하이너 뮐러

두 번째 상자

I

죽은 자들에게 가서 무덤을 노크해보자. 혹시나 그들이 무덤을 열어 사람을 들여 보내주지 않을까? 카타리나는 얼마 전 한스와 함께 왔던 에른스트 부슈의 무덤으로 간다. 그밖에 어디로 가겠는가? 묘지 담장 바로 너머 부슈가 살았던 집이 있다. 인생의 말년에 유령들을 보며 살았던 집. 부슈가 묻힌 땅을 두드리고, 그 땅이 열리지 않을지 기다려보자. 땅속에 묻히자. 카타리나는 무덤 옆에 쪼그리고 앉아 괴롭게 울지만, 땅은 말랑해지지도, 갈라지지도 않는다. 땅은 그녀를 삼켜주지 않는다. 모래 늪도, 수렁도 없다. 흙이 섞인 지저분한 눈더미만 있을 뿐. 죽은 자들은 죽은 상태로 남고, 카타리나는 살아 있는 상태로 남는다.

그 순간 갑자기 오늘 저녁에 아빠와의 약속이 있다는 사실이 떠오른다. 아빠가 기차에 오르기 전에 연락해서 오지 말라고 할 수 있을까? 그녀는 비틀거리며 공중전화 박스를 찾아 나선다. 예술가들이 살던 공동묘지 옆 주거지. 1950년대 초 국가는 강제수용소, 스탈린의 숙청, 포로수용소, 전쟁과 망명으로부터 살아남은 공산주의 예술가들을 이곳에 거주하게 했다. 예술가들은 이곳에서 새로운 시대를 위한 예술을 만들어내야 했다. 글, 그림, 음악. 그렇게 새롭게 시작된 지 벌써 40년이 흘렀다. 당시는 카타리나가 태어나기 한참 전이었지만, 그녀에게는 이미 모든 것이 끝나가고 있다.

하지만 이 순간 자신의 삶이 위기에 처해 있음을 아버지에게 말해 줄 전화박스는 아무리 살펴보아도 눈에 띄지 않는다. 눈에 들어오는 건 얼음판뿐. 막 땅거미가 지고 있는데, 뚱뚱한 남자 혼자 그곳에서 썰매를 타고 있다. 둥그런 모퉁이에 깃대 두 개가 세워져 있고, 그 옆의 사암벽에는 시인 바이네르트의 소망이 새겨져 있다. *생각에는 빛을/마음에는 불을/주먹에는 힘을.* 바이네르트는 할아버지와 함께 스페인 내전에 참전했고, 나중에 4번 집에서 살았다. 그의 이름이 쓰여 있는 명판이 초인종 옆에 아직 붙어 있을까? 초인종을 누르면 그가 나올까? 죽은 사람이? 아니, 그는 걸어나올 수 없다.

몇 집 건너 살았던 한스 아이슬러도 이미 오래전에 땅속에 묻혔다. 그가 지금 카타리나의 눈물을 볼 수만 있다면, 비를 묘사하는 열네 가지 방법에 열다섯 번째 방법을 추가할 수 있을 텐데. *이제 나는 비참하게 무너지네/대의를 따를/용기가 없는 사람은/모두 그렇게 가야지.*

옛 제국항공성 건물 벽에 사회주의 프레스코화를 그린 화가 막스 링너의 희망도 저승에 있었다. 그는 파리지앵 '이본'*을 사회주의의 선구자 소녀로 부활시켰다. 하지만 소녀는 정말 앞으로 나아가고 있는가, 아니면 사실은 서 있는가? 앞에서는 이미 끊긴 음악이 뒤쪽에서는 여전히 연주되고 있지 않은가? 국영 출판사 동료들과 함께 매점으로 가며 이곳을 지나칠 때마다 카타리나는 그렇게 자문했다. 작은 여학생은 그림의 중앙이 아니라, 시선의 중심에 있다. 막스 링너는 파시스트에 저항하다 병들어 죽음으로 내몰렸다. 아니면 그가 그린 프레스코화에 대한 동료들의 비판 때문에 죽어갔는지도 모른다. 이 그

---

* 막스 링너가 그린 그림들에 등장하는 여인.

림이 문화위원회가 보기엔 너무 많은 '사부아 비브르'*를 가지고 있고, 독일적인 정확성은 너무 적었던 걸까? 막스 링너는 오래전에 세상을 떠났다.

혹시 빌리 브레델이, 역시나 시인이며, 스페인 내전에 참전했고 스탈린그라드에 살기도 했던 그가 전화기를 빌려줄 수 있을까? 죽어버리고 싶고, 땅속으로 들어가버리고 싶지만, 먼저 아버지에게 기별해야 하는 아가씨를 위한 전화기를 가지고 있지는 않을까? 빌리 브레델도 오래전에 세상을 떠났단다, 얘야. 12번 집에서.

카타리나는 고인들의 이름을 한 사람씩 더듬어간다. 닫힌 정원 문을 한 집 한 집 더듬어간다. 드디어 초인종 문패에서 살아 있는 이름을 발견하는 순간까지. 테오 발덴, 그는 살아 있는 사람이다. 아빠는 테오 발덴이 제작한 작은 청동상을 가지고 있다. 누워 있는 여자의 청동상으로, 손에 잡히는 크기다. 테오 발덴과 그의 아내는 훌쩍이는 낯선 아가씨가 문 앞에 서 있는 걸 보고 놀란다. 카타리나는 전화 한 통만 쓰고 싶다며, 아버지의 성이기도 한, 자신의 성을 말하고, 전화를 써도 좋다는 허락을 받는다. 하지만 아빠에겐 뭐라고 말해야 할까? 한스가 이제 헤어지지고 하니 죽어버려야겠다고? 절망에 빠진 아가씨가 아버지와 통화하며, 오늘 저녁에는 아빠를 만날 시간이 없다고, 모든 것이 너무나 힘겹다고 말하는 동안에 발덴 부부는 그녀의 등 뒤에서 안절부절못한다.

아버지는 이렇게만 말한다. 딸랑구야, 저 아래, 이미 오래전에 세상을 등진 사람들에게로 떠나겠다니, 넌 너 자신이 불쌍하지도 않니.

* Savoir Vivre. "인생을 즐길 줄 안다"는 뜻의 프랑스어.

241

딸랑구, 아빠는 카타리나가 어렸을 때 늘 카타리나를 그렇게 불렀다. 그가 아직 그녀와 그리고 엄마와 함께 살 때에.

이제 다시 마지막으로 한스에게로. 자신의 목숨을 구해달라고 부탁하러, 기한을 달라고 부탁하러. 몇 마디만 더 해보자. 길가에 미용실이 있다. 2밀리미터만 남겨요? 정말 그렇게 자를 건가요? 긴 머리칼이 땅에 떨어지고, 미용사는 그것을 쓸어 담아 쓰레기통에 넣는다. 이제 그녀는 영락없이 죄인처럼 보인다. 그렇다. 그녀가 바로 죄인이다. 일 년 반 전, 한스는 순결한 여자를 만났다. 이제 죄인이, 그녀가 그의 무릎에 쓰러진다.

쇤하우저 모퉁이에 있는 카페 카스타니엔알레의 카운터석은 녹색 화강암으로 되어 있다.

어떻게 그럴 수가 있었지?

사랑을 저버린 두개골을 테이블 가장자리에 힘껏 내리치면, 아마 두 동강이 나겠지.

어떻게 내게 그럴 수가 있어?

그녀는 자신의 두개골을 한 번, 두 번, 가장자리에 내려친다.

어떻게 우리에게 이럴 수가 있어?

그러나 두개골은 생각보다 더 단단하다.

한스는 말한다. 너와 다시 함께하려면, 네가 정말로 어떤 사람인지 알아야겠어.

카타리나는 아직 부서지지 않은 두개골로 고개를 끄덕인다. 다만 생각만은 이리저리 무겁게 요동한다.

우리 관계를 유지하려면, 이 문제를 일처럼 명확히 규명해야 해.

상처 나고 혹 난 머리가 아래를 내려다보며 고개를 끄덕인다.

네가 프랑크푸르트에서 보낸 모든 시간이 이 일의 자료야.

상처 나고 혹 난 머리가 아래를 내려다보며 고개를 끄덕인다.

실제로 무슨 일이 일어났는지 이해해야겠어. 이해하지 못하면, 또 그런 일이 일어날 수 있어. 그러면 난 끝장이야.

상처 나고 혹 난 머리가 아래를 내려다보며 고개를 끄덕인다.

네 영혼의 밑바닥까지 드러내지 않는다면, 우리 사랑에는 전혀 가망이 없어.

우리의 사랑, 그것은 그녀가 그고, 그가 그녀라는 것이다. 상처 나고 혹 난 머리가 아래를 내려다보며 고개를 끄덕인다. 그녀는 그의 삶의 일부일 따름이다. 그의 살 중의 살이고, 피 중의 피다.

네가 철저히 정직해야 이 일을 할 수 있어. 네 일기장, 수첩, 모든 메모와 편지를 공개해야 해.

시선을 내리깔고 고개를 끄덕인다.

네가 적어두지 않았거나 다르게 말한 것은 사실대로 써야 해.

시선을 내리깔고 고개를 끄덕인다.

명심해. 네가 내게 이야기하지 않은 것, 어둠 속에 남겨둔 것, 숨기는 것, 이 모든 것은 해결되지 않은 채 남아, 우리에게 해가 돼. 우리에게, 내게, 그러나 무엇보다 너 스스로에게.

알아요. 시선을 내리깔고 고개를 끄덕인다.

저녁에 한스는 다시 한번 카타리나에게 쓴다.

간곡히 부탁할게. 비겁하게 굴지 마.

그는 밤새도록 잉그리트 옆에 뜬눈으로 누워 카타리나가 젊은 남자와 안고 뒹구는 모습을 그린다. 이미 9월에 이렇게 되리라고 예감하지 않았던가? 이제 '사랑'이라는 단어를 생각하면, 남은 인생 내내 그냥 토하고만 싶다.

자신의 패배를 일로 선언하다니, 그는 제정신이 아닌 것이 틀림없다. 분명히 이유가 있을 것이다. 아마도 그는 대신에 다른 어떤 일을 소홀히 하고 있을 것이다.

2

한스는 이런 일이 한 번뿐이었기를 바란다고 말한다.

단 한 번뿐이었어.

누가 알겠어. 한스가 말한다.

딱 한 번 그랬어.

그렇다 해도 네가 나를 체계적으로 속여온 지 오래됐어. 한스가 말한다.

그들은 한낮 오후에 레드와인 한 병을 다 마신다. 밖에는 눈이 내리고 마침내 그는 그녀를 처음으로 다시 품에 안는다.

다음 날 오전 카타리나는 엄마와 랄프와 함께 프랑크푸르트에서 짐을 챙겨온다. 그녀는 무대미술가 클라우스와 작별 인사를 한다. 피부가 얇아 관자놀이에 핏줄이 훤히 비치는 의상 담당자와도, 무대 기술자와도, 늘 술에 취해 있는 소품 담당자와도 작별한다. 3.5킬로그램 나가는 독수리가 소품 선반에 놓여 있는 것을 본다. 바딤은 보이지 않지만, 바딤은 클라우스에게 그녀에게 주는 편지를 남겼다. 카타리나는 하루아침에 프랑크푸르트 인턴십을 그만둔다. 극장 감독은 그녀의 짧은 머리를 보고는 더 이상 이곳에 있으라고 설득하는 것에 의미가 없음을 깨달았다. 베를린으로 돌아가, 랄프와 엄마는 짐을 내리는 것을 도와주고, 엄마는 그녀를 품에 꼭 안아준 뒤 떠난다. 그녀는 다시 혼자가 된다.

어제 사용한 와인잔 두 개가 아직 테이블에 있다. 빈 와인 병도 그 옆에 놓여 있다. 어제만 해도 그녀는 한스와 화해했다고 생각했다. 그런데 오늘 그녀의 편지함에 한스의 편지가 들어 있다. 한스는 이렇게 적었다.

어제 해피엔드처럼 보였던 것은 절망의 몸짓이었고, 우리에게 아무것도 보장해주지 않아. 내가 곧바로 네 육체를 다시금 소유하지 않았다면 네가 다른 사람과 붙어먹은 일에 대한 이미지와 혐오감이 영원히 내 머릿속에 박혀서 떠나지 않았을 거야. 주된 작업은 이제 시작이야.

따라서 이제부터 행복처럼 보이는 건 그저 겉모습일 따름이다.

한스의 발견으로 그녀는 자신이 사실은 괴물이라는 걸 알게 되었던 것일까? 한스의 주장대로, 한스가 그것을 발견하지 못했다면 그녀는 그곳에서 그 관계를 이어나갔을까? 그녀는 아니라고 생각하지만, 상황이 달라진 마당에 그것을 더 이상 증명할 수는 없다. 괴물? 한스는 그 표현에 코웃음을 쳤다. 흥, 괴물은 아니지, 단지 취할 수 있는 것을 취하는 여자지. 그는 그녀의 잘못을 비열하고 속물적인 이중 잣대라고 불렀다. 하지만 그는 결코 그녀 자신만큼 괴롭지는 않으리라. 그녀는 거울 속에 비친 자신의 모습이 역겨우면서도, 자신의 모습을 벗어버릴 수가 없다. 비열하고 속물적인 이중 잣대. *코지 판 투테.* 헤어드라이어 코드가 목을 맬 만큼 충분히 길까? 그러면 그녀의 후회가 진심이라는 걸 증명할 수 있을 텐데. 죽는 것조차도 연극에 불과할까? 겉모습에 그칠 뿐인 마지막 연극인 것일까? 그녀는 누구일까? 그녀의 어떤 감정이 진짜이고, 어떤 감정이 가식적으로 그에게 혹은 자신에게 보여주는 것일까? 무엇이 내면이고, 무엇이 외면일까? 그녀는 그 일이 있은 뒤 자신을 즉시 그리고 영원히 내치지 않은 한스에게 무한히 감사한다. 그는 그녀가 다른 사람이 되도록 도우려 한다. 그는 언제쯤 그녀와 다시 자려 할까?

그가 이야기한 *주된 작업*은 당장 다음 날에 시작된다. 그는 그녀를 등진 채 그녀의 방 테이블에 앉아 있고, 그녀는 한껏 웅크린 채 침대에 누워 매분 정적에 귀를 기울인다. 다시 종이 넘기는 소리, 그리고 다시 정적. 한스는 그가 프랑크푸르트의 그녀에게 보낸 편지를 훑으며, 그것을 그녀가 베를린의 그에게 써 보낸 편지들과 대조한다. 매분 그녀는 그의 생각에 귀를 기울이고, 매분 그가 속임수를 알아내고자 할 때의 숨죽임에 귀를 기울인다. 종이 넘기는 소리에, 말 없는 비교에, 숙고에, 고민에 귀를 기울인다. 그녀의 심장은 그냥 뛰기를 멈춰버릴 수 없는 걸까?

재가 되는구나, 그는 생각한다. 그가 숭배하던 성상이 여기 그의 손 아래에서 재로 화하는구나. 그 자신의 손글씨로 그는 자신이 얼마나 바보였는지를 읽어야 한다. 가을에, 그리고 지금 겨울에, 며칠 전까지도. 그녀가 보낸 그 어느 편지에도, 그를 사랑한다는 문장이 없는 편지가 없다. 마음은 오래전에 다른 곳에 있었음에도. 거짓말이 담긴 문장들에서 행복이라 불렸던 것이 불행으로 화한다. 이 불행은 오래갈 것이다. 클 것이다. 이 불행의 그림자는 그것을 드리운 물체보다 훨씬 길 것이다.

그가 어깨너머로 묻는다. 너 어제 프랑크푸르트에서 네 애인을 보고 왔어?

아니요, 라고 그녀는 말하고, 그냥 거기서 그칠 수 있었을 것을. 그러나 이제부터 뼛속 깊이까지 솔직하겠다고 약속한 그녀는 클라우스가 내게 그의 편지를 전해주었어요, 라고 덧붙이고는 한스에게 편지를 보여주기 위해 일어선다.

그 안에도 사랑이 쓰여 있다. 맙소사. 한스는 생각한다. 사랑이라는 단어는 얼마나 인플레이션이 심한 말인지. 편지엔 아픔에 대해서도, 그리움에 대해서도 쓰여 있다. 감상적인 어휘들의 종합 세트. 기본적으로 원하는 것은 단 하나, 젊고 예쁜 것을 꼬시고자 하는 작자가 쓰는 어휘들.

그래서 벌써 답장을 보냈어?

아니요.

하지만 보내려고?

글쎄.

글쎄가 무슨 뜻이야?

그를 그렇게 만들어서 미안하니까.

그렇게 만들었다고?

나를 좋아했으니까.

그래서 그 작자랑 연락하며 살려고?

아뇨.

그럼 여기 앉아봐. 어떻게 연락을 끊는지를 보여줄게. 어쨌든 네가 내게 후회한다고 말한 게 진짜라면 말이야.

진짜였어.

그럼 자, 여기 펜과 종이가 있어. 시작해. "바딤,"

"친애하는 바딤"이라고 하면 안 돼요?

진심으로 묻는 거야?

그래, 좋아요. "바딤,"

자 이렇게 써. "네가 단지 육체관계만을 원했던 것처럼 나도 그랬어."

그건 못 쓰겠어요.

그러니까 넌 그 새끼가 널 영원히 따라다니기를 바라는 거네.

아니에요.

왜 아니야, 생각해봐.

그녀는 그렇게 쓴다.

계속해. "아주 좋았어. 그러나 나는 더 좋은 것에 익숙해져 있어."

내가 이런 말을 쓸 리가 없잖아요. 이게 내가 쓴 게 아니라는 걸 금방 눈치챌 거예요.

아냐, 그는 네 필체로 읽게 되고, 그걸 믿게 돼. 나도 네 글씨로 쓴 네 모든 거짓말을 믿었듯이.

그녀는 쓴다.

"그러니 더 이상 애쓰지 말아줘."

그는 정말 나쁜 사람이 아니에요.

감동스럽군.

상처받을 거예요.

암, 그래야지. 결과가 중요하니까.

그녀는 쓴다.

자, 써. "카타리나가."

그녀는 쓴다. 카타리나가

그녀의 서명을 보자 한스는 고개를 젓는다.

한스는 말한다. 이제부터 내게 보내는 편지는 타자기로 쳐서 보내 줬으면 좋겠어. 난 이제 네 글씨를 도저히 견딜 수가 없어.

카타리나는 말없이, 시선을 들지 못한 채 고개를 끄덕인다.

지금처럼 그를 간절하게 생각한 적은 없었다. 그녀는 여전히 잠에서 깨어나면 울지만, 정각 10시가 되면 그가 마음에 들어 하는 모습을 하고 문을 열어준다. 여학생 복장. 피오네르의 주름치마를 연상시키는 파란 치마. 그리고 하얀 무릎 스타킹, 하얀 블라우스, 파란색 혹은 빨간색 스카프만 맨다면 영락없는 피오네르 소녀다.

한스가 정말 목숨을 끊으면 어쩌지? 최근에 그는 왜 사는지 모르겠다고 했다. 그를 맞이하는 모든 날이 그의 마지막 날이 될지도 모른다. 만약 그런 일이 일어난다면 그건 그녀의 책임일 것이다. 그녀는 그의 모든 것을 사랑하는데 말이다. 그의 머리카락, 얼굴, 귀, 어깨, 손, 핏기 없는 가슴, 배꼽, 팔, 다리, 무릎, 발가락. 어두운 색의 이불 아래서 그녀는 그의 몸 구석구석에 키스한다. 그가 이제 죽으면 그녀는 그의 몸 구석구석을 잃어버릴 것이다.

다른 날에 그녀는 프랑크푸르트에서 그 작자와 함께 음악을 들었는지를 말해야 한다.

네.

뭘 들었어?

바흐의 협주곡들.

한스가 고개를 끄덕인다.

모차르트의 피아노 협주곡 D단조.

한스는 한참을 아무 말도 하지 않고, 담배를 피우며 창밖을 바라본다.

또 뭐?

「평균율 클라비어」

카타리나의 귀에 이상한 소리가 들린다. 그가 우는 걸까?

한참을 가만히 있던 한스가 말한다. 내가 각각의 푸가 주제에 우리의 문장 하나씩을 가져다 붙이려고 했던 거 알아? 네 생일에 선물로 주려고 했어.

카타리나는 아무 말 없이 가만히 있다. 3주 뒤에 그녀는 스물한 살이 된다.

넌 정말로 우리 음악을 다른 놈에게 주었구나. 헐값에 팔아버렸어.

카타리나는 심판의 검을 기다리는 것처럼 고개를 숙인다.

나의 음악을.

침묵.

한스는 말한다. 내가 그 음악들을 언젠가 다시 들을 마음이 생길지 잘 모르겠군. 어쨌든 너랑은 못 들어.

침묵.

물론 너랑은 상관없는 일. 넌 계속 들을 수 있겠지. 연인을 추억하고 싶을 때 말이야.

카타리나는 시선을 들지 못하고 고개를 젓는다.

작업실에 있는 그의 테이블 위에 하필 제20차 당대회의 흐루쇼프 비밀 연설문이 아직도 덩그러니 놓여 있다는 것은 운명이 허락한 농담일까. *제17차 당대회에서 선출된 중앙위원회의 회원과 후보자 139*

명 중 약 70퍼센트인 98명이 1937~38년에 체포되어 총살당했습니다. 한스는 연설문이 인쇄된 책자를 덮는다. 20대 초반에 그는 스탈린의 죽음으로 큰 충격을 받았다. 더 큰 충격을 받은 건 3년 뒤 스탈린에 대한 진실을 알게 되었을 때였다. 최근에 그는 자신이 카타리나를 위해 쓰고 있는 책이 완성될 때까지 카타리나가 그의 곁에 머물러줄지 자문하지 않았던가? 그는 소설을 쓸 수도 있지만, 쓰지 않을 수도 있다. 어쨌든 라디오로 먹고살 수 있으니까. 고정 프리랜서. 그는 처음으로 그 단어가 가진 이중적 의미를 의식한다. 카타리나가 창녀에 지나지 않는다고 생각할 때도 이중적 의미가 잘 들어맞는다. 어쨌든 그녀는 그들의 사랑을 지키는 일에 적극 협력하려 한다. 적어도 남은 사랑이라도 지키고자.

그는 내면의 눈으로 그들이 지금까지 사랑이라 불렀던 것이 바구니 속의 배급식량처럼 그들의 두 머리 위에 매달려 흔들흔들하는 것을 본다. 살아남기 위해 그는 바구니 속 소금에 절인 청어를 빨아먹는다, 때로는 그녀가 빨아먹는다. 그러나 이것으로 충분할까? 그리샤 마이어는 최근 그에게 「헐값 노동자」 포스터를 가져다주었다. 포스터에는 싸움터에서 무릎까지 흙 속에 박힌 채로, 서로에게 곤봉을 흔들어대고 있는 고야의 두 인물 모습이 담겨 있다. 그는 이제 그 두 사람이다. 그는 양편에 있다. 사랑하는 자이자 미워하는 자이며, 믿으려 하는 자이자 믿음을 잃어버린 자이며, 욕망하는 자이자 연인을 역겨워하는 자다. 포스터 왼쪽에는 *과거를 묻을 수 있는가?* 라고 적혀있고, 오른쪽에는 *그럴 수 없다*, 라고 적혀 있다.

이제 난 나부터 생각해야 해. 다음에 만날 때 그는 그녀에게 말한다. 자신이 이 시기를 잘 통과해야 한다고… 그녀는 자신이 유골함이 아니라 관을 원한다는 것만 알아달라고 한다. 그는 말한다. 만약 네가 자살한다면 그건 일시적인 충동에서야. 그녀는 너무 울어서 목이 아프다. 그는 말한다. 내 잘못이야. 하지만 그녀는 자신이 그를 배반했음을 알고 있고, 침착하게 자기 잘못이라고 말한다. 그는 이해하지 못하는 걸까? 그는 말한다. 넌 젊은 애가 필요해. 그는 그녀로 하여금 계속해서 당황해서 말을 잇지 못하게 만든다. 그녀는 뭐라고 자신을 변호할까? 그녀가 그를 생각했으며, 그럼에도 '그애'한테 가서 잤다고? 어쨌든 다른 남자와 입맞춤을 하지 않은 것이 희생이었다고? 그녀가 자신을 합리화하기 위해 대는 모든 핑계는 가련하기 짝이 없다. 그녀는 무대 미술가 클라우스가 프랑크푸르트에서 그녀에게 해준 말을 떠올린다. 진실을 진실로 믿게 하려면 잘 만든 진실이라야 한다고. 그녀는 다이어리에 메모한 내용을 그에게 읽어주고, 그는 묻는다. 앉아 있었다고? 혼자? 아니면 둘이 같이?

9월 21일에 그녀는 두 번째로 그에게로 가서 잤다. 자원해서. 프랑크푸르트 다락방 열쇠를 깜박하고 베를린에 놓아두고 왔기에. *사람들은 나를 미미라 불러요.* 그의 집에서 아니면 그와 함께? 그의 집에서. 결국 그녀가 그에게 모든 이야기를 다 하고 나면, 그는 그녀가 누구였는지를 알게 될 것이다. 그러나 그러고 나면 그녀는 그동안 다른 사람이 되어 있을 것이다. 그가 그렇게 변한 그녀도 사랑할 수 있을까? 그녀는 늦은 밤 그를 다시 한번 보기 위해 그의 집 아래 보도에서 휘파람을 분다. 그러나 그는 내려오지 않는다. 조명이 켜진 창문에 그의 그림자 윤곽만 나타나서는 어깨를 으쓱할 뿐이다. 그녀가 스스로를 혐오하는데, 그가 그녀를 사랑할 수 있을까? 그녀는 한 번은 그의 콧방울에 키스한다. 한 번은 그의 손에 키스한다. 비로소 그녀는 사랑이 진정 무엇인지를 이해한다. 그는 그녀의 생일에 유일한 손님이다. 그는 승마 채찍으로 그녀를 때리며, 21세 생일에 그가 어떻게 해주었는지 영원히 기억하게 될 거라고 말한다.

이 작업은 편지로 왔다 갔다 할 수 없다. 그가 이런 끔찍한 시기로부터 그 어떤 증거가 남는 것을 원하지 않기 때문이기도 하리라. 어쨌든 그는 더 이상 글로 쓰지는 않으려 한다. 모든 것이 분명해지게끔 규명하는 작업만으로도 쉽지 않다. 그는 그녀에게 카세트테이프를 이용해 이야기하려 한다. 그녀는 녹음된 카세트테이프를 차분히 듣고 조목조목 대답해야 한다. 그는 3월 초에 그 작업을 시작해, 작업실에 앉아 혼자 이야기한다. 마치 방송을 하듯. 밤에 집에 돌아온 그는, 때로 헤어지자는 편지를 쓴 다음에야 비로소 잠을 이룰 수 있다. 아침이면 편지를 찢어버리고, 이어지는 밤이면 다시 쓴다. *날 좀 평안히 놓아줘.* 그러고는 아침에 그 문장들을 북북 찢어버린다. 그렇게 계속된다.

지금은 예전에 그랬듯, 다시 처음처럼 지낸다. 그가 장 보러 가는 길에 그녀가 동행한다. 잉그리트가 적어준 식료품 목록 쪽지를 들고. 그와 함께 쇼핑센터를 가로지른다. 작년 이맘때처럼 붙어 다닌다. 그러나 쪽지에는 잉그리트의 손글씨가 적혀 있다.

버터
흰 빵

연질치즈
트링크픽스 코코아 파우더
에버스발데 소시지
배추
치커리
사과
등등

언젠가 연질치즈라고 적혀 있는 목록을 보고 눈물을 쏟게 될 것이라고 그녀는 결코 생각하지 못했을 것이다.

그는 더 이상 다이어리를 쓰고 싶지도 않다. 그녀는 그의 기억을 망쳐놓았고, 미래는 어떻게 될지 모른다. 카페에서 그녀를 만날 때면 그는 인사도 없이 그냥 그녀가 앉은 테이블로 직진한다. 마치 더 이상 시간이 없는 것처럼, 떠나갈 수도 되돌아올 수도 없는 것처럼, 뒤를 돌아볼 수도 없고 앞을 기대할 수도 없는 것처럼. 그들은 빛이 들지 않는 깜깜한 미로에 갇힌 듯하다. 그 미로 안에서 때로는 서로를 만나고, 때로는 만나지 못한다.

3

첫 번째 카세트테이프는 3월 중순에 완성된다. 카타리나는 그것을 집으로 가져가 카세트에 집어넣는다. 책상을 치우고, 메모장과 펜을 준비하고, 의자를 적절한 위치에 두고, 헤드폰을 끼고, 드디어 카세트를 튼다. 마치 썰매를 타고 산을 내려가기 시작하는 것 같다는 생각이 든다. 나락으로 끝날 것이 뻔한, 그런 산을. 보통 때 라디오에서 슈베르트와 야나체크, 말러에 대해 이야기하던 목소리로 한스는 이제 그녀와 그녀가 저지른 일에 대해 이야기한다.

마귀가 너를 데려가기를, 우리의 기적을 망쳐놓았으니.
'우리'는 더 이상 존재하지 않아. '우리'는 수포로 돌아갔어. '같이'도 마찬가지야. 이제 우리는 서로 대치 상태야. 너와 나는. 내가 네게 써 보냈던 글들은 내가 믿었던 다른 여자를 위한 것이었어. 지금은 존재하지 않는 여자, 아마 결코 존재하지 않았던 여자. 넌 정말 섬뜩해. 네가 내게 보낸 편지로는 너라는 여자를 분간할 수 없어. 다른 사람에게 보낸 글로는 너라는 여자를 알아볼 수 있을까? 넌 그 중간쯤의 무언가겠지. 8주 전에 너는 거기 그애하고 바닥을 뒹굴었어. 그걸 생각하면 난 내가 여기서 대체 뭘 하는 건지 더 이상 모르겠어.

그는 그녀의 뇌에 대고 직접 이야기한다. 펜이 종이 위에서 사각사각거리고, 그녀는 재빨리 그의 말을 써 내려간다. 테이프를 되감아, 그 모든 말을 두 번 듣는 것은 힘든 일이 될 것이기에.

너는 시험을 통과하지 못했어. 나쁜 일은 언제든지 일어날 수 있어. 그래서 너와 함께 남으려면 난 네가 어떻게 하든 무관심해져야 해. 큰일을 별것 아닌 것으로 만들어야 해. 하지만 그렇게 애쓸 가치가 있을까? 내키지 않는데 나를 질질 끌고 나가야 할까, 한때는 행복이 뭔지 알았는데도?

카타리나는 정지 버튼을 누르고 잠시 쉬었다가, 카세트를 다시 튼다.

이제 너를 끌어안을 때 난, 네가 열흘 뒤에 죽을 것처럼 그렇게 해. 아마도 우리가 6개월 정도, 아니 영원히 헤어져야 하는 걸까?

카타리나는 정지 버튼을 누르고 헤드폰을 잠시 벗는다. 얇은 벽 너머, 한낮에 벌써 술이 취한 이웃들이 싸우는 소리가 들린다. 카타리나는 다시 헤드폰을 끼고 카세트를 켠다.

어쨌든 젊은 것을 손에 넣어서 기뻤겠군. 서서도 그걸 한 거야? 단한 번이라니, 그 말을 누가 믿겠냐. 너는 싸구려 썩은 고기처럼 행동했어. 그리고 그 정사의 기억을 간직하고 있고. 하지만 내게 남은 건 실망과 역겨움뿐이야. 넌 내 인생의 일 년 반을 앗아갔어. 돌아보면 난 눈이 멀어 있었어. 과거도, 전망도 없이, 완전히 눈멀어 있었어.

중간중간 울기도 해야 하다 보니, 한스가 그에게 어떤 비난을 하는지, 모든 이야기를 듣는 데 한 시간 이상이 걸린다. 그런 다음 최근에 한스가 가져다준 낡은 타자기를 꺼내 검지 두 개로 답을 타이핑하기 시작한다. 그가 비난하는 말이 옳다면, 그는 어떻게 그녀를 다시 사랑할 수가 있을까? 그리고 그가 옳지 않다면, 그렇다면 그녀는 왜 그를 속였던 것일까?

4

그녀는 아빠와 함께 라이프치히를 출발해 드레스덴에서 열리는 제 10회 미술전에 간다. 키가 큰 아빠가 작은 트라반트를 운전하며, 옆에 앉은 딸에게 일부일처제는 약속일 뿐, 그 이상은 아니라고 말한다. 기본적으론 가부장제에서 상속을 보장하기 위해 고안되었을 뿐이라고. 카타리나는 아빠에게 한스가 그녀의 마음속 유일한 남자라는 걸 설명한다. 하지만 네 말을 들어보면 그 프랑크푸르트 남자애도 괜찮은 것 같던데. 아빠는 카타리나를 이해하지 못한다. 고려 대상이 아니에요. 한스는 그녀이고, 그녀는 한스다. 한스의 삶에 그녀의 삶이 걸려 있다. 그가 파멸하면 그녀도 파멸하는 것이다. 그가 그녀를 떠나도 마찬가지다. 하지만 딸랑구, 그건 말도 안 돼. 아빠는 그녀의 말을 이해하지 못한다. 한스가 아빠 자신보다 열 살이나 많다는 것도 영 찝찝하다면서. 하지만 결국 네 결정이니까, 라고 아빠는 말한다.

돌아오는 길에 그녀는 수첩에 메모한다. 볼프강 *마트호이어*, 조각 「*세기의 걸음*」. 오른손으로는 나치 경례를 하고 왼손은 주먹을 쥐고, 행진하는 걸음과 동시에 무릎 꿇는 자세를 하고 있다. 혹은 불구자가 무릎을 구부리는 모습일까? 가운데는 형태가 없고, 머리는 푹 꺼졌다. 엄청 크고 마른 사람이 앞으로 몸을 뻗는 동시에 뒤쪽으로 넘어지고 있다. 지금 그녀의 형편도 바로 그러하다.

한스는 그녀에게 말한다. 우리는 이번 주를 더 견뎌내야 해.

하지만 다시 한 주가 오고, 또 한 주, 그다음 또 한 주가 온다.

이 주들에는 아무것도 오래가지 않는다. 행복의 순간들도, 불행의 순간들도.

그들이 만나면, 모든 것이 계속 삐걱대고, 모든 것이 뒤죽박죽이 된다. 웃음과 절망, 욕망, 경멸, 사랑, 연민, 미움, 슬픔. 한스는 때로 카 타리나가 안쓰럽다며 어린애를 대하듯 그녀의 머리를 쓰다듬는다. 때로는 절망에 찬 음성으로 난 널 놓칠 수 없어, 놓아줄 수 없어, 라고 한다. 때로는 진지한 그녀의 모습을 보며 놀려대고, 때로는 즐거운 모습을 보이지만, 그녀는 그런 모습이 가식 같다. 이제 그녀는 더 이 상 '사랑해'라고 말하지 못한다. 그의 말에 따르면 그녀의 목소리로 그런 말을 듣는 건 그를 더 쓸쓸하게 만들 뿐이기 때문이다.

카타리나가 혼자만의 아파트로 돌아오면, 그녀를 기다리는 사람은 아무도 없다. 그녀는 더 이상 음반을 틀지 않는다. 마지막에 바늘이 올라가고, 딸깍 소리와 함께 정적이 이어지면, 자신의 방에 살아 있는 건 오직 자신뿐임이 너무나 뼈저리게 느껴지기 때문이다. 다만 라디 오는 적어도 자신에게서 독립적으로 존재하기에, 한번 틀면 결코 끄 지 않는다. 이런 날들에 그녀는 잠들 때까지 뉴스와 음악을 듣는다. 다시 날이 밝을 때까지 꿈속에서도 주욱 뉴스와 음악을 듣는다. 뉴스 와 음악. 그리고 다시 밤. 그렇게 계속된다.

한스는 그의 전 연인이 최근에 꾼 꿈 이야기를 해준다. 두 여자가 카드놀이를 하는데, 스페이드 5를 세 번 낸 다음 한스가 곧 죽겠군, 이라고 말했다고 한다. 전 연인에게도 이름이 있을 텐데? 아 그렇지, 이름이 실비아야, 왜? 그녀는 한때 나 같은 입장이었고 나는 언젠가 그녀처럼 되겠구나, 라고 카타리나는 생각하지만, 대신에 이렇게 말한다. 그녀는 숲 출신이로군요.* 한스는 그래, 그러니 그런 미신을 믿지라고 말하며 웃는다. 하지만 카타리나는 그 꿈이 웃기지 않다. 그녀는 최근 그의 상태가 어떤지를 알기 때문이다. 손은 떨리고, 신경은 과민하고, 줄담배를 피운다. 그들이 아이를 낳는다면? 그러면 그녀는 그를 다시는 잃어버리지 않을 수 있을까.

카타리나가 혼자만의 첫 집으로 돌아오면, 그녀를 기다리는 사람은 아무도 없다. 한번은 문 앞까지 왔다가 집으로 들어가지 않고 다시 돌아서서, 모퉁이에 있는 간이식당으로 간다. 그곳에서 여주인과 가볍게 몇 마디를 나누고, 소시지와 감자 샐러드를 속이 안 좋을 정도로 많이 먹는다.

그런 날들 중 하루에 한스는 최근 다른 여자들의 매력이 다시 눈에 들어온다고 말한다. 또 다른 날에는 그녀를 방문한 뒤, 계단에서 다시 한번 돌아서서, 다시 그녀의 집으로 들어간다. 두 번째로 사랑을 나누기 위해. 이것이 작별 인사일까? 오늘 밤, 잉그리트는 목을 맨 그를 발견하게 될까? 한스는 한번은 카타리나에게 다이어리를 읽으라고 하고는, 그녀가 왜 '구내식당'이라고만 쓰고, 그 뒤에 그애의 집에 간 것은 쓰지 않았느냐고 캐묻는다. 한번은 그들은 시청 지하 음식점에서 하와이안 슈니첼을 먹고, 한번은 렘브루크 전시회에 가서 중요한 것은 '틈'이라고 그녀에게 설명해준다. '틈'은 존재하는 것들을

---

* 실비아(Sylvia)는 라틴어로 숲(silva)의 정령, 숲의 여왕 혹은 숲의 통치자를 의미한다.

통해 생겨난다면서.

하지만 카타리나가 집에 돌아오면 기다리는 사람은 아무도 없다.

한번은 이미 열쇠를 꺼내든 채로, 다시 돌아서서 계단을 내려가 트램을 타고, 갑작스런 충동을 쫓아, 만난 지가 너무나 까마득한 옛 남자친구 토르스텐을 찾아간다.

텅 비고 말 없는 집으로 들어가는 대신에.

한번은 루트가 문에 붙여놓은 쪽지를 발견한다. 토르스텐에게 그녀가 베를린으로 돌아왔다는 소식을 들었던 모양이다.

한번은 친구 시빌레와 함께 프란츠 클럽에 가서 다음 날 훤히 동이 틀 때까지 춤을 춘다.

그녀는 청소를 하고 욕실도 하얗게 페인트칠한다. 한스가 선물해주었던 사진 시리즈를 다시 한번 본다. 여주인과 하녀를 바라보며 허벅지 사이를 움켜쥔다. 다 마치고 일어나려는데, 무릎이 꺾이며 쓰러진다. 「세기의 걸음」이 떠오르며, 그녀는 자신이 두 동강 났는지 확인한다. 이제 그녀는 자신의 몸을 가눌 힘조차 없는 것일까?

그녀는 혼자만의 첫 공간에서 외롭다. 이전의 어느 때보다 더 혼자다.

무대미술과에 들어가려면 프랑크푸르트에서 6개월 인턴십을 한 것으로 충분할까? 베를린 국립 오페라 극장에 딱 한 자리, 전화교환원 자리가 공석이라, 그녀는 그 자리에 지원한다.

어느 날 저녁 그녀는 한스를 위한 깜짝 선물 세트를 준비한다. 그중 가장 방점이 찍힌 선물은 바로 책상 서랍 열쇠다.

한스는 카타리나가 이 선물로 무슨 메시지를 전하고자 하는 것인지 이해하고는 열쇠를 받는다. 그것은 상징이기 때문이다. 하지만 나머지 선물들은 그냥 돌려준다. 그녀에게 선물을 받는 것이 현재로서는 견딜 수 없다면서. 부활절 즈음부터인가 다시 그렇다고.

카타리나는 엄마 집에 가서 창가에 기댄 채 엄마에게 한탄한다. 엄마는 카타리나의 아빠와 헤어지고 얼마 되지 않아, 한 남자에게 부당한 대우를 받았던 이야기를 해준다. 그 무렵, 내 몸무게가 얼마였는지 알아. 52킬로밖에 안 되었어. 그때 나는 어디 있었어? 내 곁에, 엄마가 말한다. 하지만 난 아무 눈치도 못 챘어. 다행이었지. 네가 아니었다면, 난 그를 죽이고 기꺼이 감옥에 갔을지도 몰라. 하지만 내 경우는 반대야. 카타리나가 말한다. 내가 그를 절망으로 몰아넣었다고. 그냥 단순히 비교할 수 없는 일이야. 엄마가 말한다. 한스는 어른이잖아. 세상 경험도 많고. 너를 용서하지 않고 문제를 계속 끌어가는 건 잘하는 일이 아니야. 엄마는 한스가 그녀에게 줄 수 있는 가장 커다란 선물은 용서가 아니라, 잔해를 철저히 파헤치는 것임을 이해하지 못하는 걸까? 그래야만 새롭게 시작할 수 있다. 카타리나는 새롭게 시작해 영원히 지속되기를 바란다.

5

그녀는 그의 첫 카세트테이프에 조목조목 대답했다. 할 수 있는 만큼. 그에게 답변을 쓰면서 그녀는 외부의 시선으로 자신을 보았다. 마치 전쟁터의 가장자리에 앉아 그에게 새로운 무기를 던져주는 기분이었다. 그가 그 무기로 누구를 겨눌지 알지 못한 채. 그들 둘을 겨눌지, 그 자신을 겨눌지, 그녀를 겨눌지.

어제 정오에 그는 에로틱한 사진들을 새로 가져왔고, 함께 밤을 보냈다. 7시에 그가 돌아갔을 때, 그녀는 욕실 페인트 작업을 마무리했고 잃어버린 행복한 시간을 그리워하며 대성통곡했다. 이빨이 맞부딪치며 덜덜 떨려왔다.

오늘 오전에 그는 다시 그녀에게 왔다. 그들은 차를 마셨고, 가기 전에 그는 그녀에게 두 번째 카세트테이프를 주었다.

테이블, 의자, 카세트, 헤드폰, 종이와 펜.

그러고 나서 그녀는 그의 목소리를 튼다.

A면. B면. 60분.

그 목소리는 말한다. 넌 영리하지만 영혼이 없어.

지난 6개월간 속임수는 네 살과 피가 되었어.

어떻게 너를 다시 믿을 수가 있지?

그 목소리는 말한다. 나는 결코 다시 환상을 품어서는 안 돼.

그 벌은 파멸일 것이기에.

내 생은 한 번뿐이고, 이게 내 마지막 생이야.

일시정지 버튼을 누른다. 카세트가 멈추는 소리를 듣는다. 바깥은 봄 날씨다. 4월, 바람, 비, 중간중간 환한 햇살. 창밖의 나무들은 흔들리고, 카타리나는 한동안 그 풍경을 바라본다. 그러고는 다시 테이프를 튼다.

넌 너무도 쉽게 말하는구나. 내가 잉그리트에게로 돌아가지 않았다면 이런 일이 없었을 거라고.

넌 너무도 쉽게 말해. 9월의 승강장에서의 그 충격이 없었다면 상황이 달랐을 거라고.

잊지 마, 충격의 원인은 네게 있었어.

넌 너무도 쉽게 말하는구나. 내가 너를 더 자주 찾아왔다면 그런 일이 없었을 거라고. 내가 네 동료들의 비웃음을 견딜 수 있었을까?

너에겐 너무 쉬워. 나에겐 너무 어렵고.

그 목소리는 곧장 그녀의 뇌에 대고 말한다.

난 알았어. 이런 일이 일어날 거라는 걸.

난 알았어. 그, 혹은 그, 혹은 그일 거라는 걸.

네가 가끔 이야기하던 그 셋 중 하나.

나는 그냥 앉아 기다리기만 하면 되었어.

난 알았어. 하지만 알려고 하지 않았어.

난 알았어. 하지만 너의 정절을 위해서라면 나는 십자가에라도 못 박혔을 거야.

넌 나를 둘로 만들었어.

한쪽은 의심하는 자, 한쪽은 믿는 자. 반반.

그러나 절반의 사랑이 새로운 시작에 충분할까?

잉그리트가 이제 어떻게 되는 거냐고 물으면, 난 그녀에게 뭐라고 해야 할까?

왼쪽에서처럼 오른쪽에서 / 절반의 터키인이 침몰하는 게 보인다. 그들이 종종 웃곤 했던 울란트의 이 문장이 「평균율 클라비어」의 푸가 주제 중 하나에 어울렸을까? 카타리나는 일시정지 버튼을 누르고 웃기 시작한다. 숲속의 작은 새가 그녀의 목구멍에 걸려 웃음이 터져나온다. 뻐꾸기와 올빼미 사이의 그 어떤 작은 새. 그녀를 인간으로 만들어주었던 말들을 한스는 그녀의 입에서 빼앗아버렸다, 그녀의 입에서 텍스트를 앗아버리고, 작은 새를 숲으로 날려버렸다. 세 시간 뒤 그녀의 방은 숲으로 변한다. 그녀는 쿠션들을 마구 집어던졌고, 타자기 종이들은 눈송이가 되어 내려앉았으며, 팔은 피투성이가 되었다. 예전에 자기 자신이었던 인간이 그녀에게 그런 짓을 한 것이 틀림없다.

6

어쨌든 이런 상황에서 국립 오페라 극장의 전화 교환원으로 일하게 된 건 다행한 일이다. 그녀는 무대 입구, 수위실과 유리 칸막이로 분리된 공간에서 책상 앞에 앉아 전화를 연결한다. 리허설에는 더 이상 참여할 일이 없지만, 극장의 일상에 다시금 작은 기여를 하고 있다. 근무시간에 그녀는 마치 저만치 떨어진 해안에 있는 듯한 모양새다. 밀물에 밀려 몇몇 작은 파도가 그 해안에 부딪히고, 사람들은 그 해안가를 행진하며 지나간다. 합창단원들과 솔리스트, 오케스트라 단원, 비서, 발레 솔로와 발레단원들, 무대감독, 조명 기술자, 식당에서 일하는 사람들, 바이올리니스트와 피아니스트, 분장사, 오케스트라 스태프, 극장 관리자, 이들 모두가 어느 순간 수위실 앞을 지나가야 한다. 출근길에, 여러 가지 일을 보는 길에, 퇴근길에.

그녀는 수위실 뒤편에 앉아 사람들을 관찰한다. 어떤 이는 수위에게 공손하게 인사하고 어떤 이는 고개만 까닥하고, 어떤 이는 그냥 지나가는 것을, 어떤 이는 서두르고, 어떤 이는 세상의 모든 시간을 다 가진 것처럼 여유로우며, 어떤 이는 열쇠를 건네받고, 어떤 이는 누군가에게 메시지를 남기고, 어떤 이는 뭔가를 묻고, 어떤 이는 누군가를 기다리는 것을. 그녀는 이 모든 사람을 보며, 극장의 일과를 읽는다. 때로는 흥분하고 그 뒤 자못 피곤해 보이는 모습들을, 때로는 화가 나고, 때로는 행복한 모습들을. 이 모든 사람이 의기소침해서 혹은 무표정하게 지나쳐 가는 것을 본다.

공연이 있는 저녁에 야간 당번을 설 때는 책상 위에 달려 있는 칙

칙거리는 작은 스피커를 통해 커다란 무대에서 연주되는 음악이 그녀에게도 들린다. 예전 프랑크푸르트 극장의 사무실에 있을 때처럼 「백조의 호수」 같은 것이 말이다. 왕자가 물결에 휘말린 지 약 한 시간 후, 왕자 역을 하던 무용수가 분장을 지우고 사복을 입고는 수위실 앞을 지나간다. 백조와 흑조 역할을 맡았던 여자 무용수가 지나가고, 무용수들이 삼삼오오 그룹을 지어 지나간다. 오케스트라 단원들은 이미 오래전에 해산했다. 밤 11시 50분경까지, 점심때쯤부터 설치해, 저녁에 상연하고, 모든 것을 마지막에 다시 해체하고, 정리하고, 조명을 다 끌 때까지, 그리고 공연 뒤에 여러 사람이 앉아 있던 카지노가 문을 닫기까지 이런저런 사람들이 지나간다.

잉그리트는 울면서 이야기를 좀 하자고 하고, 루트비히는 아버지에게 가족을 떠나지 말라고 애원하는 편지를 썼다. 적어도 지난 일 년 반 동안 한스는 그가 할 수 있는 모든 사랑을 카타리나에게 다 쏟은 기분이다. 하지만 이제는? 그는 담배를 피우며 수직 기둥 침대에 누워 말없이 생각을 따라간다. 카타리나는 한스의 옆에 누워 그의 얼굴을 곰곰이 뜯어본다. 그녀의 행복과 불행이, 무엇보다 불행이 달려 있는 그 얼굴을. 그는 이제 이 세상에서 그녀를 정말로 아는 유일한 사람이다. 그녀 과거의 부정직함을 알고, 현재의 절망을 아는 사람. 밑바닥까지 그녀를 아는 유일한 사람. 그와 함께 있을 때만 그녀는 본연의 모습으로 진지해질 수 있다. 시빌레와 파스타를 해 먹고, 안네와 「마리아 슈투아르트」를 보러 가고, 엄마와 랄프와 함께 자전거 하이킹을 가고, 심지어 다시금 누드 드로잉도 배우러 가지만, 한스와 함께 있을 때만 그녀는 온전히 그녀 자신이 될 수 있다.

그녀는 섬에 있는 것처럼 그와 함께 있다. 그렇게 영원히 지속되어야 한다. 피부와 머리카락, 두개골 속 모든 생각과 더불어 그녀 자신으로 머물러야 한다. 그럴 때만 자기 자신으로부터 결코 다시 아무것도 숨길 필요가 없을 것이다. 결코 다시는 자신과 불화하는 일이 없을 것이다.

한스는 담배를 눌러 끄고 새 담배를 가져오기 위해 일어선다. 어제 카타리나는 엄마 집 전화로 자정쯤에 그에게 벨을 울려 인사했다. 몇 년 전에 실비아도 종종 그랬던 것처럼 말이다. 그 소리에 잉그리트가 자다가 깨어났다. 그러니 그런 일은 하지 않는 게 좋겠다고 아까 그는 카타리나에게 말했다. 한스는 담뱃갑을 톡톡 쳐서 담배를 꺼낸다. 전에 그는 때로 잉그리트와 이야기를 나누고 싶었다. 하지만 지금은? 카타리나는 한스가 누웠던 자국이 이불 위에 남은 것을 보고, 그가 그녀 쪽을 등지고 선 틈을 타, 얼른 그 자국을 만져본다. 그 자국에 아직 온기가 있는지 느껴보려고. 자국은 아직 따뜻하다. 엊그제 그녀는 두 번째 카세트테이프에 대한 답변을 그에게 주었다. 그러나 그는 그것을 아직 읽지 않았다. 그는 말했다. 그녀가 이제 그를 속이는 데 익숙하기에, 그에게 새로운 거짓말만을 대령할 뿐이라면 읽어봤자 무슨 소용이 있겠냐고.

찰칵하고 라이터 소리가 나고, 그는 침대로 되돌아와 다시 그녀 옆에 눕는다. 오늘 아침에 면도하다가 그는 목에서 혹을 발견했다. 조악한 텔레비전 드라마에서는 이런 것이 해결책이 될 텐데. 그는 재를 털면서 카타리나에게 말한다. 우리가 지금 순간순간 행복하다 해도, 이것이 새로운 시작이라는 느낌은 들지 않는다고. 내게는 이것이 그냥 긴 이별처럼 느껴진다고.

가을 학기부터 입학하라는 대학 측의 편지를 우편함에서 발견한 카타리나는 그 편지를 가장 먼저 한스에게 보여준다. 그는 말한다. 그러면 넌 작년 가을처럼, 새로운 장으로 출발하겠군. 그러면 내가 여기서 하는 우리를 위한 작업에도 별 관심이 없어지겠지. 카타리나는 말한다. 아니야, 당신이 아니었다면, 나는 대학에서 그 공부를 할 엄두를 내지 못했을 거예요. 정말 그랬다면 우리는 이미 오래전에 다시 행복을 누리고 있겠지.

그녀가 또 무슨 말을 할 수 있을까.

4월 말의 어느 일요일 저녁, 한스와 잉그리트는 마침내 대화하기로 한다. 한스는 카타리나에게 그전 며칠간은 만나지도 못하고, 전화도 할 수 없으니 이해하라고 한다. 금요일이 지나고, 토요일이 지나간다. 일요일에 카타리나는 저녁 근무다. 짧은 공연이 끝나고, 그녀는 22시까지 오페라 극장의 교환대 앞에 앉아 있다. 이 시간 동안에 두 배우자는 그녀의 인생이 걸린 결정을 내릴 것이다. 그녀의 관여 없이도 말이다.

밤거리로 나섰을 때 한스는 그곳에 없다. 따라서 아직 대화 중인 듯하다. 그들이 어디서 만나는지를 알고 있기에, 잠시 후 카타리나는 바의 유리 출입문을 통해 한스가 아내와 테이블에 마주 앉아 이야기하는 모습을 본다. 아내는 그녀를 등지고 있다. 그러나 한스는 곁눈질로 그녀가 왔음을 알아차린다. 그뒤 한 시간 반을 카타리나는 바 문 앞에 서서 오들오들 떨면서 한스가 어떤 눈짓이라도 보내지 않을까 기다리지만, 그는 그녀에게 아무런 내색도 하지 않는다. 저 안에서는 카타리나 자신의 미래에 대한 결정이 이루어지고 있지만, 정작 그녀는 그것이 어떤 결정인지 알지 못한 채, 꼼짝달싹 못하고 혼자 과거에 매여 있다.

한스가 돈을 계산하려 하자 카타리나는 어두운 구석으로 물러났다가 부부가 거리로 나오는 것을 본다. 그들은 다투지 않고, 서로 조용히 이야기한다. 그러나 대화 내용을 듣기에는 거리가 너무 멀다. 잉그리트가 한스의 팔짱을 끼고, 둘은 집으로 걸어간다. 카타리나는 그 둘을 따라간다. 지금 그녀가 걸어가는 그의 뒷모습을 지켜보듯, 일 년 반 전 한스는 카타리나가 걸어가는 모습을 지켜보았을까? 그가 다가와주었으면 하고 마음이 설렐 때, 그는 그녀가 어떤 모습인지를 관찰했을까?

이제 그녀는 한스가 잉그리트와 함께 1층 공용 문을 열고 안으로 들어가는 것을 본다. 카타리나는 저 위 한스의 집, 그녀에게도 이미 친숙한 그 집에 불이 켜지기까지 기다린다. 창가에 잉그리트의 실루엣이 보이고, 카타리나는 15분을 더 기다리다가 마침내 포기하고 살며시 집 앞을 떠난다. 하지만 울다가 발을 헛디뎌 설상가상으로 넘어지고 만다. 아주 적절한 타이밍이네, 쓰레기 옆에 쓰러진 꼴이 자신도 영락없이 이제 버려진 쓰레기로구나, 그녀는 생각한다.

볼가 레스토랑의 설탕통에 각설탕이 들어 있을까, 일회용 봉지 설탕이 들어 있을까? 내기하자. 무슨 내기? 이기는 사람이 다른 사람을 때리기. 그녀는 봉지 설탕에 걸고 뚜껑을 들어올린다. 어떻게 사랑하는 이를 때릴 수 있을까?

7

베를린에서 고작 한 시간 거리야.

원칙적으로 그 모든 건 내 집 문 앞에서 일어났어.

나하고 대륙만큼 떨어져 있었으면 했던 건 네 바람이었을 뿐.

잉그리트를 본받을 수도 있었을 텐데. 사귄 직후 우리는 이 년간 서로 다른 도시에 살았어. 400킬로미터나 떨어져 있었지. 그리고 그 거리를 극복했어.

한스는 세 번째로 카세트테이프를 녹음해서 가져다주었다. A면. B면. 60분. 늘 같은 카세트테이프다. 매번 그녀가 녹음된 내용을 다 들은 다음 카세트테이프를 도로 가져가서, 전에 말한 걸 지우고, 새로운 질문과 비판을 녹음한다. 마치 그녀를 위해 분필로 글씨를 쓴 뒤 지우개로 지우고, 새로 쓰고, 다시 지우고 하는 것처럼. 카세트테이프를 들으며 종이에 메모하지 않았다면, 그녀는 때로 모든 것이 꿈이 아닐까 했을 것이다. 그가 그녀의 뇌를 소유하지 않았다면, 이 모든 것은 아무것도 남지 않을 것이다. 그녀의 뇌가 그의 원고지다.

내가 앞으로 어떻게 다시 널 믿을 수 있겠어?

지금까지 우리의 모든 것이 네게 아무것도 아니었다면?

앞으로 어디서 다시 확신을 얻을 수 있을까?

나는 스스로를 속이려 했어. 그런 일은 다시는 일어나서는 안 돼.

그가 새로운 녹음을 하고 있는 중에 카타리나가 친구들을 만나기라도 하면, 그녀는 스스로가 부끄러웠다. 자신이 부끄러웠다. 그는 머리를 싸매고 고민 중인데, 기분 전환을 하다니 나는 정말로 마음이 차가운 것일까.

더 이상 네 목에 키스하고 싶지 않아. 그걸 다른 녀석에게 줘버렸으니.

내 손으로 네 둥근 어깨를 만져도 더 이상 기쁘지 않아. 그걸 다른 녀석에게 줘버렸으니.

구역질이 올라와.

충격이 뿌리를 내리고 있어.

9월의 결혼식은 놀이이긴 했지만, 진지한 징표이기도 했어.

어쨌든 내겐 그랬어.

넌 그걸 다르게 느꼈음이 틀림없어. 그걸 바탕으로 쉽게 속이려고 했겠지.

우리가 뭔가를 정확히 똑같이 생각한 적이 있었나?

넌 내게 신성한 존재였지만, 사실 넌 하나부터 열까지 속된 여자야.

그냥 너 하고 싶은 대로 할 뿐이지.

내가 얼마나 진심이었는지, 지금 보니 넌 파악하지 못했어.

계획했던 우리의 미래는 무너져버리고 말았어.

더 이상 비전이 없어.

아이를 낳는 것은 말할 것도 없고.

호시탐탐 나를 내팽개쳐버릴 기회를 노리는 너 같은 여자애를 위해 내가 지금까지 일구어온 모든 걸 내던져버릴 거라고 생각해?

그러고 나면 내게 남는 건 외롭게 늙어가는 것뿐이겠지.

A면. B면. 60분. 침묵이 찾아오자, 카타리나는 빈 종이에 적는다. 나는 갈기갈기 상처만 나는 건 원치 않는다. 난 관을 원한다. 그런 다음 그 아래 자신의 이름을 쓰고, 날짜를 적는다. 누구와 맞서 싸웠든, 마지막 가는 길은 외로운 것이라고 한스는 오래전에 말했었다. 그러나 이 경우 자신이 맞서 싸우는 상대는 바로 그녀 자신이 아닌가. 한 번은 그녀가 스스로를 변호하려 애쓰면서 정신분열이라는 말을 하자, 한스는 어이없다는 듯 피식 웃으며, 자신을 그렇게 신비화하지 말라고 했다. 그녀는 아주 정상적인 보통의 인간이라며. 모든 이와 같다며. 따라서 이제 그녀가 세상에서 사라져버린다면 그것은 너무 쉬운 길을 가는 것일 터이다. 그를 위해서만이 아니라, 그녀 스스로를 위해서도 그녀는 자신의 죄를 감당해야 한다. 더 이상 도망갈 구멍을 찾지 말아야 한다. 핑계를 대거나 술수를 부려서는 안 된다. 그가 그 일을 도와준다면, 기쁠 뿐.

8

그들은 이제 시내를 걸어다닐 때 알렉산더 광장을 피해 다닌다. 카를 리프크네히트 거리를 걷는 대신 하케셰 시장을 따라 걷거나, 반대편에 있는 수도원 폐허를 지나다닌다. 그들이 처음 알게 되었던 길을 이제는 단지 그것을 피함으로써 재현한다. 그들의 조심스런 발걸음은 모든 것이 시작된 장소의 부정적인 윤곽이다.

버스 정류장과 카페 투티 사이의 구간, 당시의 모든 제스처, 시선, 접근, 망설임, 무엇보다 카타리나에게 한스가 돌아오면서 커다란 사랑이 이루어질 것처럼 보였던 장소를 우회해서 다닌다. 그 길을 따라가면서, 당시에 어떤 숨 막히는 유토피아가 시작되었는지를 기억하는 것, 지금은 망가지고 파괴된 유토피아를 떠올리는 것은 너무 가슴 아픈 일이라고 한스는 말했다. 대신에 이제 우회로가 매 걸음 망가진 사랑을 떠올리게 한다.

카타리나가 카세트테이프에 대한 그녀의 답변을 마무리할 때 '당신의 카타리나'가 아니라 그냥 '카타리나'라고만 타이핑하는 것도 마찬가지다. 그녀가 그를 속여서, '당신의'라는 말이 적절치 않음을 보여줬다는 것이 한스의 생각이다. 카타리나가 편지에 더 이상 '사랑해'라고 직설적으로 쓰지 못하고 기껏해야 어린애처럼 '좋아해'라는 표현밖에 쓰지 못하는 것도 마찬가지다. 한스가 고전적인 형태의 사랑 표현을 못 쓰게 했기 때문이다.

그러나 누락하고, 침묵하고, 회피하는 가운데 누락된 것, 침묵된 것, 회피된 것은 보이지 않는 형태로 영원히 간직된다. 헤겔이 말한

의미에서 보존된다. 함께 살던 행복한 시기에 한스는 간혹 이런 문구를 읽어주었다. 여기서 '보존'된다고 하는 것은 우선 '끝낸다'는 의미이며, 두 번째로 '변형되어 간직된다'는 의미이고, 세 번째로 '더 높은, 다른 차원으로 고양된다'는 의미라고.

카타리나는 "카타리나"라고 타이핑하며, 앞에 '당신의'라고 붙이는 걸 금지당했음을 생각한다. 그리고 '좋아해'라고 타이핑하며, 자신이 지금처럼 어린애 같지 않았던 적은 없었다고 생각한다. 카타리나는 구국립미술관에서 왼쪽 길로 접어드는 한스를 따라가며, 저 안쪽에 있는 카페 투티를 떠올린다. 그를 따라 작은 다리를 건너고, 다시 한번 왼쪽으로 돌아, 뉴욕처럼 거울 창문들이 햇빛을 반사하는 팔라스트 호텔의 뒤편에서 빠르게 멀어진다. 거무죽죽한 S반 고가 아래 하케셰 시장을 통과하며, 신호등 교차로를 생각한다. 한스와 함께 S반 고가철도의 그늘진 쪽을 따라 걸으며, 57번 버스와 갑자기 퍼붓던 소나기를 생각한다. 지난 10월에만 해도 한스에게 자신은 밤과 그 껍질처럼, 그와 긴밀히 연결되어 있다고 적어 보내지 않았던가. 그 사이에 아무것도 끼어들 수 없게끔 그렇게 연결되어 있다고. 껍질과 알맹이. 하나는 다른 것의 틀이고, 하나는 다른 것의 원형이라고. 그러고 나서 그 일이 일어났다. 그녀가 보냈던 이런 '밤과 껍질' 편지는 최근 몇 주간 그녀의 매정함과 그를 안심시키려는 그녀의 용의주도함을 보여주는 예로서 이미 여러 번 들먹여졌다.

에움길로 왔음에도 그들은 바빌론 극장에 도착해, 조각가 슈퇴처를 소재로 한 콘라트 볼프 감독의 영화를 본다. 그리고 그뒤 쉰하우저 모퉁이라는 카페로 간다. 지난겨울, 카타리나가 자신의 두개골을 때려 부수려 했던 곳. 이제 6월이 되었고, 거리의 안전지대에는 보리수나무가 꽃을 피우고, 음식점들은 문을 활짝 열고 영업을 하며, U반은 저 위 고가철도 위를 지나가고 있다. 카타리나는 말한다. 조각가 역시 그저 자신의 일을 할 뿐이라는 걸 이해하기까지 작업반장이 조각가의 모델이 되어주기를 거부하는 장면이 인상적이네요. 한스는 말한다. 그런 다음 작업반장이 드디어 승낙을 하고, 예술가의 모델이 되어주지만, 그럼에도 작업은 실패하지. 그건 당국 때문도, 모델 때문도 아니고, 작품에 대한 조각가의 불만족 때문이지. 멋진 사람이야, 이 슈퇴처는.

그들 앞의 테이블에는 그라우어 뵌히 와인 두 잔이 놓여 있고, 등 뒤에는 여름 저녁이 있다. 실패. 실패를 인정하는 것의 아름다움. 그러니까 자기 기준에서의 실패 말이야. 그들은 그 생각이 그들의 사생활을 연상시키기 전에 얼른 술을 한 모금 마신다. 한스는 말한다. 한 번은 슈퇴처가 앉아 있는 소년상을 작업하다 석고 모형을 뜬 단계에서 소년상이 만족스럽지가 않다고 그 상의 등을 도끼로 내리쳤어. 그때 슈퇴처는 술에 거나하게 취해 있었다는군. 내리치는 바람에 소년상의 고개가 젖혀져서 위쪽을 보는 모습이 되었는데, 슈퇴처는 갑자기 그것이 좋게 느껴졌어. 그래서 그렇게 고개가 젖혀진 상태로 청동으로 주조했지. 나중에 신문에 그 소년이 스푸트니크호*를 찾고 있다는 기사가 실렸을 때 혼자 낄낄대고 웃었다는군. 언젠가 술집에서 슈퇴처가 그에게 그 이야기를 해줬다고 한스는 말한다.

한스와 카타리나도 웃는다. 슈퇴처와 도끼, 그리고 스푸트니크호

* 1957년 소련이 발사한 인류 최초의 인공위성.

에 대해. 성공과 실패를 가르는 건 언제나 가느다란 선일 뿐. 하나는 다른 하나의 눈에 보이지 않는 형상이 아닐까, 라고 카타리나는 생각하지만 입밖으로 내지 않는다. 기본적으로 이쪽에서 저쪽으로 뒤집힐 수 있음을 의식하는 것, 그것만이 유일한 진실이다.

그들은 이 여름날 저녁 마치 여전히 혹은 다시 행복한 듯 앉아 있다. 슬픔으로부터 휴가를 얻어, 한 마디 한 마디 대화를 이어나간다. 줄거리라고 할 만한 게 별로 없는 영화에서 모든 것이 얼마나 힘이 들어가지 않고 가볍게 묘사되었는지를, 그런데도 보고 나서 얼마나 울림이 큰지를. 영화 속에서 조각이라는 장르로 대표되는 예술이 참 고단한 작업이라는 걸 볼프가 얼마나 영리하게 보여주는지를. 조각은 몸을 써야 하는 작업이지만, 동시에 성찰이 본질이라는 것. 또한 기억이 본질이라는 것.

그러나 당시 바비야르 협곡에서 일어났던 일*에 누가 더 이상 관심이 있을까? 영화 내내 이런 질문이 반복된다는 것. 한 마디 한 마디 그들은 대화를 이어나간다. 노동자 계급의 의식이 높아지려면, 우선 프티부르주아 의식을 갖는 것 외에 다른 방법은 없을까? 우선 낮아지는 것 외에는 다른 수가 없을까? 관객이 교대 근무를 끝낸 뒤 재충전을 원할 때 노동자 계급과 예술가들 간의 연결은 무엇을 통해 만들어질까? 휴식을 원하고, 머리를 끄고 기억도 끄고 싶을 때 말이야. 아름다움을 통해? 그럼에도? 그럼그럼. 그라우어 묀히 두 잔 더, 그리고 뷔

---

* 우크라이나 키이우에 위치한 나치 독일의 학살 장소로, 1941년 9월 29일과 30일 사이에 3만 명이 넘는 유대인이 학살당했다.

르츠플라이슈* 하나, 넌? 나도 그걸로. 아, 그럼 뷔르츠플라이슈 둘.

트로이 목마로서의 아름다움? 단지 아름다움으로 위장해서? 그걸로는 부족할 거야. 게다가 그건 잘못된 거야. 예술적 내용물은 완제품이 아니야. 예술은 과정이지, 상품이 아니거든. 아름다움은 진실과 얽혀 있어. 언뜻 겉으로 보이는 것과 그 속에 들어 있는 것은 하나야. 가령 공포 속에 내재하는 아름다움도. 그리고 아름다움에 내재된 모순도. 아름다움에 깊이를 주는 추구도. 표면 아래를 파헤치는 즐거움이 있지. 묻는 즐거움도 있고. 따라서 예술가와 노동자 관객 사이의 연결은 오히려 공동으로 노동을 경험하는 것에서 생겨나는 것일 거야. 교대 근무가 끝난 뒤에? 한 마디 한 마디 대화가 이어져간다.

어쨌든 해피엔드는 예술과는 무관하다고 한스는 말한다. 단지 소망으로 제시된다면 모를까. 한스는 그렇게 말하며, 영화의 막바지에 이르러 축구 경기장에 서 있는 슈퇴처의 남성 나신 청동상 앞에서 사진 찍던 두 소녀를 떠올린다. 슈퇴처의 최상의 작품 좌우에서 웃는 얼굴들. 그러나 그 역시 다름 아닌 순간 포착일 따름이다. 상황이 달랐다면, 한스는 영화가 끝난 뒤 카타리나와 함께 알렉산더 광장으로 걸어가, 광장에 설치된 슈퇴처의 부조 작품을 다시 한번 꼼꼼히 뜯어보았을 텐데. 하지만 오늘은 두 번 다시 에움길로 걷고 싶지 않았다. 해피엔드는 소망으로서만 제시될 수 있을 뿐. 그는 그런 생각에 혼자 고개를 끄덕이고는, 다시 심각해져 입을 다문다.

한 단어에 또 한 단어가 이어지는, 그런 대화들은 섬과 같다. 그러

---

* 양념과 함께 걸쭉하게 끓인 고기 요리. 라구(Ragout)와 비슷하다.

나 육지에서는 그동안 모든 것이 산산조각나고 있다. 그라우어 뮌히네 잔, 뷔르츠플라이슈 둘, 전 같으면 틀림없이 둘 중 한 사람, 카타리나 혹은 한스가 기념품으로 영수증을 챙겼을 테지만 지금은? 지금은 6월이고 7월 중순에는 만난 지 2주년을 기념하기 위한 모스크바 여행이 예약되어 있다. 하지만 둘 중 아무도 그 이야기를 하지 않는다. 이 여행을 계획하며 한스는 이를 '신혼여행'이라 불렀지만, 카타리나가 여행을 예약하는 날 약속 시간에 늦은 것이 전날 프랑크푸르트에서 밤을 꼬박 새웠기 때문임을 고백한 이래, 이미 김이 팍 새어버리고 말았다.

어쨌든 두 사람은 음식점을 떠나기 전, 한 가지는 예전처럼 한다. 그가 그녀의 재킷을 들어주면 그녀가 그와 마주 선 상태에서 팔을 소매에 집어넣고는 그를 잠시 껴안은 다음, 팔을 다시 빼고 비로소 뒤돌아서서 재킷을 입는 습관 말이다. 그러나 예전에 두 사람이 즐겁게 친밀감을 확인했던 이런 관습마저도 이젠 그저 속이 빈 트로이 목마에 불과한지도 모른다.

지금까지 한스에게 현재는 미래의 과거로서, 자신이 마음대로 활용할 수 있는 것으로 보았을 때만 의미를 지니는 것이었다. 그러나 이제 현재는 비어 있다. 이제 시간의 흐름이 그를 어떻게든 앞으로 밀고 가는 느낌이다, 다만 그의 개입 없이 그렇게 한다. 앞으로 밀고 간다고? 그렇다. 앞으로라고 부르려 한다면 앞으로라고 할 수 있겠지. 시간이 그를 밀고 간다, 모든 사람처럼. 모든 동물, 모든 식물처럼. 모든 유한한 존재를 밀고 가듯이. 지금까지 그는 한 걸음 한 걸음 기억을 만들어왔다. 이제 그런 생산은 중단되었다. 모든 것이 멈춰 섰다.

최근에 그는 비몽사몽 중에 구덩이 주위에 주욱 늘어서 있는 자기 자신들을 보았다. 구덩이는 곧 그의 내면 상태였고, 자신은 모든 것과 모든 이를 등지고 있었다. 다섯 개의 등이었다. 그는 구덩이 주위에 동그랗게 서 있었다. 그는 다섯 사람이 되어, 부동자세로 그의 칠흑 같은 내면을 응시하고 있었다.

잉그리트가 외출하자마자, 한스는 카타리나에게 보내는 편지에 이 같은 내용을 쓴다. 카타리나가 자신이 대체 무슨 일을 저지른 것인지 알 수 있게 말이다. 그녀가 경솔하게 어떤 일을 저질렀는지를.

9

6월 말, 한스는 카타리나에게 도저히 그녀와 함께 모스크바 여행을 갈 수 있는 상태가 아니라고 쓴다. 그는 쓴다. *우리가 너의 그 프랑크푸르트의 밤 6개월 기념일을 모스크바에서 축하해야 해? 우리가 전에 '신혼여행'이라 불렀던 그 여행에서 하필 그래야 해? 모스크바 여행은 프랑크푸르트에서의 일 년을 잘 넘긴 걸 기념하는 여행이었어야 했어. 우리의 관계가 더 새롭고 더 높은 단계로 나아가는 출발점이 되어야 했어. 하지만 우리는 그 해를 잘 넘기지 못했고, 지금 불행에 처해 있어.*

카타리나는 그녀의 집 테이블 앞에 앉아 편지를 읽는다. 양에서 새로운 질로 전환되는 것, 그녀는 예전에 학교에서 배웠던 내용을 떠올린다. 일 년간의 충실함이 그가 그녀와 더불어 그렇게 되리라고 믿게 만들었으리라. 앞으로 그리고 위로, 모두 자신의 능력에 따라, 자신의 욕구에 따라, 공산주의 치하에서 먼 미래에 그렇게 될 것이라고 배웠다. 그들의 살아생전이 아니고, 그들이 자녀를 둔다면, 그 자녀들의 살아생전도 아닌, 아마도 손주들이 그런 미래에 도달하게 될 것이라고 국민윤리 선생님은 말했다. 하지만 카타리나는 자신이 그런 미래에 부적합한 사람임을 증명하고 말았다. 그녀의 행동으로부터 어떻게 더 높은 단계로 나아갈 수 있겠는가.

그녀는 한스에게 최근에 이렇게 썼다. *낯선 도시에서 친밀한 관계 없이 지내기에는 내가 너무 약했던 것 같아요.* 그러나 한스는 그에 대해 아무 반응도 보이지 않았다.

인간 공동생활의 다른 형태일 따름이라면 그것을 어째서 '위'라고 부를까? 인간의 역사에서 어디가 높은 곳이고 어디가 낮은 곳이었을까?

한스는 쓴다. *난 내가 너를 벌하려 한다고 생각하지 않아. 그렇다면 넌 앙갚음을 하고 싶은 생각이 들 테고, 일은 전혀 잘못된 방향으로 가버릴 테니. 나 스스로 너처럼 벌을 받고 있어. 부당이득자는 프랑크푸르트에 앉아 있고.*

자, 가방에 뭘 챙겨갈 건지 한번 적어봐요. 카타리나가 말한다. *의류.*

괄호 열고. 그녀가 말한다.

못 하겠어. 한스가 말한다.

검은 바지? 카타리나가 묻는다.

뭐, 그래야겠지. 한스가 말한다.

그리고 쥐색 데님 바지.

바지 두 개면 충분해.

좋아요. 그러면 셔츠는 몇 장? 카타리나가 말한다.

네 장. 한스가 말하고, 카타리나가 적는다.

그녀는 묻고 계속 적어가며 큰 소리로 읽는다. 양말 5, 속옷 6, 가벼운 재킷 1, 가죽 재킷, 검은 샌들, 파란색 슬리퍼.

괄호 닫고. 카타리나가 말한다.

그녀는 다시 묻고 쓴다. *세면도구.*

괄호 열고. 비누, 칫솔, 샤워 타월, 면도기, 애프터셰이브, 손톱깎이.

손톱 가는 줄. 그가 보완한다.

괄호 닫고.

손가락으로 카타리나의 엉덩이를 움켜쥘 때, 카타리나가 아프면 안 되기에 손톱 가는 줄이 필요하다.

카타리나는 쓴다. *그밖의 것.*

괄호 열고, 그녀는 말한다. 담배, 안경 2, 러시아어 사전, 여권과 돈, 병따개, 필기구.

그러고는 소리 내어 말하지는 않은 채, '그밖의 것'의 마지막 항목에 나, 라고 써넣는다.

그런 다음 괄호를 닫는다.

그리고 한스에게 목록을 준다.

7월 11일은 2주년 기념일이지만, 카타리나가 과오를 범한 이후의 매달 11일과 마찬가지로 더 이상 아무것도 하지 않고, 모스크바 여행을 위한 돈을 환전하러 간다. 카타리나는 창구의 유리 칸막이 아래로 384마르크를 건네고, 현금으로 120루블을 받는다. 그리고 추가로 256마르크에 대해 3.20마르크의 환율로 계산해, 수표로 80루블을 받는다.

출발 전날인 7월 16일, 한스는 카타리나의 아파트 문 앞에 쪽지를 붙여놓는다.

난 내일 같이 못 떠나. 계속 숨이 붙어 있을지 모르겠어.

7월 17일, 한스는 오전 10시 정각에 세계시계 앞에 도착해 그녀와 함께 투어 그룹을 쉰펠트 공항으로 데려다줄 버스에 오른다.

10

일주일의 시간이 있다. 함께 떠나는 첫 여행. 일주일간 한스는 카타리나에게 그의 모스크바를, 돌이 되어버린 그의 희망을 보여줄 것이다. 그들이 묵는 베오그라드 호텔은 화려하다. 도착하자마자 첫 시간을 그들은 호텔 침대에 할애한다. 모든 상황에도 불구하고 그가 그녀를 데려왔으니, 그녀는 그를 사랑해야 하지 않을까? 그뒤 그들은 배가 고프다. 한스는 카타리나를 레스토랑으로 안내한다. 레스토랑 중앙에 위치한 분홍색 식탁보가 깔린 화려한 테이블에는 많은 유리잔이 놓여 있고, 각 사람 앞에는 잔이 세 개씩 놓여 있다. 물잔, 화이트와인 잔, 레드와인 잔. 악단이 연주하고, 몇 커플이 춤을 추고 있다. 너 이렇게 멋진 광경을 본 적 있어? 카타리나는 아뇨, 라고 하며, 크리스털 샹들리에와 대리석 기둥을 보고는 믿기지 않는 듯 고개를 절레절레 젓는다.

한스는 그녀를 테이블로 데려가, 그녀가 자리에 앉기 전에 의자를 빼준다. 그리고 카타리나에게 스톨리치니 샐러드를 추천해준다. 카타리나는 이 모든 것이 꿈인지 생시인지 한다. 코스는 네 가지로 이루어지는데, 코스마다 새 접시를 주고, 각기 맞는 포크나 스푼, 나이프를 준다. 한스는 카타리나에게 천천히 먹으라며, 해가 지고 어둠이 깔리면 카타리나가 처음으로 스파스카야 탑에서 붉은 별이 빛나는 것을 보게 되겠구나 하고 생각한다. 네 가지 코스 요리에 물과 와인, 그리고 물론 카타리나와 함께 이곳에서, 이날을 축하하기 위해 준비한 보드카도.

그런 다음 그들은 처음으로 이 도시에 깔린 포석에 발을 디딘다. 푸시킨, 마야콥스키, 로드첸코, 레닌, 쇼스타코비치, 아이젠슈타인이 이미 디뎠던 길. 그리고 다른 사람들이 디뎠던 길. 50년 전, 카타리나의 조부모님도 이 길을 걸어갔다. 하지만 카타리나는 그에 대해서는 거의 알지 못한다. 이곳에선 휘발유 냄새조차 독일과 다르고, 신호등은 접시만 하고, 표지판은 거대하다. 구아르바트 거리를 걷다가, 동쪽으로 칼리닌 대로를 따라 내려간다. 사방에 땅거미가 내리고, 앞이 트이며, 그들이 종종 상상하고 오고 싶어 했던 붉은 광장에 드디어 다다를 때까지.

모스크바의 한스와 카타리나. 스파스카야 탑의 오각별이 빛나고, 성 바실리 대성당에 불이 켜지고, 무명용사의 묘에서는 경비병들이 교대를 하고, 종소리가 울려 퍼진다. 그들은 손을 꼭 잡고, 그곳에 30분 동안 앉아 있는다. 크라스나야 플로샤드. 스파스카야 바쉬냐. 마브졸레이 레니나. 카타리나는 학교에서 8년간 러시아어를 배우며, 8년간 모스크바의 관광 명소를 줄줄 읊조렸는데, 난생처음으로 직접 이곳에 와본 것이다. 레닌은 그들에게서 불과 몇 미터 떨어지지 않은 곳에 위치한, 붉은색과 검은색 화강암으로 만들어진 육중해 보이는 그의 마지막 집 아래쪽 깊은 곳에서 유리관 속에 누워 있다. 그는 밤에는 홀로, 사람들의 시선을 피해 쉴 수 있다. 그들이 돌아오자, 호텔 침대는 이미 시트가 새롭게 갈아져, 두 번째 개시를 기다리고 있다.

다음 날 아침, 그들은 아침 식사를 한 뒤 다시 한번 방으로 올라간다. 그다음 내려와 어제 걸었던 길을 다시 걷는다. 그러나 이제 한낮의 햇빛 속에서다. 아르바트, 칼리닌 대로, 붉은 광장. 그런 길은 얼마나 빠르게 친숙해지는지. 유리 지붕이 씌워지고, 회랑이 끝없이 이어지며, 중앙에 분수가 있는 굼 백화점은 동화 속 성처럼 보인다. 10년 뒤 다시 여기에 올래? 약속할까? 쏴 하는 분수 소리 속에서 그녀는 그래요, 약속, 이라고 대답한다. 그러고는 속으로 아이의 손을 잡고 올지도 몰라, 라고 생각한다.

그들은 한동안 서로를 안은 채, 그곳에 한참을 서 있는다. 그러고 나서 시내 산책을 계속한다. 카타리나는 술이 달린 머플러와 모스크바를 모티프로 한 편지지를 산다. 밖에서 광장을 건너, 무명용사의 묘지로, 영웅 도시 기념비들로 간다. 신혼부부들이 이곳에 헌화를 한다. 레닌그라드 기념비에는 꽃들 사이에 한 조각 빵이 놓여 있다. 독일인들이 당시 수많은 사람을 굶어 죽게 만들었다고 한스는 말한다. 방부처리된 레닌의 시신이 있는 묘 앞엔 낮이라 사람들이 길게 줄을 서 있다. 시신을 보고 싶어? 아뇨. 그도 아니다. 오른쪽 길로 접어들면 곧 메트로폴 호텔이나 루뱐카 호텔 앞에 다다를 것이다. 그러나 그들은 우회전하지 않는다. 고리키 거리로 올라가, 호텔 룩스가 있었던 10번지를 지난다. 이제 그곳 호텔 이름은 센트럴 나야다.

밤에 한스는 잠든 카타리나 옆에 누워 그녀의 숨소리를 듣는다. 오늘 카타리나가 학교에서 배운 야무진 러시아어로 길을 물어본 남자는 브레히트의 친구 세르게이 트레티아코프를 연상시켰다. 한스는 사진에서 봐서 세르게이 트레티아코프의 얼굴을 알고 있다. 안경을 끼고, 약간 대머리가 벗겨진 모습. 공교롭게도 브레히트의 「조처」를 트레티아코프가 러시아어로 번역했다. 늦어도 이 희곡을 읽은 뒤부터 한스는 선한 마음이라는 것이 필요한 행동을 하게끔 하기도 하지만 방해할 수도 있음을 알고 있다. 따라서 선한 마음이란 건 미심쩍은 도구라는 걸 말이다. 죽이는 것은 무서운 일이지만 / 우리는 다른 사람뿐 아니라, 불가피하다면 우리 자신도 죽이지 / 누구나 알고 있듯이 / 이 살인적인 세상은 오직 힘으로만 바꿀 수 있기에.

이 작품의 마지막에 잘못을 저지른 젊은 동지는 총살당해 석회갱에 던져진다. 그전에 그의 동지들은 그에게 불법 투쟁의 요건이 충족되었으니 죽음밖에 다른 대안이 없는데 죽음에 동의하느냐고 묻는다. 그런데 그 젊은 동지가 이 질문에 대답하기 전에 브레히트는 장면 지시어로 휴식을 집어넣는다. 휴식. 그런 다음 젊은 동료는 대답을 하고, 그 대답은 네, 라는 것이다. 좀더 쉽게 죽을 수 있게끔 동지들은 그를 품에 안아준다. 우리의 팔에 네 머리를 기대고 / 눈을 감아라. 그는 자신의 동지들 품에 안겨 총살당한 뒤, 정해진 대로 석회갱에 던져진다. 공동의 대의를 위해.

한스는 반년 전 2월의 그 저주받은 날에 카타리나의 아파트에서 이 트레티아코프의 이름을 메모하려 했다. 이 이름을 적을 메모지를 찾고 있었다. 단지 그냥 빈 종이를. 그러나 왜 겨울 한가운데에서 갑자기 그 이름이 뇌리를 스쳤을까? 죽은 자들이 우리에게 경고한다! 매년 1월 둘째 주말이면 라디오 방송국 동료들과 함께 시위행진을 해서 가는 베를린 프리드리히스펠데의 사회주의자 추모비에 그렇게 적혀 있다. 이번 해에도 이날엔 늘 그렇듯 진눈깨비가 내렸고, 그는 행사가 끝나고 추워서 좀 몸을 녹이기 위해 실비아와 함께 감자 수프를 먹으며, 실비아와 이제 연인이 아니라 그냥 친구로 지낼 수 있기를 바랐다. 죽은 자들이 우리에게 경고한다! 이전의 어느 해에도 비석의 이런 글귀가 의식으로 스며들었던 적은 없었다.

진눈깨비는 내리고, 그는 갑자기 자신이 자못 나이가 많다고 느꼈다. *죽은 자들이 우리에게 경고한다!* 동지들에게 희생된 죽은 자들도? 브레히트는 1929년에 휴식이라 적었다. 그리고 휴식 뒤에 젊은 동지의 대답은 *네*였다. 브레히트가 이렇게 *네*라고 쓰고 나서 10년 정도 흐른 뒤, 그의 친구이자 사상가였던 트레티아코프는 모스크바에서 체포되어 루뱐카 감옥에 수감되었고 몇 달 후 간첩 혐의로 사형선고를 받고 총살당했다. 혁명이 승리한 후에도 조국은 늘 적국으로 남았던 것일까? 영원히? 결코 고향을 발견하지 못했던 것일까? 세르게이 트레티아코프, 그의 마지막 거주지는 모스크바의 말라야 브론나야 거리 21-13, 아파트 25호였다. *그렇다, 그는 무죄다 / 그가 어떻게 죽을 수가 있는 걸까?* 이것은 브레히트가 1939년 친구를 추모하며 쓴 시의 마지막 행이다. 트레티아코프는 잘못이 없었다. 브레히트가 사망한 해인 1956년, 트레티아코프는 흐루쇼프 치하에서 사후 복권되었다.

저 크기 좀 봐, 러시아인들 정말 미쳤지? 작열하는 햇살을 손으로 가린 채 무키나의 기념비를 올려다보며 다시금 영웅들과 재회하는 기쁨에 한스는 이를 드러내며 웃는다. 망치를 든 노동자, 낫을 든 여농부. 이들은 팔을 높이 들고, 함께 앞으로 전진하려는 듯, 아니 한 쌍의 피겨스케이팅 선수처럼, 거의 얼음판에서 미끄러지는 듯이 보인다. 카타리나도 위를 쳐다보며 말한다. 굉장하군요. 그녀는 모스필름에서 제작한 영화들의 예고편에서 이 두 사람을 수없이 보아왔다. 두 사람이 대칭적으로 곧추서서 팔을 맞대어 높이 든 모습을 카메라가 빙 돌아가며 찍은 것을 말이다. 저 정도로 미칠 수 있는 건 러시아인들 말고는 미국인들밖에 없어. 한스는 미국인들과 러시아인들은 기본적으로 서로 헷갈릴 정도로 비슷하다고 말한다. 키치를 좋아하는 면에서도 그래.

그들은 드넓은 공간을 가로질러 걸어간다. '농업 성과 전시회' 등 전시회와 시장. 그들은 시장에 가서 포장지에 곰 그림이 인쇄된 초콜릿을 산다. 모든 러시아 곰은 미슈카라고 불린다. 아이스크림, 즉 모로센노예도 산다. 카타리나는 모든 어휘를 다시 기억해낸다. 수업 시간에 배운 모든 것이 그녀 안에서 오늘까지 잠들어 있다가, 한꺼번에 깨어난다. 지난 5개월 동안 그녀가 소망해온 모든 것이 오늘까지 잠들어 있다가 한꺼번에 깨어난다. 상상해보라고, 러시아는 불과 20년 만에 후진국을 산업국가로 탈바꿈시켰다고 한스는 말한다. *공산주의는 소비에트의 권력 플러스 전국에 전기가 공급되는 것이다.* 카타리나는 한스를 옆에서 바라본다. 그가 이곳에서 그녀에게 보여주는 모든 것이 그의 것이고, 그것이 바로 그다.

2주 전만 해도 그녀는 다시 한번 그와 함께 여름날 산책을 즐길 수 있으리라곤 생각하지 못했을 것이다. 언제든지 팔짱을 껴도 되고, 내킬 때마다 그를 자신 쪽으로 바짝 끌어당길 수 있으리라고는. 말은 쉽지만 그게 정말 어떤 일이었는지, 라고 한스는 말하며, 믿기 어렵다는 듯 걸어가면서 고개를 절레절레 흔든다. 불과 10년 만에 시베리아의 아주아주 외딴 지역 농가에까지 전기가 들어왔다는 걸 상상해보라고 그는 말한다. 그들은 맨땅에서 모든 공장과 그에 딸린 도시들을 일구고, 아울러 사람들을 문맹에서 탈출시켰어. 5,000만 명에게 읽기와 쓰기를 가르쳤어. 한번 상상을 해봐. 카타리나는 모든 걸 상상한다. 농부들의 식탁 위에 전등이 달리고, 그 아래에서 농부들이 '광대' 혹은

'평화'라고 쓰는 것을 말이다. 머리 위의 빛, 그리고 머릿속의 빛. 그녀는 그런 생각을 하며, 그와 팔짱을 끼고, 그를 자기에게 더 바짝 끌어당긴다. 그래야 한다.

땅이 흔들리고 무덤이 열렸을 때 나는 깊은 곳에서 고발하며 올라온 사람들과 하나가 되었다. 4주 전, 베허의 글 「자기 검열」이 잡지 『의미와 형식』에 실렸다. 사후에, 그것도 죽은 지 32년이 지나서야 말이다. 놀랍다. 문화부 장관 베허 안에서 급진적인 시인 베허는 오래전에 박살난 것처럼 보였던 1956년에 이런 글이 나왔다니, 놀랍다. 베허는 「자기 검열」에서 모스크바로 망명했다가 독일로 돌아오기까지 보낸 20년의 침묵의 세월을 회고했고, 한스는 그 회고록을 읽으면서 동독의 문화 당국이 이 글에 추가적으로 부과했던, 30년간의 침묵의 세월을 되돌아보았다.

침묵은 누구에게 이익이 되었을까? 그리고 이렇게 오랜 세월이 흐른 뒤 문이 열리면 누구에게 이익이 될까? 바람이 홱 불어 손에 잡고 있던 문짝이 확 튕겨져나가면? 죽은 자들은 세상의 모든 시간을 가진다. 그러나 산 자들에겐 진실에 삼켜지지 않고 진실을 다룰 시간이 얼마만큼 있을까? 어둠 속에서, 이런 진실은 점점 더 거대하게 자라나는 듯하다.

카타리나가 어제 길을 물어본 남자는 트레티아코프처럼 보였을 뿐일까, 아니면 정말로 그였을까? 대도시 호텔방에서 보내는 밤, 어스름 속에서 한스에겐 갑자기 산 자와 죽은 자의 경계가 넘나들 수 있는 것처럼 보인다. 죽은 자들이 있는 곳으로부터 바람이 불어오는 것처럼 느껴진다.

그들은 이미 네 번이나 지하철을 탔다. 매 역은 다른 모습이다. 이 지하철망은 프로이센의 프리드리히 대왕이 지은 상수시 궁전의 줄이은 방들 못지않게 화려하다. 땅속 아득한 깊이에 터널이 있어, 밝은 햇살을 뒤로하고 들어와 에스컬레이터로 승강장에 도착하기까지 몇 분이 소요된다. 타고 내릴 때도 인파로 밀고 밀쳐진다. 일단 지하철을 타고 나면, 객차는 사람들로 빽빽한 만원 상태인데도, 늘 몇몇 사람은 선 채로 혹은 앉은 채로 책을 손에 들고 고요히 독서 삼매경에 빠져 있다. 소박한 사람들, 평범한 노동자와 직장인들이 독서를 한다. 시시껄렁한 책이 아니라 좋은 책들을 보고 있다고 한스는 말한다. 그 어떤 나라도, 판매원들과 건설 노동자들 모두가 시를 암송할 수 있는 나라는 다시 없을 거라고. 푸시킨, 마야콥스키의 시들을. 속으로 만델스탐의 시집도, 라고 생각하지만 입 밖에 내지는 않는다.

지하철은 어둠 속을 통과한 뒤 찬란한 빛 속을 달린다. 어둠을 통과한 뒤, 찬란한 빛 속을 달려 대리석 기둥들을 지난다. 어둠 속을 통과한 뒤 찬란한 빛 속을 달려 대리석 기둥들과 벽화들을 지난다. 어둠 속을 통과한 뒤 찬란한 빛 속을 달려 대리석 기둥들, 벽화들, 청동상들, 모자이크들을 지난다. 이 사람들은 지하철을 스스로, 그리고 동시에 스스로를 *위해* 건설했어. 그들의 새로운 자신감을 건설하면서 부수적으로 지하철을 건설했어. 한스는 말한다. 엘리트를 위해 임금을 받고 일해주는 것이 아니라, 건설 노동자들이 스스로를 위해 꼼꼼히 공을 들이는 것, 이건 완전히 다른 사고방식이었지. 아름답고 소중한 것은 모든 사람에게 유익해야 하며, 그것을 만들어낸 모든 이의 것이어야 한다. 모스크바인들은 여가 시간을 바쳐 이 지하철을 건설했어. 슬쩍 보기만 해도 스스로를 위해 건설하는 것이 즐거웠다는 게 눈에 보이지. 응, 정말 눈에 보여요, 라고 카타리나는 말한다.

어둠과 빛, 어둠과 빛, 어둠과 빛. 그들은 여러 역에서 하차해 역을 조용히 둘러본다. 그들이 하차하지 않고 지나치는 역은 루뱐카역이다.

한 나라에서 사회주의를 실현하는 것은 쉬운 일이 아니라고, 자꾸 깨어나 잠 못 이루는 밤에 한스는 생각한다. 지금까지의 모든 질서를 전복해야 하는데, 나머지 세계는 그 일에 적의를 가지고 있을 때, 새로운 것의 탄생은 유혈을 동반한다. 그러나 그 피를 누가 닦아낼까? 5일짜리 계획으로 프롤레타리아 5만 명에게 20만의 베를린 시민을 제거하도록 한다면, 이 일을 실행한 5만 명의 프롤레타리아는 사람을 죽였다는 충격으로 말미암아 스스로 연대하게 될 것이다. 이것이 긴급조치가 발효되었던 시기, 굶주림이 시민의 의무처럼 여겨지던 그 시기에 브레히트가 했던 사고실험이다. 히틀러가 집권하기 직전의 시절에 말이다. 무자비함으로 무자비한 세상을 철폐하는 것. 하지만 그것은 언제 끝날까? '그 이후'는 언제 시작될까? 언제 다시 학살을 멈출 수 있을까?

사랑을 나눈 뒤 카타리나는 반쯤은 그의 아래에 누워 곤히 잠이 들었다. 체포되거나 체포하면서 대의를 믿기, 구타당하거나 구타하면서 대의를 믿기, 배신당하거나 배신하면서도 대의를 믿기. 피해자와 가해자를 한마음으로 뭉치게 할 만큼 위대한 일이 또 있을까? 심지어 가해자가 피해자가 되고, 피해자가 가해자가 되어, 아무도 자신이 누구인지 더 이상 말할 수 없게 할 만큼 위대한 일이? 체포하기 *그리고* 체포당하기, 구타하기 *그리고* 구타당하기, 배신하기 *그리고* 배신당하기. 희망, 이타심, 슬픔, 수치심, 죄책감, 두려움이 각각의 몸에서 분리되지 않게 서로 꽁꽁 맞물리기까지 그렇게 하기. 그런 상황에서만 희생정신은 강인함으로 바뀌고, 강인한 사람만이 아직 여러모로 부족하지만 새롭게 태어나는 사회를 책임질 수 있다. 자신을 잊은 사람만이. 자신의 행복보다 타인의 행복을 더 우선에 두는 사람이. 자신이 목숨을 부지하게 될 시간보다 더 장기간을 내다보며 희망하는 사람이 그렇게 할 수 있다.

그러나 살과 피라는 자원이 행복한 시대로 긴 행진을 해나가는 데 충분하지 않으면 어떻게 할까? 아름다움은 추함이라는 대가를 치러야만 얻을 수 있고, 자유로운 삶은 두려움이라는 대가를 치러야만 얻을 수 있다면? 한스는 카타리나가 자면서 알아들을 수 없는 잠꼬대를 하는 걸 들으며 옆으로 돌아눕는다. 아마도 이 모든 것으로부터 이곳 모스크바에서 모든 남녀노소에게서 엿볼 수 있는 훨씬 커다란 삶의 지혜가 나오는 게 아닐까.

이곳 사람들의 시선엔 피안이 깃들어 있다. 스탈린 이후 모스크바 정치국이 레닌의 묘소인 무명용사의 묘를 중심에 두고 모든 열병식을 거행하는 것도 놀랄 일이 아니라고, 한스는 생각한다. 더 이상 아무런 해를 끼칠 수 없는 사상가를 끌어들여, 혁명의 아버지를 통해 권력을 합법화하는 것이 한 가지 이유이고, 다른 하나는 권력을 과시하고자 함이다. 아직 땅이 무를 때 구덩이를 파듯, 땅속 깊이 그 권력이 심겨지도록 말이다.

'기품'이라는 단어는 아름다운 말이라고 한스는 말한다. 해 질 녘 그는 카타리나와 함께 마지막으로 아르바트 거리에 앉아 있다. 그들은 지나다니는 사람들을 구경한다. 독일 사람들과는 사뭇 다른 인상에, 다르게 움직이는 사람들. 러시아의 젊은 여자들이 팔짱을 끼고 수다를 떨며 거리를 지나다닌다. 아주 편안해 보이고, 시대와도 삶과도 유리되지 않은 느낌을 준다.

상쾌한 아침을 향해 나아가네, 강가에서 바람을 맞네. 한스는 무의식적으로 휘파람으로 이 멜로디를 불기 시작하다가, 이 가사를 쓴 시인도 총살당했다는 사실을 떠올리고 휘파람을 멈춘다. 1938년. 니콜라이 부하린도 그해에 그렇게 되었다. *이런 메시지를 어떻게 생각하셨죠? 주목하지 않았습니다. 주목하지 않았다고요? 네. 적대적 행위라고 할 때, 테러 행위를 포함해 아주 심각한 적대적 행동도 적대 행위로 볼 수 있나요? 네.* 한스는 언젠가 한 동료에게서 1937~38년에 있었던 공개재판 기록을 빌린 적이 있었다. 두꺼운 책 두 권으로 되어 있었다. *나는 고백합니다.* 당시에 정말 이 무슨 말도 안 되는 참극이 벌어졌단 말인가. 카타리나는 그의 어깨에 머리를 기대고 그 노래를 끝까지 부른다. *깨어라! 일어나라! 아침이 밝게 불타오르네 / 이제 우리나라는 새날을 향해 나아간다네.* 언제나 이렇게 그녀와 함께 앉아 있을 수 있다면. *그가 1월부터 아는 사실을 몰랐더라면. 피고인 부하린은 답변하세요, 그에 대해 무슨 말을 하시겠습니까? 이 모든 것은 사실이 아닙니다. 블라디미르 일리치 레닌을 암살하려는 음모를 꾸몄습니까? 부인합니다. 카렐린이 당신이 거기에 가담했음을 증명하고 있습니다. 부인합니다. 그런 일이 없습니다.*

카타리나의 머리카락이 그의 입 앞에서 나부낀다. 부드러운 금발. 모스크바에서의 모든 날에 그들은 참으로 오랜만에 서로 사랑했다.

그러나 내일이면 다시 베를린으로 돌아간다. *분위기가 굉장히 뜨거 웠나요? 충분히 그랬죠. 그럼 이런 분위기 속에서 레닌의 체포와 암 살에 대한 문제도 배제되지 않았을 텐데? 체포에 관한 한, 인정합니 다. 하지만 암살에 관한 한 절대로 나는 아는 바가 없어요. 하지만 분 위기는⋯ 분위기는 그냥 분위기였어요.* 용감하다, 이 부하린은. 전혀 꺾이지 않는다. *분위기는 그냥 분위기였어요.* 그럼에도 마지막에는 다른 모든 이처럼 강제로 자백하고 말았다. 자백한 모든 이는 죄와 무 죄를 떠나 한번 찾아낸 올바른 세계관에는 대안이 없다는 확신이 있 었다. 이를 위해 자신의 목숨까지 바쳐야 할지라도. 무슨 생각을 하고 있냐고 카타리나가 그에게 묻는다. 부하린을 생각하고 있다고 한스 는 말한다.

저녁에 그는 그녀를 데리고 호텔 우크라이나로 식사하러 간다. 그 러고는 옆자리의 러시아인들을 보며 서로 미소를 짓는다. 그들은 식 사하다 말고 일어나 산책하러 밖에 나간다. 접시에 나이프와 포크를 기대어놓은 채 말이다. 웨이터들은 이를 알고 그들의 접시를 치우지 않는다. 45분 뒤, 산책을 마치고 돌아와 식사를 계속한다. 세상의 모 든 시간을 다 가지고 있는 것처럼. 식사를 마치고 밤에 한스와 카타 리나가 다시 바깥 거리로 나왔을 때, 한스는 양쪽 바지 호주머니에서 작은 와인잔 하나씩을 꺼낸다. 그녀가 그와 함께 여기에 왔음을 잊지 말라고 그녀를 위해 와인잔들을 훔친 것이다. 그들에게 다시금 추억 이란 게 생겨난다면 추억은 이날들, 그들이 함께한 모스크바 여행과 함께 시작될 거라고 한스는 말한다.

II

작은 내해인 발트해는 큰 바다가 하는 일을 한다. 다만 모든 것을 더 작은 규모로 할 뿐이다. 더 작은 파도, 더 약한 물결, 조수간만의 차는 거의 느껴지지 않는다. 해 질 녘, 서쪽 하늘의 태양만이 세상의 다른 해변만큼 붉다. 그들이 단골손님이니만큼, 웨이터는 테라스에 놓인 테이블을 예약해주었다. 동독에선 더 이상 소련 잡지조차도 찾아볼 수 없는데, 정말 말이 되는 것이냐고 잉그리트는 말한다. 한스는 소련*에서 배운다는 것*은 승리를 *배운다는* 뜻인데, 독일인들은 그런 것에 관심을 가졌던 적이 없다고 말한다.

밤에 잉그리트가 잠들자, 한스는 카타리나에게 편지를 쓴다. 직선 거리로 3.5킬로미터 떨어져 있는 농가의 침대 위에 누워 있는 카타리나에게. 그는 스스로가 텅 비고 약탈당한 집처럼 느껴진다고 쓴다. 전기 배선들이 벽에서 삐져나오고, 창문은 열지 못하게 다 못질되어 있고, 커튼이 다 내려진 집. 점심 식사 뒤 오후에 잉그리트와 루트비히가 일광욕을 하고 있으면 한스는 자신에겐 햇볕이 너무 뜨겁고 자신은 수영도 할 수 없다는 핑계로 자전거를 타고 마을을 벗어나, 들판 한가운데 있는 작은 숲으로 간다. 그곳에 하얀 피부의 카타리나가 누워, 두 팔 벌려 그를 맞이한다. 그뒤 그들은 나란히 눕는다. 저 위쪽 파란 하늘로 얼굴을 향한 채. 위로 나무우듬지가 보인다. 바람이 나뭇잎들을 잡아당기면, 얼마나 아름다운 무늬가 만들어지는지.

저녁에 한스는 잉그리트, 루트비히와 함께 밖에 나가, 껍질째 삶은 감자를 곁들인 청어 요리를 먹는다. 밤에는 카타리나에게 편지를 쓴다. 자신이 지하실에서 더듬더듬 다니는 느낌이라고, 벽을 따라 손으로 더듬거리며 나아간다고. 모든 것이 조용하다고. 조용하고, 더럽고, 낯설다고. 어둠 속에서 자신은 여기저기 산재한 잡동사니들 위에서 비척거린다고. 그들의 지나간 사랑의 쓰레기들에 걸려 비틀거린다고. 그것들을 삽으로 쓸어 담아 한데 모아야 하지만, 어떻게 그럴 수 있을까. 그는 아무것도 보이지 않는다고, 점점 눈이 멀어가고 있는 게 아닌지 의심이 된다고.

낮에는 세 식구가 육지 쪽으로 자전거 하이킹을 간다. 길 가장자리에 방갈로식 주택들이 늘어선 마을이 있고, 천상 노동자로 보이는 두 남자가 정원 문을 만들기 위해 망치로 쇠막대기를 박고 있다. 맥주를 마셔서 나온 배, 테두리 있는 메리야스, 짧은 바지, 털이 숭숭 난 다리, 어깨와 목에는 땀이 반짝이고, 정원 문을 드나들게 될 트라반트는 짧게 깎은 잔디밭 위에 주차되어 있다. 한스는 자전거를 타고 이곳을 지나가며, 이 모든 것을 지각하고, 아테네의 기품에 대한 생각으로 달아나지 않으려 하는 동시에 그 생각에서 구원을 찾는다. 2년 전 가을 카타리나와, 오후 3시에 페르가몬 제단 앞에서. 당시 아직 행복 속에서 경험했던 아름다움. 망치 소리 한 번, 두 번, 세 번. 노동계급이 그의 기억을 깨부순다. 모차르트? 또 한 번 망치 소리, 그리고 또 한 번. 지나가면서 맡아지는 땀 냄새. 속물적 행복, 지상에서의 삶의 비루함.

그는 이런 삶에서 더 이상 벗어날 수도, 떠날 수도 없고, 더 이상 지금까지 고향과 같았던 저 높은 구름 위로 올라갈 수도 없다. 거짓말쟁이 계집애가 그의 모차르트, 그의 횔덜린, 그의 아이슬러를 불태워버렸다. 브레히트조차도 이제 노동계급의 땀에 속수무책인 그를 더는 돕지 못한다. 그러나 한스가 숲으로 들어가자, 카타리나는 짙은 남색

바탕에 흰색 물방울무늬가 수놓인 망사 치마 아래 아무것도 입지 않은 몸을 보여준다.

일 년 전 내일 정오경, 넌 프랑크푸르트로 출발했어. 그는 그녀에게 보내는 편지에 쓴다. 끔찍한 기념일들이 줄 이은 반년이 시작된다. 평소에는 제대로 작동하지 않는 그의 기억력은 불행히도 오직 이런 끔찍한 날짜들에 관해서만큼은 늘 완벽하게 기능한다. 앞으로 6개월을 넘길 수 있을까, 그럴 수 없을지도 모른다. 그녀는 6개월 뒤에도 여전히 그를 알아볼 수 있을까? 알아보려 할까? 그는 6개월 뒤에도 자기 자신을 알아볼 수 있을까?

그는 이어지는 주간에, 그 날짜에 맞추어 그녀와 자신의 약속을 박아놓는다. 당시 그녀가 자신의 집에서 '어린이 결혼'이라고 불렀던 기념일은 에르멜러하우스에서 기념한다. 그녀는 막 2주간의 대학 생활을 한 상태로, 교양과목, 조각, 예술사에 대해 즐겁게 수다를 떨면서 열광하는 목소리로, 우리는 소의 두개골을 그려야 해! 라고 한다. 그리고 오늘이 무슨 날인지 눈치채지 못한다. 까맣게 잊어버렸다. 그가 말해주기 전까지는.

메인 요리를 먹고 디저트가 나오기 전에 한스는 그녀에게 그 바딤이라는 애와 다시 한번 연락한 적이 있는지 묻는다. 그녀는 이제부터 철저히 솔직해지겠다고 약속하지 않았는가? 네, 라고 그녀는 말한다. 한 번 통화했어요. 그래서, 그가 뭐래? 사람은 영원히 슬퍼할 수는 없을 거라고. 한스는 코로 담배 연기를 내뿜으며 말한다. 넌 그애에게서 결코 벗어날 수 없겠다. 말도 안 되는 소리라고 카타리나는 말한다. 그러나 한스는 손사래를 치며, 두고 봐, 라고 한다. 카타리나는 생각한다. 애초에 끝없이 과거를 돌아보면서 계속 바딤을 생각하게끔 몰아가는 건 바로 한스 자신이 아닌가, 라고.

웨이터에게 계산하겠다고 눈짓을 한 뒤 기다리고 있을 때 한스가 말한다. 우리가 여기 이 테이블에 앉아 아이를 갖기로 했던 거 기억나? 그러자 카타리나의 눈물이 뺨을 타고 흘러내려, 새하얀 테이블보 위로 뚝뚝 떨어진다. 입 주변에 파인 주름을 지나 한스의 눈물도 떨어진다. 고요한 짠물이 테이블보의 양쪽 가장자리에 떨어진다, 웨이터도 모르게끔 고요히 물이 흐른다.

일주일 뒤 그들은 베롤리나 바에 앉아 있다. 샴페인이 그들 앞에 놓이자 그는 일 년 전에 우리가 바로 이 자리에 앉아 있었다고 말한다. 바로 이 자리? 라고 그녀는 묻지만, 일 년 전에 뭘 했는지 기억이 나지 않는다. 우리의 마지막 행복한 저녁이었어, 라고 한스가 말한다. 네가 속이기 시작하기 전날 밤. 그렇군요. 그녀는 그렇게 말하고는 그가 샴페인 잔을 들자, 어찌 됐든 자신의 잔도 들어, 그녀가 배신하기 전 마지막으로 행복했던 날을 위해 건배한다.

일 년 전 내일, 그녀는 한스의 말대로 처음으로 용건도 없이 바딤의 집에서 밤을 보냈다. 그리고 아마 모든 걸 다 줘버렸겠지. 아니야, 라고 그녀는 말한다. 그리고 다시 말한다. 아니라고. 그러고는 다시, 그렇지 않아요. 사실이 아니야, 라고 소리를 높인다. 한스는 중요하지 않아, 라고 한다. 그도 그럴 것이 그가 정말 싫어하는 것이 있다면, 자신이 데리고 다니는 여자가 자제하지 못하고 소리를 높여서, 주변 사람들의 시선을 끄는 일이기 때문이다.

샴페인을 석 잔째 비운 뒤, 그녀는 속이 안 좋아져서 화장실에 가서 토한다. 아무튼 간에, 그는 내일 호텔 슈타트 베를린의 꼭대기 층에서 그녀와 함께 이 9월 21일을 기념하려고 한다. 맨 꼭대기 층에서 시내의 야경을 보면서. 그는 그곳이 기억나느냐고 물으며, 그녀가 코트를 입도록 코트를 들어준다. 물론 기억하고 있다. 그녀는 평소처럼 한스와 마주 본 상태에서 코트에 팔을 집어넣고, 바닥에 쓰러지지 않기 위해 상대를 붙잡고 지탱하는 권투 선수처럼, 엉거주춤 서 있다. 그래, 그가 예전에 그곳에서 그녀와 함께 있으면 자기 자신에게로 이주한 것과 같은 상태가 된다고 하지 않았던가. 그곳에 슬픈 슈타지 같은 표정을 한 웨이터가 있었고, 피치 멜바도 있었지 않은가. 지금 카타리나의 눈에서 다시 흘러나오는 물의 염분 함량은 0.9퍼센트다. 한스의 눈에서 흘러나오는 물의 염분 함량도 마찬가지다. 두 사람 다 눈물이 나온 원인은 반사가 아니라 감정 때문이기에, 눈물의 단백질 함량은 약 25퍼센트 증가한다.

다음 날 아침 누드 데생 시간에 카타리나 옆자리에 앉은 대학 동급생은 미래의 건축가 로사다. 고양이처럼 생긴 얼굴에, 코 옆에 귀여운 주근깨가 있는 로사는 카타리나에게 그리도 자주 데이트를 나가니 부럽다고 한다. 카타리나는 그냥 아, 라고만 한다.

당신은 정말로 문제적 날들을 전부 기념하려고 하냐고, 그날 저녁 카타리나는 한스에게 묻는다. 저녁의 도시가 그녀의 오른쪽 팔꿈치 옆에 놓여 있다. 이 높은 곳에서 보니 베를린이 난쟁이처럼 보인다. 그래, 그렇게 하지 않으면 어쩌겠어? 라고 한스는 씩 웃으며 대답한다. 잊어버릴 수 없는 건 기념해야지.

팡코 시청의 탑시계가 자정에 열두 번 종을 친다. 이제까지 바람이 멀리서 치는 그 종소리를 카타리나의 아파트까지 실어온 적은 없었다. 프랑크푸르트의 다락방에서는 매일 밤 이웃한 교회에서 치는 열두 번의 종소리가 들렸다. 잠들기 전 한스에게 편지를 쓸 때면 으레 종소리가 들렸다. 그런데 그녀는 그 시절 왜 하필 그에게 자신의 다이어리에 등장하는 사람이 그가 유일하다고 단언했던 것일까? 그만이 언급할 가치가 있는 사람이라고. 그녀는 왜 이런 부탁받지도 않은 고백을 했던 것일까? 정말로 그녀가 비열했던 것일까? 그에게 간접적으로 그런 일이 당연한 것이 아님을 알려주려 했던 것일까? 아니면 그녀 스스로 그것이 사실이기를 바랐던 것일까? 그녀의 다이어리에는 정말로 한스만 언급되어 있었다. 하지만 그것은 다만, 프랑크푸르트에서 지내는 동안 그녀에게 일어난 일들을 모두 다이어리에 기록하지는 않았기 때문이다. 증거로 남는 종이의 독특한 속성, 속임수를 만들어내는 종이의 독특한 속성. 하나의 현실을 다른 현실에서 분리하는 속성. 현실의 위계질서를 만들어내는 속성.

사람이 종이 위에서 이런저런 것을 읽는 동안, 어떤 무인지대에서는 기록되지 않은 또 다른 진실이 계속 살아간다. 그 진실을 아는 *하나의* 뇌가 건망증이 생기거나 망가져도, 그 진실은 영원히 독자적인 삶을 이어나간다. 베를린의 밤, 거짓말도 잘 만들어야 믿지, 라고 카타리나는 홀로 집에 앉아 생각한다. 힘없는 자들의 힘은 거짓말의 모습으로 나타난다.

여름이 완전히 지나가버리기 전, 이번 주 화요일 오후 5시, 그녀는 지난번 숲에서 그를 기쁘게 했던 물방울무늬 치마를 입고 다시 한번 한스를 기다려야 한다. 그는 휘파람으로 모차르트의 멜로디를 불며 계단을 올라오지만, 문을 연 카타리나는 바지와 티셔츠 차림이다. 그들은 커피를 마신 뒤 쉬기 위해 침대에 눕고, 그는 그녀의 바지 속에 손을 넣지만, 그녀는 자신이 정말로 원할 때만 해야 한다며 그의 손을 도로 빼낸다. 해야 할 만큼 흥분이 크지 않으면 할 수 없다고 그녀는 말한다. 그때까지 그는 그녀의 다리만 주무를 수 있다. 어제 국방체육 수업을 받아 근육통이 생겼기 때문이다. 그녀는 언젠가는 말과 사진들로도 흥분이 되지 않을까봐 걱정이라고 말한다. 아직도 그를 원하긴 하는 걸까? 원한다고 그녀는 말하며 그를 자신에게로 끌어당겨 키스한다. 그녀는 이젠 내 기대조차 산산조각 내는구나, 라고 한스는 생각한다.

며칠 뒤 그를 본 순간에 그녀는 뭔가 끔찍한 일이 일어났음을 알아차린다. 그녀의 행복, 무엇보다 그녀의 불행이 달려 있는 얼굴이 그녀에게 그것을 또렷이 말해준다.

한스는 충격에 휩싸여 있다.

카타리나도 충격에 휩싸인다. 무슨 일인지 아직은 몰라도.

약속을 했지만 노크해도 한스는 문을 열어주지 않았다. 그러나 문 아래로 빛이 새어나오는 걸 보고 카타리나는 한스가 안에 있음을 알고, 손잡이를 돌려 문을 열었다.

그는 책상 앞 의자에 앉아 고개를 앞으로 숙인 채, 두 손으로 고개를 감싸 쥐고 있었다.

그녀가 온 걸 보고도, 그냥 바라보며, 고개만 끄덕하고는, 무지막지하게 피곤한 표정으로 그녀가 의자에 앉을 때까지 기다린다.

그러고는 말한다. 오늘 오전에 프랑크푸르트에 갔어.

멈춤.

네 애인을 만났어.

바딤?

그래, 그애.

멈춤.

나는 알고 있어. 그 일이 한 번만이 아니었다는 걸. 내가 9월에 생각한 대로였어. 10월에도 11월에도 너는 여러 밤을 그와 같이 보냈고, 그를 위해 다리를 벌렸어. 네 이야기와는 달리.

그들은 이제 진실을 두고 씨름하기 시작한다. 한스가 그녀에게 던진 덩어리로부터 진실의 형상을 조각해내기 위해.

45분간의 질기고도 질긴 진실게임. 카타리나는 울면서 바딤의 말이 사실이 아님을 여러 번 맹세한다. 어떻게 바딤이 그런 말을 할 수 있는지 이해가 안 간다고, 믿어달라고 애원하며 이젠하임 제단의 막달라 마리아처럼 두 손을 맞잡고 비비고 비틀고 어쩔 줄 몰라 한다. 이 45분간, 카타리나가 자신의 기억과 다른 말에 거의 미쳐버리려고 하는 것을 보고, 카타리나가 정말로 그에게 이야기한 것 외에 아무것도 아는 것이 없음을 전적으로 확신하게 되었을 때, 그제야 한스는 수수께끼를 풀어주고, 프랑크푸르트에 갔다는 말이 사실은 그저 그녀를 떠보려고 지어낸 말임을 실토한다.

12

난 우리를 포기하지 않겠어. 지금 이렇게 말하니 내 귀엔 이 말이 내 자신에게 내리는 사형선고처럼 들리는구나.

나는 우리를 포기하지 않아. 네가 이어지는 시간들을 나와 더불어 견뎌줄 수 있는 한.

지난 몇 달간 모든 것이 정말 풍전등화 같은 상황이었어. 네가 생각하는 것보다 더 자주 그랬어.

이 시간 동안 네가 우리를 위해 무슨 노력을 들였는지 잊지 마.

그것이 없었다면, 실은 끊어졌을 거야.

이를 토대로 새로운 장으로 나아갈 수 있을지도 몰라.

네가 그걸 망친다면 안타까운 일일 거야.

9월이 되자 커다란 밤나무의 잎들이 노랗게 물든다. 10월에는 나뭇잎이 떨어지면서 맞은편 집이 점점 더 훤히 보인다. 비교적 따뜻한 밤들이면 카타리나는 여전히 창을 열어두고 잔다. 잠들 때까지 나뭇잎들이 바닥으로 떨어지며 바스락대는 소리를 듣는다. 그러나 이제는 다시 헤드폰을 끼고 있다.

A면. B면. 60분.

이제 넌 네 인생의 새로운 국면을 시작하고 있어.

그러나 내겐 너의 배신이 내 인생 최대의, 가장 통렬한 패배야.

내겐 선택지가 없어. 어쩔 수 없이 이런 패배에 맞서는 수밖에.

넌 조만간 지루하다고 느끼겠지. 지금 네 스케줄로 볼 때 네가 내 질문에 일일이 답해줄는지 의심스럽군.

헤드폰을 끼면 세상에 혼자 있는 기분이다. 헤드폰을 낀 채로 그녀는 도망칠 수 없는 세상에 갇혀 있다. 그녀는 앉아 있다. 도망가지 않고 버티고 있다. 하지만 대체 무엇을 위해서? 이유를 잊은 지는 이미 오래다. 그러나 앉아 있다.

네가 경험한 것은 로맨스의 즐거움이었어. 모험, 멜랑콜리, 마음의 고통. 발각되지 않을까 하는 두려움은 너의 즐거움을 배가할 뿐이었지.
넌 거창한 말로 포장할 줄 알지.
감상을 열정으로 착각하고.
기분 나쁜 걸 양심의 가책으로 알아.
네가 사랑할 능력이 있다고 믿지.

테이프는 탯줄이다. 탯줄을 통해 공급되는 말로 공포가 배 불려진다. 이런 공급이 결코 중단되지 않는다는 것만으로도 공포는 점점 더 커진다. 공포는 잘 먹여지고, 공포에 맞설 힘은 날이 갈수록 줄어든다. 잠만이 유일한 친구다. 잠잘 때만 그녀는 자신이 아직 그곳에 존재한다는 것을 의식하지 않아도 된다.

옷걸이가 이 못, 저 못을 오가듯 네가 마음을 한 번은 여기, 한 번은 저기 매달아놓았던 동안에, 네가 내게 얼마나 이상적인 여자로 보였는지를 생각해봐. 토 나오지 않니?

후회한다는 말은 하지 마.

넌 그 결과만 후회할 뿐. 네가 도덕적으로 문제가 있었던 것은 후회하지 않잖아.

넌 아마 양다리를 걸칠 수 있다고 믿었을 거야.

하지만 스무 살짜리가 어른을 상대할 때 그 방법은 통하지 않아.

카타리나는 잠시 헤드폰을 벗는다. 그녀가 들은 어두운 소음이 점점 더 커진다. 비행기가 어디선가에서 테겔 공항으로 날아간다. 서독을 출발해 테겔 공항으로 향하는 비행기들은 늘 마지막 구간에 팡코 위를 지나간다. 동베를린 상공을 가로지르는 것이다. 비행기는 이미 낮게, 아주 낮게 날고 있다. 어느 날 베를린 동쪽의 뒷마당에 걸릴지도 모른다. 헤드폰을 다시 쓴다. 왼쪽 릴에 테이프가 별로 남아 있지 않은 것이 보인다.

난 이제 네가 날 전혀 사랑했던 게 아니라는 걸 인정하고 넘어가야 해. 시종일관 그랬다는 걸.

너 자신에게 물어봐. 넌 대체 사랑하지도 않는데 왜 하필 나와 더불어, 네가 사랑하지도 않은 남자와 함께 아이를 가지려고 했는지?

13

오 나의 고향이여, 그대를 다시 보니 내 마음 행복하고,
*그대의 사랑스런 초원에도 기쁘게 인사하네.**

봄에 토르스텐은 서독으로 이주 신청을 했다고 말했다. 그러나 카타리나는 일이 그렇게 일사천리로 진행될 줄은 몰랐다. 토르스텐 자신도 미처 몰랐을 것이다. 11월 초에 허가가 나왔고, 내일 영영 떠난다고 한다. 토르스텐은 이제 이 세상에서 저 세상으로 간다고 말하고, 카타리나의 귀에는 그 말이 마치 그가 죽는다는 소리처럼 들린다. 하지만 그는 다만 치의학을 공부하면서 3년간의 군 복무를 피하려는 것뿐이다.

네가 메모 남겨줘서 기뻤어. 카타리나가 엄마 집에서 토르스텐에게 마지막으로 전화하자, 토르스텐은 그렇게 말한다. 그저께 카타리나는 토르스텐에게 작별 인사를 하러 갔는데, 그가 집에 없어서 문에다가 메모만 찔러놓고 왔던 것이다.

있잖아, 나 최근에 바그너 많이 들었어. 토르스텐이 말한다.

리하르트 바그너?

응.

난 바그너 음악은 늘 좀 너무 시끄럽던데. 카타리나가 말한다.

하지만 「탄호이저」에 나오는 순례자들의 합창을 들어본 적 있어?

아니.

---

* 리하르트 바그너(Richard Wagner, 1813~83)의 오페라 「탄호이저」의 노래 가사.

순례자들이 다가오면서 노래도 다가오고, 그들이 무대에서 노래하다가 다시 나가면서 노래가 멀어지게끔 작곡한 게 정말 멋져. 토르스텐이 말한다.

순례자들은 어디로 순례를 떠나?

그들은 로마에서 돌아오는 거야, 교황이 사면을 베풀어준 뒤에.

아하. 카타리나가 말한다.

그래, 탄호이저만 일행과 함께 오지 않지.

왜 같이 안 와?

면죄를 받지 못해서.

무슨 죄를 저질렀길래?

너처럼 너무 정열적이었던 죄, 라고 말하며 토르스텐은 웃음을 터뜨린다.

카타리나는 아무 말도 하지 않는다.

아니, 정말로 특별한 음악이야. 내밀한 음악. 토르스텐은 말한다.

저녁에 자신의 아파트로 돌아온 카타리나는 토르스텐이 그녀가 지금까지 알던 사람이 아니라고, 완전히 다른 사람이 되었다고 생각한다. 그럼에도 며칠 뒤 그녀는 국립도서관에서 「탄호이저」 녹음본을 빌린다. 처음에 합창은 아주 조용하게만 들리고, 순례자들이 부르는 노래는 거의 민요처럼 단순하고 어렵지 않게 들린다. 그러고 나선 어두운 단조 부분이 나오고, 단조로 된, 비탄의 골짜기로부터 첫 번째 멜로디가 전개되어 장엄한 장밋빛 안개에 둘러싸인 채 웅장하게 반복된다. 이 장밋빛 안개는 올림포스로부터 구원받은 죄인들에게 직접 내려온다. 토르스텐은 이제 하루아침에 가격이 곤두박질치는 걸

볼 수 있는 쇼핑센터를 마음대로 오가며 살게 되겠구나. 퀼른에서 이모는 당시에 그것을 '바겐세일'이라고 불렀다.

이제 방랑의 지팡이를 쉬게 하려네.

하느님께 충실하게 내가 순례를 했기에.

11월 중순 어느 오후, 한스는 카타리나에게 말한다.

내일은 네가 하고 싶은 거 하자. 카타리나는 이 말이 무슨 뜻인지 안다.

자신이 그가 원하는 걸 원해야 한다는 걸 안다.

그녀가 이번엔 이 말을 곧이곧대로 알아듣는다면?

그날 밤에 그녀는 방의 가구 배치를 바꾸기 시작한다. 옷장을 이리 밀고 피아노를 저리 밀고, 책장을 싹 다 비우고, 들어서, 방의 맞은편으로 끌어가고, 책이랑 물건을 그곳에 다시 채우고, 씩씩거리고, 끌어당기고, 욕설을 내뱉고, 잠시 불안하게 눈을 붙인 뒤 아침에 계속 정리한다. 먹지도 마시지도 않고 기울이고 당기고 다시 세운다. 손가락이 어디에 끼는가 하면, 발목을 접질릴 뻔하고, 먼지를 마신다. 정오에 그가 올 테니, 막판에 거의 젖먹던 힘을 내고자 한다. 열두 시가 다 되어서야 겨우 얼굴과 손을 씻고, 전에 부다페스트에서 샀던 하얀 치마에 하얀 윗도리를 입고 하얀 구두를 신는다. 겉은 빛나고, 속은 폐허다.

그렇다, 그녀는 그가 자신을 때리기를 원한다.

맞아 죽는 것 외에 다른 즐거움은 원치 않는다.

오래전에 이것은 놀이였다. 그러나 이제는 진심이다. 이제 드디어 그것은 현실이 된다.

그는 그녀를 미워하고, 자신을 미워한다.

그녀는 그를 미워하고 자신을 미워한다.

그리고 각자는 상대가 그렇다는 걸 안다.

그녀가 매를 맞으며 울기 시작한 지 오래라는 걸 알아차린 다음에야 그는 채찍을 내려놓고 때리는 걸 멈춘다.

죽었다가 태어나는 것이 이런 느낌일까?

속죄와 참회를 통해 나는 주님과 화해했네,

주님께 내 마음을 드리네,

주님은 내 참회에 축복으로 관을 씌우시네,

주님께 내 노래를 올려드리네.

가기 전에 한스는 이번 주에 다섯 번째 카세트 작업을 끝내겠다고 약속한다.

그러기 위해서는 물론 네 번째 카세트테이프에 대해 그녀가 답변해야 한다.

그리고 저녁에는 잉그리트와 또 한 번의 대화가 예정되어 있다.

죽음 이후의 삶도 그 이전의 삶과 똑같아 보인다.

카타리나는 엄마 집 창문에 기대어, 어찌해야 할지 더 이상 모르겠다고 말한다.

아빠는 일단 그를 치료사에게 보내라며, 그녀에게 심리학자의 전화번호를 건네준다.

한스는 일 년 전 프랑크푸르트에서 카타리나의 문에 장미를 걸어준 날을 기념하기 위해 카타리나를 공화국 궁전에 있는 와인 바에 초대한다. 한스가 말한다. 이 바보가 그리로 가서 너희들 방문에 장미를 걸어주다니.

카타리나가 크리스마스 선물을 포장한다.

카타리나의 문의에 치료사는 1월에 한스를 위한 예약을 잡아준다. 난 그런 거 받을 시간 없어. 한스가 말한다.

아름다운 로사와 함께 카타리나는 두어 번 동물원으로 가서 원숭이와 곰을 그린다.

크리스마스 하루 전날, 한스는 카타리나에게 새해에나 다시 보자고 한다.

서독으로 떠난 이후 토르스텐에게서는 아무 소식이 없다.

그렇게 1988년이 저물어간다.

할렐루야, 할렐루야.

14

한스가 어깨를 으쓱하며 말한다.

어떻게 지내시나요?

장벽들은 말없이 / 차갑게 서 있고 / 바람 불어 깃발은 덜걱거린다. 대충 이렇네요, 라고 한스는 말한다.

횔덜린이 최고죠, 심리학자가 말한다.

횔덜린이 최고죠, 한스가 고개를 끄덕이며 말한다.

심리학자는 이제 벽에 걸린 동판화 액자에 시선을 준다. 뇌를 형상화한 것으로 손으로 채색한 판화다. 그러나 짐짓 액자를 바라볼 뿐, 사실은 자신의 내면 깊은 곳을 들여다본다. 그러고는 잠시 후 기억으로부터 불러온 구절을 인용한다.

그러나 우리에겐
  그 어디에도 안식할 곳 없으니
    고통받는 이들은
      스러지고, 추락하네
        절벽에서 절벽으로 내동댕이쳐지는
          물처럼,
            영문을 알지 못한 채,
              이 시간에서 저 시간으로,
                오랜 세월을,
                  미지의 곳으로 떨어지네.

고통받는 이들의 사정을 어찌 이보다 더 잘 표현할 수 있겠냐고 한스는 말한다. 그러고는 담배를 피워도 되느냐고 묻고는 담배에 불을 붙인다. 어쩌면 이 시간은 그가 두려워했던 것만큼 그렇게 괴로운 시간이 되지 않을 수도 있다.

휠덜린에게 왜 정신착란이 생겼는지를 생각하면 흥미로워요.
정말 그랬다면 말이죠, 라고 한스는 말한다.
어쨌든 탑에서 살기 시작한 이래로, 그의 글 어디에도 나, 라는 단어가 등장하지 않는다는 건 주목할 만합니다. 심리학자가 말한다.
아, 그래요?
그렇게 한스는 한 시간 동안, 교양 있는 남자와 함께 앉아, 무엇 때문에 휠덜린의 글에서 일인칭 표현이 자취를 감추고 말았을지에 대해 이야기한다. 피비린내 나는 자코뱅 정권이, 휠덜린이 프랑스혁명 초기에 품었을 자유 사회에 대한 희망을 산산조각 내버렸을까. 아니면 이기적으로 돈벌이에 혈안이 된 모습들과 피비린내 나는 시대에 뒤이은 고루한 일상이 그런 역할을 했을까. 이런 시대의 갑갑함에 그는 적잖이 고통스러웠을 것이다. 그의 친구들 가운데 혁명가들은 모두 파멸해버렸어요. 심리학자가 말한다. 알죠. 한스가 말한다. 둘은 말없이 고개를 끄덕이며, 휠덜린의 친구들을 생각한다. 슈토이들린은 라인강에서 익사했어요, 심리학자가 말한다. 에머리히는 창문에서 뛰어내렸죠. 추락에서는 살아남았는데 스스로 곡기를 끊고 죽어버렸고요, 한스가 말한다. 알아요, 서른 살도 안 되어서였죠, 심리학자가 말한다. 뵐렌도르프는 오랜 방황 끝에 권총으로 스스로 목숨을 끊었죠. 한스가 다시 말한다. 젊은 휠덜린과 이 모든 사람이 프랑스에서 혁명의 격정적인 발발을 경험하지 않았다면 더 낫지 않았을까? 이 교양 있는 두 남자는 베를린의 진료실에 앉아 그렇게 자문한다. 횔덜린과 이 모든 사람이 결코 희망을 품지 않았다면 더 나았을까? *한때 나는 신들처럼 살았으니, 무엇이 더 필요하랴.* 카타리나와 처음 사랑을 시작할 때 한스는 메모지에 이런 인용문을 써서 카타리나에게 주었고, 그녀는 자기 방 벽에 그 메모지를 핀으로 꽂아놓았다. 그러다가 몇 달 뒤에 이 문장 속의 *한때*만으로는 부족하다 생각해, 이 메모지를 다시 떼어 치워놓았던 것을, 엄마가 방 청소를 하다가 메모지가 잘못해서 떨어졌나 보다 생각해, 다시 원래의 자리에 붙여놓았다. 시야에 잘 들어오는 곳에 말이다. *한때.*

독일에서 혁명이 실현되지 못했다는 사실은 횔덜린과 그의 친구들이 파멸하는 결정적 일격이 되었다. 독일에서는 어쩌면 그리 혁명이 일어나지 않는지, 라고 한스가 말한다. *온통 피어나는 세상! 사랑하는 이들의 언어는/이 땅의 언어가 되고/사랑하는 이들의 마음은 민중의 소리가 되리라!* 개소리, 한스가 말한다. 나의 일용할 양식이라고 심리학자가 말한다. 지금 책을 작업하고 계십니까? 그가 묻는다. 한스가 아니요, 라며 시계를 보더니 고개를 끄덕이며 일어난다. 그러고는 심리학자와 악수를 하면서 말한다. *궁핍한 시대에 시인을 어디에 쓴답니까.*

카타리나는 카페 아르카데에 앉아 한스를 기다린다. 그녀는 생각한다. 기이하다, 그 자체로는 눈에 직접 보이지 않는 시간은 불행한 일들을 통해 간접적으로만 보인다. 마치 불행이 시간의 옷을 입은 것처럼. 그러나 동시에 이런 불행은 껍데기로만 그치지 않고 그 자체로 알맹이라서, 한번 생겨나면 자신의 길을 가고, 자기만의 시간을 갖는 존재다. 그런 생각이 드는 이유는, 그녀가 거의 일 년 전부터 한스의 실망에 조금도 영향을 미치지 못하고 있다는 것이 이상하기 때문이다. 마치 그녀가 이런 괴물 같은 실망을 낳았고, 이 실망이 태어난 첫날에 이미 다 자라나, 그때부터 한스가 이런 괴물과 홀로 갇혀 있는 것 같은 형국이다. 그 괴물은 한스를 녹다운시키고, 카타리나는 문 앞에 서서, 들어가지도 못하고, 그것을 막을 수도 없다. 그녀는 그녀대로 오래전부터 자신이 자신의 불행에 대해 아무 힘도 쓸 수 없는 듯한 느낌이 들곤 했다. 불행이 늘 자기 속에 주리를 틀고 앉아, 툭하면 자신 속에서 울부짖는 걸 막을 수 없는 느낌이다. 하지만 그녀가 그럴 때면 한스의 기분도 다시 바닥에 떨어지고, 그때까지 힘들게 유지해온 모든 것이 무너진다는 걸 알고 있다.

실망과 불행, 그녀에게서 이 자매들밖에는 나올 수 있는 것이 없을까? 카타리나의 속임수에서 태어난 이 기형적인 두 자녀가 예전의 사랑하는 부모에게 맞서 동맹을 결성하고, 이제 엄마 아빠의 몸, 머리, 마음을 거의 집어삼키고 있는 느낌이다.

얼굴에 곰보 자국이 있는 종업원이 그녀에게 두 번째 화이트 와인 에이드를 가져다준다.

바바라는 이곳을 떠난 지 이미 오래되었고, 지금은 댄스 바에서 일한다. 카타리나가 한스를 기다린다. 막 지나가는 이 시간이 모든 걸 좋은 쪽으로 바꿀 수 있을까? 한스가 아이처럼 들떠 그녀에게 음악을 틀어주기 위해 전축으로 서둘러 다가갔던 그 첫날 저녁은 얼마나 아름다웠던가. 「레퀴엠」의 소프라노 첫 부분, *테 데쳇 힘누스*를 들었던 순간들은! 신선한 아침, 일찌감치 노이바우에서 나와 라일락 나무를 지나 출근하던 길은 얼마나 아름다웠던가. 온화한 여름 저녁에 와인한 잔을 손에 들고 발코니에서 주변을 내려다보던 시간은 얼마나 아름다웠던가. 이제 아름다운 것은 모두 매장되어버렸고 더 이상 과거와 미래를 이어주는 다리가 없다. *나는 한때 신들처럼 살았으니.* 한스는 이 문장에서 쉼표를 지적했다. 신들처럼, 이라는 말 앞에도 쉼표가 있고, 뒤에도 쉼표가 있다고. 쉼표, *신들처럼,* 쉼표. 이상적으로 상상되는 신들의 삶과 비교하는 것이 아니라, 삶 자체가 이미 신성을 지니고 있는 것이 아닌가, 라는 물음이다. 그렇다면 그녀는 얼마나 오래 죽은 것과 다름없는 삶을 살고 있는 것일까? 그녀는 늘 둘을 위해 강해지려 하고 낙천적으로 굴려고 한다. 늘 웃으려 하고, 모든 것에 '그래요'라고 말하려고 노력한다.

그러나 그렇게 둘의 절망을 그냥 덮어버리려 할수록, 그녀는 진실에서 더 멀어져만 간다. 그러나 이제부터 늘 정직하겠다고 그녀는 약속하지 않았는가? *그러나* 싫다고, 안 된다고, 아니라고 말할 자유 없이 솔직하게 사는 건 불가능하다. *그러나* 그가 낙심해서 그녀의 품으로 도피해올 때, 어떻게 그에게 아니라고, 안 된다고 말할 수 있을까? 어쨌든 그가 아직 그녀를 원한다면, 그녀는 기뻐해야 하지 않을까? *그러나* 그녀가 불행할 때면, 그녀 안의 모든 것이 닫힌다. 그러면 그에게 자신을 내어주고 헌신적으로 행동하는 것은 새로운 거짓이 되어버린다. 이 *'그러나'*들은 넘을 수 없는 울타리처럼 그녀를 두르고 있다.

웨이터가 세 번째 화이트와인 에이드를 가져다준다.

이 시간에 기적이 일어날지도 모른다. 치료사가 좋은 방안을 알고 있을지도 모른다. 모든 것이 근본부터 잘못된 게 아닐까? 다시 제대로 될 수도 있을까? 한스가 잉그리트와 대화를 앞두고 있을 때마다, 카타리나는 한스가 잉그리트에게 많은 잘못을 했지만 그럼에도 잉그리트가 그를 내쫓지 않고 데리고 있어주기를 바란다고 말해주어야 한다. 카타리나는 선택 앞에 놓이는 걸 두려워하는 그를 위로해주어야 한다. 배신자인 그녀에게로 옮겨와야 하는 일이 일어날까봐 두려워하는 그를 위로해주어야 한다.

모든 것이 잘못된 방향으로 돌아가고 있다. 크리스마스 동안에 그는 계속해서 카세트 작업을 했고, 그들의 사랑을 지탱해줄 수 있는 것 없이 그 사랑의 비참함을 기록하는 것은 으스스한 일이라고 말했다. 1월 초에 그는 카세트 작업을 중단하고자 했다. 더 이상 할 수가 없다는 것이었다. 그러고는 그녀에게 그를 떠나라며, 그녀를 '사랑하는 사람'이라고, '불쌍한 것'이라고 불렀고, 이 작업은 이제 의미가 없으며 자신은 더 이상 못 해먹겠다고 선언했다. 그때 그녀는 그에게 다음 카세트 작업을 해달라고 간절히 애원했다. 마치 그가 퍼붓는 비난만이 자신을 삶에 달라붙어 있게 만들기라도 하는 것처럼.

한 시간 반 뒤, 한스는 카페로 들어온다. 기적이 일어난 걸까? 모든 것이 좋아질까? 한스는 외투를 벗고, 카타리나가 앉은 테이블로 와서는 곰보 자국이 있는 종업원에게 눈짓으로 커피와 코른을 주문한다. 그러고는 담배에 불을 붙이며 묻는다. 오늘 그림 열심히 그렸어?

심리학자에게 안 갔어요?

갔지. 갔지, 갔어. 그가 말한다.

어땠어요?

우린 횔덜린에 대해 멋진 대화를 나눴어.

15

당시, 9월에서 크리스마스 사이에, 내 꿈속에서 넌 작은 동물처럼 등장했어. 작은 짐승의 시체라고나 할까. 이끼가 끼어 있고, 너를 둘러싸고 두런거리는 소리가 들렸어.

깨어 있을 때보다 꿈속에서 너에 대해 더 많은 것을 알고 있었어.

넌 좀 묘했어. 네가 뭔가를 숨기고 있다는 느낌이 들었어.

하지만 나는 알려고 하지 않았어.

일 년 전 크리스마스 때로부터 꿈들은 중단되었어. 그런 다음에 나는 한스 1과 한스 2로 완전히 분열되었어.

카타리나가 책상 앞에 앉아 있다. 밖에는 눈이 내려서, 겨울밤이 밝다. 그녀가 잘못을 범한 지 1주년이 되던 엊그제로부터 그녀의 눈은 여전히 붉게 충혈되어 있다. 그의 작업실에서 그녀는 한스에게 더이상 살고 싶지 않다고 말했고, 그 역시 내일보다는 오늘 죽고 싶지만, 스스로 목숨을 끊는 것이 겁이 날 뿐이라고 말했다. 그런 다음 작업실에는 소파가 없으므로, 그들은 마룻바닥에 누웠고, 시체가 된 그녀의 모습이 어떨까 하는 생각이, 시체가 된 그의 모습이 어떨까 하는 생각이 더 이상 그들 사이로 끼어들지 못하도록 몸을 서로 밀착해 서로에게 서로를 밀어넣었다. 설렘도 없었고, 거부감도 없었다. 거래도 아니었고, 어떤 일에 대한 징표도 아니었다. 이 일은 그냥 일어났고, 그 일 자체 외에는 아무 의미도 없었다. 카타리나는 그런 생각을 하며 다시 희망을 길어 올렸다. 그러나 한스는 정확히 일 년 전 그녀가 다른 남자와 정확히 이렇게 마룻바닥을 뒹굴었음을 생각했다.

　오후 6시 30분에는 가니메트에 한 테이블이 예약되어 있었다. 바이올리니스트가 식사 중에 오페레타에서 나오는 곡을 연주하며, 나지막이 가사를 노래했다. *지상에서 여자에게 가장 좋은 것은 사랑하는 것이 아니라, 사랑받는 것이다*, 라는 가사였다. 그 순간 테이블보가 이쪽에서 저쪽으로 찢어졌고, 한 접시와 다른 접시 사이로, 와인잔, 유리 물병, 나이프, 포크, 숟가락 사이로 심연이 열렸다. 한스와 카타리나는 몸서리치며 그 심연을 바라봐야 했다. 그 심연으로부터 차가운 바람이 그들에게 불어왔다. 딱 맞는 말이군, 이라고 한스는 말하며, 재킷 주머니에 손을 넣고는, 그녀에게 다섯 번째 카세트테이프를 건넸다. 시계는 일 년 전 프랑크푸르트 안 데어 오데르에서 「백조의 호수」가 막을 내렸던 때와 같은 시각을 가리키고 있었다. B면. 60분.

　한스 1은 너를 믿으려 했어. 그는 순진하고 맹목적으로 그가 보낸 세월과 경험을 나몰라라 했지. 알 수도 있었을 것을 잊어버렸어. 다시 십 대가 된 것처럼, 십 대 특유의 멍청함을 갖게 될 정도로 말이야. 한스 2는 네가 엇나가는 걸 감지했고, 프랑크푸르트는 그때 이미 우리의 베를린 생활에 개입했지만, 그는 가만히 있어야 했어. 아무 말도 하지 못했지.

　한스 1과 한스 2 사이에는 매끈한 골이 파여 있어.

　둘 중 한 사람은 실패해야 했어.

　지금은 모르겠어. 이 둘이 언젠가 다시 만날 수 있을지.

　어쨌든 나는 더 이상 한스 1에게 우리의 미래를 계획하는 일을 맡길 수 없어.

그리고 한스 2는 당시에도 이미 미래를 믿지 않았어.

커다란 밤나무의 검은 가지들 위에 눈이 쌓여 있다. 온 도시에 눈이 고요히 내린다. 지난 며칠간 모든 것은 느려졌고 고요해졌다. 확대경으로 보는 것처럼, 살아온 인생을 더 뚜렷이 볼 수 있다. 엄마들은 아침에 아이들을 썰매에 태워 유치원에 데려다준다. 카타리나가 어렸을 때 그녀의 엄마도 그렇게 했다.

프랑크푸르트에서 보낸 반년간 넌 사랑하는 것이 아니라 속이는 데 주력했어. 얼마나 영악하게 속일 수 있는지가 네 자랑거리였지!
내 질문은 얼렁뚱땅 넘겨버리고. 바딤에게 여자 친구가 있어? 라는 내 물음에 넌 모르겠어, 몰라! 라고 했지. 너는 한스 2의 불신을 계산했어. 나는 한스 2를 억누르고, 늘 한스 1만 보여주었고.
넌 나와 네 자신을 속였고, 나는 너와 내 자신을 속였어.
이 시기 우리 중 아무도 진짜가 아니었어. 모두가 허상이었을 뿐.

감독은 원래 조명용 가교에서 늑대협곡으로 검은 눈이 내리게끔 하고자 했다. *아무것도 깊은 추락에서 그대를 구하지 못해.* 검은 눈을 보고 카타리나는 놀랐다. 국영 눈 생산 업체라니? 하지만 조명을 받자, 검은 눈은 전혀 검은색으로 보이지 않았다. 플라스틱으로 만들어져 밝게 빛났다. *슈코파우산 플라스틱과 고무*, 라는 문구는 전국에서 볼 수 있는 3대 광고 문구 중 하나로 야노비츠 다리에도 붙어 있었다. 직업학교로 가는 길에 그녀는 늘 그곳을 지나쳤다. 사전에 모든 상황을 고려해 헬레네 호수로 소풍을 갔겠지, 라고 한스는 말한다. 한 여가수는 인공 눈송이를 흡입해 거의 질식할 뻔했다. 그뒤 카타리나는 눈 다섯 자루 모두를 창고로 가져갔고 그 눈자루들은 아마 지금까지 그곳에 놓여 있을 것이다. 아직 녹지 않은 채로.

나는 올해 내내 정말로 무슨 일이 일어났는지를 기억 속에서 끄집어내어 들먹인 게 아니었어. 하루하루 그 일을 다시 경험했어. 그러고서야 비로소 그것이 현실이라는 걸 이해했어. 이를 어찌해야 할지 아직 모르겠어.

한스의 목소리가 그쳤는데도, 카타리나는 눈 속에 갇힌 듯 헤드폰을 쓴 채 한동안 가만히 앉아 자신의 혈류 소리를 들으며 받아 적은 내용을 바라본다. 한스의 문장들 옆 가장자리에 그녀는 때로 자신의 말을 보탰다. *내가 이야기하든, 침묵하든 모든 것은 내게 불리하게 이용될 뿐.* 다른 줄에는 이렇게 적혀 있다. *그래, 그래서 어쩌라고?* 다시 다른 곳에는 이렇게 적혀 있다. *그냥 그런 상황이었다고! 왜!*

16

모든 것은 허수아비처럼 종이로 만든 세트일 뿐, 그 뒤에는 아무것도 없다. 언제나 그저 아무것도, 아무것도, 또다시 아무것도 없다. 그럼에도 그걸 유지하려면 엄청난 힘이 든다. 카타리나는 비몽사몽 중에 텅 빈 들판을 훑고 지나가는 바람을 본다. 더 이상 아무에게도 속하지 않은 것들을 본다. 자질구레한 폐품들, 구겨진 종이, 갈 곳을 잃은 쓰레기들이 공중으로 소용돌이쳐 오르고, 다시 땅에 떨어진다. 그랬다가 다시 솟구쳐 오르고, 다른 곳에서 다시 땅에 떨어진다. 끝도 시작도 없는 여행, 목적지도 없는 여행이 끝도 없이 계속된다. 그녀가 더 이상 그녀 자신이 아니고, 다른 사람도 아니라면, 어디서 힘을 얻어야 하는 걸까?

잠에서 깨어나는 아름다운 로사의 모습이 꼭 고양이 같다. 동그란 얼굴, 반쯤 감긴 눈꺼풀. 로사는 아침에도 여전히 부드러울까? 혀는 어제 오후처럼 여전히 발그레할까? 카타리나는 로사에게 몸을 굽혀 친구의 숨결을 들이마시고는, 로사의 입술에 자신의 입술을 얹는다. 둘의 눈꺼풀이 닫히고, 다시금 어제 오후와 어제저녁, 지난밤과 같아진다. 더 이상 한 사람과 다른 사람을 갈라놓는 피부가 없는 것처럼, 더 이상 자신과 남이 없는 것처럼, 몸이 이런 식으로 하나되는 동시에 소멸하면 내면의 어둠 속에서 다른 방식으로 보는 것이 가능해질 것처럼.

사실은 어제 헤어지면서 잠시 포옹하며 인사만 하려 했는데…

카타리나는 시빌레에게 이미 오래전부터 안부를 전하지 않고 있다. 시빌레가 이러쿵저러쿵 못마땅한 소리를 하는 게 듣기 싫어서다. 토르스텐은 떠나고 나서 지금까지 아무런 소식이 없다. 루트는 드레스덴에서 대학을 다니고, 안네는 로스토크로 갔다. 안드레는 여전히 군대에 있다. 이런 상황에서 어제 오후, 스튜디오 작업이 끝난 뒤 로사가 그녀의 집에 왔고, 어떻게 지내냐는 로사의 질문에 카타리나는 갑자기 이야기를 하기 시작했다. 지난주에 한스랑 오펜바흐슈투벤에 갔어. 이 년 반 전 우리가 만났던 첫날 저녁처럼. 하지만 난 이름이 안야인 척해야 했어. 웨이터가 실수로 한스의 아내에게 우리가 여기 왔다고 발설할까봐.

난 네가 불행하다는 걸 알고 있었어. 로사가 말했다.

어떻게 알았어?

그냥 알겠더라. 로사는 그렇게 말하더니, 연필을 들고는 종이에 몇 개의 선을 이용해 쓱쓱 카타리나의 모습을 그렸다. 웃고 있는, 그러나 손에 올가미를 든.

그 조그마한 친구 이름이 로사야?

안 작아요.

예뻐?

응.

그애랑 만나면 뭘 해?

뭐, 그냥. 카타리나는 그렇게 말하며 어깨를 으쓱해 보인다.

한스는 두 개의 젖가슴 대신 네 개의 젖가슴을 상상한다. 두 쌍의 엉덩이, 두 개의 입, 두 개의 혀, 하나 대신 두 개의 촉촉한 구멍이 그를 향하고 있는 것을.

신경 쓰이지 않죠?

그가 말한다. 뭐 친한 친구가 있다는 건 좋은 일이지.

카타리나는 로사에게 말한다. 진실을 남김없이 다 이야기해버리면 송두리째 무너져버리지 않을까 싶어. 모든 관계에는 혼자만 간직하는 비밀이 있지 않아?

그 누구도 상대와 완전히 하나가 될 수는 없겠지. 로사가 말한다. 하지만 차이가 있다는 건 좋은 일이야.

늘 뭔가가 찝찝하게 남아.

하지만 그렇게 남는 게 바로 흥미로운 부분이지.

하지만 관계를 깨지게 하는 것도 바로 그 부분이잖아.

그렇지 않을 수도 있어. 애초에 잘 맞는 사람을 찾아야지. 로사가 말한다.

양쪽 모두 속에 품은 서로 알지 못하는 것도 포함해서?

응.

그뒤 그들은 다시 나란히 누워 한동안 가만히 있다. 로사가 카타리나의 머리카락 몇 가닥을 집어 손가락으로 빙빙 꼰다. 카타리나는 심호흡을 하며, 로사에게선 좋은 냄새가 난다고 생각한다.

가끔 나는 한스가 말하는 진실이 이제는 존재하지 않는 게 아닐까 생각해. 카타리나가 말한다.

아니면 한스가 찾는 곳이 아닌 다른 어딘가에 있던가. 로사가 말한다.

그럴지도 모르지, 카타리나가 말한다.

내가 뭘 원하는지 나 자신도 잘 모르는 건 아닌가 하는 생각이 들어. 내가 뭘 원할 수나 있는 건가 하는 생각도 들고. 그러니까, 살아 있긴 한 건가 하는 생각. 인간으로 살아간다는 건 늘 뭔가를 원하는 거 아니겠어?

나랑 키스하고 싶어?

응.

거봐, 원하는 게 있잖아. 로사는 그렇게 말하면서 카타리나를 자기 쪽으로 끌어당긴다.

왜 헤어지지 않아? 로사가 묻는다.

나는 그를 사랑해.

여전히?

응.

잉그리트는 이미 잠들었고 한스는 돌출창 앞 책상머리에 앉아, 다음 카세트테이프를 위한 메모 작업을 한다. 카타리나는 로사와 함께 황동 프레임 침대에 누워 있다. 이제 튼튼한 네 기둥이 지옥을 떠받치고 있다.

17

땅이 열리고, 시골에선 크로커스가 흙을 뚫고 빛 속으로 얼굴을 내민다.

도시에는 팬지가 심겨 있고, 모두 카를 마르크스처럼 보인다.

헤르만 칸트는 작가협회 회장직을 사임하겠다고 한다. 그러나 내부적으로 상의한 결과, 호네커가 새 사람을 임명하기를 기다리느니, 헤르만 칸트가 형식적으로 회장직을 유지하고 다섯 명의 대의원이 실무를 담당하는 편이 좋겠다고 모두 말한다. 호네커가 얼마나 더 현직에 있을 수 있겠는가? 그가 물러나면 원로들 중 누가 그의 후임이 될 것인가? 회의 휴식 시간에 '지도자 없는 나라'라는 말이 나온다. 누군가가 보건부 장관이 자의로 물러났대요, 라고 전한다. 전례 없는 일이다.

한스의 한 동료는 사우나에서 경제계 간부와 함께 식사를 했는데, 그 간부가 기본 식량 배급이 오래 계속될 수 없는 상황을 소상히 설명했다고 말한다. 수요와 공급의 균형을 잘 맞춰야지, 그러지 않으면 전체가 무너져버릴 거라고 했다고 한다. 슈리페*는 여전히 5페니히지만, 잉그리트는 최근 엑스퀴지트**에서 재킷 한 벌에 700마르크를 지불했다. 작가협회의 한 분과인 괴테협회는 진화 대 혁명을 토론한다. 시스템을 내부적으로 바꾸어야 할까, 외부에서부터 바꾸어야 할까?

---

*   작고 가운데가 길게 파인 식사용 빵.

** 동독에서 고가의 의류·신발·화장품 등을 파는 매장.

젊은이들이 인내심을 배우는 게 시급할까, 아니면 나이든 이들이 본인들의 젊을 적 조급함을 기억하면 될까? 교육부 차관이 나와서, 당의 결의는 조건 없이 이행되어야 하며 '이탈자'에 대한 싸움은 철저히 수행되어야 한다고 말한다. 그러고 나서 교육부 차관은 저녁에 바이마르의 호텔 바에서 술에 거나하게 취해서, 한스의 소매를 붙잡고 더 마시자고 하지만, 한스는 자신의 방으로 도망쳐버린다.

한스는 때때로 들리는 문장들을 메모한다. '페레스트로이카'와 '글라스노스트'는 더 이상 써서는 안 되는 말이다. 동독의 색채를 띤 사회주의라는 말도 마찬가지다. 라디오 방송국 구내식당에서 오가는 우스갯소리들도 메모해둔다. 당신들이 묻지 않아도, 우린 답변합니다! 또는, 호네커가 지하철 타기를 싫어하는 건 왜일까? 지하철이 출발할 때 언제나 "물러나주세요"라는 안내 방송이 나오기 때문이다, 라는 식의. 한스의 전 여자친구 실비아는 '분홍 코끼리'에 대해 이야기한다. 이것은 나중에 삭제할 건더기가 있게끔 방송 텍스트에 일부러 집어넣는 불필요한 말들을 가리킨다. 하지만 그녀는 머릿속에 가위가 들어 있는 게 진짜 문제라고 말한다. 한스는 물론 그 말이 알아서 미리미리 복종한다는 뜻인 줄을 알지만, 잠시 실비아의 뒤엉킨 머리에 가위가 박혀 있는 상상을 한다.

작가협회에서 한 사람이 연극협회 탈퇴를 알리는 동료의 편지를 낭독한다. 뒷줄에 앉은 한 여성 작가가 충격이라고 말하는 소리가 한스의 귀에 들린다. 문학 텍스트와 관련해 '허가를 받을 의무', 즉 검열은 정말 오래전에 폐지되었어야 한다고 크리스토프 하인스가 연설한 지 벌써 일 년 반이 지났다. 한 젊은이는 하베만이 마침내 복권되어야 한다고 목소리를 높인다. 하베만이 가택 연금을 당했을 때 아직 꼬마였던 청년이 말이다. 특정 사회문제에 대해 말하는 것이 동독 작가들에게 여전히 금기인 이유가 뭐냐는 이야기도 나온다. 소련에서는 작가들이 텔레비전에 나와 세 시간씩 생방송으로 인터뷰를 하곤 하는데, 이곳에서는 여전히 작가들의 입에 재갈을 물리고 있다면서 말이다. 게재가 허용되지 않는 글들 이야기다. 인쇄용지를 책에 따라 편파적으로 할당하는 일도 도마에 오른다. 어떤 사람은 작가협회 간부진에게 종신 여권을 발급해주어야 한다고 하고, 어떤 사람은 자신은 예외적인 대접을 원하지 않으며, 여권도 원하지 않고, 차라리 그냥 국민들과 함께 고통받는 편이 낫다고 한다. 그러자 누군가가 뭐, 고통받는 데는 조직적으로 전혀 문제될 것이 없다고 외치고, 모두가 와 하고 웃는다.

한 사람은 전화를 신청한 지 25년이 지났는데 매년 검토 중이라는 이야기만 되풀이해서 들을 뿐이라며, 이런 열악한 상황을 견딜 힘이 당분간은 남아 있었으면 한다고 말한다. 타자기 잉크 리본, 종이, 타자기 부품, 주거 공간의 할당 등 미뤄지는 것투성이다. 한스는 부족한 물자에 대한 관리가 소홀히 이루어지고 있다며, 한나 아렌트가 관료주의를 "그 누구도 통치하지 않는 상태"라고 하지 않았느냐고 말한다. 한 여자 동료가 원고료도 1950년 이후 전혀 오르지 않았다고 하자, 헤르만 칸트는 그래요, 하지만 우리의 경우 책 한 권 값은 그 한 권을 제작하는 데 드는 돈의 100분의 1에 불과하니까요, 라고 한다. 이런 이야기 저런 이야기가 오가다가, 끄트머리에 한 사람이 이렇게 말한다. 여기서 논의되는 모든 문제는 기본적으로 체제 문제이고, 그 모든 것의 핵심은 공산주의의 미래라고.

4월 중순, 한스는 카타리나가 폴크스뷔네에서 열리는 랭보에 관한 연극「취한 배」공연을 보고 나오는 걸 기다린다. 프랑크 카스토르프 연출이었지만, 한스는 같이 보지 않겠다고 했다. 그리고 나중에야 비로소 왜 안 보겠다고 했는지를 말해준다. 기억나지. *선미에 서서 내 마음은 토할 것만 같네.* 랭보의 이 문장은 그녀의 배신을 알게 된 직후에 쓴 그의 편지들 중 하나에도 적혀 있었다. *선미에 서서 내 마음은 토할 것만 같네,* 라고 한스는 말하며 그녀를 포옹한다. 그의 어깨에 기댄 채 카타리나가 아주 차분한 목소리로 말한다. 더 이상 그가 자신에게 마음이 없다는 생각이 자꾸 든다고. 이 말은 갑자기 그녀가 여태껏 했던 그 어떤 말보다도 그의 마음에 더 쓰리게 와닿는다.

 다음 날 한스는 드레스덴에서 행사가 있다. 미발표 원고를 읽어달라는 낭독회 초청이다. 그는 이 년 전 봄, 아직 모든 것이 좋았을 때, 노이바우 아파트에서 잠든 카타리나를 바라보며 썼던 원고들을 처음으로 다시금 꺼내든다. 어제저녁 그녀는 그가 더 이상 자신에게 마음이 없는 것 같다며, 그의 어깨에 기대어 말없이 눈물로 그의 셔츠 소매를 적셨다. 한스는 드레스덴의 청중 앞에서 아직 행복했을 때 쓴 원고를 한 줄 한 줄 읽어 내려가며 생각한다.

 카타리나가 이곳에 앉아 자랑스럽게 그의 낭독을 듣는다면, 뭔가가 달라질 수 있을까. 한때 그녀는 그를 자랑스러워했고, 그는 그녀를 자랑스러워했으며 이것이 그들을 묶어주었다. *선미에 서서 내 마음은 토할 것만 같네.* 그녀는 그가 더 이상 자신에게 마음이 없는 것 같다고 말했다. 여태껏 들어보지 못한 담담하고 정제된 말투였다. 그의 반론을 기대하는 말투가 아니고, 이미 그들의 관계를 초월해 있는 듯한 말투였다. 낭독회 뒤 그는 이틀 더 드레스덴에 머물러야 한다. 젬퍼 오페어에서 리허설 라디오 녹음이 있다. 한스는 삼 일간 카타리나에게서 멀리 떨어져, 그녀 없는 삶을 상상해봐야 한다.

베를린으로 돌아가는 기차 안에서 그는 그녀에게 쓴다. *난 할 수 있어. 난 할 수 있어! 나는 매듭을 끊을 거야. 더 이상 카세트테이프를 녹음하지 않을 거야. 이미 적어놓은 다음 번 내용은 취소야. 더 이상 프랑크푸르트 이야기를 하지 않겠어. 우리는 더 나은 이야기를 해야 해!* 그녀가 미대에서 수업을 받는 동안, 그는 그녀의 집으로 가서, 테이블 위에 쪽지를 올려둔다.

이제야 진정한 봄이 찾아온다. 카타리나가 한스를 그렇게 원했던 적이 또 있었을까? 그녀는 춤을 추다시피 하며 집안을 누비고, 한낮에 와인을 마신다. 스케치하고, 그림을 그리고, 콜라주를 만들다가, 한스가 그녀에게 올 때마다 그를 사랑한다. 여자들의 등과 가슴 이미지들이 바야흐로 현재적인 사랑의 환상에 끼어들어, 카타리나는 위에서 아래까지, 좌에서 우까지, 두루두루 행복하다. 모차르트도, 바흐도 다시 듣는다. 한스가 「골트베르크 변주곡」 음반을 선물해준다. 그녀는 곧 지난해 미술대학에서 작업했던 것들 중 최고의 작품을 전시하게 될 것이다. 모든 학생이 독립된 전시 공간을 갖게 된다. 한스는 며칠간 그녀와 함께 어떤 작품을 전시할지 고민해준다. 모든 것이 예전과 같으면서도, 모든 것이 예전과 다르다.

2주 뒤에 인민의회 선거가 실시된다. 5월 7일에 연필과 자를 가지고 투표소로! 라고 사람들은 수군거린다. 미리 정해진 명부의 각 이름에 깨끗이 줄을 그어야만 반대표로 처리되기 때문이다. 카타리나는 웃으며 기표소로 들어가, 웃으며 나온다. 그녀가 죽죽 글을 긋는 소리가 바깥 테이블까지 다 들렸다. 모든 것이 예전과 같고, 모든 것이 예전과 다르다. 카타리나의 엄마와 랄프는 개인 자격으로 개표를 참관했고, 그들의 선거구에서 반대표가 13퍼센트였다고 한다. 라이프치히의 아빠는 11퍼센트였다고 하고, 한스의 미용사는 20퍼센트라고 하며, 시빌레의 언니는 10퍼센트라고 한다. 그러나 저녁에 텔레비전에서는 찬성이 98.5퍼센트라고 나온다. 처음으로 선거 조작이 명백히 드러난다.

한스는 불행한 시간이 거의 하루도 틀리지 않고 행복한 시간만큼 지속되었다고 말한다. 카타리나의 엄마는 헝가리가 오스트리아 쪽 국경을 개방하려 한다며, 그러면 동독은 체코슬로바키아 국경을 폐쇄할 것이고, 마침내 무슨 일이 일어나지 않겠느냐고 한다. 한스는 이 년 만에 처음으로 카타리나에게 라일락을 선물한다. 노이바우 아파트에서 함께 살던 때를 떠오르게 하는 꽃이다. 동독 전역에서 온 자유독일청년단 단원들이 성령강림절 집회로 모인다. 자신들의 티셔츠 위에 청년단의 파란색 티셔츠를 겹쳐 입어 언제든지 평범한 젊은이들로 돌아갈 수 있지만, 우선은 마르크스엥겔스 광장에 서서 깃발을 흔든다. 「인터내셔널가」가 이렇게 영혼 없이 불린 적이 있었던가? 「인터내셔널가」가 공식적인 지위를 얻으면서 그 노래 안에 담긴 힘과 분노는 상당히 밋밋해졌다.

노인들은 눈물이 그렁그렁한 채 연단에 서서, 그들이 더 이상 함께 하지 못해도 청년들이 그들의 못다 한 일을 계속할 거라고 믿고 싶어 한다. 하지만 사실 즉흥적으로 깃발을 흔들고, 구호를 외치고, 노래하는 등 그들이 감동하는 모든 것은 그들 자신이 마련한 것이다. 파란 셔츠도 말이다. 그들은 이제 아무 생각이 없는 세대에 스스로를 투영하고 있다. 여기서는 이제 아무도 더 이상 자신의 생각이 없는 것일까? 어떻게 이런 사람들이 근본적으로 새로운 사회를 만들 수 있을까? 이제 11일도 다시 기념한다. 어제 한스는 다시 돌아온 기념일을 카타리나와 함께 축하하기 위해, 포츠담의 인터호텔 방을 빌렸다. 함께 밤을 보내는 것이 대체 얼마 만이지? 백 년 만인가?

18

우리는 늦은 오후, 키 큰 소나무 아래 누워 위를 올려다보았다. 우리
자신의 부족함이 절절히 느껴졌다. 우리는 이들 나무처럼 저 높은 곳
으로 자라 올라가지도 않고, 땅속으로 깊이 뿌리내리지도 않는다. 그
저 미지근한 중간 상태일 뿐. 6월 초부터 행복이라 할 만한 것들을 적
어두는 작은 공책에 카타리나는 그렇게 썼다. 행복, 때로는 단지 궁
색한 한 조각 명랑함을 기록해두는 노트다. 그들이 미래로 나아가려
면 이런 명랑함이 필요하리라. 카타리나는 연말에 자신의 기록을 한
스에게 선물할 생각이다. 소설 작업을 재개하는 바람에 한스는 이렇
게 일상을 메모하는 일이 힘들기 때문이다.

카타리나는 아렌스호프에서 3.5킬로미터 떨어진 농촌 마을에서 두
번째 묵고 있다. 한스에겐 보여주지 않을 다른 노트에 그녀는 모든 것
이 *잘못되었고, 기만적이고, 굴욕적이다*, 라고 적는다. 한스의 아내에
게 못 할 짓을 하는 부끄러움에 대해 그곳에 적는다. 내년에는 절대 이
런 식의 휴가를 보내지 않겠다고 적는다. *내년에는 어떻게 될까?* 라
고 그녀는 적는다. 반면 한스에게 보여줄 노트에는 오타로 만든 새로
운 어휘들이 적힌다. *Ferunde*(Freunde: 친구들), *raltos*(ratlos: 어쩔 줄 모르
는), *Shinterop*(intershop: 인터숍*). 발트해로 떠나오기 전, 쾰른 할머니가
주신 서독 돈으로 인터숍에서 노란 귀걸이를 샀다. 하지만 어떻게 해

---

*   외화로 서구 상품을 구입할 수 있는 동독의 상점.

야 현재를 다시 살 만하게 만들 수 있을까, 어떻게 현재를 다시 현재로 만들 수 있을까. 한스에게 보여줄 노트에는 그런 의문에 대해 적지 않으며, 그녀 자신도 그 답을 도무지 알지 못한다.

"쿤츠인가?"

"아니."

"그럼 하인츠?"

"아니."

"그렇다면 음… 룸펠슈틸츠헨?"

"악마가 네게 알려줬구나, 악마가 네게 말해준 거야." 난쟁이는 그렇게 소리지르며 화가 나서 오른발로 땅을 쾅쾅 차고 깊이 파헤치는 바람에 몸이 점점 그 구덩이로 빠져 들어갔다. 그러자 난쟁이는 더욱더 성이 나서 양손으로 자신의 왼발을 움켜쥐었고, 다음 순간 몸이 양쪽으로 찢기고 말았다.

한스는 카타리나 옆, 참나무와 소나무 아래 잔디밭에 누워 그녀에게 동화 「룸펠슈틸츠헨」의 끔찍한 결말을 줄줄 암기해 들려준다. 그녀는 웃으면서, 동시에 난쟁이를 가여워한다. 난쟁이 룸펠슈틸츠헨이 마법을 부려 젊은 왕비를 도운 대가로, 그녀는 첫아이가 태어나면 그에게 주겠다고 약속했지만, 왕비가 그의 이름을 맞히는 바람에 룸펠슈틸츠헨은 아이를 얻지 못한다. 살아 있는 생명을 얻게 되는 것보다 룸펠슈틸츠헨이 더 바라는 것은 없었으리라.

살아 있는 생명이라… 한스는 생각하며 파란 하늘을 올려다본다. 그의 옆엔 그가 함께 아이를 가지고 싶어 했던 여자가 누워 있다. 살아 있는 생명이라… 카타리나는 생각하며 파란 하늘을 바라다본다.

그녀 옆에는 그녀가 함께 아이를 가지고 싶어 했던 남자가 누워 있다. 그녀는 방금 웃었지만, 이제 누워서 무슨 말을 해야 할지 알지 못한다.

오늘 우리의 만남은 즐거웠어. 유감스럽게도 너무 짧았지만. 당신은 트랙터들이 숲길을 가는 걸 보고 '탱크 공격'이라고 했지. 슬금슬금 우리 은신처의 가녀린 작은 나무들에게로 밀고 올라가는 것을 '전선'이라 불렀고, 나는 제우스여, 벌거벗은 몸을 가려라, 라고 말했고, 당신은 부지런한 농부들! 이라고 말했어. 한스와 보내는 일상을 메모하는 이유는 그 일상이 늘 이중의 토대 위에 있기 때문일까? 따라서 당연함이 결여되어 있기에, 기본적으로 일상이라 할 수 없기 때문일까? 현실에서 더 이상 안전히 거할 곳을 찾지 못하는 것들만이 박물관에 전시되지 않는가, 라고 카타리나는 생각한다. 어제 카타리나가 묵고 있는 농가의 주인은 조만간 굴착기가 맞은편의 오래된 목조건물을 밀어버릴 거라고 말해주었다. 그때 카타리나는 왈칵 눈물을 쏟을 뻔했다. 오래되어 목재가 거무튀튀하게 다 썩어버린 빈집이 왜 그리 가슴 아프게 생각되는지. 하지만 이런 생각들은 자기만 보는 노트에 적는다.

한스는 정말로 '탱크 공격'이라고, '전선'이라고 말했다. 자전거를 타고 아렌스호프로 돌아오는 동안에도 그 말들이 계속 머리를 스쳤다. 어릴 적에 배운 말들은 얼마나 고집스러운가. 다시 휴가객들이 머무는 구역에 돌아와 가족과 저녁 식사를 마치고 다시 식탁을 책상 삼아 앉아 한스는 그런 생각을 한다. 잉그리트는 헝가리와 오스트리아 국경에 그저께 탱크들이 나타나지 않았다며, 뉴스를 보면서 다행이라는 말을 여러 번 한 참이다.

어릴 적, 남자아이가 포즈난의 어느 집 벽에 새겨놓은 *기갑 부대 사령관 한스*라는 글자. 순진무구했던 어린 시절, 가장 친한 친구와 전쟁놀이를 하며 서로 적이 되었던 골목 모퉁이. *말발굽 소리 요란하게, / 우리는 깃발을 들고 전쟁터로 나간다네 / 곳곳에 피비린내 나는 전투가 벌어지고, / 우리는 그 전투를 위해 부름을 받았으니.* 전쟁놀이에서 죽음을, 영웅적인 죽음을 연기하는 것. 정복군의 사령관이 되어 싸우다가 죽어가는 것. 옳은 일을 위해 희생을 치르는 어마어마한 즐거움. 그러나 그뒤 진짜 전쟁이 막바지에 이르러 전쟁으로 말미암은 처참한 파괴를 가까이에서 두 눈으로 목격하자 갑자기 모든 것이 달라 보였다. 1944년 5월의 어느 날, 폭탄 소리에 한밤중에 잠에서 깨었을 때, 엄마는 그의 손을 잡고 그가 제대로 쫓아갈 수 없을 정도로 다급히 계단 아래로 이끌었다. 여느 집의 지하실은 모두 만일의 경우를 대비해 폭탄 대피소로 만들어졌던 것일까? 그는 잠옷 차림으로 어두침침한 지하실에서 과일 상자에 앉아 그의 흔들 목마와 재회했다. 흔들 목마는 어둠 속에서 가장자리로 밀려나 있었고, 이제 그것을 타기에는 그의 몸집이 너무 컸다. *말발굽 소리 요란하게, / 우리는 깃발을 들고 전쟁터로 나간다네.* 그런 즐거움에서 남은 것은 두려움뿐이었다.

그리고 지금은? 지금 '오늘의 뉴스'가 나온다고 잉그리트는 말하고는, 소파 왼쪽으로 옮겨가며 한스가 앉을 자리를 만들어준다. 천안문 광장에서 탱크가 시위대를 덮친 지 이제 7주가 흘렀다. 독일군의 탱크는 50년 전에 굴러갔고, 그로부터 5년 뒤 소련군의 탱크가 독일로 진격해, 벚꽃이 만발한 계절에 브란덴부르크의 과수원 길을 통과해, 적들을 그들 자신에게서 해방시켰다.* 헝가리의 탱크는 30년 전에 굴러갔고, 루카치는 그때 파시스트들의 손에 교수형에 처해질 뻔했다. 프라하의 탱크는 20년 전에 굴러갔다. 늘 같은 전투일까, 아니면 매번 다른 전투일까? 전쟁이 끝나기까지는 얼마나 걸릴까? 1968년 소련 탱크가 바츨라프 광장에 진입하기 직전, 잉그리트는 프라하 개혁자들이 참 '순진하다'고 말했다.

그거 기억나? 아나운서가 방금 천안문 사태에서 희생된 중국인들이 2,000~3,000명 사이라고 거듭 반복한다. 사회주의 국가들에서 막 무너져가는 것이 중국에서는 아직 버젓이 버티고 있는 걸까? 그로미코**는 7월에 죽었고 카다르 야노시도 죽었다. 러시아는 아프가니스탄에서, 쿠바는 아프리카에서 군대를 철수하고 있으며, 그저께 오스트리아-헝가리 국경에서는 소위 '범유럽 피크닉'이 있었다. 흠, 최소한의 작명 센스는 있구만, 이라고 한스는 말했지만, 잉그리트는 웃지 못했다. 헝가리인들은 국경이 열렸을 때 소련이 공언했던 대로 정말 개입하지 않을지를 시험해보고자 했다. 대가가 감당하기 힘들 만큼 커지는 건 어느 시점부터일까?

고르바초프는 '선거의 자유'를 선언하면서, 레닌이 철학적인 글에 쓴 내용을 생각했을 것이다. 레닌은 이렇게 썼다. *자발적 운동은 그 자발성이 대중에게 깊게 뿌리내리고 있어 근절할 수 없음을 보여준다.* 하지만 레닌은 그런 자발적인 운동의 질에 대해서는 말하지 않는다. 결국 히틀러도 선거로 선출된 인물이 아닌가. 잉그리트는 어쨌든 에

---

* 독일 민중을 나치로부터 해방시켰다는 뜻이다.
** 구소련의 정치가·외교관·대통령.

곤 크렌츠의 발언은 정말 역겹다고 말한다. 크렌츠는 베이징의 시위는 "반혁명적인 소요사태이고, 그것을 단호히 진압하는 것은 질서 회복을 위해 정당한 일이었다"고 말했다.

2,000~3,000명이 사망했다니. 이게 여기 우리에게 어떤 의미인지 한번 생각해봐. 한스는 난감하게도 반란의 동인이 되는 목표가 반란으로 달성되는 목표와 아주 다를 때가 많다고 말한다. 선한 의도를 가진 반란가들이 자신이 무슨 일을 촉발하고 있고, 누구의 길을 열어주고 있는지 모르는 경우가 많다는 것이다. 나도 우리 국민들이 줄줄이 달아나버리는 게 싫어. 하지만 폭력은 해결책이 아니야. 잉그리트가 말한다. 지금에서야 비로소 한스는 잉그리트가 루트비히 걱정을 하고 있다는 걸 알아차린다. 그 녀석이 드디어 전화를 걸어왔을까? 그렇지 않다. 루트비히는 열흘 전부터 여자친구와 벌러톤 호숫가에 있었는데, 부디 아직 그곳에 있기를 한스는 바란다. 그는 이미 서독 여권을 지닌 채 뮌헨을 활보하고 있을지도 모른다. 아들이 무슨 생각을 하는지 알았던 적이 있을까? 루트비히는 철학을 공부하고 싶어 하지만, 3년간 군 복무를 하는 건 한사코 피하려 한다. 어리석지만, 이해할 수 있는 일이다.

한스는 옛날에 운이 좋아 '백색 세대'에 걸렸다. 군 복무를 할 나이에 기존의 군대가 막 폐지되었고, 다른 군대는 아직 창설되지 않은 시기였다. 그 어떤 아무개 소시민의 휘하에 들어가서 복종해야 했을 거라고 생각하면 끔찍하다. 루트비히도 그의 뒤를 따르는 것일까? 어쨌든 엊그제 헝가리 국경이 열리고 800명이 국경을 넘어갔으며, 국경은 몇 시간 뒤 다시 닫혔다.

카타리나는 농촌 마을에서 방을 빌려준 집주인 아주머니와 다른 두 농부 아주머니와 함께 앉아 텔레비전을 본다. 독일 제1공영방송의 오늘의 뉴스입니다. 다시 한번 국경을 넘는 동독인들의 모습이 비친다. 어깨에 작은 가방을 멘 모습. 곧 겨울도 닥치는데, 어쩌려는 걸까? 잃어버린 모든 걸 되찾기까지 하루이틀 걸리는 게 아닐 텐데… 뉴스에 이어 광고가 나온다. 휴지까지도 광고를 해야 하나 보다. 광고를 하지 않으면 화장지도 팔리지 않는다고 생각하는 것일까? 사회주의 국가의 농부 아낙네들이 웃는다. 그리고 이런 토크쇼 말인데, 너희는 맨날 이런 토크쇼를 보니? 뭐, 흥미롭구먼, 물론 다 알지는 못하지만.

카타리나는 위층 방으로 올라가 다시 한번 작은 노트를 펼쳐놓고 적는다. 오늘 헤어질 때 당신은 내게 아주아주 멋진 키스를 해주었어. 바람이 지나가는 숲속 오솔길에서.

나중에 꿈속에서 그녀는 지하실에서 세 여성을 죽인다. 그것은 그녀가 사는 곳에 둥지를 튼 은색 쥐며느리 때문이다. 또한 날고기를 먹기 때문이기도 하다. 수사가 시작되고, 누군가 그녀의 가방을 가져온다. 가방 속에는 손수건 두 장과 먹지가 들어 있고, 거기에 살인과 피에 대해서 쓴 글이 보인다. 그로써 그녀의 죄가 입증된다. 재판은 어렴풋하고, 지하실의 하얀 시체들에 대한 기억은 불분명하게 흔들린다. 그리고 그녀가 쥐며느리를 아직 처치하지 못한 것은 아무도 알지 못한다.

다음 날 한스는 소나무 밑에서 말한다. 있잖아. 어젯밤 꿈에 너와 함께 프랑크푸르트에 있었어. 네 연인도 거기 있었고, 물론 너도. 유감스럽게 나도. 우리 셋 다 극장 구내식당에 있었어. 끔찍했어. 카타리나는 무슨 말을 해야 할까? 사람들은 이럴 때 뭐라고 말할까? 한 사람이 다른 사람과 이야기하는 건 무엇 때문일까? 그냥 조용히 살 수는 없는 걸까?

19

쟁반 같은 달이 그들 옆에 둥실 떠 있는 8월의 밤, 월식이 시작되기 직전, 유일하게 시원한 장소는 바로 공관 지구*였다. 그들은 산책을 나가, 불 꺼진 중앙위원회 건물이 보이는 곳에 있는 사과나무에서 크고 푸르고 시큼한 사과를 따서 잔디밭에 앉아 먹었다. 3주 전 밤, 어린 시절의 뒤안길에 있었다고 할까.

그녀의 가방엔 여섯 페이지짜리 편지와 두 페이지 분량의 추신이 들어 있었다. 편지에서 그녀는 그들이 어디로 가야 하는지 잘 모르겠다고 적었다. 그녀는 여전히 기다리지만, 뭘 기다리는지 더 이상 모르겠다고. 그리고 이렇게 적었다. *당신은 나를 알아야 해요. 그러나 당신은 여전히 나를 알려고 하지 않아요.* 공관 지구 잔디밭에서 일어나기 전에, 그녀는 한스에게 편지를 주었다. 그러나 한스는 3주가 지나, 발트해로 휴가를 다녀온 다음에야 비로소 그 편지를 읽었다.

그의 답장에는 이렇게 씌어 있다. *4월에 비로소 다시 시작된, 우리의 매달 11일은 예전처럼 행복한 기념일로 지켜질 수 없어. 나 자신도 고통스러워. 정확히 이 년 전 프랑크푸르트에서의 9월부터, 넌 매달 11일의 기념일을 망쳐놓으려 했어. 그리고 그녀에게 이제 곧 다시 다음 카세트를 줄 거라고도 했다. 유감스럽게도 그렇게 하지 않고는 자신의 실망을 끝낼 수가 없다면서.* 카타리나는 갑자기 시간이 4월

---

* 관공서 등의 공공건물이 모여 있는 지구.

부터 9월까지 널을 뛰는 걸 본다. 4월에 희망이 시작되었다가 9월에 다시 끝나는 것을. 카타리나는 공관 지구 잔디밭에서 보름달 아래 한 스에게 편지를 준 밤부터 3주 뒤 한스가 드디어 편지를 읽고 답장을 준 날까지 시간이 널을 뛰는 걸 본다.

예전에 9월의 어느 날, 한스는 그녀에게 자신의 50번째 생일 사진을 보여주었다. 오른손 가운뎃손가락이 니코틴으로 누렇게 된 것이 눈에 띄었다. 9월의 어느 날, 그녀는 프랑크푸르트 안 데어 오더의 역 화장실에서 바닥에 쪼그려 앉아 있었다. 다시금 9월의 어느 날에 그 녀는 호텔 슈타트 베를린의 높은 방에 앉아 있었고, 밤의 도시가 저만 치 그녀의 팔꿈치 아래 놓여 있었다. 국영 출판사, 프랑크푸르트, 대 학의 기초 과목, 소의 두개골이 머릿속에 떠오른다. 뭔가가 시작되고, 뭔가가 끝나거나 성취된다. 그러나 그사이 시간은 삶으로 흘러들어, 얽히고설키며 함께 자란다. 다만 한 가지는 이뤄지지 않는다. 초연해 지는 것. 초연해지지 않고 늘 팽팽한 긴장 상태다. 정신없이 살다 보 니 지각하지 못하는 시작과 미래, 어둠 속에 놓인 끝 사이에 갇혀 늘 전전긍긍이다. 그녀가 계속 바딤 생각을 하도록 만드는 것은 한스 자 신이 아닐까?

9월! 9월! 당통 역을 맡은 크리스티안 그라스호프가 도이치 극장 에서 외쳤다. *9월!* 카타리나는 지난 몇 년간 이 공연을 여덟 번이나 보았다. 이 공연이 아니었다면, 무대미술을 공부하는 게 어떻겠냐는 한스의 제안에 결코 따르지 않았을 것이다. 열여섯 살에 첫 남자친구 게르노 옆에서 처음 보았고, 마지막으로 지난 6월에 아빠랑 같이 볼 때는 대사를 거의 외워서 속으로 따라 했다. *국가의 형태는 국민의 몸에 착 달라붙는 투명한 옷 같아야 해. 그래서 혈관이 불거지고, 근*

육이 당겨지고, 힘줄이 경련하는 것이 옷에서 표시가 나야 하지. 그라스호프는 두 주인공을 연기했다. 당통과 로베스피에르. 톱밥이 담긴 바구니로 머리가 떨어지는 당통과 그를 참수하지만 6개월 뒤 자신의 머리도 톱밥 바구니에 떨어지는 로베스피에르.

하지만 이쪽도 저쪽도 인간이 인간을 착취하는 상황을 개선하려고 애쓰지 않은 것은 흥미롭다고 아빠는 말했다. 가난한 사람은 계속 가난하게 남았지만, 피를 많이 흘리는 와중에서 그것은 그다지 눈에 띄지 않았다. 자신은 아직 그런 생각은 못 해봤다고 카타리나는 말하면서, 이제 다시 들을 수 없는 카미유 데물랭의 거친 피아노 즉흥연주를 생각했다. 민족이라는 개념은 옛날에 사람들을 무급으로 전쟁에 동원하기 위해 고안되었을 뿐이라고 아빠는 말했다. 그리고 루실이 두 형리에게 인형처럼 끌려가 처형당하는 장면을 이야기했다. 푸른 조명 아래 루실이 무대 깊숙한 곳으로 끌려가는 장면을. 루실이 형리들보다 키가 20센티미터 작기 때문에 그들은 그녀를 들어올려서, 마지막에 루실은 더 이상 발이 땅에 닿지 않고, 몸이 붕 뜬 채 끌려갔다. 카타리나가 이제 다시는 이런 연출을 보지 못하겠다고 생각하고 있는데 아빠는 다만 그라스호프가 오늘은 너무 소리를 지나치게 지르는 느낌이었다고 덧붙였다. 이 무대 세트를 만든 사람이 폴커 퓔러라는 우리 과 교수라고 그녀는 말했고, 아빠는 흥미롭군, 그가 어떤 작업을 하는지 네 설명을 들어야겠어, 라고 한다.

이제 가니메트도 문을 닫는다. 영원히. 한스와 카타리나가 도착할 때는 날이 이미 어둑어둑하고, 의자 몇 개는 벌써 저만치 뒤쪽 테이블에 거꾸로 엎혀 있다. 옷 보관소는 어둡고, 그들은 옷을 알아서 옷걸이에 건다. 그들 외에는 단 한 커플만이 식당에 앉아 있는데 길을 잘못 든 눈치다. 긴 탁자에 제복을 입은 프랑스, 미국 또는 영국 대학생들이 떠들며 앉아 있다. 음악은 레코더에서 흘러나온다. 이제는 서서 연주하는 바이올린 연주자도, 글리산도도 없고, 피아노 뚜껑은 닫혀 있다. 웨이터는 시끄럽고 서툴다. 사장님은요? 베버 씨는? 유감스럽게도 오늘은 안 계십니다. 베르너 버터 부용 안에 메추리알 대신 완숙된 달걀 한 조각이 떠다닌다고 카타리나가 말하자 한스가 고개를 끄덕인다. 두 사람은 이제 마지막으로 나시고랭을 먹는다. 이젠 중앙위원회 건물에서만 나시고랭을 먹을 수 있겠군, 하지만 아무렴 어때. 한스는 그렇게 말하며 다시 입을 다문다. 부엌에서 왁자지껄 떠드는 소리와 함께 그릇 부딪히는 소리가 들리니 벌써 짐을 싸고 있나 보다고 카타리나가 말하고, 한스는 고개를 끄덕인다.

카타리나는 가니메트에서의 첫 약속을 기억하고, 다시 한번 그때와 똑같은 옷을 입었다. 당시엔 여름 저녁노을이 황금빛으로 물들고, 그녀는 머리에 벨벳 리본을 달고 있었다. 그가 제시하는 모든 조건에 네, 라고 말하며, 조건을 말할 때마다 미소를 짓던 그녀의 모습. 당시에는 모차르트 음악이 연주되었고, 지금은 카세트에서 팝 음악이 흘러나온다. 그는 당시 막 시작된 일을 '거룩한 이중성'이라 불렀다. 이제는 더 이상 돌아갈 수 없는 시간들. 한스는 일 년 전 자신이 그녀에게 뭐라고 썼는지를 떠올린다. 이제 텅 비고 약탈당한 집이 된 듯한 기분이라고 썼다. 벽에서 전기 배선이 뜯겨나가고, 창문은 열 수 없게 못질되어 있고, 커튼이 내려져 있고, 잡동사니가 여기저기 널려 있는 집. 이곳 역시 곧 그런 모습이 되겠지. 그의 기억에 늘 활기 넘치는 장소로 남아 있는 이곳도… 이전의 고급 레스토랑은 이젠 퇴락한 장

소가 될 것이다. 그들에게 남은 사랑만큼이나 퇴락하고 망가진 장소
가… 당시에는 얼마나 희망에 부풀어 있었던지…

  카타리나가 말한다. 하지만 우리는 계속 남을 거예요.

  그녀는 좋은 뜻에서 말하고 있지만, 유감스럽게도 아무것도 이해
하지 못한다.

  그는 옷 보관소 옷걸이에서 코트를 내려 그녀에게 내밀고, 그녀는
일단 한스를 마주 보고 코트 소매에 팔을 끼워 그를 잠시 안은 뒤, 다
시 팔을 꺼내 돌아서서 코트를 입는다. 한스가 자신의 코트를 입는 동
안에 카타리나는 옷걸이에 붙은 마크를 떼어낸다. 80번, 그녀는 그것
을 기념으로 간직하려 한다. 당시에 그들은 따뜻한 날의 노을질 무렵,
찬란한 햇빛 속에서 공기의 먼지가 반짝이는 곳으로 나갔고, 처음으
로 바이덴다머 다리를 함께 걸었다. 그녀가 정확히 어느 지점에서 팔
짱을 꼈는지를 그는 지금도 정확히 기억한다. 그러나 지금은 10월이
고, 바람이 불고 서늘하다. 카타리나의 외투 속 등이 파인 여름 원피
스는 너무 얇다. 카타리나는 막 다리를 건너오는 46번 트램을 향해
달려가지만 트램을 놓치고, 택시를 잡으려고 손을 흔든다. 진짜 택시
건, 불법으로 영업하는 택시건 아무 택시나 잡으려 한다. 어느 순간
트라반트 한 대가 멈추고, 10마르크의 요금에 우선 그녀를 집 앞에
내려주고, 그의 집으로 향한다.

20

솔직히 내가 왜 너와 헤어지지 않는 것인지 모르겠다.

내가 카세트 작업을 그만두려 했던 봄에 네게 준 편지에 이렇게 적었지. 이런 패배를 해결하려 했던 건 기본적으로 일종의 도피였다.

카세트 작업을 중단하면 내가 어디서 도망쳤는지가 드러날 것이다. 그런데 이런 6개월간 무엇이 드러났지?

A면. B면. 60분. 추운 계절을 목전에 두고 카타리나는 다시 헤드폰을 낀 채 테이블 앞에 앉아 있다. 최근에 아름다운 로사는 카타리나에게 눈이 '생선 같다'고 했다. 한스와 힘겨운 나날을 보내던 어느 날이었다. 물고기들도 겨울잠을 잘까, 아니면 양서류만 겨울잠을 잘까? 추락이 아무렇지도 않으려면, 그녀는 아마도 냉혈동물이 되어야 할 것이다. 이 모든 것이 더 이상 힘들지 않게끔 멀리 밖에 있어야 할 것이다. 하지만 그러고 난 다음에는 어떻게 다시 친밀함으로 돌아올 수 있을까?

우리가 이렇게 오래갈 수 있었던 건 프랑크푸르트 덕분이었던 것 같아. 프랑크푸르트에서의 너의 그 관계가 우리 관계에서 나타나는 마모 현상을 덮어주었으니까. 너의 부정이 발각되지 않았다 해도, 늦든 빠르든 우리는 끝났을 거야. 중요한 건 본질이니까.

그녀는 납작하게 살고자 한다. 납작하고 빠르게, 어느 순간에 다시 진짜 인생이 시작될 때까지. 그때까지는 삶의 시간을 빠르게 흘려보내려 한다. 하지만 과연 언제 진짜 인생이 시작될까? 그때까지 설렁설렁. 시간이 아깝긴 해도 어쩌겠는가. *지상에서 내게 허락된 시간은 그렇게 흘러갔다.* 자신과 벽 하나를 사이에 두고 살다가 술을 너무 많이 마셔서 죽어버린 이웃이 생각난다. 죽은 사람의 신분증을 손에 든 경찰은 그녀에게 옆집에 살던 남자가 맞는지 확인해달라고 했다. 그의 시신은 이미 창백했다. 발가락에는 꼬리표가 달려 있었다. 발가락은 꼬리표를 위해 존재하는 것일까?

네 입장에서는 모든 것이 그저 한순간 부풀어 올랐다 사그라지는 그런 감정일 뿐이었어. 프랑크푸르트에서의 감정도, 유감스럽게도 나와의 감정도. 그것은 이런 일의 본질이 아니라, 네 본질이야. 너는 스스로를 흥분시키기 위해 모험을 하고 음모를 꾸며야 했어. 우리의 첫 시간은 처음에 그걸 충족시켜주었어. 그러나 어느 정도 관계가 안정되려 하자, 너는 네 자유를 십분 발휘해 다른 곳에서 흥분을 만들어냈지. 이런 방식으로 감정에 휩쓸리는 사람은 감정 면에서 전혀 신뢰할 수 없는 사람이란 걸 보여주는 거야. 네가 자신의 메모를 아무 데나 흘리고 다녔다는 건 네 말과는 달리 절대 솔직하려고 했기 때문이 아니야. 넌 감상적인 텔레비전 드라마에서처럼 불행을 계획했던 거였어.

이 6개월 동안 무엇이 드러났을까? 때로 카타리나는 한스와 더불어 다시금 처음에 그랬던 것처럼 행복했다. 아니 심지어 더 행복했다. 또는 다른 방식으로 행복했다. 온전히 행복했다. 어느 날엔가 그냥 손을 잡고 아카데미 광장을 걸었을 때, 한스가 카타리나에게 아직 세상의 그 누구에게도 공개하지 않은 소설의 새로운 챕터를 읽어주었을 때. 최근에 그들이 글렌굴드가 베토벤 피아노 협주곡 3번을 오른손으로만 연주하면서 왼손으로 코를 푸는 상상을 했을 때. 한스는 카타리나와 함께 누리는 행복으로부터 도망치고 있는 것일까?

네게 영혼이라 부를 수 있는 것이 있다면, 넌 그 모두를 9월부터 프랑크푸르트로 가져다놓았어.

하지만 네 말대로 너의 그 성자가 정말로 죄가 없고 겸손하고, 정말로 그렇게 감동할 정도로 좋은 사람이라면, 약간의 배려심이 있어야 했던 게 아닐까? 하지만 겸손하게 보이는 건 위선이고, 그 허영심은 정말이지 촌스러운 거야. 네가 그런 것에 걸려들 수 있었다는 것, 네가 스스로를 그렇게 깎아내릴 수 있었다는 것, 네가 스스로를 그렇게 보잘것없는 여자로 만들었다는 것, 그것은 내 눈에서 네 가치를 결정적으로 떨어뜨렸어.

시빌레는 최근에 체포되었다. 자전거를 교회 옆 난간에 묶어놓았기 때문이다. 시빌레는 교회에서 열리는 반대 집회에 가려고 한 게 아니라, 교회 맞은편에 사는 이모 집에 가려고 했던 것이었다. 경찰은 그녀를 밤새도록 경찰서에 붙잡아두었고, 부모님께 전화도 못 하게 했다. 시빌레는 홀딱 벗고 두 다리를 벌린 채 상체를 구부려야 했다. 슈타지가 내 엉덩이에 기관총이 숨겨져 있는지 확인하려고 그랬다고 그녀는 말했다.

나는 엑스트라가 되었어. 그러나 나는 엑스트라가 되려고 살지 않

아. 너는 나를 붙잡아두려고 했지만, 네 그 영계도 놓치지 않으려 했어. 그래서 이상적인 사랑에서 남은 것은 다만 이상적인 거짓말뿐. 네가 장차 진정성을 보여줄 부분이 있을지 아직 잘 모르겠어.

한스는 이틀 전에 결의문에 서명했다. 작성한 지 며칠밖에 되지 않은 아주 신생 결의문으로, 록 음악가들과 연극인들이 만든 것이라고 했다. 둘이 차를 마실 때 그녀는 그것에 서명한 걸로 그도 한결 젊어진 거라고 말했고, 과거로 시간 여행을 하는 것이 그렇게 간단하면 좋겠다면서 둘은 웃었다. *진실은 드러나야 합니다. 이 나라에는 우리의 피땀이 녹아들어 있습니다. 우리는 이 나라를 망가지게 내버려두어서는 안 됩니다,* 라고 결의문에는 되어 있다. *사회주의를 폐지하는 개혁이 아니라, 사회주의를 계속해서 가능케 하는 개혁이 되어야 합니다,* 라고도 되어 있다.

차를 마시며 카타리나는 며칠 전부터 대학교에 떠도는 소문에 대해서도 이야기했다. 다가오는 국경일인 10월 7일에 고르바초프가 그 도시에 오면, 인발리덴 거리의 국경 검문소에 군중이 몰려들게 될 것이라는 소문에 대해서였다. 문제는 이제 이 사회에 생동감이 결여되어 있는 거라고 한스는 말했다.

그런 다음에 그녀는 차를 더 따랐고, 그는 언제나처럼 찻잔에 설탕을 넣어주었다, 우선은 깎아서 한 스푼, 그리고는 반 스푼. 그녀는 그냥 수북하게 한 스푼 넣어달라고 제안했지만, 그는 3년 전부터 해온 옛 방식을 고수했다. 깎아서 한 스푼, 그리고 반 스푼 더. 나중에 수북하게 넣어주겠다며.

네게 '사랑'이라는 말은 늘 은박지 속의 산타클로스 초콜릿처럼 속이 텅 빈 것이었어. 네가 후회하는 건 마땅하지만, 내가 보기엔 어울리지 않아 보여. 그도 그럴 것이 어떻게 본인의 성향을 후회할 수가 있겠어?

최근에 그녀는 한스의 작업실에서 한스 옆에 앉아, 한스가 타이핑을 하는 동안 막스 베크만의 삽화가 곁들여진 요한계시록을 들추어 보았다. *보라 그는 구름을 타고 온다 / 모든 눈이 그분을 볼 것이다 / 그분을 찌른 자들도 볼 것이고 / 땅의 모든 이가 그분 때문에 통곡할 것이다 / 그럴 것이다 / 아멘 / 나는 알파요 오메가이며 / 처음과 끝이다 / 이제도 있고 앞으로 오실 / 전능한 주 하느님이 말한다.*

그녀의 동급생이 다음 여름에 마이센의 성당 광장에서 요한계시록을 상연하고 싶다며, 그녀에게 무대의상을 만들어줄 수 있느냐고 물었다. *그분의 머리와 머리털은 흰 양털과 같이 / 눈과 같이 희며 / 그의 눈은 불꽃 같고 / 그의 발은 용광로에서 정련된 / 주석 같고 / 그분의 목소리는 큰 물소리와 같았다 / 그분은 오른손에 일곱 별을 쥐고 있었고, 입에서는 날카로운 쌍날칼이 나왔으며, 그의 얼굴은 환한 해처럼 빛났다.* 전능자를 위한 의상이라니, 이것은 거의 해결할 수 없는 과제다. 그녀는 곧장 알겠다고 했다. *그분의 목소리는 큰 물소리와 같았다.*

그런 6개월은 얼마나 많은 얼굴을 가지고 있을까? 얼마나 많은 목소리를 가지고 있을까?

내게 거짓말을 한 것도 좋지 않지만, 그보다 훨씬 더 안 좋은 것은 네가 스스로를 속였다는 거야. 왜 그랬는지 스스로 자문해봐야 할 거야. 그런 자기기만에 빠질 수 있는 사람에게 내가 하고 싶은 조언은 한 가지뿐. 예술에서 손 떼.

21

나는 죄가 없다! 테너가 부르는 이 문장이 그녀를 오페라에서 몰아낸 걸까? 아니면 늘 그렇듯, 잘 차려입고 향수를 짙게 뿌리고는, 빨간 벨 벳 의자에 앉아 있다가, 공연 중간 휴식 시간에 삼삼오오 서서 담소 를 나눈 뒤, 다시 빨간 벨벳 의자에 앉게 될 청중들을 보고 있자니 뛰 쳐나가고 싶었던 걸까? 언제나처럼, 영원히, 과거에 있었고, 현재에 존재하고, 미래에 있게 될 모든 공연에서, 향수와 휴식 시간의 웅성 거리는 대화, 크리스털 상들리에, 샴페인 한 잔, 프로그램북 읽기, 그 리고 다시 들어가 자신의 열을 찾고 좌석 찾기. 늘 언제나처럼, 앉고, 일어나서 잠시 서성이고, 앉고, 그렇게 늘 다시 또다시, 오늘처럼 언 제나 영원히… 오늘은 초청 공연이 있고, 내일은 그 어떤 다른 작품 이 공연되고, 앉고, 서성이고, 다시 앉고. 마치 세상이 영원히 차단되 고, 연극이 영원히 계속될 것처럼 말이다.

2막의 시작을 알리는 벨이 울릴 때, 카타리나는 이미 거리로 나온 참이다. 조명이 물결처럼 흐르는 운터 덴 린덴 거리. 바로 맞은편에 반쯤 완성된 거대한 관중석이 보인다. 아직도 공사 중이다. 금속 비 계, 판자로 된 벽, 그 모든 것 위에 망치와 컴퍼스, 호밀 고리로 형상 화된 동독의 문장이 있다. 10월 7일 축제 때까지 마쳐야 하며, 그때 까지 사흘밖에 남지 않았다. 인부들이 널빤지와 판자, 도구들을 들고 이리저리 돌아다니고, 여기서 못을 박고, 저기서 구멍을 뚫고, 망치 로 철을 내려치면서 뭐라고 뭐라고 외친다. 이와 병행해 음성 테스트도 진행된다. 하나, 둘, 셋, 헬로? 헬로? 그런 다음 갑자기 확성기에서 음악이 나오며, 밤거리에 투쟁가가 울려 퍼진다. *말해주오, 그대가 어디 있는지, 말해주오, 그대가 어디 있는지, 어떤 길을 가고 있는지!* 프리드리히 대왕은 이런 정신없는 소란에도 아랑곳없다는 듯, 말을 탄 채 프라흐트 거리 한가운데 자신의 기념비 위에 서 있다. 동쪽을 향하고 있지만, 그 자리에서 한 걸음도 움직이지 않은 채 서 있다. 카타리나는 관람석을 등지고 걸어 오페라하우스도 뒤로한다. 고요한 거리를 통과해, 헤드비히 성당을 지나 카페 아르카데로 가려 한다.

젊은이들이 교회 주변을 서성인다. 아노락을 입고 뭔가를 기다리는 몸짓으로 미루어 슈타지임을 쉽게 알아볼 수 있다. 육중한 청동으로 된 교회 문이 열리고, 사람들이 쏟아져 나온다. 카타리나의 귀에 오르간 소리가 들린다. 음악회가 있는 것일까? 카타리나는 잠시 망설인 뒤 교회 안으로 들어간다. 문 안쪽의 종이에 이렇게 적혀 있다. *겟세마네 교회에서 열리는 24시간 촛불 집회에 참가해주십시오. 꽃과 초를 가지고 오세요.* 교회에 모인 많은 사람의 머리 너머로, 앞쪽 제단에 서 있는 일군의 젊은 남녀가 보인다. 음악이 그치고, 한 여성이 앞으로 나와 말한다. *나는 씨앗입니다. 나는 자라고 싶고, 살고 싶어요.* 한 청년이 앞으로 나와 말한다. *나는 씨앗입니다. 나는 가시덤불 아래서 깨어납니다. 희망 없음이 나를 질식시키려 합니다.* 다시 한 여자가 말을 받는다. *나는 어둠 속에 희망을 심고 있습니다. 우리가 무엇을 뿌리는지 보이지 않기 때문이지요.*

카타리나는 이것이 평범한 예배가 아니고 반대 시위라는 걸 단박에 깨닫는다. 하지만 분위기는 흡사 학교에서 받았던 군사훈련 시간을 떠올리게 한다. 그 시간에 카타리나의 학교 친구 크리스티나는 앞으로 나와 시를 암송해야 했다. 시의 후렴은 이러했다. *나는 젊어요, 나는 살려고 합니다!* 여기 교회에서도 연극이 상연된다. 여기에서도 사람들이 모여 뭔가를 상연하여 감정을 만들어내고, 이런 감정을 통해 공동체가 된다. 열두 살 때, 카타리나는 8주 동안 밤마다 침대에서 몰래 주기도문을 외우며 기도했다. 하느님이 계실 거라는 희망은 달콤했다. 하지만 하느님은 한 번도 그녀에게 응답하지 않았고, 그녀는 기도를 중단하고 말았다.

우리 모두는 죄인으로 태어난다. 왜 그럴까? 기독교를 통해 죄의 개념이 세상에 들어왔으며, 죄의 개념을 통해 '어린 양처럼' 스스로를 내어주는 무한한 '희생'의 개념도 세상에 들어와, 사람들을 교회 공동체로 모이게 한다고 한스는 언젠가 말했다. 화와 분노의 자리에 대신 실용적이게도 관용과 모든 것을 아우르는 사랑이, 더 힘든 시기에는 순교라는 오만이 들어온다고. 아니, 카타리나는 오늘은 이런 연극조차 견딜 수가 없다. 그녀는 신의 위대함에 부응하지만, 인간에게는 부응하지 않는 크고 육중한 문을 열면서 생각한다. 죄라는 개념이 없다면, 용서받을 일도 없을 텐데, 그러면 은혜로운 신이 없이도 괜찮을 텐데.

한스는 돋보기안경을 코에 얹은 채 아르카데에 앉아 담배를 피우며, 노트에 메모한다. 레드와인 한 잔과 두에트 담배가 테이블 위에 올려져 있다. 오페라가 그렇게 짧았어? 한스는 그렇게 말하더니 오페라와 정치와 교회로 이루어진 버뮤다 삼각지대에서 방금 빠져나왔다는 카타리나의 설명을 재미있어 한다. 그래서, 교회에서 루트비히를 봤어? 아니라고 카타리나가 말한다.

3주 전에 한스는 루트비히가 세례를 받았다며, 그것을 '서커스'라 칭했다. 그놈은 그저 내 화를 돋우려 하는 것이라면서 말이다. 그러고는 루트비히가 최소한 서독으로 달아나지는 않았다는 카타리나의 말에 가타부타하지 않고, 마침내 그에게 완전무결한 아버지가 생긴 거지 뭐, 라고 덧붙였다.

그래, 말에 탄 늙은 프리드리히 대왕에게 이렇든 저렇든 무슨 상관이겠어, 라고 한스는 말한다. 그건 그렇고 너 프리드리히 대왕 동상 받침대를 빙 둘러싼 인물들 중 누가 왕의 말똥을 뒤집어쓸지 정확히 봤어? 한스가 묻는다. 아니. 카타리나는 정확히 보지 않았다. 물론 시인과 철학자들이지. 한스가 말한다. 둘은『노이에스 도이칠란트』광고란에 '말 한 마리를 주시면 왕국을 드립니다'라는 광고가 실리면 어떨지 상상해본다. 아니 현재 상황으로서는 '왕국을 주시면 말 한 마리를 드립니다'라고 해야 할 것 같다. 공교롭게도 올여름에 슈프링거사의 타블로이드 신문이 '동독'을 언급할 때 따옴표를 누락하기로 결정한 것도 놀랄 일이 아니라고 한스는 말한다. 정치국의 딜레탕트들은 그것을 축하하지만, 사실 그건 다만 서독이 이젠 동독의 엉덩이를 걷어찰 가치가 없다고 여긴다는 의미일 따름이라고 한다. 차라리 로사 이야기나 해줘, 라고 한스는 말한다.

일주일 뒤, 카타리나는 밭에서 로사 옆에 서서 콜리플라워 머리를 잘라낸다. 기초 과목을 공부하던 1학년 때처럼, 수확을 도우러 모두가 함께 모이니 좋다. 카타리나와 로사, 산업 디자이너가 되고자 하는 우타, 조각가 로베르트. 로베르트는 베를린 등지에서 사람들이 체포되고 있는데, 우리는 이곳에서 콜리플라워를 다듬고 있다니, 어처

구니없는 일 아니냐고 말한다. 그러면서 다듬은 콜리플라워를 컨베이어벨트에 다시 털썩 올린다. 10월 7일과 8일의 사건들이 있은 뒤 정치경제학 강사가 강의 시간에 시위를 '반혁명'이라고 말했을 때, 카타리나는 여덟아홉 명의 다른 학생들과 함께 벌떡 일어나 강의실을 나왔다. 그들의 이름은 틀림없이 기록되었을 것이다. 반 시간이 지난 뒤까지도 그녀는 목에 뭐가 걸린 듯 울컥한 느낌이었다. 자신의 분노에 감동한 것이었다. 다시금 털썩하고 콜리플라워가 벨트에 얹힌다. 모든 영웅심은 허황된 것일까? 영웅심 때문에 죽음이나 엄벌이라는 대가를 치러야만 비로소 허영심이 없어지는 것일까? 털썩, 다시금 콜리플라워가 투척된다.

조야 코스모데미얀스카야는 허영심에 찬 사람일까? 율리우스 푸치크는? *우리는 기쁨을 위해 살았고, 기쁨을 위해 투쟁했다. 그리고 기쁨을 위해 죽을 것이다. 그리하여 슬픔은 결코 우리의 이름과 연결되지 않을 것이다.* 아니, 허영심에 차 있는 건 그녀뿐이다. 밭 한가운데 마련된 컨베이어벨트 위에서 콜리플라워가 열 지어 화물차 쪽으로 행진한다. 한스는 최근 카세트테이프에서 그녀에게 이렇게 말했다. 이런 방식으로 감정에 휩쓸리는 사람은 감정 면에서 믿음직하지 못하다는 걸 보여준다고.

미술을 공부하는 학생들은 저녁마다 동네에서 연극과 학생들과 함께 모인다. 연극과 학생들은 낮에는 집단농장의 다른 부서에서 반쯤 썩어 미끈미끈한 오이를 대야에서 꺼낸 뒤 잘라서, 다음에 심기 위해 오이씨를 발라내는 일을 한다. 한 남학생이 얘네들은 원래 이런 놈들이었어, 라며 아래팔을 우아하게 세워 보인다. 그러고는 팔을 아래로 툭 꺾으며, 하지만 이젠 썩어서 냄새가 나, 라고 한다. 어두운 머리칼에 음성이 허스키하고 예쁜 목소리의 한 여대생이 이런 것에서도 무언가가 자란다니 놀랍다고 말한다. 그들은 저녁마다 함께 모여 겟세마네 교회에서 열리는 단식 투쟁에 대해, 공연 전에 연극인들이 낭독하는 결의문에 대해, 지금 도시 곳곳에서 벌어지고 있는 집회와 연설과 토론에 대해 이야기한다. 조각을 하는 로베르트가 말한다, 우리만 이곳 멋진 하펠란트군에 앉아 있군. 바이센제 미대를 담당하는 샤보프스키는 수확 작업을 제대로 끝내지 않는 경우 제적시키겠다고 위협했다.

그래서? 어두운 색 머리칼의 연극과 여대생이 말한다.

병가를 써. 위엄 있게 아래팔을 세웠던 대학생이 말한다.

연극과 학생들은 어느 날 밤 그냥 줄행랑을 치려 한다. 하지만 시골길에서 우연히 그곳을 지나가던 집단농장장에게 붙잡혀 도로 오이에게로 돌아온다.

하지만 밭을 가로질러 가면 괜찮을 거야. 그곳엔 아무도 없으니까. 조각가 로베르트가 말한다.

그리하여 이틀 뒤 10월의 하얀 달은 대학생 한 무리가 밤에 들을 가로질러 행군하는 걸 본다. 로베르트가 앞서고, 그뒤로 로사, 카타리나, 우타, 그래픽 전공생, 그리고 회화 전공생이 뒤따른다.

로베르트는 대학에 입학하기 전에 캄차카반도에 갔다 왔다고 한다. 당연히 불법으로 갔지, 라고 로베르트는 말한다. 원래는 그들이 수확해야 했을 농산물들이 심긴 밭들을 주욱 지나면서, 로베르트는 예전에 친구들과 함께 소련을 가로질러, 일본보다 더 먼 캄차카반도까지 어떻게 갔다 왔는지를 이야기해준다. 어떤 때는 자유독일청년단 셔츠를 겹쳐 입어서 우호 방문 대표단인 척하기도 하고, 어떤 때는 한 친구가 완벽한 러시아어로 차표를 구입하기도 했으며, 어떤 때는 히치하이킹으로 400킬로미터를 가기도 했다고. 이 여행은 모험이었지만 이제 그들 앞에 놓인 모험에 비하면 아무것도 아니라고 그는 말한다.

그래픽 전공생은 10월 8일 쉰하우저 알레에 갔다고 했다. 우리는 슈타지들의 면전에서 「인터내셔널가」를 불러주었어. 그리고 체포되었지. 그는 감옥에서 하룻밤을 보낸 뒤 풀려났다. *민중들아, 신호를 들으라. 최후의 전투를 준비하라. 인터내셔널은 인권을 위해 싸운다.* 스페인 전쟁에 참전했던 카타리나의 외할아버지 장례식 때에도 「인터내셔널가」가 연주되었다. 이 년 전 5월, 한스와 카타리나가 노이바우 아파트에서 지낼 때도, 알량한 실력의 악단이 건물 앞에서 이 노래를 연습하고 있었다. *민중들아, 신호를 들으라.* 카타리나는 6개월 전 자유독일청년단의 성령강림절 집회에서 이 노래를 맹숭맹숭하게 불렀던 생각이 난다. 그냥 건성으로 후렴구를 따라 불렀다. 그러나 이제 오래된 노래에 여전히 내재해 있는 폭발적인 힘이 다시 깨어난다. 예전의 혁명가들이 기뻐해야 하지 않을까?

우리는 후렴구만 외우고 있었지만, 그걸로 충분했다고 그래픽 전공생이 말한다.

소요 사태에 대한 정부의 반응은 격해졌지만 최소한 지금까지 발포는 하지 않았다고 카타리나는 생각한다. 소위 반혁명 세력이 나이 든 혁명가들에게 그들의 젊을 적 자화상으로 다가와서일까? 세월은 간다. 세월의 무상함(Vergehen)이라는 말이 죄(Vergehen)라는 뜻도 되는 게 기묘하다고 카타리나는 생각한다.

경찰들은 천상 옛날 나치들이었어. 그래픽 전공생은 말한다.

세계 어디서든 마찬가지겠지. 로베르트는 말한다.

하지만 여기서는 달라야 하는 거 아니야? 회화를 전공하는 친구가 말한다.

여섯 명의 도망자가 깜깜한 밤의 밭과 밤의 숲을 가로지른다. 동서남북. 달빛에 의지해 길을 찾는다. 달빛만 있어도 로사의 가방에 우연히 들어 있던 어린이용 나침반으로 방향을 가늠하기에 충분하다.

때로는 말없이 걷다가, 다시금 이야기를 한다.

로베르트는 모로코에 가고 싶다고 한다. 모로코의 빛을 보러.

아니면 이젠하임 제단화를 보러, 라고 체포되어 하룻밤을 면벽하고 있어야 했던 그래픽 전공생이 말한다.

그들은 걷는다. 몸을 구부려 나무 밑을 통과하고, 덤불을 옆으로 제치며 걷는다.

모로코에는 늘 가려는 마음이 있었는데, 서독에는 아직 한 번도 가려는 마음이 없었다는 게 웃기지 않냐고 로베르트는 말한다.

그러게, 뒤스부르크나 하노버의 빛을… 이라고 로사는 말하다 말고 코웃음 치듯 콧김을 내뿜는다.

전에 서베를린에 사는 남자친구를 사귀었는데 오래가지 못했다고 우타가 말한다. 매번 해야 하는 강제 환전 비용을 감당하기 힘들었다고.

회화 전공생이 말한다. 대체 소비에트 정부는 왜 그렇게 어렵게 운영되는 것일까.

늘 그럴까? 혁명을 하는 사람들은 각자 나름의 이유가 있는 걸까?

겉으로 보기에만, 모두가 하나된 것처럼 보이는 걸까?

회화 전공생이 말한다. 만약 그들이 우리를 그냥 내버려두었다면 서독이 정말 깜짝 놀랄 일이 벌어졌을 텐데.

로사가 카타리나의 손을 잡는다. 카타리나는 로사의 손바닥에 검지로 작은 동그라미를 그린다. 그러자 로사도 카타리나의 손바닥에 작은 동그라미를 그린다. 상대의 맨손이 그녀를 자못 흥분시킨다.

우타는 로베르트에게 지금 사는 집에 처음에 어떻게 무단으로 살게 되었는지를 소상하게 들려준다. 알트바우의 빈집이었단다. 세 번째 안뜰에 면해 있고, 화장실은 계단을 반 층 내려가야 한다. 그러나 방 두 개짜리다. 주택관리국에서 일하는 우타의 사촌이 조언해줬다고 한다. 현관문 틈에 머리카락 한 올을 끼워놓고 며칠간 관찰해보라고, 머리카락이 여전히 거기 있는지, 아니면 누군가가 들락거리는지… 머리카락이 계속 있으면 강제로 문을 열고 들어간 뒤, 그 집의 전기세와 임대료가 얼마인지 이웃들에게 알아봐서, 주택관리국의 계좌로 해당 금액을 송금하고는 두세 달 뒤에 임대계약을 요청하라는 것이다. 그리고 정말 말대로 되었다고 한다.

카타리나는 기껏해야 열한 살 여름방학 때 러시아에 있는 랄프의 별장 창문으로 몰래 빠져나가, 마을에 사는 친구와 함께 증기선 착륙장 부두에서 어린이용 와인을 마셨다는 이야기를 할 수 있을 뿐이다. 알콜 함량 0.0퍼센트의 와인을.

단, 아파트 면적이 크면 안 돼. 그러니까 방 두 개짜리면 화장실이 바깥에 딸려 있어야 하고, 방이 한 개면 안에 화장실이 딸려 있어야 해.

젊은이들은 몇 시간째 어둠 속을 걷는다. 어떤 때는 진흙 길을, 어떤 때는 풀밭을, 어떤 때는 나무 사이를 빠져나간다. 내버려두고 온

사회주의 국민경제의 콜리플라워에 대해서는 아무도 더 이상 생각하지 않는다. 이제 정말로 새로운 세계의 시작이 목전으로 다가온 것일까? 그들은 곧 라테노에 도착해, 그곳에서 포츠담을 거쳐 베를린으로 가는 4시 37분 첫차를 탈 것이다.

22

나는 우리 관계에 이런 어리석고, 막대하고, 너무나 진지한 노력을 들여야 할지 잘 모르겠어. 하지만 어쨌든 나는 그런 노력을 스스로에게 부과하고 있어.

카타리나가 하벨란트에서 돌아오자마자 다시 마주한 자리에서, 한스는 새로운 카세트테이프가 담긴 갈색 종이봉투를 카페 테이블 위로 올려놓았다. 카타리나는 트램을 타러 가는 길에 안네를 만나서 기분이 좋다. 안네가 로스토크가 아니라, 9월부터 다시 여기 베를린에서 공부하고 있다는 것도 좋은 일이다. 같이 요리할래? 엄마 집에서 엄마와 랄프가 늘 정확히 오후 5시에 식전주를 마시는 것도 참 좋은 일이다. 엄마와 랄프는 코냑을 두세 잔 마시고 카타리나는 전통적인 버찌 브랜디를 마신다. 그뒤 시빌레의 집에 들렀는데, 시빌레를 보지는 못한다. 에휴, 시빌레가 집에 없을지도 모른다는 걸 감안했어야 하는데.

저녁에 집으로 돌아가는 길, U반이 다시 지상으로 달리는 쇤하우저 알레 구간에서 그녀는 정치적 개혁을 요구하는 사람들과 연대한다는 표시로 집집마다 창에 촛불을 밝힌 모습을 본다. 한스는 최근 몇 주간 볼 수 있는 이런 혁명의 방식에 대해 미소를 지으며, 그렇게 비더마이어 양식으로 변혁을 꾀하는 모습이 전형적으로 독일답다고 말한다. 카타리나의 친구들이 오늘 저녁에 혁명을 일으키기 위해 모이기로 한 겟세마네 교회도 저만치 휙 스쳐 간다.

그러나 카타리나는 헤드폰을 낀 채 집에 앉아 일곱 번째로 한스가 그녀에게 녹음해준 내용을 듣는다.

A면. B면. 60분.

이번 여름의 슬픔들은 우리에게 일어나서는 안 되는 일이었어.

배는 흔들리기 시작했고, 군중이 움직이고 있다. 다만 카타리나가 앉아 있는 카세트 앞에는 그 어떤 소음도, 흔들림도, 외침도, 요구도, 분노도 스며들지 않는다. 그곳에선 어떤 사회적 개념도 논의되지 않는다. 그저 적막만 감돌 뿐. 그곳에 카타리나가 앉아 헤드폰을 쓰고 있다.

이번 여름의 슬픔들은 우리에게 일어나서는 안 되는 일이었어.
우리가 4월부터 겪어온 좌절들은 주로 네 내면 상태 때문이었어.
우리가 똑같이 느끼고 있다고 생각하는 게 환상에 불과하다는 건 일 년 반 전 너의 배신이 발각됐을 때 아주 극명하게 드러났어.
그리고 방식은 좀 달라도, 지금도 역시 여전히 환상으로 드러나고 있지.

바람 속을 통과하는 것처럼, 카타리나는 긴 하루의 흥분을 통과했다. 그날 들었던 몇 문장이 이 시대 다른 사람들이 열중하는 그 모든 일에 대한 먼 메아리처럼 여전히 그녀의 머릿속을 맴돈다. 오늘 아침 베를린으로 돌아오는 기차 안에서 회화 전공생은 가죽 재킷 안주머니에 지니고 다니던 호소문을 그들에게 읽어주었다. *정치관료의 억*

압을 자본주의적 요구로 대체하는 것에 우리는 단호하게 반대합니다. 소련에서 시도되는 작업장 내 공동 의사 결정과 노동자들의 자치가 우리에게서도 실행되지 말라는 법이 어디 있을까요? 노동자들의 자치, 카타리나는 떠올린다. 그러나 그 말을 금세 잊어버린다.

네가 말한 것처럼 너는 올여름에 아렌스호프 농가에서 체류하는 걸 부담으로 느꼈어. 그렇게 숨어 있던 불만족이 불거졌고, 간신히 가려졌지. 이제 난 차라리 지나간 불행의 해로 돌아가고 싶은 심정이야. 그때 우리는 우리의 작은 숲에 행복하게 누워 있었고, 넌 내 모든 소망에 응해주었지.

공동 의사 결정이라… 카타리나는 그 말을 떠올린다. 하지만 그 단어는 이미 날아가버리고 없다. 좋은 것은 간직하고 나쁜 것은 단칼에 잘라버릴 수 있을까? 안네는 오늘 카타리나에게 그렇게 물었다. 그녀가 안네의 질문에 뭐라고 대답해야 했을까? 사회주의는 이제 자신의 민주적 형태를 찾아야 합니다. 하지만 사라져버려서는 안 됩니다. 카타리나의 엄마와 랄프가 식전주를 마시며 보여준 서류에는 그렇게 쓰여 있었다. 엄마와 랄프는 거기에 서명했다. 인류 공존의 지속가능한 형태를 찾는 과정에서 인류에겐 서구 소비사회에 대한 대안이 있어야 합니다. 가난한 나라들의 희생으로 부를 늘려서는 안 됩니다. 엄마는 완전히 흥분했다. 마치 카타리나가 아니라 엄마가 젊은 사람인 것처럼.

불행의 해에 지금보다 행복했다는 것. 그것은 우리의 미래에 어떤 의미일까?

인류 공존의 지속가능한 형태라. 카타리나는 생각한다. 선을 생각하고, 악을 생각한다. 그리고 다시 이미 아무것도 생각하지 않는다. 한스를 만나고 첫 6개월간, 카타리나가 아직 엄마 집에 살고 있었을 때, 그들이 서로 얼굴을 볼 수 없는 밤에는 고요가 그들을 연결해주는 것 같았다. 고요는 상대에 대한 생각으로 가득 채워져 있었기 때문이다. 자신의 황동 프레임 침대에 누워 고요 속으로 그에게 귀를 기울이며, 그가 돌출창 가에 놓인 책상에 앉아 그녀에게 귀를 기울여주기를 그녀는 바랐다. 그들 사이에 침묵이 깊을수록, 그녀에겐 그것이 더 아름다워 보였다. 그런 침묵 안에 말로 표현하지 않는 것들이 더 많이 담겨 있다는 뜻이기 때문이었다.

이제 그는 침묵하지 않고 말한다, 그러나 현실에서 그는 가족과 함께 저녁 식탁 앞에 앉아 있다. 그리고 그녀가 카세트의 중지 버튼을 누를 때 생겨나는 고요는 그저 소음의 부재일 따름이다. 죽은 사람들은 땅속에서 여전히 듣고 있을까? 묘지 근처를 지나가는 트램 소리를, 개 짖는 소리를?

카타리나는 열쇠와 잔돈을 들고 다시 한번 공중전화 박스로 내려가 20페니히를 전화기에 넣고, 엄마에게 전화를 걸어 묻는다. 내 재킷이 아직 엄마 집에 걸려 있어? 그리고 묻는다. 치과 전화번호가 몇 번이랬지? 다시 한번 알려줘봐. 그리고 말한다. 일요일에 점심 먹으러 엄마 집으로 건너갈까?

그러자 엄마는 말한다. 딸아, 네가 걱정되는구나.

23

한스는 카타리나를 로사의 집 앞까지 데려다준다. 그러고는 작별 키스를 하며, 말한다. 재미있게 놀아.

로사의 집은 3층이라 계단을 올라다야 한다.

네가 와서 좋아. 로사는 문을 열어주고는 포옹과 환영의 키스를 한다.

그러고는 부엌으로 돌아가 빠르게 채소를 썬다. 카타리나는 문틀에 기대서서 묻는다. 뭘 도와줄까? 로사는 아니아니, 라고 말하고는, 채소를 썰면서 중간중간 카타리나 쪽을 건너다보다가 칼질을 멈춘다. 카타리나는 로사의 손에 든 칼을 쳐다보고, 로사는 카타리나를 쳐다본다.

카타리나는 몇 걸음 친구에게 다가가, 그녀 앞에 바짝 붙어 서서 가만히 로사를 쳐다본다. 로사도 카타리나를 가만히 바라본다. 둘 중 아무도 입을 열지 않고, 눈만 맞추다가 카타리나가 친구의 손에서 칼을 잡아 옆으로 치운 뒤, 친구의 어깨와 목 사이로 자신의 머리를 기대고는 뜨거운 숨결을 살짝 내뿜으며 친구의 목을 문다. 그러나 로사는 그녀의 머리칼을 잡고는 머리를 자신에게서 떼어낸다. 너 알아? 네가 한스랑 헤어지지 않아서 때로 네가 밉다는 걸. 그래, 알고 있어. 카타리나가 말한다.

그런 다음 그들은 다시 함께 뒹군다. 처음에는 복도에서 뒹굴다가, 비틀거리며 침실로 간다, 심판이 5만까지 세지만, 둘 중 누구도, 승리도 패배도 없는 이런 싸움에서 몸을 일으키려 하지 않는다. 밤새도록

가쁜 숨을 쉬며, 상대의 숨결을 피부로 느낀다, 혹은 이것이 자신의 피부일까? 밤새도록 혀로 사랑스런 울타리 같은 상대의 이를 훑고, 손과 입술과 혀로 어둡고 습한 곳을 탐색하고, 밤새도록 상대의 입에서 혹은 자신의 입에서 어떤 소리가 올라오는지를 듣는다. 상대를 자기 자신처럼 알아가는 것. 살과 피로 된 존재를 열쇠로 열듯 살과 피로 열기. 하나 되기.

두 블록 떨어진 보른홀머 거리에서는 밤새도록 국경을 넘는 발걸음이 이어진다.

아침 식사를 하면서 그들은 라디오를 듣는다.

그리고 트램 정류장에서 카타리나의 전 남자친구 세바스티안을 만난다. 세바스티안은 선 채로 잡지를 펼쳐 들고 읽고 있다. 카타리나가 아는 척하며 인사하자, 잠시 고개를 들더니 인사 대신 『슈피겔』지를 흔든다. 그 잡지가 믿을 수 없는 사건의 증거라는 듯. 그러고는 약간 말을 더듬으면서 방금 서베를린의 노점에서 샀어, 라고 하더니 더 이상 아무 말도 하지 않고, 다시 서독의 잡지에 시선을 주며, 트램이 왔는데도 타지 않는다.

미술사 강의실에 들어가자, 세상 그 누구보다 바빌론의 이슈타르 문에 대해 더 많이 알며, 파리 한 마리도 해치지 못할 나이 든 교수가 가슴을 치면서, 불의에 맞서 목소리를 충분히 더 크게 높일 수 없었던 것을 자책한다. 하지만 그는 여태까지 이러지도 저러지도 못하고 외줄타기하는 것처럼 살았던 것은 당 지도부 때문이 아니라 부모님 때문이었다고 말한다. 서독 풍경을 제 눈으로 보기 위해 이제나저제나 강의가 끝나기를 기다리는 대학생들 앞에서 그는 외친다. 내가 비어만의 시민권 박탈에 대해 분노했을 때 어머니는 나를 비난했어. 어머니는 내게 맹렬한 비난을 퍼부었고, 나는 묵묵히 그 욕을 듣고는 화해의 시도를 하지 않았어. 이것이 나의 외줄타기의 형벌이었어.

난 행복해, 난 이제 노예의 언어를 버릴 수 있어서 행복해. 그가 말한다. 하지만 행복하기보다는 지쳐 보인다.

나는 내 민족이 심연으로 추락해가는데도 도로 붙들 수 없어서 불행해.

그들은 그것이 진실임을 안다.

24

1990년 1월, 2월, 한스와 카타리나는 이제 최종적으로 모든 힘이 다 빠진 것처럼, 카타리나의 아파트에 말없이 가만히 앉아 있다. 한스는 안경을 코에 걸친 채, 낡은 가죽 소파에 앉아 책장을 넘긴다. 여기가 바깥보다 별로 따뜻하지 않다는 듯, 그는 어두운 색깔의 털 스웨터를 입고 앉아 담배를 피우다, 재떨이에 재를 털며 기침한다.

책상 앞에 앉은 카타리나는 무대미술 스케치를 해야 하지만, 정작 하지는 않고 간밤에 꾼 꿈을 생각한다. 꿈에 여러 층이 있는 건물이 보였는데, 중간 부분이 잘려 나가고 뒷부분은 무너져 내려 있었다. 그녀는 반으로 잘린 방에서 더 이상 존재하지 않는 벽에 등을 돌린 채 2층 창가에 서 있었고, 아래층 현관 앞에 한스가 서 있었는데, 한스는 집을 한 바퀴 돌며, 상태를 점검한답시고 아직 남아 있는 벽들을 흔들었다. 그가 흔들어대는 바람에 집은 점점 더 많이 무너져 내렸고, 카타리나를 둘러싼 집은 점점 더 산산조각이 나고 폐허로 변해갔다. 벽돌이 한스의 머리로 떨어져, 한스는 피를 흘리면서 카타리나를 올려다보았다. 하지만 카타리나는 움직일 수도 뭐라고 말을 할 수도 없었다. 한마디 말을 하면 자신이 지탱하고 선 바닥마저 허물어질 것만 같았다. 한스는 그것을 모르는 걸까? 차가운 바람이 반만 남은 집안으로 불어닥치자, 석고 부스러기가 그녀의 머리카락 위로 떨어지더니, 커다란 조각들마저 떨어졌다. 이렇게 계속되면 그녀는, 자신이 살던 집에서 곧 깔려 죽게 될 것이다.

마침내 그녀는 큰 소리로 울기 시작했다. 꿈속에서였다. 현실에서 그녀는 울지 않는다. 한스도 울지 않는다. 현실에서 그들은 그냥 가만히 앉아, 각자 자기 일에 몰두한다. 1990년 1월에, 90년 2월에 그들은 그렇게 앉아 있다. 마냥 그렇게 앉아 있다.

이젠 니수아즈 샐러드를 언제든 먹을 수 있다. 장벽이 무너진 뒤 카타리나가 처음 서베를린으로 넘어가기까지는 3주가 걸렸다. 한스는 그녀를 사비니 광장에 면해 있는 그가 좋아하는 펍에 데려갔다. 그곳 맞은편, 아치형 곡선을 이룬 S반 고가 아래 예술 서점이 있는데, 고양이들의 왕이라 불리는 화가 발튀스의 도록도 있었다. 그러나 고급 아트지에 컬러로 인쇄된 두꺼운 도록집은 물론 지불할 수 없는 금액이다. 한 권에 80마르크인데, 동독마르크로 환산하면 650마르크로, 조판공의 한 달 월급보다 더 많은 금액이다. 발튀스를 보고 싶으면, 그녀는 언제든지 이리로 올 수 있고 책을 훑어볼 수 있을 것이다. 아니면 그럴 수 없을까? 카타리나도, 한스도, 카타리나의 부모님도 장벽이 열린 뒤 동독 주민에게 지급되는, 소위 '환영금'을 받으러 갈 생각이 없었다.

환영금은 서독으로 몰려드는, 소비에 목마른 동독의 형제자매들에게 서독 정부가 지급해주는 100마르크를 말한다. 그들은 우리에게 사탕발림을 하려는구나. 아빠가 말했다. 카타리나도 그렇게 본다. 환영금은 리트머스 종이처럼, 동독의 모든 국민에게 사회주의 국민경제의 부족함을 극명하게 보여주었다고 아빠는 말한다. 그것은 동독 시민들을 발가벗겨서 모두가 그들의 욕망과 동경을 보게 만들었지. 장벽이 붕괴되자마자 첫 며칠간 서독 은행 앞에 길게 줄을 섰던 사람들은 그들이 자신은 물론 자기 나라의 자존심을 깎아내린다는 사실을

1초도 생각하지 않았을 거야. 한스는 그건 천박한 일이라 말하며, 완전히 형편없는 마술을 보고 웃을 때처럼 쓸쓸하게 웃었다.

시빌레만이 카타리나와 논쟁을 벌였다. 시빌레는 카타리나의 태도를 오만하다고 했다. 너는 이미 쾰른에 가봤잖아, 너는 서독에 친척이 있잖아. 네 애인 한스는 여권을 가지고 있잖아. 카타리나가 '품위'를 들먹이자 시빌레는 무슨 얼어 죽을 품위냐고 코웃음을 쳤다. 명품 구두 한 켤레에 기뻐한다고 해서 나에게 품위가 없단 말이야? 그래, 라고 카타리나는 무의식적으로 생각했다. 하지만 아마도 시빌레가 옳을 것이다. 이 년 반 전 카타리나가 쾰른 쉴더 거리에서 쇼핑하던 모습은 이제 비로소 국경이 열려서 열광하는 사람들의 쇼핑과 다를 바가 없었다. 그래서 그녀는 대답 대신 어깨만 으쓱했다.

국경을 넘는 데 필요한 도장을 받기까지 3주가 걸렸다. 이제 카타리나는 대문자로 X가 그려진 가게에 서 있다. 한스가 그녀에게 가져다주려고 가끔 그웬돌린 같은 에로틱 만화를 구입했던 곳이다. 한스가 서베를린의 거리들을 아주 자연스럽게 누빈다는 걸 그녀는 비로소 이런 산책길에서야 알게 된다. 칸트 거리, 카페 크란츨러, 기념교회. 그녀는 3번 승강장에서 동물원역 계단을 혼자 내려오면서 자신의 '소풍'을 떠올린다. 아무도 그녀가 여기에 있는지 알 수 없었던 때, 마구 두려움이 몰려왔던 때… 한스는 동물원 옆 호텔 프륄링을 가리키며 전에 이곳에 묵었다고 말한다. 호텔 이름이 초록 네온으로 반짝이고, 건물 자체는 열 걸음 남짓 될까 싶은 좁은 건물이다. 왜 집에 가지 않고 서베를린의 호텔에 묵었어요? 낭독회 주최 측에서 비용을 부담해줘서 편히 묵었지.

카타리나에겐 낯선 이곳을 한스는 잘 안다. 장벽이 뚫린 뒤 그녀가 서베를린에 발을 내딛기까지 3주가 걸렸다. 그녀에게 친숙한 동네들 옆에 하룻밤 사이에 등장한 도시의 서쪽 부분. 친숙한 도시의 몸을 이루는 낯선 부분. 베를린이라는 같은 이름에 언어도 같고, 집들도 비슷하지만, 그럼에도 낯선 도시. 두 번째 심장, 이중의 심박동. 하나가 초과된.

한스는 가죽 소파에 앉아 담배를 피운다. 파란색 던힐은 이젠 서쪽의 모든 길모퉁이에서 언제든 구입할 수 있다. 길모퉁이 매점 앞에는 줄에 묶인 강아지가 있고, 그 앞 보도에는 깨진 맥주병 파편이 있으며, 매점 안에도 사탕, 초콜릿, 커피, 담배, 복권, 신문 외에 별것이 없을지도 모르지만. 이런 아주아주 평범한 가게에서조차, 서독 냄새가 난다. 돈만 있으면 어디서든 모든 걸 살 수 있는 도시의 절반은, 카타리나에게 익숙한 다른 절반에 비교해, 도시 구석구석, 가장 열악한 구역조차도 범접할 수 없는 품위와 고상함을 풍긴다. 카타리나의 고향은 잘못된 편. 그녀의 눈에 잘못된 것이 아니라, 28년간 장벽 안에 숨겨져 있던 이 땅에 갑작스럽게 향하는 세계의 눈으로 보기에 잘못된 편이다. 장벽이 열리면서 그녀의 현실은 강력한 소용돌이에 휘말린 것처럼 이런 세계로 내동댕이쳐졌다. 첫 며칠간에는 정말로 시간이 질주하는 소리가 들리는 듯한 느낌이었다. 현재는 소리를 내며 영영 가버리는 것일까? 그러면 무엇이 남는 것일까?

그녀의 꿈속에 등장한 반 토막 난 집이 「쥐들」*을 위한 무대 세트

---

* 게르하르트 하우프트만(Gerhart Hauptmann, 1862~1946)의 희곡.

가 될 수 있을까? 한스는 소파에 깊숙이 몸을 묻고 앉아서 담배를 피
우며, 이따금 기침을 한다. 카타리나는 그림을 그리지 않고 책상 앞
에 앉아 있다. 그렇게 1990년 1월과 2월이 지나간다. 한스의 동료 작
가인 크리스타 볼프는 11월 말, 다른 예술가들과 「우리나라를 위해」
라는 호소문을 발표했다. 우리는 모든 유럽 국가와 동등한 권리를 가
진 이웃으로서 서독에 대하여 사회주의적 대안을 발전시켜나갈 기회
가 아직 있습니다. 여전히 우리는 예전 우리의 출발점이었던 반파시
즘과 인도주의의 이상을 붙잡을 수 있습니다. 왜 서명하지 않았어요?
더 이상 의미가 없어서, 라고 한스는 말했다. 그럼 원탁 회의는? 원탁
은 멋진 가구일 뿐이야. 3월에 선출될 새 정부는? 스스로를 폐지하기
위해서만 존재할 뿐이지. 이제 한스는 그곳에 앉아 있다. 그녀도 그곳
에 앉아 있다. 1990년 1월, 1990년 2월에.

책장에는 그를 위해 쓴 일기장이 놓여 있다. 그녀는 그 일기장을 작
년 마지막 만남 때 그에게 건넸다. 그녀가 그것을 주었을 때 그는 감
동해서 눈물이 글썽글썽했고, 처음부터 마지막까지 주의 깊게 읽어
내려갔다. 크리스마스에 당신이 깜짝 선물로 아름다운 전나무를 가
져와 내 방에 세워 놓고 장식했어요. 그 나무는 넙치처럼 납작하고, 솔
방울과 색색의 장식들이 모두 한쪽에 달려 있어요. 이젠 영원히 보존
된 시간. 그럼에도 그는 다 읽고 난 뒤, 지난 몇 해 동안 그녀가 그에게
주었던 다른 모든 선물처럼, 그 노트를 되돌려주었다. 그녀의 집 책장
선반 한 칸이 그를 위해 만들었던 모든 물건, 그를 위해 그렸던 모든
스케치, 그를 위해 구입했던 작은 선물들로 이미 가득 차 있다. 당연
하겠지만, 가족과 함께 사는 집에서는 이런 것들을 둘 자리가 없다고,
그리고 그의 어지러운 작업실에서는 그 모든 소중한 것들이 잡동사

니들과 섞여 빛이 나지 않을 거라고 한다.

때로 카타리나는 케이크를 구워 그를 맞이하고, 때로는 그를 위해 요리를 하기도 하고, 검은 스타킹과 하이힐을 신고 그를 맞이하기도 한다. 그러고 나서 때로는 그럼에도 그녀는 원하지 않고, 때로는 그가 전혀 시도하지 않는다.

그런 다음 그들은 앉아 있는다.

우리는 결코 다시는 거리낌없이 서로를 대할 수 없을 거라고 그녀는 생각한다. 함께 사는 건 별로 어렵지 않을지도 모른다. 함께 아침 일찍 깨어나, 회색빛 아침 하늘을 배경으로 드리워진 밤나무의 검은 가지들을 보고, 부엌에서 세끼 식사를 만들고, 함께 식사하고, 중간중간 책을 읽고, 그림을 그리고 글을 쓰고, 황혼 녘에는 어두워지기 직전에 창 앞에 서서 다시금 나무의 실루엣을 보고.

하지만 두 사람은 그냥 그렇게 앉아 있을 뿐이다. 길게 혹은 짧게.

앉아 있은 다음 한스는 가고, 그녀는 남는다.

카타리나는 버림받은 느낌으로 그해를 시작했고, 버림받은 느낌으로 시간은 계속 흘러갔다. 1월, 2월. 지난 12월 마지막 날에 한스는 그의 가족과 함께 있었고, 로사는 에르츠산맥에 있는 친척에게 갔다. 카타리나의 엄마는 랄프와 함께 뤼겐에 갔고, 아빠는 라이프치히에서 한 동료에게 초대받아 갔으며, 시빌레는 카타리나에게 자신과 자신의 새 애인 리코와 함께 연말을 보내자고 했다는 사실을 까맣게 잊어버렸다. 텅 빈 엄마 집에서 카타리나가 언제 건너올 거냐고 물어보려고 전화를 했을 때야 비로소 시빌레는 약속을 다시 떠올렸다. 깜박 잊었지만, 그래도 우리와 함께 시간을 보내도 좋다는 말에 카타리나는 아냐, 됐어 괜찮아, 라고 했다. 그러고는 자신의 집으로 돌아가는 길에 트램 안에서 루트를 만났다. 루트는 친구들에게 간다며, 카타리나를 무작정 데려갔다. 그리하여 카타리나는 입양된 아이처럼, 주인 장들이 정성껏 준비한 상차림에 대해 웃어야 할지 울어야 할지 모르는 심정으로 낯선 테이블 앞에 앉아 있었다.

자정에 모두들 옥상으로 올라가 브란덴부르크 문에서 벌어지는 불꽃놀이를 구경했다. 폭죽 터지는 소리가 꼭 요란한 말발굽 소리처럼 들렸다. 그곳에서 유령 군대가 해체되고 있는 국경을 질주하고 있는 것일까? 이토록 불안한 심정으로 한 해를 시작한 적은 아직 없었다. 카타리나는 일 년 뒤에도 한스와 함께하게 될까? 일 년 뒤에도 그녀의 나라가 아직 그녀의 나라일까?

카타리나는 2월에 한스에게 자신이 청소용 세제 풀락스의 밝은 파란색 통을 부엌장 위쪽에 올려놓은 걸 보여준다. 그 옆에는 조개탄 한 팩, 성냥 한 갑, 압핀 한 상자, 이유식 '매주 매달', 세탁세제 슈페가 나란히 놓여 있다. 한 층 아래 선반에는 비누, 치약, 분유, 차, 엠스산 소금이 놓여 있고, 벽에는 갈색 포장지로 만든 종이 쇼핑백을 압핀으로 고정시켜 놓았다. 쇼핑백 위에는 흐린 글씨로 잘 샀다, 즐겁게 샀다!라고 쓰여 있다. 그 옆에는 박슈톨츠 밀가루 봉지 하나와 카페 에케 쉰하우저의 컵받침도 붙여놓았다. 컵받침엔 프렌츨라우어 베르크 지점에서 즐거운 시간을 보내시길, 여러분의 HO!라고 쓰여 있다. 카타리나는 이렇게 동독 제품들을 선반에 진열해 놓고서는 그것을 동독 고별 전시회라고 부른다. 전시하면서 뭔가를 과거로 묻어버리는 일은 원래는 좀 이상하지만, 이라고 카타리나가 말한다.

커피를 마시면서 비로소 그녀는 한스가 상당히 의기소침한 것을 알아차린다. 방송국이 '구조 조정' 될 거라고 하는데, 한스는 그것이 무슨 뜻인지 이야기하려 하지 않는다. 한스는 심각하게 그녀를 쳐다본다. 그녀도 심각하게 쳐다본다. 우리 사랑도 이제 끝이 나는 것일까? 그녀는 왜 심각해 보이면 안되는 걸까? 내가 스트레스를 받을 때면 네 애정이 필요해, 라고 최근에 그녀에게 말했을 때, 그녀는 장난스레 고개를 절레절레 저었는데, 그것도 그에게 상처가 되었다. 그녀는 다만 자신에게도 의지와 독립성이 있음을 말하려 했던 것인데 말이다.

우리의 사랑은 끝나가는 것일까? 그녀는 이 1월, 2월에 그의 황폐한 얼굴을 본다. 그러나 그녀는 그를 도울 수 없다. 그는 때로는 자기도 모르게 머리를 잘못된 방향으로 쓸어 넘긴다. 야채 가게에서는 30분이나 냉동 케일을 찾아다닌다. 보다시피 여기에는 없잖아, 라고 해도, 그는 냉동 케일을 무조건 구하려 하고, 훤히 들여다보이는 작은 가게를 세 번이나 뺑뺑 돈다. 우리의 사랑은 한계에 다다른 것일까?

석 달 전부터 라이프치히의 월요 시위에는 장벽이 무너지기 이전만큼 많은 사람이 모이지 않는다. 그리고 자체적으로 그린 현수막에 처음에는 우리는 인민이다! 라고 쓰여 있었는데, 12월 이후로는 우리는 한 민족이다! 라는 슬로건이 점점 더 자주 보인다. 크고 느린 움직임이 일어나고 있다. 때로 아파트에 혼자 있을 때면, 카타리나는 불현듯 문틀이나 창에 기대어 울곤 한다. 마음을 어디에 두어야 할지 알지 못하기 때문이다. 전에는 조망이 가능했다면, 이제는 모든 것이 도저히 조망할 수 없는 어지러운 가능성들로 복잡하게 얽혀 있다. 친숙했던 것은 사라져가고 있다. 좋은 친숙한 것, 나쁜 친숙한 것. 그리고 결함이 있거나 모자란 것들도.

카타리나가 이런 것들을 좋아하는 이유는, 아마 이런 것들이 진실에 가장 가깝기 때문일 것이다. 하지만 이제 곧 완벽함이 대신 입장해서, 자신이 보기에 참아줄 수 없는 것들을 없애거나 통합할 것이다. 직접 꿰맨 옷부터 프렌츨라우어 베르크의 낡은 집에 이르기까지, 군데군데 이가 빠진 포장도로에서, 이제는 아무에게도 필요하지 않은 물건들을 일컫는 단어에 이르기까지. 매끈하고 흠잡을 데 없는 피상이, 무상하고 덧없는 모든 것에 대한 생각들을 잊게 만들 것이다.

빵은 다른 맛이 날 것이다. 거리에는 낯선 사람들이 낯선 가게 앞을 지나가게 될 것이며, 낯선 돈을 주머니에 넣고, 낯선 자동차를 타고 달리게 될 것이다. 지금까지 카타리나의 친숙한 고향이었던 동네는 결코 지금까지처럼 조용하고 한산하지 않을 것이다. 지금도 벌써 베를린의 동쪽 구역들은 다른 냄새를 풍기기 시작하고 있다. 향수를 잔뜩 뿌린 서베를린 사람들이 거리를 구경한다. 동독의 노동자 출신 대통령 빌헬름 피크, 불가리아 공산당 지도자 디미트로프, 사회주의 총리 오토 그로테볼의 이름을 딴 거리들을, 서독인들에게는 아무런 의미도 없는 이름을 딴 거리들을. 광고판이 세워져 있지 않은 동베를린의 거리들을 서독 사람들은 '칙칙하다'고 말한다. 반면 서베를린을 누빌 때, 카타리나는 자신이 서베를린에서 일상을 영위하는 사람들의 열등한 복사본처럼 느껴지고, 매 순간 발각될 위험이 있는 사기꾼처럼 느껴진다.

이방인의 눈으로, 카타리나는 서베를린의 상점에서 생각할 수 있는 인간의 모든 욕구가 오래전부터 상품을 통해 충족되고 있는 걸 본다. 소비의 자유가 그녀의 눈에는 개인적 욕구를 넘어서 존재하는 동경으로부터 사람들을 유리시키는 고무 벽처럼 보인다. 그녀도 곧 고객에 불과한 삶을 살아가게 되는 것일까?

1990년 1월, 2월, 카타리나는 책상 앞에 앉아 있고, 한스는 안락의자에 앉아 있다. 한스는 브레히트의 「억척어멈」 대본을 뒤적인다. 한스가 말한다. 있잖아, 억척어멈이 그의 죽은 딸, 말 없는 카트린 옆에 쪼그리고 앉아 자장가를 불러주고 있어. 한스는 책을 한 번도 힐끔거리지 않고 천장을 올려다보며, 다 외워서 카타리나에게 자장가를 불러준다.

그녀는 잠든 게 아니에요. 자, 보세요. 그녀는 가버린 거예요.

가성으로 노래할 때 한스는 마치 아이처럼 보인다. 머리칼이 사방으로 뻗쳐 있는 모습. 그녀는 그를 여전히, 아마도 그 어느 때보다 더 많이 사랑하는 것을…

한스가 말한다. 머지않아 내 나이는 브레히트가 죽을 때의 나이와 같아져.

25

지금 모든 것이 붕괴하고 있다. 어떤 것은 무너져 내리고, 어떤 것은 부서지고, 어떤 것은 갈라져 균열이 생기고 있다. 한스는 잉그리트의 현미경을 들여다보았을 때를 떠올린다. 특정 실험 조건에서 분자를 가열했더니, 어떤 것들은 빠르게 질주하고, 어떤 것들은 둥둥 떠다니고, 어떤 것들은 취한 듯 비틀거렸다. 문제는 다시 고체로 변할 때, 전체적으로 어떤 형태를 띨 것인가 하는 것이라고 잉그리트는 말했다.

그것은 3월 18일까지만 해당하는 문제다.

3월 18일에 최고인민회의 선거가 예정보다 앞당겨져 실시된다.

자유선거로 선출된 최초의 의회는 정확히 한스의 예견대로, 스스로를 폐지하기로 결정한다. 왜냐하면, 만약 그렇다면, 그러면, 그리고 그렇지 않으면, 그리고 아마도 등, 하나는 다른 하나로 이어지고, 하나는 다른 하나를 전제로 하기 때문이다. 이것은 아니고, 그건 더 이상 아니라든가, 마침내, 드디어, 마지막으로라든가, 너무 시기상조라던가 아직 때가 이르지 않았다든가, 너무 늦었다든기, 이건 반드시 해야 하고, 저건 마땅히 해야 하며, 그건 너무 과하고, 또 어떤 건 다르게는 되지 않고, 어떤 건 의미가 없다든가. 4월까지 때로는 양국간의 '협력' 운운하더니, 그뒤에는 '편입'만이 언급된다. 시간은 갑자기 강철 코르셋처럼 변한다.

방금까지 질주하고, 둥실 떠다니고, 비틀거렸던 것은 이제, 동독 사람들이 그 의미와 기원을 알지 못하는 고려 사항이 된다. 얼마 전까지만 해도 동쪽의 기존 질서를 향했던 반감은 얼마 안 가 이제 곧 도입

380

될 서쪽의 질서를 향할 것이다.

겨울과 초봄에 자신들의 힘에 도취되다시피 했던 사람들은 이제 아직 존재하지 않았던 개념들을 만들어내는 대신 연방독일 법률을 공부해야 하게 생겼다.

이제 이 부문, 저 부문, 이 여단, 저 여단을 누가 새롭게 이끌지를 논의하는 대신, 유한책임 회사가 무엇이며, 연방독일의 재단법이 무엇인지를 알아봐야 할 것이다.

이것저것에 대해 풀뿌리 민주 선거를 하게 된 것을 기뻐하는 대신에, 각 연방주가 자체 재정을 가지고 있을 때 국가가 어떻게 기능하는지를 이해해야 할 것이다.

6개월 이내에 그렇게 해야 할 것이다.

그러나 그들은 그렇게 해야 한다는 걸 알지 못한다.

그들은 학교에서 생산수단의 사적 소유가 무엇을 의미하는지, 사회가 시장경제의 원칙으로 돌아가면 어떻게 되는지를 배웠지만, 그것을 자신들과 연결시킨 적은 한 번도 없었다. 그들이 속한 기관이, 그로써 그들의 일자리가 가을을 넘겨서도 유지된다면, 그곳에 속한 사람들은 지금과는 다른 배경을 가지게 될 것이고, 지금과는 다른 사람들이 되어야 할 것이다. 그들 자신이 아닌 사람들이 되어야 할 것이다.

그들은 자신들이 해야 하고 되어야 하는 모든 것을 알지 못하고, 그런 것들을 원하지도 않는다. 그것은 그들의 권한에 놓여 있지 않다.

5월이 되자 방송국에서 8월부터 고정 프리랜서는 월급을 지급받지 못할 거라는 소문이 돈다. 한스는 앉아서 카타리나에게 편지를 쓴다. 너 나랑 자는 게 좋았던 적은 있었니?

6월에 그는 방송국 계단에서 전 여자친구 실비아와 마주친다. 그녀는 동료 베른트와 함께 새 방송사를 설립하여, 월초부터 방송을 내보내고 있다. 우리는 이제 아무에게도 보고할 필요가 없어! 그냥 우리가 하고 싶은 방송을 할 수 있다고. 생각해봐. 북스페인에서 곰 사냥을 하는 방송을 네 시간 동안 내보내는 거야! 한스는 그런 것을 상상하며 고개를 끄덕거리고는 가던 길을 계속 간다.

6월 말, 라이프니츠의 날(Leibniz Say)에 동베를린 과학 아카데미에 소속된 1,000명가량의 사람이 시위를 한다. 잉그리트도 시위에 나간다. 지금까지 60개 연구소에 약 2만 4,000명의 직원을 거느린 거대한 연구 시설을 운영해온 국가가 하루아침에 사라져버리면, 누가 이 연구소들을 지원할까. 상황은 매우 불투명하다. 잉그리트는 저녁에 부엌에 앉아 훌쩍인다. 7개월 전 잉그리트는 생애 처음으로 시위에 나가, 100만 명의 군중과 함께 알렉산더 광장에서 병든 동독 정부에 대해 시위했다. 한스는 이때 시위에 함께 나가지 않았고, 그날 저녁 잉그리트는 한스에게 말했다, 당신이 이해가 가지 않아. 이제 우리는 드디어 뭔가를 좀 바꿀 수 있잖아. 그러자 한스는 그래, 그럼 바꿔봐, 라고 대답했다.

반면 오늘의 시위는 잉그리트 자신이 생각해도 우습게 느껴진다. 헛수고일 게 뻔하기 때문이다. 자유는 어떤 느낌일까? 더 이상 이렇다 할 적이 없다는 것은? 그녀는 한스가 아무 말도 하지 않는 것이 감사할 지경이다. 한스는 말없이 저녁 식사한 그릇들을 치우고 그녀의 머리를 쓰다듬는다. 화폐 통합까지는 아직 이틀이 남았다.

나치 시대에 베르톨트 브레히트부터 토마스 만까지 수많은 작가가 조국을 떠났는데, 이제는 반대다. 조국이 그들을 떠나는데, 그들은 꼼짝없이 그 자리에 가만히 있다. 한스는 어릴 적 흔들 목마가 떠오른다. 흔들 목마는 여전히 폴란드의 어느 어두컴컴한 지하실에 서 있겠지. 아버지가 던져버리는 바람에 담장을 넘어 이웃집 안뜰로 날아가버린 히틀러 청소년단 셔츠가 떠오른다. 폐허가 된 만하임에 도착했던 시간도 떠오른다. *만하임은 굳건하리.* 굴착기로 구덩이에 밀어 넣어진, 베르겐벨젠 강제수용소의 시체들이 떠오른다. 헤어지며 의절을 선언했던 아버지가 떠오른다. 훔볼트대학교 강당에서 조용히 빛나던, 스탈린 코너가 떠오른다. 서독의 자유베를린 방송이 흐루쇼프의 연설을 전송해주었을 때, 라디오 앞에 쪼그리고 앉아 숨죽여 들었던 일이 떠오른다. 엄마, 저 사람들 왜 우리 눈에 흙을 던져요? 브레히트가 죽은 뒤 거장 브레히트의 탐나는 석고 데스마스크 중 하나를 처음 손에 넣은 일도 떠오른다. 그뒤, 얼마 안 있어 다른 모든 유물 사냥꾼처럼 한스는 그 데스마스크를 브레히트의 아내 헬레네 바이겔에게 돌려주어야 했고, 바이겔은 그렇게 모인 남편 얼굴의 불법 복제본들을 마당에 쌓아놓고 자기 손으로 도끼질을 해 모두 부수어버렸다.

6월 말, 마지막으로 지갑 속에 동독 돈을 넣고서 이미 거의 비어 있다시피 한 진열장 옆을 걸어가는 동안, 이 모든 일이 떠오른다. 이쪽에 남은 스웨터가 하나, 꽃병 하나, 저쪽에 국영기업이 만든 볼품없는 구두 한 켤레가 있다. 전쟁이 훑고 지나간 것처럼 보인다고, 한 여자가 말하는 소리가 들린다. 쇼윈도에는 광고가 붙어 있다. 안에서는 거꾸로 읽어야 하는 글씨인데, 이렇게 쓰여 있다.

그는 라이프치히가 모퉁이의 레코드 가게에서 퓌른베르크의 노래가 담긴 에른스트 부슈의 음반을 1동독마르크라는 헐값에 구입한다. 그러고는 그것을 카타리나에게 가져와 함께 듣는다.

늦은 저녁에 집에 돌아오자 부엌 식탁에 신문 하나가 놓여 있다. 잉그리트가 그의 눈에 띄도록 기사 하나에 표시를 해놨다. 그는 읽는다.

24만 마르크의 책들이 쓰레기로

인민서점 '카를 마르크스'는 수요일에 창고를 치웠다. 새로운 책들이 들어와야 하기에 창고를 비워야 한다는 것이 서점 대표의 전언이다. 중요한 책들도 더 이상 판매할 수 없게 되어, 수톤의 책이 쓰레기로 버려졌다.

그런 다음 이 주말이 온다. 이 주말에 도시와 국가가 숨을 죽인다. 모든 상점은 잠을 자려는 듯 쇼윈도를 굳게 내렸다.

26

베네치아는 위에 뒤집어쓸 수 있는 살갗과 같아. 카타리나는 한스에게 쓴다. *마치 도시가 숨을 쉬는 것처럼, 매 걸음 걸을 때마다, 매번 볼 때마다 도시가 변해.* 엽서의 앞면은 티치아노의 그림 일부분을 보여준다. 마리아가 예수님을 안고 있고, 여러 성인의 모습과 함께 어느 장군 가족의 모습도 묘사되어 있다. 모든 인간이 품위 있고 겸손하게 성모님 앞에 나온 모습이다. 다만 한 젊은이만이 진지하고 깨어 있는 눈초리로 이 그림을 그린 화가 쪽을 쳐다본다. 그 젊은이는 그림 속에서 그림 밖 티치아노의 세계에 눈을 던짐으로써, 자신이 속한 현실이 허구임을 선언한다.

베네치아를 보고 죽어라. 어제 기차에 오를 때 흰 선은 그냥 흰 선일 뿐, 그것을 넘어가지 말라고 경고하는 확성기 안내 방송 따위는 나오지 않았다. 바깥 서베를린 쪽의 유리문 앞에 순찰하는 경찰들도 보이지 않았다. 이번에 한스는 기차 바로 앞에서 카타리나와 작별 인사를 할 수 있었다. 신기하게도 여행을 떠나기 전에 친구들을 거의 한 번씩 다 보았다. 친구들이 찾아오거나, 아니면 거리에서 우연히 마주쳤다. 오랫동안 만나지 못했던 친구들까지도. 엄마는 전날 저녁에 거의 울먹이는 목소리로 잘 다녀오라고 했다. 그래봤자 일주일 남짓이면 다시 돌아올 텐데도.

쾰른으로 가는 길에 동물원역에서 창밖을 내다보았던 일을 떠올린다. 기차 창밖으로 은밀히 금지된 구역을 내다보았던 것을. 그때 얼마나 주눅이 들었던지. 하지만 어제는 동물원역이 약간은 허름해 보인다고 생각했다. 서베를린의 극장, 칸트 거리, 기념교회, 그리고 주변의 모든 것을 그녀는 이미 안다. 그래서 쿠션에 등을 기대고, 눈을 감고, 잠시 눈을 붙였다. 30분 뒤, 깨어났을 때, 차창 밖 어느 가건물 뒤편 잡동사니들 사이에서 낡고 오래된 현수막이 눈에 띄었다. 현수막에는 붉은 바탕에 흰 글씨로, *인민의 복지와 행복을 위해 전력을!* 이라고 쓰여 있었다. 기차는 그 곁을 쏜살같이 질주하여, 국경을 넘는다는 느낌도 없이 곧 엘베강을 건넜다. 서독 뉴스에 때로 비추어지는 지도 위의 두 나라는 이미 오래전부터 같은 색깔이지만, 예전에 적대 관계였던 두 나라가 통일에 동의할 것이 확실해지면서, 초록과 초록 사이의 선은 더 이상 직선이 아니라 점선이다. 곧 점선마저도 더 이상 보이지 않게 될 것이다.

인류 역사에서 늘 다른 돈보다 저평가됐던 알루미늄 화폐는 두 달 전부터 정말로 가치가 없다. 동독에서 저축한 돈을 서독마르크로 환전하니 반 토막이 났다. 그러나 어쨌든 카타리나가 오랫동안 바라던 이 한 번의 여행을 할 정도로는 충분했다. 서쪽이 아닌 남쪽으로의 여행. 티치아노의 그림 속 소년의 이름은 레오나르도다. 최근에 한스와 그녀는 다시 한번 그들이 아이를 갖게 되면 이름을 뭐라고 지을지를 생각해보았다. 게오르크. 카스파르, 또는 루시.

이곳은 꿈속처럼 아름다워, 카타리나는 원래 한스에게 그렇게 쓰려 했다. 하지만 잠시 멈추고는 대신에, *당신 기분이 어땠을지 잊지 않을게*, 라고 쓴다. 쓰는 사람의 망설임이 보이지 않아 다행이다. 보낸 편지만이 편지여서 다행이다. 어쩌면 그녀는 이곳에서 대학 공부를 할 수도 있을 것이다. 하지만 그러려면 한스와 헤어져야 한다. 물론 그런 말은 쓰지 않는다. 그녀는 좁은 운하 가장자리, 작은 선착장으로 내려가는 계단에 햇빛을 받으며 앉아 있다. 생선 굽는 냄새와 빵냄새가 밀려오고, 열린 창문으로부터 몇몇 이탈리아어 단어의 파편들이 들려온다. 물결이 가장 아래 계단에 부딪혀, 부드럽게 찰랑대는 소리도 들린다. 한스는 모레 출판사 대표와 만나기로 약속했다. '독일 신탁청'*이 출판사를 유한회사로 전환하려 하기 때문이다. 그의 책 프로젝트는 당분간 미뤄질 거라고 출판사 대표가 미리 기별해왔다. 한스는 그 소식을 듣고 그녀에게 말했다. 친절한 혁명이 갑자기 추한 모습으로 구체성을 띠는군.

실존적 불확실성은 흰색 선을 넘은 대가이자, 화폐 통합 이후 어디서든 살 수 있는 값싼 와인을 위해 치러야 할 대가다. 카타리나는 엽서를 무릎에 놓은 채 쓴다. *우리 언젠가 함께 이곳에 오겠지요.*

스케치북을 꽉 채워서 그녀는 베를린으로 돌아온다. 드디어 고향에 돌아왔구나, 엄마가 말한다. 역으로 마중 나온 엄마는 라인하르트 거리에 있는 엄마 집으로 데려가 저녁을 차려준다. 고향에? 그녀는 이제 프리드리히슈트라세역의 동쪽 구역에서도 코카콜라 파는 것을 본다. 늘 장을 보러 가는 팡코의 작은 식료품 가게에서도 코카콜라를 팔고 있었다, 뉴욕이나 뮌헨처럼. 코카콜라는 마르크스주의 철학이 이루지 못한 일을 이루었다. 각국의 프롤레타리아들을 자신의 상표 아래 하나로 만든 것이다. 고향이라고?

---

* 동독 말기에 국유기업의 민영화를 맡은 기관이다.

어린 시절 끝도 없이 반복해서 들었던 동화 오디오북 『난쟁이 코』
가 생각난다. 장을 본 노파의 물건들을 집에까지 들어다준 한 소년
이, 갑자기 피곤함을 느껴 노파의 집에서 잠시 눈을 붙였는데 깨어나
집에 돌아가려고 보니 무려 7년이 지나 있다. 그는 7년을 마녀의 집에
서 일한 것이다. 그런데 마녀가 그를 무지막지하게 큰 코를 가진 곱사
등이 난쟁이로 변신시키는 바람에 집에 돌아오니 엄마가 그를 알아
보지 못한다. 그렇다, 모든 것이 예전 같지 않다. 더 이상 아무것도 예
전 같지 않다. *베네치아를 보고 죽어라.* 카타리나가 이제야 비로소
깨달은 것을 다른 사람들은 모두 앞서 깨달았던 것일까? 길을 떠나
는 것은 있던 곳과 영영 이별하는 것이라는 걸? 돌아온 곳은 예전의
그곳이 아니라는 걸? 그녀는 베를린으로 돌아왔지만 베를린은 그녀
가 떠나갔던 도시가 아니다. 이제 다른 도시가 되었다.

카타리나는 훔치는 것이 얼마나 쉬운지를 로사에게서 가장 먼저
배운다. 재회를 축하하기 위해 로사는 와인 한 병을 사 가지고 왔을
뿐 아니라, 커다란 가방에서 갖가지 것들을 꺼내놓는다. 프랑스 치즈,
양송이버섯, 게 샐러드, 가시 같은 것이 달린 작은 과일 몇 개, 과일 이
름은 잊어버렸다고 한다. 서독 사람들은 어차피 돈에만 신경쓰잖아,
라고 로사는 말한다. 카타리나는 고개를 끄덕이며, 쾰른에서 쇼핑했
던 일을 떠올린다. 이제 동베를린에서도 가격이 곤두박질치는 것을
볼 수 있을 것이다, 이제 이곳에서도 오전에 25마르크였던 옷이 점심
에 10마르크가 되고, 저녁에 2.5마르크밖에 안 되는 일이 일어날 것
이다. 따라서 아무런 돈도 내지 않고 옷을 가져오는 것은 이런 트렌드
의 마지막 결과일 따름이다.

있잖아. 로사가 말한다. 우타는 최근에 속옷까지 가져왔어. 로사는 훔쳐왔다고 하지 않고 '가져왔다'고 한다. 지금 정말로 인민 소유의 황금시대가 시작된 것처럼 말이다. 선글라스도 가져오고, 샴푸도, 책도, 립스틱도, 청바지도, 스케치북도, 소시지도, 카세트테이프도, 초콜릿도 가져온다. 뭐든 상관이 없다. 스타킹과 보디샴푸도 가져온다. 통일된 독일이 공동으로 새로운 헌법을 채택하기로 협의되지 않았던가? 그러나 대신에 서독 기본법의 적용 범위가 동독으로 확대되었다. 이것이 정당한 일이었을까? 구미베어, 핸드백, 머플러. 지금까지 전과가 없었던 동독 소녀들이 게릴라 부대처럼 몰려나온다. 서독의 가장 취약한 부분, 즉 소유와 지불 문제에서 서독을 때려 부수기 위해.

완전히 서로 다른 두 나라가 기록적인 속도로 합쳐지게끔 한, 혼란스런 3월의 유권자*들은 아직도 소시지 가판대 앞에 서서 독일 통일을 축하하고 있다. 안네는 건축자재 상점에서 미소를 지으며 예초기를 밀고 경비원 옆을 지나간다. 기온이 더 내려가면서, 사람들은 밑단이 밴드로 마감된 가죽점퍼를 입고, 매일매일 차와 커피, 맥주, 밀가루, 가지, 블라우스, 심지어 평소 300마르크가 넘는 가격의 모피 모자로 가죽 점퍼를 불룩하게 채운다. 나라 간의 서로 다른 법 체계 사이에 틈새가 벌어지는 것을 무정부 상태라고 부른다. 중요한 것은 점퍼의 밑단 밴드가 튼튼하게 유지되어 슬쩍한 물건들이 밑으로 떨어지지 않는 것이다.

불행한 쇼핑객의 고통은 제스처에서 엿볼 수 있다. 사고 싶은 옷을

---

* 베를린 장벽 붕괴 이후인 1990년 3월 18일에 총선을 치렀으며 이 선거에서 동독 최초로 비공산주의 계열인 기독교민주연합이 정권을 장악했다. 이는 즉시 독일의 통일로 이어졌다.

들어서 무기력하게 바라보지 않는가. 그렇다. 선택의 자유는 그 자체로 지옥이다. 그렇다면 아무거나 닥치는 대로 취하자는 것이 소녀들의 생각이다. 서독에서 온 소포 속에 들어 있던 야콥스 크뢰눙 커피는 예전엔 특별했지만, 이젠 특별할 것 없는 일상이 된다. 카타리나와 그녀의 친구들은 서독의 백화점에서 커피를 홀짝이고는, 복수심에 값을 지불하지 않고 나가버린다. 그들의 돈과 부모님의 돈의 절반은 역사적 격변의 소용돌이 속으로 사라졌다.* 우리에게 비넨슈티히 빵 한 조각에 칸트의 『영구평화론』을 위해 지불했던 것과 똑같은 가격을 지불하란 말야? 서독인들은 정말로 가치를 돈으로 환산할 수 있다고 믿는 걸까?

젊은 아가씨들은 그렇게 생각하며 고개를 절레절레 흔든다. 꼬리처럼 길게 늘어뜨려진 그들의 머리칼이 무력감을 표현해준다. 지금 우린 젊어, 예뻐지고 싶어. 그들은 말한다. 늙고 주름이 생기면, 레이스가 달린 브래지어가 무슨 소용이 있겠어? 그리고 그렇게 늙을 때까지 살 수 있을지 누가 알겠어? 중요한 것은 얼굴에 죄책감이 엿보여서는 안 된다는 것이다. 판매원들의 시선을 주시하면서, 손은 다른 곳에서 바쁘게 놀리기. 하지만 들치기범들 사이에서도 법과 규칙이 있어서, 절대로 작은 가게에서는 훔치지 않는다. 물건들이 주인에게 소중한 가게에서는 훔치지 않기, 대신 커다란 마트나 드러그스토어, 백화점이나 대형 체인에 속한 상점에서 훔치기.

다만, 이런 물건들을 획득하는 기쁨은 아주 수명이 짧다는 걸 카타

---

* 어느 정도 이상의 금액은 동독마르크와 서독마르크를 2 대 1로 환산해주었던 역사적 배경에서 하는 말이다.

리나는 깨닫는다. 기술을 안정적으로 익혀갈수록 기쁨의 수명은 더 짧아지고, 그래서 점점 더 빠르게 새로운 도둑질을 통해 짧은 행복을 새롭게 만들어내야 한다. 왜냐하면 모든 성공한 도둑질은 그 자체로, 이제 모든 것이 전적으로, 완전히, 아주 아주 속속들이 깊은 곳까지 정말 정말 아무래도 좋아, 될 대로 되라 하는 환멸감을 품고 있기 때문이다. 모든 성공한 도둑질은 이런 환멸감을 만들어내고, 모든 도둑질은 이런 감정을 새롭게 마비시키고자 한다. 만년필과 값비싼 일본 붓을 소매 속으로 밀어 넣고, 값비싼 향수는 다리를 타고 바지를 통과해 부츠 속으로 미끄러지게 한다. 풀오버를 여러 겹 겹쳐 입고 가게에서 슬쩍 걸어 나온다. 그런 다음에는? 늘 허하다. 공허하고, 뭔가가 영원히 부족하다. 그리하여 점점 더 분명히 드러나는 것은, 도둑질에서의 단 한 가지 진정한 즐거움은 속이는 것 자체에 있다는 것, 속임으로써 힘을 가진 것처럼 느끼는 것, 속이는 것이 선사하는 힘의 환상에 있다는 것이다.

훔친 물건이 몸에 닿아 점점 체온으로 데워지는 동안, 얼마나 오래 발각되지 않고 상점 안을 누빌 수 있을까? 범죄를 저지르고도 그 현장에 얼마나 필요 이상으로 오래, 태연히 머물 수 있을까? 내빼거나 서둘러 도망치는 대신, 유유히 계산대 쪽으로 걸어가기. 마치 자신의 속임수를 알지 못하는 다른 사람들을 좌우할 힘이 있는 것처럼, 자신의 두려움을 좌우할 힘이 있는 것처럼.

27

1990년 여름, 화폐 통합 이후 개인이 사용하던 가구들이 가장 먼저 거리에 나왔다. 소파, 일인용 안락의자, 의자, 테이블, 그릇장, 서랍장.

그런 다음 가을에 하나의 관료 조직이 다른 관료 조직에 흡수되면서, 사회주의 사무실에 놓였던 사무용 가구들이 급조된 대형 쓰레기 처리장에 버려진다. 책상, 회전의자, 바퀴 달린 이동식 캐비닛, 전등, 회의용 가구들.

도시의 보도에는 국영 자동차 기업에서 생산한 자동차들이 고물로 변해, 고철이 된 차체와 뜯겨져 나온 내장재들이 서로 어지럽게 얼기설기 엮여 있다. 도시의 외딴곳에 있는 쓰레기장에는 베를린 장벽의 파편들이 더해져, 그 잔해 더미가 더 높아져간다.

붉은 별은 이제 벼룩시장에서 구입할 수 있다. 소련의 후손들은 그들의 할아버지들이 승리를 거뒀던 나라에서 철수하기 전에 독일인들의 돈 앞에 항복하고 있다.

인민군 훈장, 모자, 견장도 헐값이 되었다. 지금까지 적이었던 군대로 변신하는 일이 코앞에 다가왔기 때문이다.

가을 학기부터 카타리나가 다니는 미대에서는 연극 기법, 서체 디자인, 의류사 수업이 취소된다. 정치적으로 문제가 있는 것으로 간주되는 교수들은 해임되었다.

로베르트와 그의 조각가 친구들이 여름에 동베를린의 유령역*에

---

* 이용하지 않는 역.

세워놓았던 실물 크기의 석고 조각상은 가을에 쓰러지고 손상되어, 리모델링이 시작되면서 결국 다른 쓰레기들과 함께 치워졌다.

동쪽을 바라보는 서베를린의 게준트브루넨역 S반 승강장 위에서만 여전히 무릎 높이의 풀이 무성하고, 여전히 자작나무가 자라, 10월의 바람결에 노란 잎들을 흔들더니, 겨울에는 헐벗은 채 서 있다.

일 년 전만 해도 장벽이 버티고 있던 곳엔 장벽이 있던 흔적을 보여주는 선이 남아, 도시의 양편을 나눈다.

없애고자 하는 옛것과 아직 들어서지 않은 새로운 것 사이의 풍경은 폐허의 풍경이다. 눈이 내릴 때만, 하얀 피부 아래로 며칠간 폐허가 살아 있는 듯이 보인다.

나랑 같이 있는 거 난처하니? 한 해의 마지막 날 로사가 카타리나에게 묻는다.

아니.

뭘 두려워하는 거야?

두려워하지 않아.

천만에. 넌 두려워하고 있어.

자정 전에 카타리나는 다시 혼자가 된다.

아빠에겐 로사 이야기를 전혀 하지 않았다. 엄마가 한번 떠보았을 때도 모든 것을 부인했다. 1991년 새해를 위해 건배.

1월에 로사는 안네와 관계를 맺는다.

우린 끝난 거야?

응.

나무들에 해진 헝겊과 실, 헤르티 백화점 쇼핑백이 걸려 있다.

내가 내 가족을 떠나야 한다면, 넌 내게 약속해야 해, 영원히 내 곁에 남겠다고. 한스가 카타리나에게 말한다.

하지만 이건 거래가 아니에요. 나랑 같이 살고 싶으면, 스스로 결정해야 하는 거죠.

어떤 일이 있을지 알지 못하는데?

난 당신에게 강요할 수 없어요.

수포로 돌아가는 건, 견딜 수 없어.

수포로?

간혹 그들은 같이 잔다. 그러나 카타리나는 1월에 임신하지 않는다. 2월에도, 3월에도 임신하지 않는다.

어느 날 그녀는 프란츠 클럽에서 로베르트를 만나 밤새도록 그와 같이 춤을 춘다. 동틀 무렵 그곳에서 아침이 제공된다. 열린 클럽 창문으로 맥주 냄새와 담배 연기가 새어나가고, 밖에서는 지빠귀가 노래한다.

헤어지면서 로베르트와 그녀는 손을 잡고, 쇤하우저 거리에 서 있다. 로베르트가 그녀의 입에 혀를 밀어 넣는다.

카타리나는 자신의 전화 회선을 갖게 된다.

그해 처음 찾아온 완연한 봄날에 그녀는 라이프치히에 있는 아빠를 방문한다. 아빠는 커튼을 치고, 어두컴컴한 곳에 앉아 작은 시가를 피우고 있다. 아빠는 말한다. 그들이 사회주의과학자*의 일자리를 보전해줄 것 같지 않아.

---

* 사회주의 기초 과목인 변증법적 유물론, 정치경제학, 역사유물론을 연구하는 학자.

아이의 이름을 에두아르트*로 지을 수도 있을 것이다.

1991년 5월에 카타리나는 빈을 여행한다. 클림트, 에곤 실레, 민족학 박물관. 늘 변함없는 일상을 가진 도시. 베를린에서는 이제 모든 것이 변함없다는 기분이 절대로 들지 않을 것이라는 생각에 가슴이 서늘해진다. 쇤브룬 공원에서 만난 금발의 색소폰 연주자에게 함께 사진을 찍자고 하자, 연주자는 그녀의 어깨에 팔을 두르고 포즈를 취해준다.

카타리나가 한스의 작업실로 전화를 걸면, 그는 늘 곧장 전화를 받는다. 무슨 작업을 해야 할지 알지 못하는 상태로 전화기 옆에 딱 붙어 있기 때문이다. 그는 말한다. 추가 프로그램은 어차피 급료가 나오지 않을 것이고, 그의 책은 나오기도 전에 이미 시들어버렸다고.

태어나기도 전에 시들어버렸다고, 그는 말했다.

아냐. 난 잘 지내, 피아노 협주곡 5번을 듣고 있어. 그는 말한다.

치머만 걸로?

아니, 굴다.

보고 싶어요, 라고 카타리나가 말하려는데, 그는 그녀의 말을 끊고는, 너 카페 슈페를에 꼭 가봐야 해, 라고 한다.

돌아오는 길에 카타리나는 우타의 여자친구가 창문 밖으로 몸을 던졌다는 소식을 듣는다.

루트의 오빠는 빠른 서독 자동차를 몰고 다니다가 교통사고를 당했지만, 다행히 살아남았다.

---

* 에두아르트 베른슈타인(Eduard Bernstein, 1850~1932). 독일의 사회주의자이며, 사회민주주의의 이론적 창시자다.

누군가가 지붕 밑 공간 빨랫줄에 걸어둔 카타리나의 속옷을 훔쳐 간다. 속옷만. 바지와 티셔츠는 여전히 빨랫줄에 걸려 있다. 무섭다. 시빌레, 며칠 밤만 우리 집에서 잘 수 있어?

한 달, 또 한 달이 지나가고, 카타리나는 임신하지 않는다.

S반을 타고 서베를린을 가로지르는 빠른 코스로 엄마 집에 가는 대신, 그녀는 이제 다시금 낡은 트램을 타고, 흔들흔들하며 오래 걸려 서 엄마 집으로 간다. 눈에 익고 잘 아는 동베를린만 통과해서 가는 코스. 트램을 타고 가며 차창으로 바인베르크 공원의 잔디밭에서 홀 딱 벗고 일광욕을 하는 사람들을 마지막으로 보았던 것이 재작년 여 름이었던가. 카타리나는 그 모습을 정말로 기억하는 것일까? 아니면 꿈을 꾼 것일까?

한스는 이번 여름 휴가에 잉그리트와 파리에 간다.

열흘 일정이고, 그는 한 번도 전화를 하지 않는다.

갑자기 엄마 집의 전 소유주가 정원에 나타나, 대지를 측량하고 갔 다고 랄프는 말한다.

가을 학기가 시작될 무렵, 무대미술을 공부하는 학생들은 새로 리 모델링한 건물로 옮겨간다. 로사는 이제 카타리나를 아주 가끔만 볼 뿐이다. 먼발치에서.

슈테펜과 여자친구 사이에서 아이가 생긴다. 하지만 그는 나중에 아일랜드로 가려고 한다.

작업실을 정리하게 될 수도 있어. 한스가 말한다.

책상 치워줄게요. 카타리나가 말한다.

아니, 그냥 놔둬.

카타리나의 엄마는 곧 위원회와의 면담을 앞두고 있다. 미래를 좌우하는 면담이 될 것이다. 서독은 대공산권 수출 통제 위원회로 40년간 동독의 기술 발전을 차단하더니만, 이제 와서는 우리가 최신 기술을 보유하고 있지 않다고 비난하고 있어. 엄마가 말한다.

랄프는 본에서 베를린으로 옮겨오는 교통부가 지질학 연구소 건물에 입주하려 한다는 소식을 듣는다. 100년 넘게 그 자리에 있었는데, 모든 소장품을 갑자기 다른 곳으로 빼야 해. 서독의 장관이 굳이 그 건물을 마음에 들어 한다는 이유만으로 말이야. 랄프는 고개를 설레설레 젓는다.

카타리나의 아빠는 라이프치히의 어두침침한 방에 앉아, 죽음이 더 이상 두렵지 않다고 말한다.

한스가 없는 사이에 사무실을 구하러 다니는 사람들이 한스의 작업실을 보러 온다. 문에 붙여놓았던 수염 난 세 인물 마르크스, 엥겔스 레닌이 그려진 포스터는 아마 그들이 재미 삼아 찢어버린 것 같다. *모두가 날씨 이야기를 한다. 우리는 아니다.* 그렇게 적혀 있는 포스터 말이다. 한스는 그 세 사람이 날씨 이야기를 했다면, 지금 세상은 달라졌을 거라고 말한다.

카타리나는 「메데이아」 「세일즈맨의 죽음」 「나비부인」의 무대 시안을 만든다.

뉴욕의 한 예술가가 초빙되어 거트루드 스타인의 「포스터스 박사께서 전깃불을 밝히시다」에 대해 강연한다. *당신은 내 영혼을 원하지 대체 왜 내 영혼을 원하는 거야 그리고 내게 영혼이 있다는 걸 대체 어디서 알았어 모두가 악마는 온통 거짓말로 되어 있다는 걸 알아 그런데 어떻게 당신을 그리고 나는 내가 영혼을 팔 수 있다는 걸 아는 걸까.*

회화를 전공하는 남학생이 카타리나를 달리의 전시회에 데려간다.

로베르트는 또 한번 춤추러 가겠냐고 묻는다.

아니, 그녀는 말한다, 그리고 눈을 내리깔고는 다시 한번 아니, 라고 한다.

그렇게 꺾여도 될까?

자신이 정말로 어떤 사람인지, 몰라도 괜찮을까?

8월에 카타리나는 동승할 기회를 얻어 토스카나에 간다. 동승자의 이름은 알레산드로. 중간에 하룻밤을 묵어가야 하는데, 그는 방 두 개가 아닌 하나만 예약했다. 그의 본가 정원에는 올리브나무와 장미가 자란다.

돌아오니 한스가 역에서 그녀를 기다리고 있다.

흠, 이제 '섹스'를 이탈리아어로 뭐라고 하는지 알겠군?

그녀가 말한다. 응.

그것이 첫 번째 헤어짐이다.

이별은 8월에서 10월까지 이어진다.

28

아무도 더 이상 그녀에게 손을 대서는 안 된다. 다시는, 더 이상 아무도. 8월에 카타리나가 한스와 헤어진 뒤, 알레산드로는 이제 자기 차례라고 믿었다. 다음 타자로 그녀와 잠자리 예약을 잡아놓았다고. 아, 정말, 늘 모든 것이 그 일을 중심으로 돌아가야 할까? 그녀는 여름에 사귄 남자친구를 가을에 그녀의 집에서 쫓아내버렸다. 그럼 한스는? 10월에 한스와 처음 재회했을 때, 카타리나는 그를 원한다고 말했다. 그냥 그만을 원한다고, 그 일은 더 이상 하고 싶지 않다고. 더 이상 견딜 수 없고, 참을 수 없다고, 그와도 할 수 없고, 다른 누구와도 할 수 없다고. 구역질이 느껴진다고, 아주 일반적으로 그렇다고. 몸만 살짝 스쳐도 반감과 분노가 느껴진다고.

처음으로 그녀는 아마도 자신이 아빠 같은 사람을 원했던 모양이라고 생각한다. 육체적 욕망을 사랑으로 혼동하지 않고, 그녀를 근본적으로 사랑해주는 사람을. 한스는 말한다. 불쌍한 것, 네가 다시 좋아질 때까지 네 곁에 붙어 있을게. 다시 좋아진다고? 뭔가가 단단히 잘못되어 있다, 하지만 뭐가? 장갑에 난 구멍으로 엄지손가락이 쏙 삐져나온다. 삐져나온 모양이 마치 그것처럼 보인다. 카타리나는 트램에 서서, 자신의 엄지손가락을 보고 운다. 곧 무슨 상담이라도 받으러 가야 하는 것일까? 그녀는 눈을 닫고, 몸도 닫는다. 다시 처녀가 된다.

1991년 12월 초, 한스는 정리해고를 당한다. 이제는 존재하지 않는 국가의 텔레비전과 라디오 방송에 소속된 1만 3,000명의 직원들과 마찬가지 신세다. 베를린 노동청의 복도는, 수도인 동베를린에만 국한해도 3,000명에 이르는 사람을 수용하기에는 너무 좁기에, 노동청은 사흘간 동베를린 라디오 방송국 건물의 커다란 방송 홀을 빌린다. 그곳에 테이블들이 놓이고, 네모난 공간을 빙 둘러 알파벳이 표시된다. 한스는 첫날에 곧장, 군중을 뚫고, 그의 성의 첫 글자인 W가 적힌 테이블로 향한다. 복직 여부는 연말이 되기 전에 별도의 절차에 따라 결정될 거라고 한다. 한스는 철저히 무너진 다음이라야 비로소 부활이 가능하다, 라는 말을 떠올린다. 그들이 알게 된 지 얼마 안 지났을 때 카타리나가 자못 비유적인 의미에서 그런 말을 했다. 하지만 60세가 가까워오면서 부활도 그런 비유적인 의미를 잃는구나 라고 한스는 생각한다. 남은 조건 우선은 시체 한 구가 놓인 동굴에 대한 이미지뿐.

방송 교향악단이 이 홀에서 마지막으로 라이브로 연주한 토크 프로그램을 진행한 것이, 딱 이 년 전 오늘이다. 「사람들은 우리 시대에 대해 무엇을 말할까?」라는 것이 장벽이 무너진 직후, 그날의 토론 주제였다. 한스의 동료 작가 슈테판 헤름린이 연단에 앉아 있었고 교향악단은 그레네크와 아이슬러의 음악을 연주했다. 그로부터 이 년이 흘렀고, 이런 일들을 돌아보는 주체는 그동안 손바꿈이 되었다. 그러나 장기적으로 질문은 여전히 남아 있다. 그들의 시대에 대해 무슨 이야기가 이루어질까? 누가 이야기할까? 그리고 그 이야기를 누가 들을까?

이제 방송 교향악단 소속 음악가들은 알파벳 순서로 줄을 서서 해고를 기다리고 있고, 음향기술자들도 그렇게 서 있다. 텔레비전 발레

단의 무용수들도, 여러 라디오 프로그램의 편집자들, 사내 병원의 치과의사들, 사내 유치원의 교사들, 방송국 소유 차량의 운전기사들과 자동차 정비사들, 구내식당의 요리사들, 진행자들, 문서실 직원들, 카메라맨들, 촬영 감독들, 영상 편집자들, 극작가들, 그리고 물론 한스 같은 사람들, 작가들, 기자들, 작곡가들, 감독들, 고정 프리랜서들. 이제 모두 실업자다.

12월의 어느 날 저녁, 카타리나는 한스와 함께 시청 지하 음식점에 앉아 있다. 그때 거기서 그녀의 두개골 아래, 뇌 기저부, '터키 안장'이라 불리는 함몰된 모양의 뼈 구조 안에 들어 있는 뇌하수체가 혈액 속으로 생식샘 자극 호르몬을 분비하기 시작한다. 처음에는 천천히, 그런 다음 점점 더 빠르게, 뇌하수체는 점점 더 흥분해 터키 안장을 타고, 황체 형성 호르몬, 약자로 LH를 혈액 속에 분출해, 카타리나의 여러 달에 걸친, 자연에 반하는 금욕을 드디어 무력화시키려 한다.

당신은 다시 고용될 거야, 라고 그녀는 말한다. 그러나 한스는 새로운 던힐에 불을 붙이며 고개만 끄덕일 뿐이다. 이 저녁에 두 가지 생식샘 자극 호르몬이 혈관을 거쳐 카타리나의 난소로 이동하고, 그곳에서 에스트로겐을 집중 생산한다. 그 와중에 에스트라디올도 만들어진다. 에스트라디올은 중간 단계인 프레그네놀론, 프로게스테론, 17α-하이드록시프로게스테론, 안드로스텐디온, 테스토스테론, 19-하이드록시테스토스테론을 거쳐 콜레스테롤을 원료로 하여, 아로마타제 효소를 매개로 만들어진다.

'포스터스'* 프로젝트가 결국 어떻게 되었는지 알아요? 아니, 한스가 말한다. 텅 빈 무대에 네온관만 덩그러니, 그밖에는 아무것도 없었어요. 흠, 인식의 차가운 빛이로군, 한스가 말한다. 카타리나가 한스와 와인을 두 잔째 마시는 동안, 에스트라디올은 이미 세포막을 통해 확산되고, 그때 그녀는 이미 로베르트만이 고려 대상이 될 수 있음을 안다. 에스트라디올은 이제 호르몬 수용체에 도킹하고, 각각의 세포핵으로 침투해 특정 유전자의 mRNA 전사를 작동시킨다. 한스가 일어나서 그녀의 코트를 붙잡아주고, 그녀가 코트로 다가가 팔을 집어넣고, 그를 잠시 안은 뒤 코트에서 다시 팔을 빼어 돌아서서 코트를 입는 동안에, RNA 중합효소가 프로모터라 불리는 유전자의 DNA 부위에 결합한다. 밤거리에서 카타리나는 한스에게 작별의 입맞춤을 하고, 몇 걸음 걸어가다가 평소처럼 다시 돌아서서, 그에게 손을 흔든다. 이중나선이 풀리고, 이를 통해 각각 10~20개의 염기 부분이 짝짓기를 위해 노출된다.

카타리나는 밤거리에서 한스에게 손을 흔들고 돌아서서, 트램 정류장으로 간다. 그러나 한스가 보이지 않게 되자마자 다른 방향으로 향한다. 첫 두 리보뉴클레오타이드의 결합으로부터 RNA 가닥의 합성이 일어난다. 로베르트는 아주 가까운 곳에 산다. 이것은 특정 단백질 합성의 첫걸음이다. 실크 셔츠 아래, 로베르트의 피부는 따뜻하고 탄력 있다. 에스트라디올이 생물학적 효과를 발휘할 수 있는지는 결정적으로 단백질 합성에 달려 있다.

죽은 듯이 지내던 시간의 한가운데에서, 카타리나는 딱 하루, 욕망

---

* 파우스트의 영어식 이름.

의 밤을 보낸다. 이 시간 전에도, 그뒤에도 그런 일이 없다.

  방송을 하는 동시에 자신의 소멸을 감당하는 것, 이건 정말 미친 거야. 한스는 실비아와 카페 키쉬에 앉아 있다. 실비아가 말한다. 생각해봐, 그들은 엊그제 기술직 직원 전체를 6층에 불러모았어. 복도가 사람들로 가득했고, 차례차례 본인의 이름이 불리면 커다란 방으로 들어가야 했지. 방 안에 들어가면 전화 한 대가 놓인 테이블이 있고, 그 옆에 수화기가 놓여 있어. 수화기를 들어 이름을 말하면 됩니다, 라는 지시를 받고 모두가 수화기를 귀에 대고 자기 이름을 말해, 그러면 멀리 쾰른에서 음성이 들려와. 음성은 두 가지 종류야. 당신은 인계됩니다. 혹은 인계되지 않습니다. 그 말을 듣고 나서, 수화기를 도로 내려놓고, 다음 차례로 들어올 사람을 위해 자리를 비워줘야 하지. 그러면 다음 사람은 다시 그 말을 듣게 돼, 당신은 인계됩니다. 혹은 인계되지 않습니다. 한스는 말없이 고개를 끄덕인다. 다음 주 수요일이 당신들 차례지? 응, 한스가 말한다.

  5일간 한스는 이 두 문장을 생각한다. 당신은 인계됩니다, 당신은 인계되지 않습니다. 며칠 전 잉그리트가 우체통에서 임대료 인상 안내문을 집어든 것이 우연일까? 임대료가 130마르크가 아니라 1월부터 900서독마르크가 될 거라고 한다. 당신은 인계됩니다. 당신은 인계되지 않습니다. 다음 여름까지 잉그리트에게 급료를 지급해줄 기관은 '임시수용기업'이다. 그리고 나서는?

  수요일 17시에 한스는 지시에 따라 편집장실로 간다. 그곳 대기실에는 이미 다른 사람들이 앉아 있다. 편집장실에 들어갔다 나온 사람들, 호명되기를 기다리는 사람들. 누군가가 그의 인적 서류가 든 봉투를 갖고 나오면, 사람들이 그를 끌어안고 위로해주고, 슈냅스를 한 잔 건넨다. 누군가 봉투없이 빈손으로 나오면 역시 사람들이 안아주고, 축하해주고, 슈냅스를 한 잔 건넨다. 예전에 곧잘 했던, 이제는 골동품이 된 우스운 이야기들을 다시 한번 주욱 되풀이한다. *당신들이 묻지 않아도, 우린 답변합니다!* 라는 농담, 그리고 헤르만 칸트의 연설에서 장난 삼아 그가 버릇처럼 에… 라고 했던 부분만 따로 잘라내어 편집했던 이야기. 옛날 에른스트 텔만의 공산주의자 조직에서 경리 역할을 맡았던 나이 든 엘제 데무트가 서방에서 만든 접착 테이프를―그것이 그들이 가지고 있던 유일한 테이프였다―60년 전 공산주의자들의 자금을 관리하던 것 못지않게 엄격하게 관리했던 이야기. 그리고 커터*들이 매점에서 파는 괴터슈파이제 젤리를 '쾨터슈파이제', 즉 커터의 음식이라고 불렀던 이야기. 이 모든 것에 대해 그들은 마지막으로 함께 웃는다. 그들끼리만 통하는 농담, 그들끼리만 이해하고 웃을 수 있는 웃음, 이제는 골동품이 되어버린 웃음.

저녁이 되고, 밤이 되면서 대기실 안의 술 취한 사람 수는 점점 불어난다. 한스의 성은 W로 시작하기에, 거의 새벽 3시 반경에야 비로소 한스의 차례가 된다. 새벽 3시 반에 그는 편집장에게서 자신의 서류가 든 봉투를 받아 나온다. 대기실에서는 위로의 허그와 슈냅스 한 잔이 주어진다. 또 한 잔. 그리고 또 한 잔.

순간의 정적. 1991년에서 1992년으로 넘어가는 한 해의 마지막 날

---

*   cutter. 영상 편집자.

밤 자정, 그 정적과 함께 동독의 주파수는 숨을 거둔다. 한스는 카타리나의 집에서 라디오 앞에 앉아 이 아주 짧은 정적을 듣는다. 이런 정적과 더불어 지금까지의 삶이 그에게서 영영 떨어져 나간다. 마치 「라보엠」에서 그 어느 친구도 알아채지 못하는 가운데 미미가 죽는 순간과 비슷했다고 한스는 말한다. 한스는 처음으로 한 해의 마지막 날을 카타리나와 보낸다. 잉그리트가 아픈 친정어머니에게 가봐야 하기 때문이다. 카타리나는 청바지에 실내화 차림이다. 하지만 어쨌든 테이블에 색종이를 뿌리고, 샴페인을 따른다. 그냥 얼떨결에 지나가는 것처럼 무심하게 그런 일이 일어난다고 한스는 말한다. 죽음조차도 아무것도 아닐 것이기에. 그냥 뭔가가 중단되는 것일 뿐.

1월 말의 어느 날, 카타리나는 가슴에 납덩이를, 살아서 팔딱대는 납덩이를 얹은 심정으로 느리게 문을 연다. 그러고는 두 시간 동안 한스 앞에서, 테이블 가장자리에 닿을 정도로 고개를 푹 숙이고 있다. 예전의 일이라고, 그녀는 말한다. 우리가 헤어져 있던 때라고. 거의는 진실이다. 한스는 그녀의 집에서 자고 가겠다고 한다. 이제 갑자기, 당장, 오늘 그녀의 집에서 자고 가겠다고. 하지만 그녀는 이런 상황에서 그와 한 침대에 누울 수가 없다. 그래서 그녀는 침대 옆 바닥에 누워 잠든다. 꿈에 한 남자애가 그녀 옆에 쪼그려 앉아 연신 '지금'이라고 말한다. 그리고 그 짧은 단어를 말할 때마다 자신의 손을 흙 속에 집어넣는다. 난 '지금'이라는 말을 견딜 수 없어, 라고 말하더니 곧장 '지금'이라고 말한다. 그리고 다시 한번 지금이라고 말하며, 손목까지 검은 흙 속에 집어넣는다. 아이의 이름은 게오르크일까? 카스파르일까? 게오르크라면, 카스파르라면 살 수 있었을지도 모른다. 그러나 아이에게는 이름이 없고, 결코 이름을 가질 수 없을 것이다. 한스는 그래도 혹시 우리 아이인 건 아닐까, 라고 묻는다. 그럴 수 없다고 카타리나는 말한다.

모든 것이 잘못되었다. 근본부터 잘못되었다. 잘못된 모든 것이 뒤엉켜 있다. 하지만 병원에 가는 날까지 그녀는 매일 매 순간을 견디어야 한다. 그런 다음 몸을 열고서 네온등 아래 눕지만, 그건 그녀가 아니다. 의사의 손이 그녀의 몸을 검사할 수 있도록. 그녀의 영혼은 다른 곳으로 가버렸다. 예정대로 수요일, 새벽 6시 직전에, 그녀의 몸은 고통 속에서 피를 흘리며 아이를 잃어버린다. 마치 출산하는 듯한 느낌이지만, 그건 죽음이다.

나중에 로베르트가 찾아와, 그녀의 다리 사이에 머리를 가져다 댄다.

아빠도 그녀를 보러온다. 엄마랑 같이 온다.

한스가 찾아와 말한다. 넌 원래부터 우리의 아이를 원하지 않았어.

아니, 아니야. 그녀가 말한다. 모든 것이 잘못되었던 것 같다. 근본적으로.

아이는 계속해서 그녀의 몸에서 떨어져 나간다. 떨어져 나가고, 떨어져 나간다.

이것이 두 번째 이별이다.

29

스핑크스의 앞발 사이에서 하룻밤 자고 싶어요? 오후에 아랍인 가이드가 카타리나에게 물었다. 그녀는 스핑크스 쪽을 올려다보고는, 네, 스핑크스의 발 사이에서 자고 싶어요, 라고 말했다. 오로지 별이 빛나는 하늘과 당신, 그리고 스핑크스, 라고 아랍인은 말했다. 스핑크스의 자식이라도 되는 듯, 스핑크스의 발 사이에서 정말로 하룻밤을 꼬박 자고 싶지 않은 사람이 어디 있을까?

그녀는 스핑크스의 앞발 사이에 누워, 자면서 꿈을 꾼다. 햇볕을 받았던 모래는 아직 따뜻하다. 이제 태양은 밤 동안에 땅속을 여행하며, 죽은 자들을 살아 있게 하고, 스스로도 죽은 자들 덕에 생명을 유지한다. 꿈은 그녀에게 예전에 있었고, 지금 있고, 앞으로 있을 모든 일을 보여준다.

꿈에 한스는 노동청에 있고, 대기 번호는 213번이다. 이제 그는 불려 들어간다.

꿈에 *디미트로프 거리*라고 적힌 거리 표지판이 철거되고 다른 표지판으로 교체된다. 그 표지판엔 *단치히 거리*라고 적혀 있다. 서프로이센주의 수도였던 단치히의 이름을 딴 것이다. 전쟁이 끝나면서 폴란드에 할양되어, 50년 전부터는 그단스크라 불리는 도시.

꿈에 그녀는 어느 벽에 기대어 더 이상 어떻게 해야 할지 모르는 자신을 본다. 이러지도 저러지도 못하는 자신을. 그녀의 삶은 그 벽 뒤쪽에 있으며, 그 삶의 이름은 한스이기 때문이다.

스핑크스의 앞발 사이에 그녀는 누워 있다. 나일강 서쪽 연안, 죽은 자들의 고향인 그 연안에, 그녀는 그곳에 누워 곤하게 잠을 자며 꿈을 꾼다. 그녀에게서 멀리 떨어지지 않은 곳, 저 밑 깊은 곳에 오시리스가 영원히 부유하고 있다. 토막난 오시리스의 시신을 그의 누이이자 아내인 이시스가 다시 모아 살아나게 했으며, 그때부터 오시리스는 죽은 자들을 다스리는 신이 되었다. 누이는 그의 등뼈는 부시리스에서, 다리는 필레섬에서 찾았다. 그러나 머리는 아비도스에서 발견했다.

꿈에 카타리나는 트램이 북쪽 언덕을 오르는 것을 본다. 하지만 트램 앞쪽에 쓰여 있는 번호는 이제 46이 아니라 53이다.

한스는 정말로 아이가 그녀의 '자궁으로부터 뜯겨나간다'고 말했던가?

그녀는 한스가 두 번째 이별을 할 때 자신에게 건네준 기사를 손에 들고 있다. *엄마가 살아 있는 아기를 생매장하다*, 라는 제목이다.

이시스는 토막난 시신 위로 몸을 구부리고는, 슬픔을 통해 시신에게 생명을 다시 불어넣었다. 그때부터 반쯤 살아 있고 반쯤 죽은 오시리스는 지하 세계에서 그의 삶과 죽음을 계속 이어나가고 있다.

꿈에 그녀는 한스와 자신이 다시 젠다르멘 마르크트라고 불리는 아카데미 광장에서 아이스크림을 먹는 걸 본다. 젠다르멘* 역시 더 이상 존재하지 않지만 말이다. 카페 아르카데는 프랑스 식당으로 리모델링되는 중이다.

---

* 기마 헌병.

꿈에 한스는 자신의 심장을 손에 들고, 그녀에게 그 무게를 달아보라고 한다.

한스는 그의 그림자와 함께 그녀에게 온다, 그의 영혼과 함께, 옛날 그와 의절한 아버지에 대한 슬픔과 함께, 그의 이름이 쓰인 책들과 함께, 그 자신보다 그녀가 더 잘 아는 그의 몸과 함께 온다.

꿈에 그녀는 왱왱거리는 요란한 톱질 소리를 듣는다. 엄마 집 맞은편에서 밤나무가 쓰러지면서 나는 소리다. 그녀는 밤나무 둥치가 운반되고 굴삭기가 들어가는 것을 본다.

꿈에 그녀는 랄프가 정원 창고를 치우는 모습을 본다. 그가 창고에서 도구들을 상자에 챙겨 넣는 것을 본다. 그가 이렇게 말하는 소리가 들린다. 노동자농민 학부가 없었다면 나는 대학에 들어가지 못했을 거야.

꿈에 그녀는 자신이 팡코 제3묘지를 걷는 것을 본다. 그러나 묘지에 묻힌 그 누구도 두 번째 이별 뒤에 다시 한스에게 돌아온 것이 옳은 일이었는지, 그른 일이었는지 알려주지 못한다. 돌이킴, 이것이 한스의 첫 소설 제목이었지, 라고 생각하는 자신을 본다.

꿈에 그녀는 프랑크푸르트 안 데어 오데르의 극장이 영원히 문을 닫는 것을 본다. 그리고 예전에 「마탄의 사수」에서 아가테 역을 맡았던 가수가 술집에 고주망태가 되어 앉아 있는 모습을 본다. 그렇게 만취한 것은 바야흐로 삼십 대 중반의 나이에 어디에서 일자리를 얻어야 할지 알 수 없기 때문이다. 그 가수는 바텐더에게 이제 내 경쟁자는 전 세계라고 말한다.

꿈에 카타리나는 발터 울브리히트가 묘지에서 멀지 않은 곳, 동료들의 집 사이 얼음길에서 스케이트 타는 것을 본다.

꿈에 그녀는 한스의 아래에 누워 소리 하나 내지 못하고 눈에서 눈물을 줄줄 흘리는 자신을 본다. 한스의 혀를 물어뜯고 싶을 정도로 미움에 사로잡히는 자신을 본다. 자신이 한스의 손을 물고 팔을 무는 것을 본다. 자신의 머릿속이 온통 검은 것을 본다. 한스의 손이 불에 까맣게 탔거나 온통 재투성이인 것처럼 검은 것을 본다. 그의 팔에 이를 콱 박아 넣으며, 그의 팔이 검은 것을 본다. 눈을 감고서, 그의 시선이 검은 것을 본다. 그와 함께 자는 것은 지옥에서 자는 것, 그녀는 그를 도살해 그를 먹고자 한다, 그의 붉은 살이 벨벳처럼 열린 채 놓여 있는 것을 본다.

꿈에 그녀는 한스를 본다. 그럼에도 그가 계속해서 그녀의 몸 위에서 움직이는 걸 본다. 자신이 울고 있는 게 안 보이냐고, 대체 무슨 생각을 하는 거냐고 묻자, 그는 말한다. 그녀의 눈물이 기쁨의 눈물이라고 생각한다고.

꿈에 그녀는 본다. 그가 그녀를 도무지 알지 못한다는 걸, 그리고 자신을 그를 알지 못한다는 걸.

꿈에 그녀는 엄마가 '일자리 창출 프로그램'의 일환으로 팡코의 식물원에서 단체 관광객을 안내하는 일을 하는 걸 본다.

꿈에 그녀는 하얀 피부에 몸집이 큰 그녀의 아빠가 수영복 차림으로 구름다리 위에서 그녀 옆에 앉아 있는 걸 본다. 주변엔 물이 있고, 물결이 햇살을 받아 반짝인다. 아빠가 그녀 옆에 누워서, 하늘을 바라보며, 마치 혼잣말을 하듯 그녀에게 말한다. 죽음은 헛되다는 옛말이 있지. 요즘 사람들이 스스로 목숨을 끊지 않는 건, 가족을 망치지 않기 위해서야. 구름다리 주위에서 물이 조용히 찰랑댄다. 스핑크스의 앞발 사이에서 카타리나는 아빠가 혼잣말을 하듯 그녀에게 말하는 것을 듣는다. 아빠는 말한다. 우리의 개인적인 비극은 세상을 움직이지 않아. 패배한 싸움조차 우리 것이 아니야.

카타리나는 자신의 등에 4,500년의 세월을 업은 채, 한스에게 말하는 자신을 본다. 자신이 17시, 혹은 12시, 혹은 20시에 전화하지 않고, 그가 그리워지면 전화하겠다고 말하는 것을.

한스가 이렇게 말하는 걸 본다. 그러니까 넌 내게 이제 더는 전화하지 않으려는구나.

꿈에 그녀는 길거리에서 낯선 남자가 자신에게 호스티스가 되지 않겠냐고 말을 걸어오고, 자신이 그러겠다고 하고는 계약서에 사인하러 가는 걸 본다. 아파트에는 방 두 개가 있는데, 거의 쌍둥이 방이다. 꽈배기 모양의 다리를 가진 초록색과 금색의 책상 두 개가 있고, 책상 위엔 어떤 종이도 올려져 있지 않다. 책도 없고, 먼지 한 톨 없다. 각각의 책상 앞에 푹신한 일인용 의자가 놓여 있고, 방에는 술 달린 커튼이 내려져 있다. 침대는 두 방 중 하나에만 있는데, 역시 초록색과 금색이 어우러진, 사자 발이 달린 침대다. 전성기 네오바로크 스타일이네, 라고 그녀는 생각한다. 물론 모조품이지만 품질은 좋아, 라고 남자는 말한다. 문이 없는 욕실에는, 역시나 금색 꽈배기 손잡이가 달린 욕실 브러시가 있다. 그밖에 모든 것이 매끈하고 차갑다. 대리석과 유리 재질이다. 보험사업, 부동산, 골프, 테니스. 결국 사람은 인간적으로 가까워져야 해, 머리칼이 다 위로 뻗치는 짧은 머리를 한 그 남자는 그렇게 말하며, 문 없는 욕실의 월풀 욕조에 따뜻한 물을 받는다.

가까이 와, 그가 그녀에게 말한다.

그리고 말한다. 에이즈에 걸리는 건 예술가나 그와 비슷한 치들뿐이지.

거품, 많은 거품.

나중에 그는 초록색과 금색으로 된 책상 모퉁이에 50마르크짜리 지폐 두 장을 놓으면서, 그녀에게 그 돈을 받으라고 종용한다. 돈 주고 사는 건 깔끔한 일이야, 라고 그는 말한다. 반면 사랑은 그가 기혼이기에 문제가 될 거라면서.

스핑크스의 앞발 사이에서 하룻밤.

하룻밤 동안 카타리나는 산산조각난 모든 것을 본다.

오시리스의 등뼈가 부시리스에서 떠밀려 오는 걸 본다. 오시리스의 머리가 아비도스의 나일강에서 건져 올려지는 것을 본다. 오시리스의 다리가 필레섬의 늪지대 덤불에 끼어 있는 것을 보고, 오시리스의 심장이 멘데스의 진흙탕에 있는 것을 본다.

그녀와 결혼하려 하는 남자가 보인다. 그녀에게 반한 젊은 서베를린의 대학생이 강가에 서서 손을 흔든다. 그러나 그녀는 유빙을 타고 떠내려간다. 점점 더 연안에서 멀어지는 자신이 보인다. 그 유빙은 한스다.

그녀가 책꽂이를 사려고 한스와 함께 어떤 상점에 서 있는 게 보인다. 그녀는 책꽂이의 넓이와 길이를 재고, 그는 상점에 장식용으로 꽂아둔 책들을 뽑아들고, 책 사이에 손가락을 넣어, 여기저기 눈에 띄는 부분을 읽어주고, 그에 대해 반어적인 말들을 하며 커피를 홀짝인다. 그녀는 치수를 재며 배꼽을 쥐고 고꾸라질 듯 웃어댄다. 다시 치수를 재고 웃어댄다. 그를 이보다 더 사랑했던 적이 있었을까?

그녀는 한스가 그녀에게 선물한 반지들을 처음으로 빼는 자신의 모습을 본다. 반지를 빼버리자 얼마나 가벼워지는지, 정말 너무나 가벼워서, 공중으로 붕 떠올라 멀리멀리 날아가버릴 수 있을 것만 같다.

넌 나를 원해, 아니면 네 그 대학생을 원해?

어떤 대학생?

그런데 왜 울어?

당신의 눈썹은 두 개의 고드름,

당신의 입은 바위 틈새,

당신의 말은 가을에 나무에서 떨어지는 나뭇잎의 바스락거림,

당신의 손은 레클람 출판사에서 나온 두 권의 문고본처럼 누런 잿빛,

당신의 몸은 베를린 안뜰에 내린 3월의 눈,

당신의 어깨는 마른 땅 위 두 개의 꽃 구근,

당신의 눈은 빵 부스러기를 두고 다투는 두 마리 새.

당신의 귓불은 버려진 집의 커튼.

그녀는 다음 날 한스가 떠나는 걸 본다, 통화를 연결하려 해도 신호음만 계속 울릴 뿐, 통화는 불발된다.

꿈에 그녀는 자신이 그를 다시는 보지 못할 것임을 깨닫는다.

이것은 세 번째 이별, 비로소 이것이 영원한 이별이다.

에필로그

그녀는 6개의 파일 사이에 앉아 있다. 무려 1,200쪽이다. 1,100쪽은 *적과 접촉하는 비공식 요원*에 대한 것이고, 100쪽은 동명의 *작전*에 관한 것이다.

약정서를 써내려간 필체는 아직 어리다.

카타리나가 태어나기 한참 전이다.

인사 파일에 여권 사진이 붙고, 진짜 이름이 가명으로 대체된 것은, 살아 돌아온 소수의 망명자들과 강제수용소에서 풀려난 몇몇 저항 운동가가 그들을 적으로 간주하는 2,000만 명 남짓의 사람들과 함께 새로운 나라를 세운 지 불과 15년이 지난 시점이다.

*갈릴레이*라는 암호명은 베르톨트 브레히트의 작품 이름을 딴 것이다. 갈릴레이는 장기적인 진실을 위해 단기적인 타협을 한다. 이 작품의 리허설 도중에 그에게 친아버지보다 더 친밀했던 브레히트는 갑작스럽게 세상을 떠났다. 스스로를 위장하는 것, 가장 자기다운 것을 떠오르게 하는 낯선 이름으로 스스로를 완전히 가리는 것.

두 남자가 *안전가옥** '*존넨샤인*'에서 처음으로 만나기 삼 년 전에,

---

*   슈타지 장교와 비밀공작원들의 접선 장소로 이용되던 주택.

정부는 시간을 얻기 위해 시간에 장벽을 쳤고, 국민을 얻기 위해 국민을 장벽에 가뒀다. 심지어 소련의 권고에 반해서 그렇게 했다. 스스로 만든 섬에 갇힌 채, 한때 불법으로 지하 투쟁을 수행하다가 이제 국가권력을 등에 업은 집단은 민심을 얻기 위해 과열된 양상을 보였다. 이런 정부가 스스로를 *기관**이라 칭한 것도 우연이 아니다.

30대 초반의 한 남자가 처음으로 문서에 갈릴레이라고 서명하고, 그 이름으로 자기 자신을 의미하는 동시에 자기 자신을 의미하지 않게 되었을 때, 그가 속으로 친구들이 아는 자신과 자기 자신만이 아는 자신을 구분하게 되었을 때, 그가 친구들을 가진 자신과 친구들을 목록에 적어 역시나 가명을 가진 사람에게 넘겨주는 자신을 구분하게 되었을 때, 파리는 이미 3년 전부터 방문할 수 없는 도시가 되어 있었다.

그가 우리와 협력하려는 이유는 부분적으로는 그의 정치적인 입장 때문이기도 하지만, 이런 비밀스런 음모를 도모하는 것에 개인적인 흥미가 있기 때문인 것 같다. 나아가 이 후보는 우리와 연결됨으로써 사생활에서의 이점도 누릴 수 있으리라고 생각하는 듯하다.

국가는 그의 정보원들 앞에서 벌거벗고, 정보원들은 그들의 국가 앞에서 벌거벗는다. 서로가 나누는 비밀 속에서 새로운 조국이 자란다.

그녀는 녹취록을 읽는다, 그리고 긴 보고를 글로 적는 것보다 테이프에 녹음하는 것이 얼마나 편한지를 실감한다.

예술가 타입. 여성 예술가들과 접촉하는 데 투입할 수 있다, 라는

---

* 장기(臟器)라는 의미.

문장도 읽는다.

서베를린의 독일연방 헌법수호청 소속 한 직원의 전향, 이라는 문장도.

정보를 확보하기 위해 동독 문화를 만들어나가는 사람들과 의도적으로 접촉을 늘려갈 것, 이라고도 되어 있다.

카타리나는 조용한 방에 앉아 파일의 페이지를 살펴본다. 그곳에 여러 사람이 앉아 각기 다른 파일을 살펴보고 있다.

*오펜바흐슈투벤*이라는 단어를 읽으며, 카타리나는 첫날 저녁을 상기한다. 그리고 삼 년 뒤 다시 한번 그곳에 갔을 때 자신의 이름이 안야인 척했던 일을 떠올린다.

뮌헨 출장의 경비 내역서에서 그녀는 그가 소문자로만 표기한 것을 본다. 나머지 보고서에는 그렇게 쓰지 않았는데. 노이바우 아파트에서 보내던 날들에도 지출 내역을 비슷하게 메모하지 않았던가?

갈릴레이가 스터디라고 칭한 다른 서류에는 이렇게 되어 있다. *XXXXXXX가 내 정체를 의심한다는 생각이 들면, 내가 그를 의심하는 모습을 보여주는 것이 좋을 것이다.*

이 방에서 계속, 매일매일, 아주 조용한 가운데, 상대를 알아가면서 자신의 삶을 알아가는 걸까?

이곳에서는 더 이상 존재하지 않는 나라 시민들의 두개골을 열린다. 그리고 우리는 그 안을 들여다볼 수 있다.

스스로를 갈릴레이라 칭했던 사람의 두개골도.

적어도 단둘 사이에서는 공통된 대의가 있을 거라는 희망을 엿볼수 있다. 다른 모든 것을 배신할 가치가 있는 뭔가가 아직 있지 않을까 하는 희망을.

친밀한 대화를 통해 권력의 편으로 넘어갈 수 있다는 믿음을 엿볼 수 있다.

선택받은 존재가 되는 꿈을 엿볼 수 있다.

비난을, 가령 장벽 너머로 자신을 떠나버린 친구에 대한 비난을 엿볼 수 있다.

고급 천으로 된 양복에 대한 기쁨을, 서독의 백화점을 누비며 쇼핑하는 기쁨을, 뉴욕의 현대미술관을 방문하는 기쁨을 엿볼 수 있다.

어찌해도 자신보다 아래라고 생각되는 사람에게 보여주는 우아함도 엿볼 수 있다.

최고 경지의 처세술은 춤과 비슷한 게 아닐까?

스스로도 마찬가지로 이용당하고 있음을 모른 채.

한 인간의 약함과 강함과 허영심이 다 이 파일에 철해져 있다.

어떤 이에겐 있고, 어떤 이에겐 없는 것들, 다른 이는 다른 방식으로 가지고 있는 것들.

카타리나는 생각한다. 서독에서 살았다면 그는 아마도 기업 컨설턴트가 되었을 거라고, 혹은 부동산 중개업자나 광고 카피라이터가.

동독에서 그는 인간이었다. 그리고 서독에서도 그는 인간이었을 것이다. 그 어떤 사람이었을 것이다.

언젠가 한스가 타자기로 쳐서 준 레닌의 문장이 떠오른다.

어떤 대상을 진정으로 알려면, 그것의 모든 면을 알아야 한다. 모든 연결과 모든 '매개'를 파악하고 연구해야 한다.

기관이 하려 했던 것도 그것이 아닐까?

여기에 앉아 있는 그녀 역시 마찬가지가 아닐까?

그리고 어찌하여 동독의 영혼들만이 이렇듯 숨겨진 깊은 곳까지

까발려져야 하는 것일까? 나치 시대 이후로 왜 전 독일이 똑같이 그렇게 되지 않았을까?

그녀가 다시 건물 밖으로 나오자 하늘은 회백색이다, 마치 돌로 된 것처럼.

한스는 약 15년간 그 유희에 함께했다.

그러다가 그는 점점 배신에 지쳤다.

세부적인 사안에서 우리나라의 문화 정책에 대한 의구심이 있다. 특히 '비어만 사건'이 빚어지면서 동요가 생겨났다.

그 무렵, 그녀는 아직 라이프치히 거리가 끝나는 곳, 전쟁 이전에 포장한 매끈한 아스팔트에서 롤러스케이트를 타고 있었다.

그녀는 노이바우 건물로 된 골고다를 뒤로하고 발걸음을 옮긴다. 어느 방향으로 가야 할지 생각할 필요도 없이.

불과 조금 떨어진 곳에 알렉산더 광장 고가철도 아래 버스 정류장이 있다.

의구심으로 말미암아 그는 최근에 스스로와 세상에 불만족스워하고 있으며, 의욕이 상실되고 있다. 1980년대 초반 정보관은 그렇게 메모하고 있다.

어느 순간 비밀스러운 만남은 완전히 중단된다.

어느 순간 한스는 57번 버스에 오른다.

그녀는 그 길을 간다. 옛날 함께 걸었던 길을. 그녀의 구두 굽이 끼었던 포석은 아직 그대로이고, 커플처럼 거리를 두고 나란히 걸었던 고가철로 아래 보도도 여전하다. 헝가리 문화센터는 여전히 열려 있고, 신호등 사거리도 있다. 카페 투티는 없어진 지 오래다. 팔라스트 호텔도 이제는 없다. 팔라스트*는 재건공사가 시작된 옛 왕궁**에 자리를 내주어야 했다. 카타리나는 갑작스레 폭우가 쏟아지던 날을 떠올린다. 오래전부터 다시 슐로스 광장이라 불리는 광장에서 서늘한 공기가 버스 안으로 밀려 들어오던 일도. 운터 덴 린덴의 고서점 앞에서 57번 버스를 타기 6개월 전, *비공식 요원 갈릴레이는 자기 자신도 모르게 공작 조치***의 대상으로 바뀌었다*. 그러나 그녀는 이제 안다. *슈타지가 그의 집 아파트의 열쇠를 입수해서, 비밀리에 수색하고, 전화를 도청하기 위해 8주간에 걸쳐 그가 사는 건물에 감청 장치를 설치한 것을. 그리고 오가는 대화 내용을 기록하고, 갈릴레이의 정직성을 점검하기 위해, 비밀 도청 장치를 성공적으로 설치한 것을.*

예전에 길 잃은 여행자들이 그들이 동베를린에 있는지, 서베를린에 있는지 알지 못하고 안절부절 못하는 모습을 보였던 길모퉁이의 호텔 운터 덴 린덴 자리에는 신축 건물이 서 있다. 그녀는 프리드리히 거리의 S반 다리 밑을 통과하며 *국경통과지점*이라는 말을 생각한다. 파일에서 여러 번 보았던 단어다. 쾰른으로 떠나기 전 그녀는 이곳에서 보도에 귀걸이를 떨어뜨렸다. 그리고 이곳에서 그는 그녀가 팔짱끼는 걸 허락했다. 그녀는 바이덴다머 다리를 건넌다. 왼쪽에 베를린 앙상블이 보인다. 몇 년 전 페이만이 그곳에서 브레히트를 연상케 하는 모든 것을 철저히 없애버렸다. 그 옆에는 다시금 가니메트라는 이

---

*   공화국 궁전.

**   옛 왕궁은 베를린 왕궁(쾨니히슐로스)을 의미한다. 전에 쾨니히슐로스가 있던 자리에 동독이 허물고 공화국 궁전을 지었던 것을 이제 다시 쾨니히슐로스로 재건했다.

*** 슈타지가 의심스러운 사람들을 대상으로 감시하고 조사한 활동.

름의 음식점이 들어섰지만, 모습은 전과 퍽 다르다.

트램 정류장을 지나친다. 당시 행복했던 시절, 옷을 얇게 입어 몸이 꽁꽁 언 채로, 검은 택시를 향해 손을 흔들었던 곳. 그녀는 도로텐슈타트 공동묘지로 간다. 브레히트의 책상에서 멀지 않으며, 피아노 앞의 아이슬러에게서 멀지 않은 곳 지하에 한스도 책상을 놓았다. 한스 앞에 몇 장의 종이가 느슨한 모양새로 놓여 있고, 그 옆에 재떨이와 두에트 담배 한 갑이 있다. 그는 흙을 쓰고, 흙을 숨 쉬고, 흙을 피운다.

노란빛 덩이 하나가 어둠을 뚫고 힘겹게 자신의 길을 간다.

1988년 5월 13일, 당국은 마침내 비공식 요원 갈릴레이에 대한 자료를 보관소로 보내기로 결론짓는다. 이유는 협력 전망 부재다.

1988년 5월 13일에 우리는 무얼 했더라? 그녀가 혼잣말을 한다.

그런 다음 뭘 했는지가 떠오른다.

1988년 5월 13일, 그녀는 그에게 세 번째 카세트테이프에 대한 답장에 이렇게 적었다.

나는 당신이 나를 알기를 원해요. 피부와 머리카락, 그 너머의 것들을.

당신이 내게 자신의 모습을 투영하고 있다는 걸 당시 내가 알았다면, 이라고 그녀는 말한다. 그러나 그는 그녀를 볼 수도, 그녀의 말을 들을 수도 없다. 더는 그녀에게 대답해줄 수도 없다.

감사의 말

이 책을 위한 취재 과정에서 여러 가지 귀중한 문서와 자료, 파일을 열람할 수 있게 배려해준 폴란드 비드고슈치 도서관 아카이브와 욜란타 플라너에게, 포즈난의 비엘코폴스카 디지털 아카이브에게, 베를린 예술아카데미 아카이브와 에르트무트 비치슬라 교수에게, 구독일민주공화국의 슈타지 문서고와 베아테 바젠에게 심심한 감사를 전한다.

165쪽에 인용한 시는 아돌프 드레젠의 「싱거 거리」라는 작품으로, 이 시를 이 책에 싣는 걸 흔쾌히 허락해준 아돌프 드레젠의 아들, 안드레아스 드레젠에게 감사드린다.

시대의 증인이 되어 개인적으로 경험한 일들을 상세히 들려준 분들께, 무엇보다 카타리나 벨링, 올프 크라이젤, 코르넬리아 라우퍼, 모니카 벨러스하우스, 베아테 조프, 나의 이모 기슬린데 보크, 그리고 아버지 존 에르펜베크에게 감사드린다.

남편 볼프강 보직에게 특별한 고마움을 표한다. 그의 전폭적인 지원이 없었다면 나는 이 책을 쓰지 못했을 것이다.

시간, 희망, 그리고 물거품이 된 희망을 그리다

• 옮긴이의 말

의도한 일정은 아니었는데, 공교롭게도 『카이로스』의 부커상 인터내셔널 부문 수상 소식이 들리자마자 독일 땅을 밟게 되었다. 독일 서점가는 처음으로 독일 작품에 수여된 부커상의 영예를 한껏 축하하는 분위기였다. 서점마다 책이 동이 나고 없었다. 책이 있느냐고 물으면 품절이라는 대답만 돌아왔다. 6주 후에야 책이 들어올 예정이라며 예약하겠느냐고 물었다.

'흠, 6주라니! 독일답다. 한국이라면 불과 며칠 만에 다시 책을 구입할 수 있을 텐데.'

아니나 다를까, 얼마 전 한강 작가의 경사로운 노벨문학상 수상 소식이 전해지면서 순식간에 동이 났던 한강 작가의 작품들은 불과 며칠 안 되어 서점 매대에 다시 수북이 쌓여 있었다. 인쇄소를 풀로 가동한다고 했다. 역시 한국은 멋진 나라다.

『카이로스』를 쓴 예니 에르펜베크는 줄곧 작품을 통해 독일의 현대사와 역사에 얽힌 개인의 삶에 천착해온 작가다. 집안 분위기상 이것은 어쩌면 자연스러운 귀결이었다. 작가이자 배우, 감독으로 활동하던 예니의 할아버지 프리츠 에르펜베크와 작가였던 할머니 헤다 친너는 1930년대 공산주의 사상에 매료되어 소련으로 망명한 많은 독일 지식인 중의 하나였다. 그뒤 의심병이 많던 스탈린의 숙청으로 인해 소련으로 망명했던 독일의 지식인들은 대부분 희생당했고 극소수만이 살아남았는데, 에르펜베크 부부 역시 기지를 발휘해 살아남아 동독을 재건하는 데 힘을 보탰다.

예니의 아버지 존 에르펜베크도 물리학자이자 철학자인 동시에 작가였으며 어머니는 아랍어 번역가로 아랍의 주요 문학작품들을 독일에 소개했다. 예니 에르펜베크는 자신이 어린 시절부터 역사에 얽힌 일들에 관심이 많았다고 말했는데, 그것은 이런 가정환경과 무관하지 않은 것 같다.

예니 에르펜베크는 『카이로스』를 "시간과 희망, 그리고 물거품이 된 희망"을 그린 소설이라 말한다. 이 작품은 서른네 살 차이가 나는 남녀의 특이하고 특별한 사랑 이야기를 독일의 현대사와 절묘하게 결합해낸 소설이다. 1986년부터 1992년까지 이어진 카타리나와 한스의 사랑은 그 사랑이 마치 스러져 가는 동독의 상징이기라도 하듯, 동독의 몰락과 맥을 같이한다.

그런데 에르펜베크에게도 이 소설은 좀더 특별한 작품인 듯 하다. 작가에 대해 조금이라도 찾아본 독자들은 에르펜베크와 이 소설의 여주인공 카타리나가 닮은 점이 많다는 걸 금세 알 수 있을 것이다. 우선 카타리나와 에르펜베크는 나이가 같다. 이 소설 주인공 카타리나가 1967년생으로 소설이 시작되는 1986년에 열아홉인데, 에르펜베크 역시 1967년생으로 1986년에 열아홉이었다. 고향도 같다. 에르펜베크와 카타리나는 모두 동베를린에서 태어나 그곳에서 자랐다. 에르펜베크는 카타리나처럼 국영 출판사에서 직업 교육을 받았으며, 프랑크푸르트 안 데어 오데르의 극장에서 일하기도 했다. 또한 조부모님이 모스크바에 살았다는 이야기도 나오는 등, 에르펜베크의 삶을 연상시키는 부분들을 소설 속에서 곧잘 만날 수 있다.

이렇듯 소설에 자전적인 요소가 많이 들어 있으니 독자들은 자연

스럽게 카타리나와 에르펜베크를 동일시하게 된다. 하지만 에르펜
베크는 군이 따지자면 자전적인 소설은 아니라고 밝혔다. 소설의 얼
개를 이루는 사랑 이야기가 에르펜베크의 자전적인 이야기는 아닌
것이다. 대신 그녀는 이번에는 "박물관으로서의 소설"을 써보자고
생각했다고 말한다. 소설을 박물관으로 상정해, 자신의 기억들, 친구
들의 기억들, 주변 사람들에게서 들은 이야기들, 어지러웠던 시대를
살아간 사람들의 경험과 생각들, 그들이 무엇을 기뻐하고, 무엇을 잃
었는지를 담고자 했다는 것이다. (소설에서는 박물관을 "현실에서 더 이
상 안전히 거할 곳이 없는 것들이 전시되는 곳"이라 말한다.) 「감사의 말」
에서 짐작할 수 있듯이, 에르펜베크는 이 작품을 위해 많은 사람들을
만나고 여러 기관의 아카이브에서 많은 자료를 공부하고 취재했다.

그러므로 이 책의 기본을 이루는 사랑의 얼개는 실화가 아니더라
도, 그외 많은 소재들은 모두 실화를 바탕으로 쓰인 것이라 할 수 있
다. 무엇보다 이 책에 소개되는 역사적 사건, 역사적 인물들이나 예
술가들을 둘러싼 일화들이 그러하다. 그리하여 우리는 이 소설에서
나치 시대로부터 시작해, 독·소 전쟁과 제2차 세계대전을 거쳐, 처참
하게 파괴된 폐허 위에서 꿈을 안고 시작된 동독 소비에트 정부 하에
살아가는 삶의 풍경들을 엿볼 수 있다. 그리고 독일 통일을 향해 달
려가던 사회 분위기와 통일 즈음의 사회상, 통일이 이루어진 뒤 동독
젊은이들의 심정과 일화 등도 접할 수 있다.

문학, 음악, 예술, 사회상, 시대의 다채로운 풍경들이 고스란히 담
긴 이 소설을 읽다보면 독자들은 남자 주인공 한스에게 분노하게 된
다. 특히 '두 번째 상자'에서는 한스에게 강한 반발심이 느껴진다.
하지만 이런 부분들을 통과해 마지막에 이르면 에르펜베크가 왜 이

런 구도를 설정했는지 깨닫게 된다. 우리를 힘들게 했던 부분들이 그냥 펜 가는 대로 쓰인 것이 아니라, 작가의 치밀한 구상에서 비롯되었음을 알게 되는 것이다. 그렇게 다시 책의 처음으로 돌아와 두 번 읽는 독자라면 에르펜베크가 숨겨놓은 많은 암시들을 만날 수 있다. 처음 읽을 때는 무심코, 혹은 왜 이런 말을 하지? 하고 고개를 갸우뚱하며 지나쳤던 부분들이 작가가 정교하게 집어넣은 암시였음을.

가령, 다시 읽을 때 우리는 한스가 카타리나를 모질게 다그치는 부분들이 비단 소설의 마지막에 깨닫게 되는 의미뿐 아니라, 다른 의미도 갖는다는 걸 발견하게 된다. 한스는 소설 중반에 이렇게 밝힌다.

"그녀는 태어날 때부터 얕은 물에서 항해했다. 그리하여 반발심에 내재된 에너지는 가지고 있지 않다. 이것은 그녀의 잘못이 아니며, 아마도 그가 상쇄시켜줄 수 있는 결핍이리라."

그렇게 이 부분을 통과하며 카타리나와 함께 독자의 반발심도 자라고, 그 반발심과 함께 카타리나에게도, 그리고 독자에게도 에너지가 생긴다. 카타리나는 이런 과정을 통해 의존하는 존재에서 독립된 존재로 나아간다. 이외 여러 면에서 이 작품은 카타리나의 성장 소설로 읽힌다.

에르펜베크는 매우 비관습적인 글쓰기를 하는 작가다. 에르펜베크를 주목해 번역한 배수아 소설가의 말을 빌리자면 "의도된 혼란"의 문체다. 설명도 없이 장면이 전환되고 문장 속에서는 대화와 생각, 독백, 인용이 종종 뚜렷한 구분 없이 얽힌다. 생각인 동시에 대화인 문장들과도 종종 마주친다. 이런 요소들이 바로 에르펜베크를 읽는 매력으로 작용한다. 아울러 에르펜베크의 문체에선 리듬감이 느껴진다. 그는 언어를 음악의 형식이자 소리의 형식으로, 동시에 호흡으로 본다고 했다. 가수나 댄서 같은 호흡이라고 말하기도 했다. 한국어 번역에서도 독자들이 에르펜베크 문장의 리듬과 호흡을 조금이나마 느낄 수 있다면 좋겠다.

이 소설은 베를린에 들른 여행자라면 굳이 찾아다니지 않아도 자연스럽게 거닐게 될 동베를린의 거리들을 무대로 펼쳐진다. 지난여름 베를린에서 한국 여행자들이 tvN 드라마 「눈물의 여왕」의 배경이 되었던 곳에서 사진 찍는 것을 보며, 이 소설을 읽은 독자들이 언젠가 이 소설의 배경이 된 거리들을 누비는 상상을 하게 됐다. 바이덴다머 다리를 지나 소설 속에서 재오픈한 것으로 나오는 가니메트 식당에서 식사를 하고, 베를리너 앙상블 앞 브레히트의 동상 옆에서 쉬어가거나, 붐비는 알렉산더 광장을 벗어나 한스와 카타리나가 갔던 우회로를 따라 수도원 폐허 옆을 산책할 수도 있겠다.

영화도 그렇듯이 여러 가지 요소가 어우러진 소설일수록 다 읽고 이야기하는 재미가 쏠쏠하다. 이 소설을 읽은 지인들과 즐거운 소감을 나눌 시간들을 기대한다. 한스라는 인물에 대해, 한스와 카타리나처럼 학대적인 관계에 대해, 카타리나에게 동베를린이 그랬던 것처럼 사라져 가는 것들의 아련함에 대해, 의존에서 독립으로 나아가는 누군가의 성장에 대해, 한스에게서처럼 우리에게도 어떤 모습으로든 내재해 있을지도 모르는 인간의 이중성에 대해. 에르펜베크의 말대로 이 소설을 읽는 시간이 우리를 되돌아보는 시간이 되기를 소망한다.

예니 에르펜베크 Jenny Erpenbeck, 1967-

21세기 독일어권의 대표적인 서사적 소설가인 예니 에르펜베크는
독일 동베를린에서 태어났다. 훔볼트대학에서 연극학을 공부하고
한스 아이슬러 음악학교에서 오페라 연출을 공부했다.
하이너 뮐러, 루트 베르크하우스의 가르침을 받은 그는 베를린과
오스트리아의 오페라 하우스에서 많은 오페라 작품을 연출했다.
1999년 『늙은 아이 이야기』를 발표하고 독일 문단의 호평을
받으며 작가로 데뷔했다. 단편집 『탄트』(2001), 장편소설 『사전』(2004)과
『가다, 갔다, 가버렸다』(2015) 등 여러 작품을 발표했다.
『카이로스』(2021)로 2024 부커상 인터내셔널 부문을 수상하면서
세계적인 작가로 발돋움했다. 2023년 전미문학상 번역부문
최종후보를 비롯해 2021년 제5회 이호철통일로문학상,
잉게보르크 바하만 심사위원상, 예술가협회 문학상,
졸로투른 문학상, 하이미토 폰 도더러 문학상,
헤르타 쾨니히 문학상, 리테라투르 노르트 문학상 등을 수상했다.
현재 베를린에서 전업 작가와 연출가로 활동하고 있다.

옮긴이 유영미 柳英美, 1968-

연세대학교 독문과와 동 대학원을 졸업하고
전문번역가로 일하며, 문학을 포함해 다양한 분야의
독일어권 책들을 작업해왔다.
『헤르만 헤세의 나로 존재하는 법』『부분과 전체』
『슬퍼하지 말아요, 곧 밤이 옵니다』『울림』『여자와 책』
『제정신이라는 착각』『왜 세계의 절반은 굶주리는가?』
『창조적 사고의 놀라운 역사』『환상적인 문어』 외에
다수의 책을 우리말로 옮겼다.

카이로스

지은이 예니 에르펜베크
옮긴이 유영미
펴낸이 김언호

펴낸곳 (주)도서출판 한길사
등록 1976년 12월 24일 제74호
주소 10881 경기도 파주시 광인사길 37
홈페이지 www.hangilsa.co.kr
전자우편 hangilsa@hangilsa.co.kr
전화 031-955-2000~3 팩스 031-955-2005

부사장 박관순 총괄이사 김서영 관리이사 곽명호
경영이사 김관영 편집주간 백은숙
편집 배소현 노유연 박홍민 임진영
관리 이주환 문주상 이희문 원선아 이진아 마케팅 이영은
디자인 창포 031-955-2097
인쇄 예림 제책 예림바인딩

제1판 제1쇄 2024년 11월 26일

값 17,000원
ISBN 978-89-356-7885-3 03850

• 이 책은 독일문화원의 번역 지원금을 받았습니다.
The translation of this work was supported
by a grant from the Goethe-Institut.